파리의 아파트

Un appartement à Paris

Guillaume Musso

파리의 아파트

Un appartement à Paris
Guillaume Musso

기욤 뮈소 장편소설 · **양영란** 옮김

밝은세상

파리의 아파트

초판 1쇄 발행일 2017년 11월 29일 | **초판 15쇄 발행일** 2023년 8월 31일
지은이 기욤 뮈소 | **옮긴이** 양영란 | **펴낸이** 김석원
펴낸곳 도서출판 밝은세상 | **출판등록** 1990. 10. 5 (제 10 - 427호)
주 소 (10881) 경기도 파주시 문발로 119, 202호
전 화 031-955-8101 | **팩 스** 031-955-8110 | **메일** wsesang@hanmail.net
블로그 blog.naver.com/balgunsesang8101 | **인스타그램** www.instagram.com/wsesang

ISBN 978-89-8437-335-8 03860 | **값** 14,500원
잘못된 책은 구입한 곳에서 교환해 드립니다.

잉그리드에게,
나탕에게

겨울의 한가운데에서 나는 마침내 깨달았다,
내 안에 무적의 여름이 있다는 사실을.
−알베르 카뮈

Un appartement à Paris
Guillaume Musso

CONTENTS

어린 남자아이

런던, 토요일 늦은 아침

아직 모르고 있지만 넌 늦어도 3분 후에 네 인생에서 가장 힘든 시련을 맞게 될 거야. 넌 어떤 일이 밀어닥치게 될지 짐작조차 못하고 있지만 곧 빨갛게 달아오른 인두로 생살을 지져대는 것 같은 고통을 겪게 될 테니까.

현재 넌 지극히 평온한 마음으로 고대건축물의 아트리움을 연상케 하는 백화점을 어슬렁거리고 있어. 열흘 동안 줄기차게 쏟아지던 비가 멎으며 하늘은 온통 상큼한 터키석 빛깔을 되찾았어. 넌 백화점 돔 천장을 뚫고 안으로 쏟아져 들어오는 맑은 햇살 덕분에 기분이 날아갈 듯 가벼워. 넌 새봄맞이 기념으로 보름 전부터 눈여겨 봐두었던 빨간 바탕에 흰 도트 무늬가 찍힌 원피스를 구입했지. 넌 온몸에 활기가 넘치는 가운데 유쾌한 하루를 보낼 생각에 벌써부터 마음이 한껏 부풀어 올라 콧노래를 흥얼거리고 있어. 우선 친구 쥘과 점심을 먹고, 함께 네일숍에 갔다가 첼시에서 전시회를 둘러보고 나서 저녁에는 브릭스턴에서 열리는 PJ하비의 콘서트에 갈 예정이지. 인생의 안온한 오솔길들 사이를 오가던 네 눈길 속으로 문득 한 아이가 들어왔어.

*

오버롤 청바지에 진청색 더플코트를 입은 금발의 남자아이였어. 두 살, 아니면 세 살? 웃음을 머금은 커다란 두 눈이 알록달록한 안경테 너머에서 영롱하게 반짝이는 아이였지. 여름날의 건초더미처럼 짧게 말린 금발, 토실토실한 볼, 윤곽이 선명한 얼굴에 오밀조밀하게 자리한 이목구비가 귀여운 아이.

넌 멀리에서 제법 오랫동안 아이를 바라보다가 좀 더 자세히 보기 위해 가까이 다가갔어. 마치 너의 시선이 그 아이의 얼굴을 향해 저절로 빨려 들어가는 느낌이었지. 환하게 빛나는 얼굴, 세상의 오욕에 조금도 오염되지 않은 얼굴, 악의 유혹이 미치지 않은 얼굴, 아무런 미움이나 두려움 없이 해맑은 얼굴이었어.

넌 아이의 얼굴에서 원초적인 행복, 한없이 평화로운 미소를 발견할 수 있었지. 아이도 너를 바라보기 시작했어. 여전히 천진한 미소가 깃든 아이의 얼굴은 더할 나위 없이 사랑스러웠지. 아이는 앙증맞은 손가락으로 부여잡고 있는 장난감 비행기를 자랑스러운 양 너에게 보여주었어.

"위이잉! 위이잉!"

넌 아이에게 미소로 화답하면서 묘한 감정에 사로잡혔어. 형언하기 힘든 감정의 파도가 밀어닥쳤다가 갑자기 온몸으로 슬픔이 번져가기 시작했어.

아이는 힘찬 물줄기를 쏟아내는 석재 분수 주위를 뒤뚱거리며 돌다가 장난감 비행기를 든 두 팔을 들어 올리더니 네가 서 있는 곳을 향해 달려오기 시작했어. 넌 그 아이가 곧 너의 품 안으로 뛰어들 거라고 믿었지만 착각이었지.

"아빠! 나, 비행기를 날릴 수 있어!"

너의 시선과 아이를 덥석 안아 올리는 남자의 시선이 겹쳐졌어. 남자의 눈길이 예리한 칼날이 되어 너의 가슴을 사정없이 찔러댔지. 네 심장은 이내 얼음장처럼 차갑게 식어버렸어.

5년 전, 넌 그 남자와 일 년 넘게 함께 살았어. 넌 그 남자와 지내기 위해 파리를 떠나 맨해튼으로 날아갔지. 6개월 동안 그 남자와 함께 살며 아기를 갖기 위해 애써봤지만 뜻을 이루지 못했어. 그 남자는 곧 너를 떠나 전 부인과 재결합했지. 그들 부부에게는 이미 아이가 있었어. 넌 그 남자를 붙잡기 위해 가능한 방법을 모두 동원해봤지만 상처만 깊어질 뿐이었지. 정말이지 견딜 수 없을 만큼 힘든 날들이었어.

이제 겨우 지난 아픔을 묻어버리고, 인생의 새로운 페이지를 넘길 준비가 되었다고 생각했는데 착각이었다는 걸 깨달았어. 넌 백화점에 갔다가 그 남자와 우연히 마주치게 되었고, 다시 심장이 갈가리 찢기는 고통을 겪게 된 거야.

이미 극복했다고 믿었는데 그 남자와 눈빛이 마주치는 순간 왜 그리 마음이 혼란스러웠을까? 아마도 그 이유는 그가 안고 있는 아이 때문이었을 거야. 그 남자와 결별하지 않았더라면 혹시 네가 바로 그 아이의 엄마가 되었을 수도 있었겠지.

그 남자도 너를 발견하고 몹시 놀란 눈치였어. 그의 얼굴에도 너만큼이나 불편하고 복잡한 심기가 어려 있었지. 넌 그 남자가 무슨 말이든 하지 않을까 생각했지만 그는 마치 사냥꾼을 발견한 수사슴처럼 서둘러 발길을 돌려버렸어.

"조제프, 이제 그만 돌아가자."

넌 그 남자가 아이의 이름을 부른 순간 귀를 의심하지 않을 수 없었어.

그 남자와 함께 아이를 낳게 되면 '조제프'라는 이름을 붙여주기로 약속했던 기억이 아직도 생생하게 남아 있었으니까.

넌 문득 시야가 뿌옇게 흐릿해지며 극심한 박탈감을 느꼈어. 갑자기 피로감이 엄습해왔고, 한동안 붙박인 듯 그 자리에 우뚝 서서 꼼짝할 수 없었지. 걷잡을 수 없이 다가선 슬픔과 절망이 너를 잡고 놓아주지 않았기 때문이야.

*

넌 겨우 백화점 출구까지 몸을 휘청거리며 걸었어. 여전히 머릿속이 윙윙거리고, 돌이라도 매단 듯 다리가 천근만근 무거웠지. 넌 세인트 제임스 파크 근처에서 가까스로 택시를 잡아탔어. 온몸이 부들부들 떨리고, 해답 없는 질문들이 머릿속에서 어지러이 떠다니기 시작했어. 넌 차창 밖으로 망연한 시선을 던지고 마치 추상화처럼 형체가 뚜렷하지 않은 풍경들이 속절없이 지나쳐가는 모습을 우두커니 지켜보았지.

아파트로 돌아오자마자 넌 방에 불도 켜지 않고 옷을 입은 그대로 침대에 쓰러졌어. 머릿속에서는 비행기 놀이를 하던 아이의 모습이 끊임없이 떠올랐지. 옛 연인 앞에서 느꼈던 절망감은 곧 공허감으로 바뀌었고, 넌 급기야 소리 없이 눈물을 흘리기 시작했어. 실컷 울고 나면 마치 아무 일도 없었던 것처럼 훌훌 털고 일어나 다시 활기찬 날들을 열어가게 될 거라고 기대했지만 착각이었어. 어마어마한 고통이 성난 파도처럼 밀어닥쳐 너를 한 가닥 희망도 남아 있지 않은 어둠의 골짜기에 내동댕이쳐버렸지. 이미 아물었다고 믿었던 상처에서 다시 피가 철철 흘러넘치기 시작했어.

넌 비틀거리는 몸을 이끌고 겨우 욕실로 걸어가 욕조에 물을 가득 받았어. 물이 뜨거운지 차가운지 가늠해볼 새도 없이 욕조에 누웠지. 가슴이 육중한 바이스로 죄어오는 듯 묵직했고, 머릿속이 천 길 낭떠러지 앞에 선 듯 어질어질했어. 눈앞에 안개가 자욱하게 피어오르는 심연이 가로놓여 있었지.

넌 최근 몇 년 동안 심신이 극도로 피폐해져 있다는 사실을 의식하지 못하고 살았어. 최근 몇 년 동안 외롭게 살아오긴 했지만 그리 심각하게 받아들이지 않았지. 사는 게 그리 녹록하지 않다는 건 이미 오래전부터 알고 있었으니까. 그 남자와 아이를 보는 순간 가까스로 버티고 있던 둑이 한꺼번에 무너져버린 거야. 사실 넌 제법 오래전부터 버티기 힘들 만큼 고독을 겪고 있었지. 고해의 깊은 바닥에 가라앉아 있던 고독이 문득 깨어나 너를 공포의 심연으로 던져버릴 줄 미처 몰랐던 거야.

*

캡슐에 든 약들이 마치 배가 떠다니듯 욕조에서 표류했어. 넌 약을 한 움큼 손에 쥐고 삼켰지만 성이 차지 않았어. 넌 욕조 가장자리에 놓여 있던 면도칼을 집어 들고 팔목 한가운데를 그었어.

널 지금껏 잘 버텨왔지만 오늘은 기력을 모두 소진했어. 비상구가 보이지 않는 절망감이 너를 완강하게 부여잡고 놓아주지 않았지. 넌 칼날을 혈관 근처로 이동시키면서 역설적이게도 아침에 일어나자마자 창문을 통해 쏟아져 들어오던 눈부신 햇살을 보았을 때 맛보았던 기쁨을 떠올렸어.

이제 주사위는 던져졌고, 너의 편도여행은 이미 시작되었어. 넌 피가 빠져나가는 동안 몸이 나른해지며 체념에 사로잡혔고, 이상하게도 마음이 평온해지는 순간이 찾아왔지. 넌 몸에서 흘러나온 피가 물속으로 번져나가면서 아라베스크 문양을 그려가는 모습을 지켜보았어. 이제 어디로 가게 될지 알 수 없었지만 적어도 고통은 멎게 되리라는 생각이 너에게 자그마한 위안이 되어주었지. 그 정도면 감지덕지니까.

죽음의 신이 너를 활활 타오르는 불길 속으로 던져 넣으려 할 때 문득 백화점에서 보았던 그 아이가 눈에 보였어. 아이는 해변에 서서 바다를 바라보고 있었지. 그리스나 이탈리아 남부 어디쯤으로 보였어. 넌 아이와 아주 가까운 곳에 있어 몸에서 나는 모래 냄새며 머리에서 나는 잘 익은 밀 냄새를 맡을 수 있었지. 여름날 저녁의 미풍처럼 마음을 진정시켜주는 냄새였어.

아이가 너를 향해 고개를 들었어. 그 순간 넌 아이의 맑은 얼굴, 끝이 약간 말려 올라간 코, 경계심을 일시에 허물어버리는 순진한 미소, 평화롭게 빛나는 눈빛을 보며 감정을 주체할 수 없었어.

아이가 두 팔을 들어 올리더니 네 주위를 달리기 시작했지.

"엄마, 나 비행기를 날릴 수 있어!"

겨울의 한가운데

12월 20일 화요일

1. 파리 증후군

파리는 항상 굿 아이디어야.
−오드리 헵번

1

루아시−샤를드골 공항, 도착 구역.

지상에 지옥이 존재한다면 바로 이런 모습이 아닐까?

여권검사대 앞에 수백 명의 여행객들이 줄지어 늘어섰다. 보아 뱀 같은 모양의 줄은 시간이 지날수록 점점 더 길어졌다.

가스파르 쿠탕스는 20미터 앞쪽 여권심사대 창구 쪽으로 시선을 던졌다. 분명 창구는 여러 개인데 여권 검사를 담당하는 공항경찰은 고작 두 명이었다. 그는 어찌나 기가 막히던지 한숨이 절로 터져 나왔다. 매번 샤를드골 공항에 발을 들여놓을 때마다 공공서비스를 책임지는 정책 담당자들이 프랑스에 대해 부정적인 이미지를 심어줄 수밖에 없는 이 황당한 상황을 왜 한시바삐 개선하려들지 않는지 궁금할 따름이었다. 실내 공기는 덥고 습한데다 퀴퀴한 땀 냄새까지 더해져 숨이 막힐 지경이었다.

가스파르는 라이더 복 차림의 청년과 한 무리의 아시아인들 사이에 섞여 차례가 다가오길 기다렸다. 열두 시간의 비행을 방금 전에 마친 상태인데다 시차 적응이 안된 탓에 피로한 기색이 역력한 여행객들의 얼굴에서는 아직도 끝나지 않은 고난의 행군에 대한 분노가 여지없이 묻어났다.

비행기가 공항에 착륙한 순간부터 짜증스런 상황이 연속해서 벌어지고 있었다. 시애틀에서 출발한 비행기는 예정된 시간인 오전 9시 50분에 활주로에 안착했지만 20분이 지나서야 트랩이 설치되었다. 낙후된 통로와 복잡하기 그지없는 각종 표지판들을 참고로 한참 동안 걸은 끝에 다다른 에스컬레이터는 고장 나 멈춰 있었고, 여객터미널행 셔틀버스는 승객들이 어찌나 많은지 미어터질 지경이었다. 도살장에 끌려가는 가축들처럼 겨우 셔틀버스에 몸을 싣고 도착한 곳이 바로 지금 서 있는 여권심사대 앞이었다.

비행기에서 내리고 나서 적어도 3킬로미터는 족히 걸었다.

도대체 이게 무슨 생지옥이람?

가스파르는 새 희곡을 쓸 때마다 한 달씩 파리에 유폐되는 신세를 면하지 못했다. 그의 입에서 씁쓸한 웃음이 절로 새어 나왔다.

적대적인 환경에서 글쓰기.

그의 출판대리인이자 매니지먼트를 맡고 있는 카렌은 매년 파리에 개인주택이나 아파트를 한 채 임대했다. 그는 파리를 너무나 싫어했기 때문에 카렌이 임대해놓은 집에 하루 종일 틀어박혀 글쓰기에 전념할 수밖에 없었다. 크리스마스 무렵의 파리는 더욱 질색이어서 스물네 시간 동안 단 한 번도 밖으로 나가지 않고 작업에 열중했다. 카렌의 작전은 늘 성공리에 끝났다. 1월 말이면 그는 어김없이 작업을 마무리 지을 수 있었으니까.

여권심사대를 향해 길게 늘어선 줄은 한숨이 절로 나올 만큼 느리게 줄어들었다. 아이들이 기다리기가 너무 지루해 좀이 쑤시는 듯 소리를 질러대며 방책 사이를 뛰어다녔다. 나이든 부부는 아이들과 부딪쳐 넘어지기라도 할까 봐 서로에게 찰싹 달라붙었다. 젖병을 빨다가 엄마 목덜미에 우유를 토하는 갓난아기도 눈에 띄었다.

"빌어먹을!"

가스파르는 탁한 공기를 들이마시며 구시렁거렸다. 그는 짜증과 불만으로 잔뜩 찌푸려져 있는 여행객들의 얼굴을 보다가 문득 언젠가 잡지에서 본 〈파리 증후군〉이라는 제목의 기사가 떠올랐다.

프랑스 파리를 처음 방문한 일본인이나 중국인 관광객들이 심각한 정신의학적 문제를 일으켜 병원에 입원했다가 본국으로 이송되는 환자의 수가 무려 수십 명에 달한다는 내용의 기사였다. 그들은 프랑스에 도착하고 얼마 지나지 않아 우울증, 환각, 망상 따위 증세에 시달리게 된 환자들이었다. 정신과의사들이 관광객들이 겪는 정신질환의 원인에 대해 연구한 결과 설득력 있는 분석을 내놓았다. 관광객들이 파리에 대해 막연히 품고 있던 이상적인 이미지와 실제로 경험하게 된 모습의 간극이 너무 커 심한 스트레스를 받게 된다는 분석이었다.

아멜리 폴랑(영화 〈아멜리에〉에서 오드리 토투가 연기한 인물)이 보여준 신기한 세상, 영화나 광고 따위에서 본 매혹적인 도시를 보게 되리라는 기대로 한껏 마음이 부풀었던 관광객들이 실제로 마주하게 되는 파리의 모습은 과연 어떠한가?

파리에 와보지 않은 사람들은 누구나 로맨틱한 카페, 센 강변을 따라 늘어선 고서적상, 유명한 예술가들이 살았던 몽마르트르 언덕이나 생제르맹데프레 등을 떠올린다. 파리에 발을 들여놓는 순간 그들은 지저분한 거리, 툭하면 주머니를 털어가는 소매치기, 불안한 치안, 심각한 수준의 대기 오염, 도심의 보기 흉한 고층 건물들, 낙후된 대중교통을 접하고 큰 충격을 받는다.

가스파르는 주머니에서 꼬깃꼬깃 접은 종이를 꺼냈다. 카렌이 임대한 파리 6구의 '호화판 감옥'을 소개하는 사진들과 설명서였다. 원래는 숀 로렌츠라는 화가가 살던 집이었다. 사진만 보자면 제법 근사하고 매력적이었다. 아름다운 주변경관, 햇빛이 잘 들이비치는 넓은 창, 개방적인 실내 공간 따위로 보건대 마치 글쓰기를 위해 특화된 집 같았다. 평소 사진을 신뢰하지 않는 편이었지만 카렌이 직접 방문해보고 마음에 쏙 든다고 장담했으니 일단 믿어도 좋을 듯했다.

"직접 가보면 알겠지만 아마 상상 이상일 거예요."

가스파르는 한시바삐 한 달 동안 머물 화가의 집으로 가고 싶은 마음이 굴뚝같았다. 그는 15분가량 더 줄을 서서 기다린 후에야 겨우 여권심사대 앞에 서게 되었다.

"안녕하십니까?"

가스파르가 여권을 내밀자 공항경찰은 힐끗 보고 나서 말없이 돌려주었다.

"좋은 하루 되세요."

예의를 갖춰 인사했지만 공항경찰은 '고맙습니다.'라는 상투적인 답례인사조차 없이 무뚝뚝한 표정으로 다음 사람에게로 눈길을 돌렸다.

가스파르는 이번에도 표지판을 잘못 이해하는 바람에 엉뚱한 길로 접어들었다가 되돌아오는 실수를 범했다. 에스컬레이터를 타고 오르자 수하물 벨트 구역이 나왔다. 그나마 짐을 부치는 어리석은 짓은 하지 않았기 때문에 그 구역을 곧장 통과했다. 이제 입국장 출구가 그리 멀지 않았다. 그는 혼잡한 출구를 벗어나기 위해 다시 한동안 고전을 치렀다. 사람들 사이를 비집고 나오느라 열렬하게 키스에 열중하는 커플과 부딪치는가 하면, 공항 맨바닥에서 잠을 청하는 사람들을 타넘기도 했다.

가스파르는 비로소 '출구—택시'라고 적혀 있는 회전문을 발견했다. 이제 겨우 고행의 끝에 다다랐다는 안도감이 들었다.

자, 이제 몇 미터만 걸어가면 악몽에서 벗어날 수 있어. 택시를 타면 이어폰을 귀에 꽂고 브래드 멜다우의 피아노와 래리 그레나디어의 베이스기타 연주를 듣는 거야. 오늘 오후부터 글쓰기를 시작하려면 한시바삐 정신적인 피로를 풀어야만 하니까.

회전문을 밀고 밖으로 나서는 순간 세차게 내리는 빗줄기가 들뜬 기분에 찬물을 끼얹었다. 먹빛 하늘, 아스팔트를 요란하게 때리는 빗방울, 음습한 대기가 다시 기분을 축 처지게 했다. 빈 택시라고는 단 한 대도 보이지 않았고, CRS(공화국 보안기동대) 차량과 우왕좌왕하는 여행객들의 자취만이 시야에 들어왔다.

"택시가 왜 한 대도 없죠?"

가스파르는 무심한 표정으로 담배를 피우고 있는 공항 직원에게 물었다.

"몰랐어요? 공공서비스 노조가 파업 중이잖아요."

2

매들린 그린은 런던을 출발해 9시 47분에 파리 북역에 도착하는 유로스타에서 내려섰다. 피로와 현기증이 겹치며 두 다리가 쓰러질 듯 휘청거렸고, 목에서 절로 신물이 넘어왔다. 의사가 치료 기간에 나타날 수 있는 부작용에 대해 설명해주었지만 크리스마스 휴가를 고통 속에서 보내게 될 줄은 미처 몰랐다. 몸이 천근만근 무거워 여행용 캐리어를 끌기조차 버거웠다. 바닥에 닿는 캐리어의 바퀴 소리가 증폭되어 머릿속이 깨질 듯 아팠다. 아침에 눈을 떴을 때부터 맹렬한 공격을 감행하기 시작한 두통이 갈수록 심해졌다.

매들린은 걸음을 멈추고, 양털로 안감을 댄 가죽점퍼의 지퍼를 끝까지 올렸다. 온몸이 땀범벅이었음에도 오한이 나고 몸이 떨려왔다. 자칫 실신할지도 모른다는 불안감이 밀려오다가 플랫폼 끝에 다다라서야 기력을 조금이나마 회복했다. 파리 북역에 충만해 있는 활기찬 분위기가 기운을 북돋아준 덕분이었다.

매들린은 파리 북역에 발을 내디딜 때마다 삶의 활기찬 에너지를 공급받는 느낌이 들었다. 사실 파리 북역은 그다지 영예롭지 못한 곳으로 유명했다. 무질서하고 혼란스러운 곳, 범죄 사건이 빈발해 사람들에게 두려움을 안기는 곳이었다. 그 반면, 그녀에게는 살아 있음을 느끼게 해주는 곳, 날것 그대로의 생동감 넘치는 에너지가 꿈틀대는 곳이었다.

파리 북역은 유로스타, 탈리스, TGV, 파리 메트로가 거대한 거미줄처럼 얽혀 있는 곳, 하루에도 수천수만의 인파가 드나드는 곳, 사람들의 발길에 채이거나 휩쓸려 허우적거리지 않으려면 잠시도 긴장을 풀 수 없는 곳이었다.

매들린에게 파리 북역은 세계 도처에서 온 관광객, 교외거주자, 불법 행상, 마약 딜러, 카페 종업원, 상점 직원 등 수천 명의 배우들이 출연하는 연극 무대로 인식되었다. 그녀는 대형 돔을 머리에 이고 있는 역사를 바라보는 동안 할머니가 여행에서 돌아올 때마다 사다주었던 스노글로브가 생각났다. 역사 안이 마치 엄청난 인파의 무게 때문에 점점 균열을 일으키는 거대한 스노글로브 같았다.

매들린은 계단을 걸어 내려와 역 앞 광장에 내려섰다. 먹빛 하늘에서는 여전히 강한 빗줄기가 쏟아져 내렸고, 미적지근한 대기에서는 끈적거리는 습기가 잔뜩 묻어났다.

런던보다도 형편없는 날씨야.

타쿠미가 미리 일러주었듯 수십 대의 택시가 역으로 들어오는 진입로를 가로막고 차량 출입을 통제하고 있었다. 세계 도처에서 온 여행객들은 적절한 해결책을 찾아내지 못하고 발을 동동 굴러댔다. 택시를 이용하려다가 낭패를 당한 사람들은 시민의 발을 볼모로 잡고 파업을 벌이는 노조의 처사에 대해 강한 불만을 토로했다. 파업참가자들과 정부는 조금도 입장 차이를 좁히지 못하고 상투적인 논쟁만 되풀이하는 중이었다.

매들린은 사람들이 운집해 있는 광장을 우회해 마장타대로 방향으로 걸어갔다.

우산을 챙겨오지 않은 건 실수였어.

도로 가장자리를 달리던 차가 물웅덩이를 지나면서 흙탕물을 튀겼다. 꼼짝없이 흙탕물을 흠뻑 뒤집어쓴 그녀는 잔뜩 화가 나 소리를 지르려고 했지만 차는 이미 멀리 사라진 뒤였다. 그녀는 생 뱅상 드 폴 성당 입구까지 걸어 내려왔다.

타쿠미가 트럭에 앉아 그녀를 기다리고 있었다. 알록달록 페인트칠을 한 트럭에는 주변 경관과 사뭇 대조를 이루는 경쾌한 사진과 문구가 적혀 있었다.

꽃집 〈특별한 정원〉, 들랑브르 가 3번지 비스, 파리 14구.

매들린이 타쿠미를 향해 가볍게 손을 흔들어 보이며 차 안으로 뛰어들었다.

"매들린, 다시 파리에 온 걸 환영해요!"

타쿠미가 수건을 내밀며 그녀를 반갑게 맞아주었다.

"나도 당신을 다시 만나게 되어 반가워!"

매들린은 젊은 아시아 남자를 요리조리 뜯어보며 수건으로 빗물을 뒤집어쓴 머리를 닦았다.

타쿠미는 짧은 머리, 코르덴 재킷, 실크 스카프, 체크무늬 플란넬 천으로 만든 모자를 착용하고 있었다. 모자 밖으로 삐져나온 귀 때문인지 어린 생쥐를 연상시켰다. 그의 듬성듬성 자란 콧수염은 토머스 매그넘(미국의 인기 TV극인 '매그넘 P.I.'의 주인공, 남성미 넘치는 하와이 출신 사설탐정 : 옮긴이)보다는 이제 막 사춘기에 접어든 청소년을 떠올리게 했다. 몇 년 전, 그녀는 직원으로 일하던 그에게 꽃집 〈특별한 정원〉을 넘기고 파리를 떠났다.

"당신이 마중 나오지 않았더라면 정말이지 고생이 막심했겠어."

매들린이 안전띠를 매며 말했다.

"파리는 지금 공공서비스 노조의 파업 때문에 난리도 아니죠."

타쿠미가 아베빌 가로 접어들며 말했다.

"파리는 달라진 게 없어 보여."

"날마다 조금씩 더 암울해지고 있죠."

타쿠미가 시위 참가자들을 가리키며 말했다.

와이퍼가 사정없이 떨어지는 빗줄기를 걷어내느라 숨을 헐떡였다.

매들린은 다시 솟구치려는 구토 증세를 가라앉히기 위해 계속 말을 이어갔다.

"크리스마스 휴가 계획은 잡았어?"

"다음 주말까지는 크리스마스 대목이니까 꽃집을 열어야죠. 새해는 마르졸렌의 부모님 집에서 맞기로 했어요. 두 분은 칼바도스에서 양조장을 하고 있죠."

"당신은 술을 입 근처에도 못 대잖아?"

타쿠미의 얼굴이 붉게 상기되었다.

차창을 통해 물기를 잔뜩 머금은 풍경이 지나갔다. 오스망대로로 들어선 트럭은 5백 미터쯤 직진하다가 트롱쉬 가로 방향을 틀었다.

매들린은 세찬 빗줄기와 공공서비스 노조의 파업이 달갑지 않았지만 파리에 다시 돌아오게 되어 기뻤다. 맨해튼에서는 삶의 의미를 찾기 힘들었고, 심신이 온통 기진맥진해질 만큼 지쳤다. 그녀가 제일 좋아하는 도시는 뭐니 뭐니 해도 파리였다. 아직 아물지 않은 상처를 달래며 크리스마스 휴가를 보낼 곳으로 파리를 선택한 이유였다.

지난날, 매들린은 파리에서 4년 동안 살았다. 그녀의 인생에서 가장 아름다운 시절이었다고 말하기는 힘들지만 어쨌거나 파리에서 인생의 새로운 전기를 마련했다. 꽃집을 운영하는 동안 형사 시절 입은 마음의 상처를 회복했고, 다시 살고 싶다는 용기를 얻었다.

2009년까지 매들린은 맨체스터 범죄수사대에서 근무했다. 그녀는 생각만으로도 끔찍한 앨리스 딕슨 사건 때문에 커리어에 금이 가게 되었고, 급기야 옷을 벗고 경찰서를 떠났다. 한 번의 실패로 직업은 물론 동료들의 신뢰를 잃게 되었고, 무엇보다 중요한 자존감을 상실했다.

매들린은 경찰을 그만두고 파리로 삶의 터전을 옮겨 몽파르나스 근처에 꽃집을 열었다. 살인사건이나 실종사건 수사와는 거리가 먼 일이었다. 차츰 마음의 평화를 찾아갈 무렵 예기치 않은 만남이 이루어졌고, 그녀의 인생을 엉망으로 꼬이게 만든 그 사건 속으로 다시금 뛰어들게 되었다. 결국 앨리스 딕슨 사건은 뉴욕에서 완벽하게 종결되었다. 사건을 해결하는 데 혁혁한 공을 세운 그녀는 WTSEC(미국 연방 정부의 증인보호 프로그램)의 행정 팀에 들어가 일할 기회를 얻게 되었다. 그녀는 꽃집을 타쿠미에게 넘기고 뉴욕으로 날아갔다. 일 년 후에는 NYPD(뉴욕 경찰)의 미제 사건 전담 부서에서 자문역으로 일하게 되었다. 미제 사건을 재조명해 해결하는 게 그녀에게 부여된 임무였다.

TV드라마나 할런 코벤의 소설대로라면 대단히 흥미진진한 일이겠지만 막상 접해보니 현실은 판이하게 달랐다. 허구한 날 사무실에 틀어박혀 오래된 서류들을 붙잡고 씨름하는 게 일이었다. 4년 동안 단 한 번도 현장에 나가본 적이 없었고, 재수사에 착수한 미제 사건도 없었다. 예산도 턱없이 부족했고, 프랑스 행정당국이 무색할 만큼 관료적인 문화가 팽배해 있는 부서였다.

DNA 분석을 의뢰할 때마다 서류를 한 뭉치씩 작성해야 하는 건 기본이었고, 오래된 미제 사건의 증인을 만나거나 관련 자료를 열람하려면 몇 단계나 되는 까다로운 절차를 밟아야 했다.

우여곡절 끝에 미제 사건에서 누락시킨 증거를 찾아내는 데 성공했다고 하더라도 FBI(연방수사국)의 거부로 재수사가 무산되기 일쑤였다.

매들린은 NYPD를 떠나기로 결심하고 영국으로 돌아갔다. 무려 4년이라는 시간을 허송세월한 셈이었다. 게다가 그녀를 맨해튼으로 날아가게 만들었던 조나단 랑프뢰르는 이미 오래전에 전 부인에게로 돌아가버린 뒤였다.

"마르졸렌이 봄에 아기를 낳을 거예요. 아빠가 된다고 생각하니 벌써부터 마음이 설레요."

타쿠미가 불쑥 뉴스를 털어놓았다.

매들린은 그제야 혼자만의 상념에서 빠져나왔다.

"어머, 축하해! 정말 잘된 일이야."

짐짓 기쁘게 반응했지만 어쩐지 느낌이 어색했다.

"아직 파리에 무슨 일로 왔는지 말해주지 않았잖아요?"

"그냥, 여차저차 볼일이 있어 왔어."

매들린은 정확한 대답을 회피했다.

"크리스마스에는 우리 집에서 지내는 게 어때요? 마르졸렌과 저는 대환영이니까."

"정말 고마운 제안이지만 이번 크리스마스에는 혼자 지내기로 결정했어."

"그래요? 정말 아쉽네요."

차 안에는 한동안 침묵이 흘렀다.

매들린은 억지로 대화를 이어가기보다는 차창에 얼굴을 대고 스쳐 지나가는 거리를 바라보며 그녀만이 간직하고 있는 파리의 추억을 떠올리고자 애썼다. 마들렌 광장을 지날 때에는 뒤피미술관에서 본 전시회가 떠올랐고, 루아얄 가에서는 맛이 기가 막힌 송아지고기 찜을 먹었던 식당을 기억해냈고, 알렉상드르 3세 다리를 건널 때에는 비 오는 날 바이크를 타고 가다가 사고를 냈던 기억이 떠올랐다.

"일과 관련해 파리에 오신 거예요?"

타쿠미가 집요하게 물었다.

"물론이지."

매들린은 되는 대로 거짓말을 했다.

"최근에 조나단을 다시 만난 적 있어요?"

"이봐, 형사는 나야. 당신은 형사도 아닌 사람이 왜 그리 꼬치꼬치 캐물어."

"이제는 형사가 아니잖아요."

매들린은 가벼운 한숨을 내쉬었다.

"그래, 당신이 물었으니까 대답해줄게. 조나단은 이제 나랑 전혀 상관없는 사람이 되었어. 질문에 답이 되었어?"

차가 앵발리드 광장을 가로지를 무렵 타쿠미가 힐끔 그녀를 쳐다보았다.

매들린은 차창을 내리고 담배에 불을 붙였다.

"건강도 안 좋으시면서 아직도 담배를 피워요? 제정신이 아닌가 봐요."

"타쿠미, 제발 그 입 좀 닥치지 못해!"

매들린이 도발적으로 담배연기를 내뿜으며 발끈했다.

"몸에도 안 좋은 담배를 왜 자꾸 피우시나 몰라."

매들린은 신호에 걸려 차가 멈춰서는 순간 캐리어의 손잡이를 잡고 일어나 차문을 열어젖혔다.

"뭐하시게요?"

"난 담배를 피워야 하니까 지금부터는 걸어갈게."

"말도 안 돼. 제발 그러지 말아요."

매들린은 쾅 소리 나게 차문을 닫고는 비가 억수처럼 내리는 그르넬 가 보도로 내려섰다.

3

"파업이라뇨?"

가스파르가 어이없다는 듯 되물었다.

공항 직원이 어깨를 으쓱했다.

"파업이 뭔지 몰라요? 파리에서는 그리 특별한 일도 아닌데 왜 그리 놀라죠?"

가스파르는 조금이라도 비를 피하기 위해 손을 이마에 붙여 챙을 만들었다.

"결과적으로 택시를 이용할 수 없다는 말입니까?"

"그나마 RER B선은 다니지만 평소의 삼분의 일만 운행해요."

"그럼 버스는요?"

"버스노조도 파업에 동참했지만 일부 구간은 운행되고 있어요."

공항 직원은 귀찮다는 듯 눈살을 찌푸리며 조금 남은 담배를 빨아 들였다.

가스파르는 다시 공항터미널 안으로 들어가 가판대에 꽂혀 있는 《르 파리지앵》지를 한 부 구입해 기사를 훑어보았다.

일면 제목이 '파리, 대대적인 교통마비'였다. 요컨대 택시기사, 열차기관사, 항공관제사, 승무원, 버스기사, 화물차기사, 항만노동자, 집배원, 청소부 등이 모두 일치단결해 파업에 동참했다. 파업참가자들은 정부가 공공서비스 분야 종사자들에게 불리한 법안을 철회하지 않을 경우 결코 파업을 중단하지 않을 거라고 으름장을 놓았다. 정유사도 파업에 동참하고 있어 며칠 후에는 자칫 자동차 연료를 구하기 힘들어질 수도 있었다. 설상가상으로 대기오염이 절정에 달해 있었고, 홍수로 센 강의 범람이 우려되는 상황이었다. 이미 홍수 때문에 운행을 통제하는 구간이 많았다.

가스파르는 눈두덩을 비볐다.

내가 파리에 올 때마다 왜 매번 이 난리를 치는 걸까?

악몽은 여전히 현재진행형이었다.

카렌에게 전화해 묘책을 내놓으라고 으름장을 놓고 싶었지만 휴대폰이 없었다. 그는 컴퓨터, 태블릿 PC, 이메일과는 담을 쌓고 살아왔다. 혹시 어딘가에 공중전화부스가 있는지 살펴보았지만 이미 구시대의 유물이 되어버린 듯 눈에 띄지 않았다. 그나마 일부라도 운행하고 있다는 버스만이 마지막 남은 희망이었다.

가스파르는 다시 공항 밖으로 나와 에어프랑스 사의 공항버스를 기다리고 있는 줄에 합류했다. 미어터질 정도로 승객을 태운 공항버스 두 대가 이제 막 출발했다. 줄을 서서 30분쯤 기다리는 동안 빗줄기가 두 배는 더 굵어졌다.

가스파르는 마침내 공항버스에 올라탔다. 마침 운 좋게도 몽파르나스 역으로 가는 버스였다. 빈자리는 없었지만 천만다행이었다. 승객들의 머리카락에서 빗물이 뚝뚝 떨어졌다.

가스파르는 도스토옙스키가 인간에 대해 내린 정의를 생각했다.

'인간은 모든 상황과 환경에 적응하는 존재이다.'

생면부지의 사람이 발등을 밟고, 몸을 밀고, 면전에 대고 재채기를 해대고, 지독한 땀 냄새를 풍겨도 그러려니 하며 참고 넘어갈 수밖에 없었다.

가스파르는 다시 비행기를 타고 미국으로 날아가 몬태나 숲에 처박히고 싶은 유혹에 사로잡혔지만 이내 마음을 고쳐먹었다.

그래, 길어봐야 한 달이니까.

주어진 시간, 그러니까 5주 안에 작품을 마무리하고 겨울의 끝자락부터 봄이 올 때까지는 그리스에서 보낼 생각이었다. 그리스의 시프노스 섬에 정박시켜 놓은 요트가 떠올랐다. 요트를 타고 6개월 동안 키클라데스 군도를 돌며 따뜻한 해풍, 눈부신 태양, 코발트빛 하늘, 깊고 고요한 터키석 빛깔의 에게 해에 흠뻑 빠져 지낼 생각을 하니 벌써부터 마음이 푸근해졌다.

가스파르는 키클라데스 군도에서 펼쳐지는 온갖 색채의 향연, 그 지역에 서식하는 각종 식물들이 뿜어내는 향기가 좋았다. 대기에 배어 있는 바다 냄새를 들이마시고, 가시덤불 속을 헤치고 들어가 식물들을 관찰하고, 태양빛에 바짝 마른 돌담을 따라 걷고, 어디에선가 풍겨오는 문어 굽는 냄새에 흠씬 취하다보면 시간이 훌쩍 지나 6월이 되어 있게 마련이었다. 그는 매년 6월 중순까지 그리스에서 지내다가 본격적으로 관광객들이 몰려드는 시즌이 되면 도망치듯 몬태나의 산장으로 돌아오곤 했다.

가스파르는 미국에서도 독특한 생활 방식을 고집했다.

거칠고 야생적인 자연으로의 회귀라고 할까?

그만이 아는 포인트에서 즐기는 송어 낚시, 자작나무 숲길 걷기, 호수 주변이나 강과 실개천을 따라 산책하는 게 주요 일과였다. 그는 오염된 도시와 쳇바퀴 돌 듯 이어지는 활력 없는 생활에 넌덜머리가 나 몬태나의 숲에서 칩거하기 시작했다.

공항버스는 A3고속도로로 접어들면서 거북이걸음으로 운행했다. 습기가 잔뜩 낀 차창 너머로 올네수부아, 드랑시, 리브리가르 강, 보비니, 봉디 등 파리 북동쪽에 위치한 지명을 적어놓은 표지판이 눈에 들어왔다.

가스파르는 철저히 자연 속으로 침잠하는 삶이 좋았다. 세상은 점점 더 이해할 수 없는 곳이 되어가고 있었다. 이제 도시문명은 악성종

양을 가진 불치병 환자가 되었다. 그는 파국을 향해 치닫고 있는 세상을 상대로 홀로 전쟁을 선포하며, 인간혐오주의자가 되기로 작정했다. 차라리 인간들보다는 곰, 맹금류, 파충류 따위와 친하게 지내는 게 낫다고 생각했다. 그는 도시 문명과 결별을 시도했고, 대부분의 시간을 인간 사회와 틀에 박힌 규범에서 벗어나 살아왔다. 지난 25년 동안 TV를 켠 적이 없었고, 인터넷을 외면했고, 여전히 1970년대 말에 시판되기 시작한 닷지 트럭을 몰고 다녔다.

은둔자적인 삶을 살아가자면 이따금씩 일탈이 필요했다. 가끔 그는 몬태나 주의 산골이나 그리스의 해변을 벗어나 비행기를 타고 주앙레 팽에서 열리는 키스 재럿의 콘서트에 가거나 로테르담으로 날아가 브뤼겔의 회고전을 보거나 베로나 원형경기장에서 열리는 토스카 공연을 보러가는 식으로 은둔 생활을 하는 동안 몸에 밴 야생적 기질에 예술혼을 불어넣었다.

한 달 동안 글쓰기에 전념하는 파리 체류도 연례행사로 벌어지는 일탈이었다. 일 년 동안 머릿속에서 숙성시킨 구상을 하루에 열여섯 시간씩 집필에 매진하는 강행군을 통해 완제품으로 만들어내는 작업이었다. 가끔 아이디어나 의욕이 고갈되기도 했지만 그때마다 매번 신기한 일이 벌어졌다. 머리가 텅 빈 상황에서 백지를 내려다보고 있다 보면 극중 상황에 꼭 들어맞는 대사와 독백, 어휘들이 펜 끝에서 저절로 써지는 식이었다. 그의 희곡은 20개의 언어로 번역되어 전 세계에서 꾸준히 공연되고 있었다. 작년 한 해에만 유럽과 미국에서 15개의 작품이 무대에 올랐다. 그의 최근작인 〈고스트 타운〉은 베를린의 전설적인 극장 샤우뷔네에서 초연되어 토니 상 후보에 올랐다. 그가 쓴 희곡들은 특히 지식인들의 열렬한 지지를 이끌어냈고, 언론의 스포트라이트를 받았다. 그가 생각하기에도 낯간지러울 만큼 지나치게 호의적인 해석과 과대평가가 줄을 이었다.

가스파르는 공연장에 나타나거나 언론 인터뷰에 응한 적이 없었다. 그가 처음에 언론을 회피하자 카렌은 심각한 우려를 표했지만 끝내 고집스럽게 버텼다. 그 결과는 전혀 예기치 않게 돌아갔다.

'얼굴 없는 작가 가스파르 쿠탕스 미스터리.'

그가 처음부터 의도한 바는 아니었지만 언론 회피는 오히려 그에 대한 신비감을 부추겨 지속적인 관심사로 이어졌다. 언론의 다양한 추측 기사가 끊이지 않으면서 대중들의 호기심을 자극했고, 새로운 작품을 발표하게 되면 화제를 독점하다시피 했다. 심지어 그를 밀란 쿤데라, 해롤드 핀터, 쇼펜하우어, 키르케고르 등의 대가들과 비교하는 비평가들도 생겨났다.

가스파르는 비평가들의 찬사에 우쭐해지기보다는 뭔가 과대평가를 받고 있다는 불길한 생각을 지우지 못했다.

공항버스는 바놀레를 지나 내부순환도로에서 오래도록 지체한 끝에 베르시 강변으로 접어들었다. 리옹 역에 정차한 버스는 절반가량의 탑승자를 내려주고 서쪽을 향해 출발했다.

가스파르는 희곡 작품을 통해 삶의 부조리와 비극성, 인간 조건에 따라붙는 소외와 고독의 문제를 주로 다루었다. 그는 이 시대가 드러내는 광기를 향해 혐오에 가까운 독설을 쏟아냈다. 그는 삶에 대한 막연한 환상이나 근거 없는 낙관, 대책 없는 감상, 개연성 없는 해피엔딩을 이야기하지 않았다. 그의 작품은 대부분 가차 없이 절망적이고 잔혹하고 비극적이었지만 어둡고 침울하기보다는 활력이 넘치는 패러독스와 풍자를 내포하고 있었다.

〈푸익-푸익(Pouic-Pouic 1963년에 발표된 프랑스 영화 : 옮긴이)〉이나 〈새장 속의 광대(La Cage aux folles 프랑스 이탈리아 합작영화. 1978년에 첫 상영된 이후 대단한 상업적 성공을 거두었으며 계속 리메이크 되고 있다 : 옮긴이)〉, 〈오늘밤 극장에서(Au Théâtre ce soir 프랑스 파리의 마리니, 샹젤리제, 에두아르VII 같은 극장무대에서 공연된 연극을 녹화해 TV에서 방영하던 프로그램 : 옮긴이)〉 정도는 아니었지만 도발적이고 역동적이고 유머러스했다.

가스파르의 작품들은 관객들에게 자유로운 삶을 이야기했고, 도시 문명을 버리고도 살 수 있다는 기대감을 갖게 해주었고, 비평가들에게는 미래의 인류가 나아갈 철학적 주제에 깊이 천착하고 있는 작품이라는 인상을 심어주었다. 그의 작품을 무대에 올릴 때마다 명성이 자자한 배우들이 앞다투어 함께하길 원했고, 관객은 공연장의 객석을 가득 채웠다.

공항버스는 이제 막 센 강을 건너는 중이었다. 아라고대로에 내걸린 크리스마스 장식이 한없이 초라해 보였다. 가스파르는 천박한 상업적 토사물로 전락한 오늘날의 크리스마스 축제를 경멸했다. 버스가 당페르 로슈로 광장 카타콤 앞에서 멈춰 섰다. 벨포르의 사자 상을 둘러싼 한 무리의 시위대가 CGT, FO, FSU(프랑스의 노동조합들 : 옮긴이) 등이 적힌 깃발을 흔들어댔다. 버스기사가 차창을 내리고 교통경찰과 몇 마디 대화를 주고받았다. 대화 내용을 귀 기울여 들어보니 멘대로는 통행이 금지되었고, 몽파르나스타워로 가는 길도 모두 통제 중이라는 내용이었다.

공항버스의 출입문이 열렸다.

"버스를 더 이상 운행할 수 없습니다. 자, 여기서 다들 내려야 합니다!"

버스기사는 굵은 장대비가 하염없이 쏟아지는 거리에 승객들을 내려놓고 유유히 사라졌다.

4

공공서비스 노조가 파업하면서 쓰레기하치장도 업무를 중단했다. 파리 시내는 나날이 쌓여가는 쓰레기 때문에 몸살을 앓았다. 식당이며 건물, 상점 입구마다 각종 쓰레기들이 산더미처럼 쌓여갔다. 관광객들은 환멸과 분노 사이를 오가느라 지친 나머지 오물들로 가득 찬 컨테이너 앞에서 냉소를 드러내며 기념사진을 찍기도 했다.

매들린은 쏟아지는 빗속에서 캐리어를 힘겹게 끌며 그르넬 가를 거슬러 올라갔다. 1백 미터를 전진할 때마다 캐리어의 무게가 1킬로그램씩 가중되는 느낌이었다. 그녀는 무너지지 않기 위해 마음을 다잡았고, 용기를 내기 위해 앞으로 며칠 동안 무얼 하며 지낼지 계획했다. 생루이 섬 산책하기, 샤틀레 극장에서 뮤지컬 보기, 에두아르VII 극장에서 연극 보기, 그랑팔레에서 에르제 전시회 보기, 극장에서 〈맨체스터 바이 시(Manchester-by-the-Sea)〉 보기, 가보고 싶었던 레스토랑 탐방하기.

매들린은 휴식을 취하며 피폐된 심신을 추스르기 위해 파리에 왔으므로 체류 기간 동안 일정이 순조롭게 진행되어야만 했다. 그녀는 이 도시가 예전처럼 마법을 부려주길 기대했다.

매들린은 며칠 후 병원을 방문해 진료를 받아야 한다는 생각을 애써 외면하며 계속 빗속을 걸었다. 부르고뉴 가를 지났을 때 거짓말처럼 비가 멎었다. 셰르시미디 가에 이르자 가느다란 햇살이 얼굴을 살짝 내밀었다.

매들린은 스마트폰을 꺼내 파리에 체류하는 동안 머물 집을 소개해준 부동산사이트를 열었다.

한 달 전, 매들린은 구글 검색창에 '파리의 아파트'라는 검색어를 집어넣고, 몇 번의 클릭 만에 그녀의 파리 방문 목적에 부합하는 부동산사이트를 찾아냈다. 막상 집을 소개받고 보니 비용이 터무니없이 비쌌다. 다른 사이트를 찾아볼까 잠시 고민하다가 집이 어찌나 마음에 드는지 차마 다른 집을 찾아볼 엄두가 나지 않았다. 그녀는 혹시라도 누군가 먼저 그 집을 계약할까 봐 조바심이 일어 즉시 신용카드를 꺼내 대금을 지불하고 예약을 완료했다.

임대계약서에 주소와 출입문 비밀번호가 명시되어 있었다. 잔 에뷔테른 산책로에 있는 쉐뒤모네 레스토랑의 맞은편 골목에 위치한 집이었다.

매들린은 철책으로 가로막힌 막다른 골목으로 들어섰다. 그녀는 휴대폰에서 눈을 떼지 않고 철책의 빗장을 풀어줄 네 개의 비밀번호를 눌렀다. 철책 안으로 발을 들여놓자마자 마치 시간이 멈춰 선 성소에 발을 들여놓은 듯 마음이 다소곳해지는 느낌이 들었다. 정원에서 자라는 인동덩굴, 대나무, 재스민, 목련나무, 멕시코오렌지나무, 마취목, 부들레야 등 각종 식물과 관목들이 눈에 들어왔다. 마치 누군가 마법을 부려 금세 도시를 벗어나 전원으로 들어서게 된 느낌이었다. 포석이 깔린 길을 따라 걷다보니 네 채의 집이 모습을 드러냈다. 텃밭을 끼고 있는 집들은 하나같이 담쟁이넝쿨과 꽃시계덩굴로 뒤덮여 있었다.

매들린이 임대한 집은 다른 세 채와는 전혀 닮지 않은 마지막 집이었다. 빨강벽돌과 검정벽돌을 바둑판 형태로 박아 넣은 정육면체 집으로 비밀번호를 누르자 철문이 활짝 열렸다. 철문에는 필기체로 〈쿠르숨 페르피시오(Cursum Perficio '나의 길은 여기서 끝난다.'라는 뜻 : 옮긴이〉라는 라틴어 문구가 새겨져 있었다.

철문을 열고 현관으로 들어서는 순간 갑자기 기분이 안온해지는 느낌을 받았다. 전혀 예기치 않게 찾아든 감정이었다.

마치 내 집에 온 듯 편안한 느낌이야. 공간 배치 때문일까? 자연광이 만들어낸 갈색 그림자 때문일까? 바깥세상의 혼돈과 대비되는 안온한 분위기 탓일까?

매들린은 인테리어에 민감한 편이었다. 형사 시절 범죄 현장에 출동하면서 몸에 밴 습관이었다.

현장이 말을 하도록 하라.

범죄 현장에 출동하면 일단 그 집의 구조와 특성을 살피고 평범하지 않은 부분을 찾아낼 필요가 있었다.

매들린은 방들을 차례로 둘러보았다. 1920년대에 지은 〈쿠르숨 페르피시오〉는 원래 화가의 작업실과 주거 문제를 동시에 해결해준 집이었다. 3층짜리 집으로 1층에 위치한 주방은 널찍한 거실을 향해 개방돼 있었다. 목재계단을 내려가면 정원과 눈높이가 같은 공간이 나왔다. 덩굴식물들로 둘러싸인 분수대가 눈앞에 보이는 침실 두 개와 작업실, 욕실 따위가 있는 공간이었다.

매들린은 집의 매력에 푹 빠져 몇 분 동안 작업실에 우두커니 서 있었다. 나무 우듬지가 내다보이는 4미터짜리 거대한 창틀은 숨이 막히도록 인상적이었다. 부동산사이트가 제공하는 안내문에서 원래 이 집이 숀 로렌츠라는 화가 소유였다는 내용을 읽은 기억이 났다.

작업실 바닥에는 여전히 물감 자국이 선명하게 남아 있었고, 이젤, 다양한 크기의 캔버스 틀, 아직 사용하지 않은 캔버스가 그대로 보존되어 있었다. 유화물감, 큰 붓, 넓적한 붓, 가는 붓, 물감 스프레이 따위도 여기저기에 자연스럽게 놓여 있어 마치 화가가 아직 이 집에 살고 있는 건 아닌지 착각이 들 정도였다.

매들린은 작업실에서 차마 발길이 떨어지지 않았다. 낯모르는 화가의 은밀한 공간을 엿본다는 건 대단히 매혹적이면서 가슴 두근거리는 경험이었기 때문이다.

매들린은 다시 거실로 돌아와 테라스와 이어진 창문을 열었다. 테라스로 나가자 안뜰에 피어 있는 꽃에서 짙은 향기가 올라왔다. 그녀는 벽에 부착된 모이통 주변을 맴도는 울새 두 마리를 발견하고 입가에 미소를 머금었다.

여긴 파리가 아니라 시골이야!

일단 따뜻한 물을 받아 목욕을 하고 나서 차를 한 잔 끓여들고 테라스에 나와 앉아 책을 읽을까?

매들린은 집이 마음에 쏙 들어 만족한 미소를 되찾았다.

이 집에 오길 잘 했어. 파리는 역시 마법을 부리는 도시야.

5

가스파르는 우산 대신 재킷을 머리 위에 펼쳐들고 부지런히 걸음을 옮겨놓았다. 어깨에 메고 있는 배낭의 무게가 어깻죽지를 아프게 파고들었다. 그는 당페르로슈로 광장에서부터 에드가키네 지하철역까지 쉬지 않고 걸었다. 들랑브르 가로 접어들자 그제야 낯익은 풍경이 차츰 눈에 들어오기 시작했다.

2년 전, 카렌이 들랑브르 공원 모퉁이에 있는 아파트를 임대해준 적이 있었고, 아직 그 주변 지리를 또렷이 기억하고 있었다. 작은 학교, 레녹스호텔, 전면이 꽃으로 뒤덮인 공원, 그가 자주 식사를 하던 스시바 '고젠', 비스트로 돔 따위가 눈에 들어왔다.

몽파르나스대로에 당도할 무렵 마침내 비가 그쳤다. 가스파르는 비에 푹 젖은 재킷을 다시 입고, 안경을 닦았다. 길에서 구호를 외치는 소리에 이어 폭죽을 터뜨리는 소리, 안개신호나팔 소리, 호루라기 소리, 사이렌 소리가 한데 뒤엉켜 들려왔다. 거리는 온통 시위대의 행렬로 북새통을 이루었다.

가스파르는 원하지도 않았는데 어느새 노란 형광색 조끼와 붉은 색 가운 차림의 CGT 소속 노조원들 사이에 섞여드는 처지가 되었다. 노조원들을 독려하는 확성기 소리가 가까이에서 울려 퍼졌다. CGT 깃발과 플래카드의 물결 속으로 휩쓸려 들어간 그는 라스파유 대로까지 그들과 함께 전진했다.

가스파르는 물에 흠뻑 젖은 생쥐 몰골로 주머니에서 카렌이 준비해 건네준 계약서를 꺼내 집 주소와 찾아가는 방법을 숙지했다. 가녀린 햇살이 비에 젖은 인도 위에 반사되기 시작할 무렵 그는 다시 발걸음을 떼어놓았다.

가스파르는 셰르시미디 가 모퉁이에서 주류매장을 발견하고 반색했다. 〈적과 흑〉이라는 상호를 내건 상점이었다. 그는 주인과 대화를 나눌 필요도 없이 10분 만에 제브레샹베르탱, 샹볼뮈지니, 생테스테프, 마르고, 생쥘리앵 따위 와인을 사들고 밖으로 나왔다. 그는 주류매장 진열장 유리에 비친 자신의 모습을 보면서 영화 〈라스베이거스를 떠나며〉의 첫 장면을 떠올렸다. 니콜라스 케이지가 주류매장에 들어가 수십 병의 술로 카트를 가득 채우는 장면이었다.

가스파르는 아직 알코올 중독이 될 정도는 아니었지만 술이 일상에서 빼놓을 수 없을 만큼 중요한 부분을 차지하고 있다는 사실은 부인할 수 없었다. 그는 주로 혼자 술을 마셨다. 가끔 컬럼비아 폴스, 화이트피시, 시프노스의 목로주점 같은 곳에 들러 만취하는 적도 있었다. 브뢰겔, 쇼펜하우어, 밀란 쿤데라, 해롤드 핀터 같은 인물들에게는 조금도 관심이 없는 주당들과 어울려 꼭지가 돌도록 퍼마신 결과였다. 그에게 술은 살다보면 생기게 마련인 균열을 메워주고, 삶을 조금은 덜 비극적으로 만들어주는 완충제 역할을 해주었다. 술은 제어하기 어려운 감정들과의 거리를 유지하도록 해주는 방패이고, 불안감으로부터 그를 보호해주는 갑옷이며, 가장 성능 좋은 수면제이기도 했다.

가스파르는 헤밍웨이가 쓴 문장을 떠올렸다.

'똑똑한 인간은 어리석은 자들 사이에서 시간을 보내기 위해 이따금 술을 마시지 않을 수 없다.'

술이 근본적으로 해결할 수 있는 문제는 없었지만 적어도 비루한 삶을 견디게 해주는 윤활유 역할을 해주는 건 분명했다. 그는 언젠가 술이 자신을 상대로 승리를 거두는 날이 오리라고 예상했다. 더 이상 삶을 견딜 수 없는 날이 오게 될 경우 술 없이는 단 하루도 황폐해진 정신을 지탱할 수 없을 테니까.

가스파르는 자신의 사체가 술이 가득 찬 심연 속으로 깊숙이 가라앉는 모습이 떠올라 황급히 머리를 가로저었다. 어느새 프러시안 블루 색으로 칠한 철책이 눈앞에 나타났다. 그는 술 상자를 겨드랑이에 끼고, 출입문을 열어주는 비밀번호 네 자리를 눌렀다.

막다른 골목 안으로 들어서자마자 몸 전체로 안온한 기운이 퍼져나갔다. 그는 온갖 나무와 식물들이 자라는 정원을 바라보며 우두커니 서 있었다. 어쩐지 이곳에서는 시간이 다른 곳에 비해 천천히 흐른다는 느낌이 들었다.

고양이 두 마리가 햇볕을 쬐고 있었다. 울새들이 벚나무 가지 사이를 옮겨 다니며 재잘댔다. 바깥세상의 혼란이 문득 아득하게 느껴지면서 과연 이곳이 몽파르나스타워에서 수백 미터 거리에 있는 곳이 맞는지 의구심이 들었다.

가스파르는 울퉁불퉁한 포석이 깔린 길에서 몇 발자국을 옮겨놓았다. 마침내 키 작은 관목들 사이로 집들이 보였다. 담쟁이와 포도 넝쿨로 뒤덮인 집들이었다. 막다른 골목이 끝나는 곳에 다다르자 기하학적인 형태의 집이 마침내 자태를 드러냈다. 검정과 빨강벽돌을 바둑판 모양으로 박아 넣은 콘크리트 건물이었고, 유리창이 차지하는 비중이 턱없이 큰 편이었다. 출입문 위에 '쿠르숨 페르피시오'라는 라틴어 문구가 걸려 있었다. 마릴린 먼로가 숨을 거둔 거처의 이름이기도 했다. 카렌의 설명대로 네 개의 숫자를 누르자 가벼운 금속성 소리를 내며 철문이 열렸다.

가스파르는 얼른 내부를 둘러보고 싶은 마음이 일어 현관에서 곧장 거실을 향해 걸어갔다. L자형 테라스가 있는 사각형 안뜰을 중심으로 방들이 매우 독창적인 방식으로 배치되어 있는 집이었다.

"놀라워!"

가스파르는 입을 벌리지도 않고 중얼거렸다. 집에 들어선 순간부터 지난 몇 시간 동안 쌓였던 피로감이 금세 사라져버린 느낌이었다. 한마디로 차원이 다른 세계였다. 친숙하면서 포근한 위안을 느끼게 해주는 공간, 대단히 기능적이면서도 간결하게 정제된 매력이 살아있는 공간이었다. 건축의 구조며 비례는 그가 알고 있는 문법의 범위를 넘어서는 영역이었다.

가스파르는 실내 인테리어에는 무심한 반면 주변 풍경에는 민감했다. 그가 살고 있는 몬태나의 집도 실내 인테리어보다는 주변 풍경에 매료돼 선택했다. 호수 표면에 비친 눈 덮인 산 그림자, 희다 못해 푸른빛을 띤 설원, 한없이 광대한 전나무 숲이 그의 집에서 내다보이는 풍경이었다.

가스파르는 아시아 사람들이 이야기하는 풍수지리설이나 가구 배치가 기의 흐름에 미치는 영향 등 동양적 접근 방식은 믿지 않았지만 이 집에서는 왠지 '상서로운 기운'이 느껴지는 듯했다. 한 달 동안 글을 쓰며 지내기에는 그야말로 제격이라는 확신이 들었다.

가스파르는 창을 열고 테라스로 나가 새들의 노래를 들으며 전원의 느낌을 만끽했다. 비가 그치고 나서 바람이 제법 불었지만 날씨는 청명했고, 따사로운 햇살이 얼굴 가득 내려앉았다.

가스파르는 한 달 동안 마음에 쏙 드는 집에서 머물게 된 행운을 자축하기 위해 기꺼이 와인을 한잔 마시기로 했다. 그는 갑자기 문을 여닫는 소리가 들려오는 바람에 황홀경에서 벗어났다.

집에 누가 있나? 가사도우미나 시설 관리원일 테지?

그런 생각을 하며 실내로 들어섰던 그는 화들짝 놀랐다.

목욕타월로 가슴부터 허벅지까지만 가린 여자 역시 깜짝 놀란 눈으로 그를 쳐다보았다.

"누구시죠? 이 집에서 지금 뭐하는 겁니까?"

여자가 잔뜩 화난 표정으로 그를 노려보았다.

"내가 하려던 질문을 먼저 하네요?"

여자가 어이없다는 듯 대꾸했다.

2. 21그램의 법칙

우리가 예술가들에게 끌리는 이유는 다양하지만 나는 그들의 독창성, 체제순응에 대한 거부,
부조리한 사회를 향해 치켜든 가운뎃손가락에 특별히 끌린다.
─제스 켈러만

1

"솔직히 말해 난 당신이 방금 전 쏟아낸 비난의 의미를 제대로 이해
하지 못했습니다."

매들린에게 집을 임대해준 베르나르 베네딕은 포부르생토노레 가
에서 화랑을 운영하는 사람이었다. 은발에 등이 구부정한 그는 체중
감량을 심하게 한 듯 입고 있는 차이나 칼라 셔츠와 압생트 주 빛깔 재
킷이 지나치게 헐렁해보였다. 건축가 르 코르뷔지에가 즐겨 써 유명
해진 커다란 안경이 그의 얼굴 절반가량을 차지하고 있어 다소 우스
꽝스러워 보이긴 했지만 눈빛만큼은 예사롭지 않게 빛났다.

"부동산사이트에서 집을 소개받을 당시 다른 사람과 공동으로 사용
해야 한다는 말은 전혀 못 들었는데요."

매들린은 목소리를 높여 앞서 했던 말을 반복했다.

화랑 주인은 고개를 저었다.

"제가 알기로도 숀 로렌츠의 집을 공동임대로 내놓은 적은 없습니다."

"그럼 어떻게 된 일인지 계약서를 확인해보세요."

매들린이 똑같은 형식의 계약서 두 부를 그에게 내밀었다. 한 부는 그녀가 한 시간 전, 목욕을 마치고 욕실에서 나오다가 맞닥뜨린 가스파르 쿠탕스에게서 받은 계약서였다.

화랑 주인은 도무지 알 수 없는 일이라는 표정을 지으며 계약서를 훑어보았다.

"뭔가 착오가 빚어진 게 분명해요."

화랑 주인이 안경을 만지작거리며 실수를 인정했다.

"컴퓨터가 버그를 일으켰나보죠. 저는 사실 컴퓨터 프로그램에 대해서는 잘 알지 못해요. 나디아에게 물어보면 금세 알 수 있겠네요. 그 아가씨가 부동산사이트에 광고를 올렸으니까요. 그런데 어쩌죠? 그 아가씨는 오늘 아침에 시카고로 휴가를 떠났는데요."

"저도 부동산사이트에 이메일을 보내두었지만 쉽사리 해결될 문제는 아닌 것 같아요. 저처럼 그 집을 임대한 남자는 미국에서 이제 막 도착했고, 양보할 마음이 전혀 없어 보이더군요."

화랑 주인의 낯빛이 어두워졌다.

"빌어먹을! 숀 로렌츠는 무덤에 가서조차 골치를 썩이는군요!"

그가 한숨을 푹 내쉬며 구시렁댔다.

"제가 계약금을 환불해줄 테니 손님이 양보해주는 게 어떨까요?"

"저는 분명 그 집을 임대했고, 계약서에 나온 대로 이행해주길 바랍니다."

매들린은 절대로 물러서지 않을 생각이었고, 반드시 그 집에 머물 결심이었다. 비이성적인 결정이라고 비난해도 어쩔 수 없었다. 이대로 런던으로 돌아갈 수는 없으니까.

"그럼 가스파르 쿠탕스 씨에게 전화해 양해를 구해야겠군요."

"믿어지지 않겠지만 그 남자는 휴대폰이 없답니다."

"그럼 손님이 저를 대신해 의사를 전해주세요."

"우린 겨우 5분 정도 대면했을 뿐인데요. 게다가 인상을 보아하니 고집불통으로 보이던데 어쩌죠?"

"손님도 고집이라면 절대로 뒤지지 않을 것 같네요."

화랑주인이 명함을 내밀며 말했다.

"저는 베르나르 베네딕이라고 합니다. 두 분이 상의해보시고 전화 주세요. 제가 가스파르 쿠탕스 씨에게 사과도 할 겸 양해를 구한다는 편지를 한 통 쓰는 게 낫겠군요. 제가 편지를 쓰는 동안 손님께서는 잠시 화랑을 둘러보시는 게 어떨까요?"

매들린은 화랑 주인의 편지가 과연 고집불통 남자를 설득할 수 있을지 의심스러웠지만 딱히 다른 방도가 없는 상황이었다.

마침 점심시간이라 화랑에는 손님이 별로 없었다. 현대미술을 전문으로 취급하는 화랑이었다. 첫 번째 전시실에는 주로 대형 그림들이 걸려 있었다. 그 그림들은 죄다 제목이 없는 이른바 '무제'였다. 대부분 단색 바탕에 커터로 긋고 녹슨 못들로 구멍을 뚫어 우울하고 서글픈 느낌을 발산하는 작품이었다. 그 반면, 두 번째 전시실에 걸린 그림들은 원색의 향연이었다. 작품 성향이 대체로 그래피티와 아시아 식 서예의 경계에 위치한 듯 보였다. 나름 흥미로운 시도라는 생각이 들었지만 특별한 감흥이 일지는 않았다. 그녀는 사실 현대미술에 대한 이해가 부족하기도 했고, 그다지 끌리지도 않았다. 사람 해골에 다이아몬드를 장식하고 동물들을 포르말린 용액에 담은 데미안 허스트,

베르사유 궁전에 거대한 알루미늄 바다가재를 매달아 논란을 일으킨 제프 쿤스, 도발 행위를 계속하는 뱅크시, 음경 형태의 트리를 만들어 방돔 광장에 전시한 폴 매카시 등에 대한 취재기사를 읽은 적이 있었지만 아직 그런 예술 작품을 제대로 이해하고 음미할 수 있는 열쇠를 찾아내지 못했다.

매들린은 다음 전시실로 발걸음을 옮겼다. 그 방에는 여러 부류의 그림들이 특별한 원칙 없이 마구 뒤섞여 있었다.

이 전시실은 잡동사니 집합소인가?

다양한 형광색으로 만든 남근 형태 조형물들, 포르노 만화에 등장하는 인물들을 분홍색 수지를 사용해 재현한 작품, 카마수트라에 등장하는 극단적인 체위를 조각한 작품, 흰 대리석을 깎아 만든 키메라 (사자의 몸에 케이트 모스의 머리와 가슴 부분을 결합한 괴이한 상상의 동물) 등이 전시된 방이었다. 전시실 한구석에는 정어리 통조림 용기, 수명이 다한 전구, 주방도구 따위를 철사나 절연 테이프, 노끈 등으로 결합시켜 만든 소총, 나팔총, 화승총 따위의 무기 컬렉션도 진열되어 있었다.

"마음에 드십니까?"

매들린은 깜짝 놀라 몸을 돌렸다. 작품들을 주의 깊게 보느라 베르나르 베네딕이 다가오는 소리를 듣지 못했다.

"여기 전시된 작품들에 대한 이해도 부족할뿐더러 대체로 내 취향은 아니네요."

"혹시 취향을 알 수 있을까요?"

화랑 주인이 봉투를 내밀며 물었다.

매들린은 봉투를 바지주머니에 집어넣었다.

"마티스, 브랑쿠시, 니콜라 드 스탈, 쟈코메티……."

"주로 천재성이 번득이는 작가들을 좋아하시는군요. 여기에 전시해 놓은 작품들은 아직 그런 대가들 수준에는 이르지 못한다는 점을 인정합니다."

베르나르가 각양각색의 음경 조형물들을 가리켰다.

"믿기 힘드시겠지만 저 조형물들이 요즘 가장 잘 팔리는 작품들입니다."

매들린은 시큰둥한 표정으로 입을 비쭉 내밀었다.

"혹시 여기에 숀 로렌츠의 작품도 있나요?"

그 순간 베르나르의 표정에서 미소가 사라졌다.

"여기에 숀 로렌츠의 작품은 없습니다. 안타깝게도 숀이 남긴 작품은 극소수인데다가 가격이 엄청나게 비싸죠."

"숀 로렌츠는 언제 사망했죠?"

"일 년 전에 죽었습니다. 겨우 마흔 아홉 살이었죠."

"젊은 나이였네요."

"숀은 늘 건강이 좋지 않았습니다. 오래전부터 심장질환을 앓아 수술을 여러 차례 받았죠."

"숀 로렌츠의 그림을 이 화랑에서도 취급했나요?"

베르나르가 서글픈 표정을 짓다가 이내 얼굴을 찡그렸다.

"저는 숀 로렌츠와 최초로 계약한 화상이죠. 자주 다투긴 했지만 우린 매우 가까운 친구 사이였습니다."

"숀 로렌츠는 성향으로 분류하자면 어떤 작가 군에 넣는 게 적당할까요?"

"그는 사실 어떤 작가 군에 넣기가 애매한 화가입니다. 그 어떤 작가와도 비슷하지 않기 때문이죠. 그는 그저 다른 누구도 아닌 숀 로렌츠일 뿐입니다!"

"숀 로렌츠라는 화가가 그 정도로 독창성이 뛰어났나요?"

"숀 로렌츠는 그 어떤 그룹에도 속하지 않고 독자적으로 활동했습니다. 굳이 예를 들자면 스탠리 큐브릭 감독과 유사했죠. 숀 로렌츠는 스탠리 큐브릭처럼 걸작을 만들어낼 수 있는 자질과 재능이 충분한 화가였습니다."

매들린은 화가의 집에 발을 들여놓는 순간부터 굉장한 인연이라 여겼기 때문에 숀 로렌츠에 대해 좀 더 많은 걸 알고 싶었다.

"숀 로렌츠의 집은 당신 소유인가요?"

"저는 숀 로렌츠의 채권자들로부터 그 집을 지켜내기 위해 무던히 애쓰고 있습니다. 제가 바로 그의 상속자이자 유언 집행자니까요."

"채권자라면? 방금 전, 숀 로렌츠의 작품 값이 엄청나게 비싸다고 하지 않았나요?

"숀 로렌츠의 작품이 고가이고 돈을 제법 많이 벌었지만 이혼 비용이 너무 많이 들었죠. 게다가 최근 몇 해 동안은 그림을 그리지 않았어요."

"그림을 그리지 못한 특별한 이유가 있었나요?"

"지병인 심장질환 때문이기도 했고, 개인적으로 복잡한 문제들이 많았죠."

"가령 복잡한 문제라면?"

베르나르가 기분이 상한 표정을 지었다.

"손님은 직업이 경찰입니까?"

매들린이 빙긋 웃었다.

"오랫동안 형사로 근무했어요. 맨체스터경찰서 형사과에서 일했고,

뉴욕에서 NYPD 소속으로도 근무했죠."

"주로 어떤 사건을 수사했나요?"

매들린은 어깨를 으쓱했다.

"주로 살인사건이나 납치사건을 수사했어요."

베르나르는 갑자기 좋은 생각이 떠올랐다는 듯 두 눈을 빛냈다. 그는 손목시계를 힐끗 보고 나서 손가락으로 창 너머 이탈리아 식당을 가리켰다. 식당의 검정색 창에 치장한 황금색 장식 탓에 해적선이 연상되었다.

"혹시 살팀보카(얇게 저민 송아지 고기 위에 햄과 샐비어 잎을 놓고 돌돌 말아 꼬치를 만들어 버터와 함께 굽는 이탈리아 요리 : 옮긴이)를 좋아하십니까? 숀 로렌츠에 대해 더 알고 싶다면 손님을 점심식사에 초대하겠습니다."

2

미적지근한 훈풍이 보리수나무 가지들을 스치고 지나갔다. 가스파르는 테라스에 나와 앉아 제브레샹베르탱을 홀짝였다. 체리와 카시스 향을 풍기는 와인이었다.

빌어먹을! 내가 이 집에서 쫓겨날 수는 없어!

가스파르는 이 집이 마음에 들었고, 권리를 포기할 마음이 전혀 없었다. 그 여자도 성질이 보통내기는 아닌 듯했다. 그는 카렌과 통화하기 위해 매들린에게 휴대폰을 빌려야만 했다.

카렌은 딱히 잘못도 없으면서 미안해 어쩔 줄 모르다가 사과를 거듭했다. 10분 후, 그녀는 다시 전화해 브리스톨호텔 스위트룸을 예약했으니 거기서 지내라고 했다.

가스파르는 그녀의 제안을 일언지하에 거절하면서 그 어디에도 가지 않겠다고 선언했다.

부르고뉴 와인이 부드럽게 목을 타고 넘어갔다. 새들이 지저귀는 소리, 온화한 대기, 마음을 따사롭게 보듬어주는 겨울 햇살이 그와 함께 했다.

한마디로 코미디 같은 상황이었다.

한 남자와 한 여자가 크리스마스에 전산 오류로 같은 집을 임대하다니? 연극의 도입부 같은 장면이야.

물론 그는 코미디 극을 즐겨 쓰는 작가는 아니었다. 그 반면, 그의 아버지는 앙투안 극장이나 부프 파리지엔의 황금시대를 열어주었던 바리예와 그레디의 6,70년대 코미디 극을 정말 좋아했다.

가스파르는 파리에 올 때마다 이미 잊었다고 믿었던 어린 시절의 기억들이 새록새록 되살아났다. 그는 더 고통스러워지기 전에 서둘러 기억들을 머릿속에서 몰아냈다. 그는 나이가 들면서 아픈 기억일수록 거리를 두고 간직하는 편이 좋다는 사실을 깨달아가는 중이었다.

가스파르는 와인 한 잔을 더 따라 들고 거실로 돌아왔다. 적어도 수백 장은 족히 되어 보이는 재즈 LP판들이 참나무 원목 선반에 가지런히 정리되어 있었다. 그는 한 번도 들어보지 못한 폴 블레이의 음반을 턴테이블에 얹었다. 맑은 음색의 피아노곡이 흘러나왔다.

흑백으로 찍은 가족사진들이 벽에 걸려 있었다. 한 가족인 듯 남자와 여자, 남자아이를 찍은 사진이었다. 남자는 숀 로렌츠였다. 언젠가 제인 바운이라는 영국 작가가 찍은 그의 사진을 본 적이 있었다. 지난해 12월 《르 몽드》지에 숀 로렌츠의 부음 소식이 기사로 실렸을 때 바로 눈앞에 보이는 사진이 함께 게재되었다.

숀 로렌츠는 큰 키에 칼날처럼 길쭉하고 날렵한 얼굴, 왠지 불안해

보이면서도 단호한 눈빛을 가진 남자였다. 그의 부인이 등장하는 사진은 단 두 장밖에 없었다. 그녀의 사진은 25년 전 스테파니 세이무어나 크리스티 털링턴이 패션잡지 표지에서 취했던 포즈를 연상케 했다. 허리는 잘록하고, 가슴은 풍만하고, 몸매의 볼륨이 두드러진 1990년대 식 미녀였다. 날씬하지만 뼈만 앙상하게 남은 요즘 미녀들과 대비되는 미모였다. 한 세대를 풍미할 만큼 대단한 미인이었지만 범접하기 힘든 분위기를 풍기지는 않았다.

다른 사진들은 대부분 숀 로렌츠와 아들이 함께 찍은 사진들이었다. 숀 로렌츠는 통통한 볼, 초롱초롱한 눈망울, 곱슬곱슬한 금발의 아이와 함께 있을 때면 늘 행복한 사람으로 변모한다는 느낌이 들었다.

숀 로렌츠가 대여섯 살쯤 되어 보이는 아이들과 함께 그림을 그리는 모습을 찍은 사진도 있었다. 그 아이들 중에 아들도 섞여 있는 것으로 보아 아마도 학교에서 미술수업을 하고 있는 듯했다.

가스파르는 서가에 꽂혀있는 플레이아드 판 서적들과 타셴 혹은 아술린 출판사에서 펴낸 한정판 화집들을 둘러보다가 숀 로렌츠의 작품집을 발견했다. 5백 페이지에 달하는 양장판으로 무게가 3킬로그램은 족히 나갈 듯했다.

가스파르는 와인 잔을 테이블 위에 내려놓고, 소파에 앉아 책을 훑어보기 시작했다. 그는 지금껏 숀 로렌츠의 작품을 본 적이 없었다. 그의 그림 취향은 플랑드르 학파와 네덜란드 황금시대 작가들인 반 아이크, 보쉬, 루벤스, 베르메르, 렘브란트 등에 경도되어 있었다.

가스파르는 베르나르 베네딕이라는 사람이 쓴 서문부터 읽어 내려갔다. 저자는 책의 서문에서 숀 로렌츠의 작업을 심도 있게 분석하는 한편 이제껏 발표된 적이 없는 자료들에 대한 접근을 시도하겠다고 밝혔다.

숀 로렌츠는 1960년대 중반 무렵 뉴욕에서 태어났다. 그의 어머니는 엘레나 로렌츠라는 가사도우미였다. 어퍼 웨스트사이드의 의사였던 아버지는 단 한 번도 그를 아들로 인정하지 않았다. 숀 로렌츠는 어머니와 함께 뉴욕 할렘 북부의 임대 아파트 폴로 그라운즈 타워스에서 유년기와 청소년기를 보냈다. 그의 어머니는 가정형편이 어려웠지만 아들을 성공시키기 위해 뉴욕에서 등록금이 가장 비싼 프로테스탄트 계열 사립학교에 보냈다. 어린 숀 로렌츠는 어머니의 헌신적인 뒷바라지에도 아랑곳하지 않고 줄곧 문제아로 지냈다. 학교에서 여러 차례 정학 처분을 받은 그는 가벼운 범죄의 세계에 빠져 들어갔다. 청소년기가 막을 내릴 무렵 그는 〈불꽃 제조자들〉이라는 그래피티 집단을 결성해 뉴욕의 벽과 지하철 전동차에 그림을 그리기 시작했다.

가스파르는 책 속에 게재되어 있는 사진들을 살펴보았다. 사진들에 나오는 숀 로렌츠의 나이는 스무 살에서 스물 대여섯 살쯤 되어보였다. 여전히 어린 나이였지만 얼굴에는 산전수전 다 겪은 티가 배어났다. 큰 검정색 외투에 물감이 잔뜩 묻은 티셔츠, 래퍼들이 즐겨 쓰는 모자, 낡은 캔버스 운동화 차림에 스프레이 물감으로 무장한 그의 곁에는 늘 두 명의 친구들이 함께 했다. 히스패닉 계통의 체구가 가냘픈 남자와 인디언 머리띠를 매고 있는 남자처럼 생긴 체형의 여자가 그의 공범자들이었다. 그들 세 사람이 바로 열차전동차, 벽, 난간, 무너진 담벼락 등을 그래피티로 채웠던 〈불꽃 제조자들〉이었다. 주로 창고나 나대지, 전철이 다니는 지하에서 찍은 사진들이라 초점이 잘 맞지 않았고, 피사체 외의 주변 배경이 지나치게 흐릿한 사진들이었다. 그럼에도 야생적이고 더럽고 폭력이 난무하던 1980년대 뉴욕의 속살을 보여주기에 부족함이 없었다.

가스파르가 대학생 시절에 대했던 뉴욕의 어두운 단면을 생생하게 떠올리게 해주는 사진들이었다.

3

"1980년대 뉴욕은 그래피티 전성시대였죠. 숀 같은 청년들은 닥치는 대로 그래피티를 그리고 다녔습니다. 상점가의 셔터, 우편함, 컨테이너, 열차도 예외는 아니었죠."

베르나르가 포크로 스파게티를 돌돌 말아 입에 넣으며 말했다. 그는 주머니에서 스마트폰을 꺼내더니 사진 앱으로 들어가 숀 로렌츠 관련 이미지 목록을 선택했다.

"자, 보십시오."

그가 매들린에게 휴대폰을 내밀었다.

"Lorz74가 뭐죠?"

매들린이 여러 장의 사진에 등장하는 글자를 가리키며 물었다.

"숀의 예명입니다. 그래피티 작가들은 흔히 이름과 거주지 번지수를 결합해 예명을 짓곤 했죠."

"숀 로렌츠 옆에 있는 두 사람은 누구죠?"

"히스패닉 계 친구는 '나이트시프트'라는 예명으로 활동하다가 얼마 지나지 않아 자취를 감추었습니다. 불도저처럼 생긴 여자는 '레이디버드'라는 예명으로 활동했는데 그래피티에 대한 재능이 제법 뛰어난 편이었죠. 게다가 그래피티 작가 중에서 여성은 매우 드물었죠. 숀과 그들 두 사람은 〈불꽃 제조자들〉이라는 이름을 내걸고 함께 활동했죠."

매들린은 수십 장의 사진을 계속 훑어보았다. 1980년대와 1990년대 뉴욕은 요즘과는 많이 달랐다는 사실을 언뜻 보아도 알 수 있었다.

그 당시 뉴욕은 갱스터들과 온갖 마약이 난무하는 정글이었다. 어두운 현실을 반영한 원색의 그래피티들이 도시 곳곳에서 화려한 꽃을 피웠다. 숀 로렌츠의 그래피티들은 대부분 엄청나게 큰 색색의 글자들로 구성되었다. 동그란 형태의 그 글자들은 〈와일드 스타일(1982년 미국에서 나온 힙합 관련 영화로 허구였지만 지극히 사실적이었다는 평가를 받음 : 옮긴이)〉의 전통을 답습한 듯 서로 포개지고 뒤엉켜 있었다.

매들린은 청소년기를 보냈던 맨체스터 빈민가의 담벼락을 떠올렸다. 미로 같은 글자들, 혼란스럽게 뒤섞인 화살촉과 느낌표들이 지극히 상반되는 감정을 촉발시켰다. 그녀는 무질서하고 궤도 이탈적인 면을 싫어하는 편이었지만 생동감 넘치는 이 벽화들이 적어도 잿빛 시멘트벽이 대변하는 서글프고 암울한 이미지를 상상력 넘치는 예술품으로 변모시켰다는 점만큼은 인정하지 않을 수 없었다.

"1990년대 초반만 해도 숀은 동네 친구들과 어울려 다니며 헤로인 흡입을 일삼던 불량 청소년이었지만 가끔 매우 흥미로운 그래피티 작품을 선보여 관심을 끌었습니다."

"그때까지만 해도 사람들의 주목을 받을 정도는 아니었겠군요?"

매들린이 물었다.

"네, 그렇죠. 그러다가 1992년 여름에 숀에게 획기적인 변화가 일어났습니다."

"무슨 일이 있었는데요?"

"숀은 그랜드센트럴 역에서 열여덟 살짜리 프랑스 여자를 만나 첫눈에 반하게 되었죠. 페넬로페 쿠르코브스키라는 여자였는데 어머니는 코르시카 출신이고, 아버지는 폴란드 사람이었죠. 페넬로페는 뉴욕에서 베이비시터로 일하며 모델이 되기 위해 부지런히 오디션을 보러 다니는 중이었습니다."

화랑 주인은 잠시 말을 멈추고 탄산수를 한 모금 들이켰다.

"숀은 페넬로페의 관심을 끌기 위해 뉴욕에 있는 지하철 전동차에 그래피티를 그리기 시작했습니다. 그가 두 달 동안 그린 그래피티의 양이 엄청나게 많았죠."

베르나르가 다시 휴대폰에 저장해둔 사진들을 찾아냈다.

"물론 숀이 그래피티로 사랑을 고백한 최초의 예술가는 아니었습니다. 콘브레드와 조넌이 숀보다 앞서 시도했던 적이 있었으니까요. 다만 지하철 전동차에 그래피티를 그려 사랑을 고백한 경우는 숀이 처음이었습니다."

새로운 사진을 찾아낸 화랑 주인이 휴대폰을 매들린에게 건넸다.

매들린은 사진을 보는 순간 입이 딱 벌어지게 놀랐다. 그 당시 숀 로렌츠가 전동차에 그린 그래피티들은 대개가 페넬로페의 아름다움, 쾌락, 관능에 대해 표현한 작품들이었다. 그 그림들은 마치 덩굴이 뻗어가듯 여러 전동차로 이어졌다. 그 모습이 마치 천상의 여인 혹은 물의 요정처럼 아름답기 그지없었다. 나뭇잎, 장미꽃, 백합꽃 따위로 치장한 페넬로페의 얼굴은 변화무쌍하게 흩날리며 마구 뒤엉켜버린 아라베스크 문양의 머리카락에 둘러싸인 가운데 관능적이면서도 위협적인 느낌을 자아냈다.

4

가스파르는 무릎 위에 화집을 펼쳐두고 숀 로렌츠가 1992년 7월부터 8월 사이에 그렸다는 지하철 전동차 그래피티를 찍은 사진들로부터 눈을 떼지 못했다. 그는 이제껏 그런 그림을 본 적이 없었다. 그 그림들은 마치 피카소가 그린 〈꽃 여인(La Femme-fleur)〉이나 알폰스 무하의 몇몇 포스터를 연상케 했다.

황금빛 나뭇잎으로 몸을 감싼 여자는 누굴까?

책을 자세히 읽어보니 그녀가 바로 숀 로렌츠의 부인인 페넬로페라는 설명이 나와 있었다. 가족사진으로도 본 바로 그 여자였다. 그녀는 긴 다리와 백옥 같은 피부, 마치 불이 붙은 듯 붉게 타오르는 머리카락을 통해 관능적인 면모와 위협적인 느낌을 동시에 드러내고 있었다.

가스파르는 화보집을 넘기며 에로티즘을 담고 있는 그래피티 작품들을 찾아보았다. 페넬로페의 머리카락을 수십 마리의 꿈틀거리는 뱀으로 표현한 그림이 눈에 띄었다. 뱀들이 그녀의 가슴을 감고, 옆구리를 핥고, 은밀한 부분을 애무하고 있는 그림이었다. 사이키델릭 후광에 둘러싸인 가운데 황금빛으로 빛나는 그녀의 얼굴은 쾌락으로 일그러져 있었고, 비비꼬인 그녀의 몸은 관능적으로 휘어진 가운데 불길처럼 타올랐다.

5

"숀은 놀라운 솜씨로 그래피티 계의 암묵적인 규칙을 허물어뜨렸죠. 그때부터 그의 작업은 클림트나 모딜리아니 같은 화가들의 연장선상에서 평가되기 시작했습니다."

매들린은 화랑 주인의 설명을 들으며 다시 한 번 색채의 향연이 펼쳐진 전동차를 들여다보았다.

"지금은 이 작품들을 볼 수 없게 되었나요?"

베르나르가 마치 운명론자 같은 미소를 지었다.

"그 그림들은 그해 여름에만 존재했으니까요. 거리미술은 원래 생명이 한시적이었죠."

"이 사진들은 누가 찍었죠?"

"사진작가 '레이디버드'가 찍었습니다. 그 여자가 〈불꽃 제조자들〉 관련 그림들을 사진에 담아두었죠."

"전동차에 그래피티를 그린다는 건 상당히 위험한 작업일 수도 있었겠네요?"

"1990년대 초, MTA(뉴욕시 대중교통공사)는 그래피티 예술가들을 상대로 전쟁에 나섰죠. 전동차에 불법으로 그래피티를 그리다가 적발돼 경찰에 체포될 경우 법정에서 무거운 징역형을 받는 경우가 허다했습니다. 그럼에도 숀은 위험을 감수하고 그래피티 작업을 했습니다. 그만큼 페넬로페를 사랑하는 마음이 컸다는 의미이기도 하죠."

"그는 어떤 방법으로 전동차를 세워둔 차고로 숨어들어갈 수 있었을까요?"

"역무원들이 입는 유니폼을 구해 입고 전동차가 대기하고 있는 차고로 들어갔다더군요."

페넬로페는 외설적인 관능미로 표현된 자신의 이미지가 맨해튼을 도배한 걸 보았을 때 어떤 느낌이 들었을까? 수치스러워 자존심이 상했을까?

"숀 로렌츠는 전동차 그림으로 구애에 성공했나요?"

베르나르가 종업원에게 손짓해 커피 두 잔을 주문하고 나서 말했다.

"페넬로페는 처음에는 숀을 무시했지만 자신을 그런 식으로 우상화하는 남자를 계속 모른 척하기란 쉬운 일이 아니죠. 그녀는 결국 숀을 만나 열정적인 사랑을 나누었고, 그해 10월에 프랑스로 돌아갔습니다."

"여름 휴가지에서 나눈 한때의 사랑에 지나지 않은 건가요?"

베르나르가 고개를 저었다.

"숀은 페넬로페에게 깊이 빠져있었습니다. 그해 12월에 그는 프랑스로 건너가 페넬로페와 재회했고, 마르티르 가의 방 두 개짜리 아파트에서 동거를 시작했죠. 숀은 프랑스에 있는 동안 전동차뿐만 아니라 스탈린그라드와 센생드니 지역에 있는 벽면에도 그래피티를 그렸습니다."

매들린은 숀 로렌츠가 프랑스에서 그린 그림들을 찍은 사진으로 눈길을 돌렸다. 여전히 원색 위주였고, 남아메리카의 고대벽화들을 연상시킬 만큼 생동감이 넘치는 그림들이었다.

"저는 1993년에 처음으로 숀을 만났습니다. 그가 오피탈 에페메르 작업실에서 그림을 그릴 때였죠."

"오피탈 에페메르라면?"

"파리18구에 있는 무단 거주지였죠. 원래는 브르토노 병원이 들어서 있던 자리였는데 다른 지역에 새 건물을 지어 옮겨 가는 바람에 빈 공간으로 남게 되었죠. 1990년대 초에 많은 예술가들이 그곳에 머물며 작업을 했습니다. 화가나 조각가도 있었지만 가난한 뮤지션들도 그곳에 터를 잡고 작업을 했죠."

베르나르의 얼굴이 갑자기 환해졌다.

"저는 사람을 보는 안목이 매우 좋은 편이라고 자부합니다. 숀을 처음 만났을 때 첫눈에 그에게 범상치 않은 재능이 있다는 사실을 알아보았죠. 숀에게 화랑에서 전시회를 열어주겠다고 제안하고 나서 귀가 솔깃해지는 말을 들려주었습니다."

"가령 예를 들자면?"

"이제 그래피티 대신 캔버스에 유화작품을 그려보자고 했죠. 숀은 형태와 색채, 화면 구성, 운동감을 표현하는 면에서 매우 뛰어난 재능이 있었으니까요. 저는 잭슨 폴록이나 데 쿠닝 같은 작가들에 대해 이야기하며 숀에게도 그들처럼 대가가 될 수 있다는 자신감을 심어주기 위해 애썼죠."

숀과의 첫 만남을 이야기하는 베르나르의 목소리가 떨리다시피 했고, 눈가에 촉촉한 물기가 어렸다.

매들린은 예전에 친하게 지냈던 친구를 떠올렸다. 떠나버린 남자친구에 대해 말할 때면 몇 년이 지나도록 눈물을 글썽이던 친구였다.

매들린이 단숨에 리스트레토(ristretto 아주 진한 에스프레소 커피 : 옮긴이)를 마시고 나서 물었다.

"숀은 프랑스를 좋아했나요?"

"숀은 고독했고, 다른 그래피티 작가들과는 다른 점이 많았습니다. 힙합을 질색하듯 싫어했고, 책을 많이 읽었고, 재즈를 반복적으로 듣는 습관이 있었죠. 물론 뉴욕을 그리워했지만 페넬로페를 몹시 사랑하는데 어쩌겠어요. 두 사람의 관계는 평온과는 거리가 멀었어요. 숀은 그녀로부터 예술적인 영감을 얻었죠. 1993년과 2010년 사이에 숀은 페넬로페의 초상화를 스물 한 점이나 그렸습니다. 그 연작이 현재 숀의 최고 걸작으로 알려져 있죠. 스물한 점의 페넬로페 초상화는 한 여인에게 바치는 사랑을 표현한 그림들 중 단연 최고로 손꼽히는 작품입니다."

"스물한 점을 그린 특별한 이유라도 있었나요?"

"혹시 21그램 이론을 아세요? 영혼의 무게가 21그램이라고 하잖아요."

"숀은 금세 화가로 성공을 거두었나요?"

"천만에요. 무려 10년 동안 그림을 한 장도 못 팔았습니다. 그는 아침부터 저녁까지 그림에 몰두했고, 결과가 만족스럽지 않을 경우 전부 찢어버렸죠. 그 무렵 저는 콜렉터들에게 숀의 그림을 소개하기 위해 애썼죠. 숀의 그림은 그 어느 작품과도 닮지 않아 화랑가의 관심을 이끌어내기까지 10년이라는 시간이 필요했습니다. 차츰 숀의 그림을 알아봐 주는 콜렉터들이 생겨나게 되었고, 결국 가치를 인정받게 되었죠. 그때부터 숀의 그림은 전시회 개막일에 완판될 만큼 관심이 폭발했습니다. 2007년이 되면서 숀은 그야말로 최고로 주목받는 화가로 부상했습니다."

6

2007년, 숀의 1998년 작인 〈알파벳 시티(Alphabet City)〉가 아트큐리얼이 주최한 경매에서 2만5천 유로에 낙찰되었다. 프랑스에서 길거리 예술가 출신이 처음으로 인정받은 케이스였다. 화려한 색감을 자랑하는 그의 그림은 날개 돋친 듯 팔려나갔다.

숀 로렌츠는 이미 초기의 화풍에서 다른 단계로 넘어간 상태였다. 그래피티 예술이 표방하는 다이내믹하고 자유분방한 상상력은 보다 깊이 있는 성찰을 담은 화풍에 자리를 내주었다. 그는 자기 검열이 치열해 작품이 만족스럽지 않을 경우 그 자리에서 즉시 찢어버렸다. 그는 1999년부터 2013년까지 무려 2천 장이 넘는 그림을 그렸지만 거의 전부를 파기했다. 고작 40여 점만이 냉정한 자기 검열을 통과해 세상에 남게 되었다. 월드트레이드센터의 비극을 환기시키는 작품 〈Sep1em1er〉는 7백만 달러에 판매되었다. 그 그림을 구입한 콜렉터는 오는 9월 11일에 뉴욕의 어느 미술관에 작품을 기증하기로 결정했다.

가스파르는 그 시기에 그린 작품들을 감상했다. 숀 로렌츠는 스스로 혁신하는 예술가였다. 그의 회화에서 그래피티 작가적 성향은 완전히 자취를 감추었다. 그 반면 추상과 구상 사이를 넘나드는 그림을 그렸고, 주로 사용하는 색상도 크게 바뀌었다. 그는 원색 대신 장미색을 머금은 모래색, 황토색, 밤색 등의 파스텔 톤을 주로 사용했다. 대체로 조개 빛깔을 띤 작품들로 바위, 대지, 모래, 유리, 수의 따위에 말라붙은 혈흔을 연상시키기도 했다.

숀 로렌츠의 그림은 보는 사람의 심장을 뛰게 했고, 온갖 최면을 걸어 지난날에 대한 향수, 환희, 분노와 같은 감정과 대면하게 만들었다.

화집에 수록된 작품들 중에서 시기적으로 가장 늦은 그림들은 2010년대에 그려진 단색화들이었다. 그 시기에 그는 특히 안료에 집착했던 것으로 보였다. 물감을 밀도와 높낮이가 다르게 채색했고, 각기 다른 층에 따라 빛의 효과가 눈에 띄게 다르다는 걸 알 수 있었다. 그럼에도 여전히 화려하기 그지없었다.

7

"숀은 돈에 대해 어떤 관점을 갖고 있었죠?"

"돈을 자유를 재는 온도계쯤으로 여겼습니다. 페넬로페는 항상 돈이 충분하지 않다고 투정을 부렸죠. 2000년대가 끝나갈 무렵, 숀의 그림 값은 정점을 찍게 되었습니다. 페넬로페는 끊임없이 남편을 꼬드겨 뉴욕의 화상인 파비안 자카리안에게 작품을 팔도록 유도했죠. 그녀는 숀이 그린 신작 스무 점을 나를 통하지 말고 직접 경매를 통해 처분하라고 설득하기도 했습니다. 그 결과 숀은 수백만 달러를 벌게 되었지만 우리의 관계는 크게 나빠지게 되었죠."

"어느 날 갑자기 그림 가격이 수백만 달러로 치솟게 되는 현상을 어떻게 이해해야 하나요?"

매들린이 도저히 이해하기 힘들다는 표정으로 물었다.

베르나르는 한숨부터 내쉬었다.

"그 질문에 답변을 해주기가 그리 쉽지는 않군요. 왜냐하면 미술시장은 합리적인 이성으로 가격이 형성되는 곳이 아니니까요. 작품의 가치는 화가, 화상, 콜렉터, 비평가, 큐레이터 등 매우 다양한 미술 관계자들이 저마다 복잡한 셈법으로 계산한 전략적 결과물이니까요."

"당신은 숀의 배신으로 매우 큰 타격을 받았겠군요."

베르나르는 잠시 미간을 찌푸렸지만 곧 아무렇지도 않다는 듯 운명론자적인 태도를 취했다.

"인생이 원래 그렇잖아요. 예술가들은 죄다 어린 아이들 같아서 올챙이 시절을 기억하지 못하죠. 화랑가는 원래 무시무시한 상어들이 판을 치는 곳이기도 하고요."

"그 이후에도 숀과 서로 연락을 주고받으며 지내셨나요?"

"물론입니다. 숀과 무려 20년 동안이나 싸우고 화해하길 반복했죠. 숀이 비극적인 사건을 겪은 이후에도 우리는 교류를 중단하지 않았습니다."

"비극적인 사건이라니요?"

베르나르가 요란한 한숨을 내쉬었다.

"숀과 페넬로페는 늘 아이를 갖기 위해 많은 노력을 했습니다. 페넬로페는 10년 동안 수없이 아이를 유산했죠. 난 결국 그들이 아이를 포기했다고 생각하고 있었는데, 기적이 일어났어요. 2011년 10월, 페넬로페가 줄리안을 낳았죠. 그때부터 예술가로서는 치명적으로 곤란한 일들이 벌어지기 시작했습니다."

"어떤 일들이었는데요?"

"줄리안을 얻게 된 숀은 이 세상에서 가장 행복한 남자가 되었습니다. 그는 자주 줄리안 덕분에 세상을 새롭게 보게 되었다고 말했죠. 무려 3년 동안 그는 줄리안을 돌보는 일 말고는 아무것도 하지 않고 손을 놓아버렸습니다. 제가 그에게 왜 작업을 하지 않는지 채근할 때마다 창조의 샘이 말라버렸고, 예술계의 위선적인 면 때문에 더는 작업을 하기 싫다는 변명을 늘어놓기 일쑤였죠. 숀은 그림보다는 아들의 입에 젖병을 물리고, 유모차를 끌고 다니는 일에 만족했어요."

"숀이 그 무렵 정말로 예술가로서의 영감을 상실한 건 아니죠?"

"당연하죠! 손님도 사진으로 숀의 작품을 봤잖아요. 숀은 천재였고, 하루아침에 예술적 영감을 상실한다는 건 말이 안 되죠. 숀은 그림 작업을 멈춰서는 안 되는 사람이었어요. 그는 예술을 포기해서는 안 되는 천재 화가였으니까요!"

"누구에게나 선택할 권리는 있으니까요. 그 이후 숀은 죽을 때까지 다시는 붓을 들지 않았나요?"

베르나르는 고개를 젓고 나서 안경을 벗고 두 눈을 비볐다.

"2년 전, 그러니까 2014년 12월에 줄리안이 죽었습니다. 그 날 이후 숀은 작업을 하지 않았죠. 문자 그대로 예술가로서 생명이 다한 겁니다."

"무슨 일이 있었는데요?"

베르나르는 몇 초 정도 건물 바깥으로 시선을 돌리고 환하게 쏟아지는 빛을 응시했다.

"줄리안이 죽고 나서 숀은 마약, 알코올, 신경안정제 등에 의존하지 않고는 살아갈 수 없는 사람이 되었습니다. 나는 최선을 다해 그를 도우려했지만 그는 전혀 구원받고 싶은 마음이 없어 보였어요."

"페넬로페는요?"

"그 이전부터 두 사람은 사이가 그다지 좋지 않았는데 줄리안이 죽고 나자 그녀는 숀에게 이혼을 요구했죠. 얼마 후 그녀는 집을 나갔습니다. 숀의 절망적인 행태가 두 사람의 관계 회복을 끝내 방해했죠."

"그 후, 숀은 어떻게 되었죠?"

"2015년 2월에 저는 오랫동안 계획해왔던 프로젝트를 실행에 옮기게 되었습니다. 페넬로페 연작 스물한 점을 중심으로 숀의 작품 세계를 총망라한 전시회를 기획했죠. 처음으로 페넬로페 연작 스물한 점을 한자리에서 볼 수 있는 기회가 주어진 겁니다. 명망 높은 콜렉터들이 소장품들을 대여해주었기에 가능했던 전시회였죠. 전시회 개막 전날, 숀은 화랑에 무단 침입해 용접기로 그림들을 무자비하게 파괴했습니다."

베르나르의 얼굴이 마치 당시의 장면이 재현되기라도 하듯 보기 흉하게 일그러졌다.

"왜 그런 짓을 했을까요?"

"정확한 이유를 알 수 없었지만 페넬로페에 대한 일종의 복수였던 것 같아요. 숀은 줄리안을 죽게 만든 책임이 페넬로페에게 있다고 생각했죠. 이유야 어찌되었든 저는 그 일에 대해서만큼은 관용을 베풀 수 없었습니다. 그 그림들은 이미 미술사에서 중요한 가치를 점하고 있는 유산이었고, 그의 미치광이 같은 짓 때문에 저는 경제적으로 파산 위기에 처했으니까요. 그 일이 있고 나서 무려 2년 동안 줄곧 저는 보험회사로부터 빚 독촉을 받는 신세가 되었습니다. 경찰 조사도 여러 차례 받았죠. 아무도 내 진심을 믿어주지 않았고, 오랫동안 축적시켜온 신뢰도에도 커다란 금이 가게 되었죠."

"페넬로페 연작 스물한 점의 주인은 누구였죠?"

"대부분 숀과 페넬로페 그리고 내 소유였습니다. 그 중 3점은 러시아인, 중국인, 미국인 콜렉터의 소유였죠. 그 사람들이 손해배상을 청구하는 걸 막기 위해 숀은 새로운 그림을 그려주겠다고 약속했어요. 물론 새로운 작품이 콜렉터들의 수중에 들어가기까지 얼마나 많은 시간이 필요한지 알 수 없는 일이었습니다."

"숀이 그림에서 손을 뗀 지 오래 되었으니 그 말을 액면 그대로 받아들이기가 쉽지는 않았겠군요?"

"저는 솔직히 숀의 말에 반신반의할 수밖에 없었어요. 숀은 지병인 심장병이 도져 그림을 그리기 힘든 처지였거든요."

한순간 베르나르의 시야가 뿌옇게 흐려졌다.

"숀은 숨지기 전까지 심장 수술을 두 번이나 더 받았고, 죽을 고비를 몇 번이나 넘겼죠. 어느 날, 심장병 치료를 위해 뉴욕에서 며칠째 체류 중이던 숀이 저에게 전화를 걸어왔습니다. 몇 달 전부터 다시 그림을 그리기 시작했다면서 이미 세 점이나 완성했다는 거예요. 그 그림들이 파리에 있으니 저에게 곧 보여줄 수 있을 거라더군요. 그 다음 날, 끝내 숀은 파리로 돌아오지 못하고 뉴욕에서 사망했어요."

"그의 말이 진실이었나요?"

"숀은 문제가 많은 인물이었지만 적어도 거짓말쟁이는 아니었어요. 그가 죽고 난 후 저는 그 그림들을 찾느라 그의 집 구석구석을 다 뒤졌죠. 다락, 지하실, 창고까지 샅샅이 훑어보았지만 흔적조차 발견하지 못했어요."

"당신이 숀의 유언집행자이자 상속인이라고 하셨죠?"

"숀이 남긴 유산은 껍데기에 지나지 않았습니다. 페넬로페가 거의

다 빼먹고 쭉정이만 남은 셈이었죠. 손님이 임대한 셰르시미디 가의 그 집을 빼면 남은 재산은 전혀 없습니다. 그 집도 이미 담보 설정이 되어 있죠.”

“혹시 숀이 당신에게 따로 남겨준 유산은 없었나요?”

베르나르가 어처구니없다는 듯 껄껄 웃더니 주머니에서 작은 물건을 꺼내 매들린에게 내밀었다. 광고용 성냥갑이었다.

“르 그랑 카페?”

“숀이 단골로 드나들던 몽파르나스의 카페입니다.”

성냥갑을 이리저리 돌려보니 볼펜으로 적은 글자들이 보였다. 아폴리네르의 시 구절이었다.

‘별들이 다시 불을 켤 시간이다.’

“숀의 필적입니다.”

“이 말이 뭘 암시하는지 전혀 짐작할 수 없나요?”

“아무리 생각해봐도 무슨 뜻인지 알 수가 없더군요.”

“이 성냥갑은 어떤 경로로 입수하게 되었죠?”

“숀이 그의 집 금고에 남긴 유일한 물건이 바로 이 성냥갑입니다.”

베르나르는 지폐 두 장을 테이블에 올려두고 자리에서 일어났다.

매들린은 잠시 미동도 하지 않고 앉아 성냥갑을 유심히 뜯어보았다. 생각에 잠겼던 그녀가 자리에서 일어나며 베르나르에게 물었다.

“당신은 왜 숀에 대한 이야기를 저에게 들려주었죠?”

베르나르가 재킷 단추를 여미며 말했다.

“당신이 숀이 그린 마지막 그림을 찾아낼 수 있도록 도와주기를 바라는 마음에서죠.”

“왜 제가 도움이 될 거라고 생각했죠?”

"당신은 형사라고 하지 않았나요? 저는 직감이 뛰어난 사람입니다. 내 직감은 그 그림들이 분명 존재한다고 이야기하고 있죠. 당신이 그 그림들을 찾아낼 적임자입니다. 내 직감이 옳다면 말입니다."

3. 현의 아름다움

당신이 그걸 언어로 표현할 수만 있다면 굳이 그림을 그릴 필요는 없겠지요.
—에드워드 호퍼

1

매들린은 로터리를 빠져나오면서 속도를 올리는 바람에 하마터면 롱샹 골목길 교차로의 신호등을 지나칠 뻔했다. 베르나르와 점심식사를 마치고 나서 그녀는 프랭클린 루스벨트대로 변에 있는 렌터카 회사에서 스쿠터를 한 대 빌렸다. 소중한 오후 시간을 고집스런 미국인과 다투며 보내고 싶지 않았다.

매들린은 샹젤리제 거리 근처에 스쿠터를 세워두고 주변시장을 둘러볼 계획이었다. 산책을 시작한 지 미처 15분도 안 되어 '세계에서 가장 아름다운 거리'의 길 양편에 설치된 통나무집들이 그녀에게 두통을 가져다주었다. 프렌치프라이 판매대, 조잡하기 그지없는 중국산 물건을 파는 불법 판매상, 역겨운 소시지 냄새 등이 크리스마스 분위기를 온통 떠들썩한 유원지 장터로 변모시키고 있었다.

매들린은 잔뜩 실망한 나머지 보주 광장의 아케이드와 공원으로 발길을 돌렸다. 그곳 역시 샹젤리제와 마찬가지로 예전 크리스마스 때 풍기던 설레는 기분을 조금도 맛볼 수 없었다. 그녀는 처음으로 파리가 불편하게 느껴졌다.

매들린은 수많은 관광객들이 수다를 떨며 행인들의 통행을 막고 셀프 촬영에 열을 올리는 현장을 벗어나기 위해 다시 스쿠터를 타고 뚜렷한 목적지도 없이 달리기 시작했다. 머릿속에서 끊임없이 숀 로렌츠의 그림에 등장하는 강렬한 원색의 아라베스크 문양이 춤을 추듯 너울거렸다.

매들린은 그제야 자신이 하고 싶어 하는 일이 뭔지 깨달았다. 수수께끼 같은 일생을 살다간 화가의 그림이 보여주는 빛에 몸을 맡기고 눈부시게 찬란한 그 광채 속으로 들어가보고 싶었다.

베르나르의 말이 떠올랐다.

"파리에서 현재 숀의 그림을 볼 수 있는 곳은 딱 한 곳뿐입니다."

매들린은 자신의 운을 시험해볼 겸 불로뉴 숲 쪽으로 방향을 잡았다. 그녀는 자르댕다클리마타시옹(Jardin d' acclimatation 불로뉴 숲 초입에 있는 동물원 : 옮긴이) 근처에 스쿠터를 세워두고, 마하트마 간디대로를 따라 걸었다. 태양이 우중충한 잿빛 구름을 완전히 거두어가는 바람에 하늘은 맑았다. 공원 주변에는 그 흔한 시위대도 눈에 띄지 않았다. 아이를 유모차에 태우고 나온 부모들, 어린 아이들의 고함소리, 구수한 냄새를 풍기는 군밤장수들만이 한가한 공원에서 대할 수 있는 풍경이었다. 잎사귀가 다 떨어진 앙상한 나뭇가지들 사이로 유리로 만든 루이뷔통 재단 건물이 보였다. 상상하기에 따라 그 웅장한 유리 건물은 거대한 수정 조가비 혹은 표류하는 빙하덩어리처럼 보였고, 자개빛깔 깃발이 나부끼는 요트처럼 보이기도 했다.

매들린은 아트리움의 입장권을 끊고 안으로 들어갔다. 고치 안처럼 안온하고 편안하게 느껴지는 공간이었다. 그녀는 아트리움을 어슬렁거리며 건물의 곡선이 만들어내는 조화미와 우아한 느낌에 매료되었다. 천장을 이루고 있는 유리 패널의 그림자가 바닥에 어리며 활기찬 율동을 선보였다.

매들린은 계단을 오르내리며 반투명 미로를 둘러보았다. 십여 개의 전시실로 이루어진 미로였다. 상설 컬렉션들과 어우러지도록 기획된 특별 전시 방식이 눈길을 끌었다. 처음 둘러본 두 개의 전시실에서는 슈슈킨 컬렉션의 백미를 감상할 수 있었다. 러시아의 콜렉터 슈슈킨이 20여 년에 걸쳐 모은 세잔, 마티스, 고갱의 그림들을 전시해둔 곳이었다. 강철 대들보와 낙엽송 패널들로 이루어진 마지막 층 전시실에는 두 개의 테라스가 마련되어 있었다. 테라스에서 파리 시내를 바라보니 라데팡스, 불로뉴 숲, 에펠탑이 한눈에 들어왔다. 바로 그 전시실에 숀 로렌츠의 작품 두 점이 있었다. 쟈코메티의 브론즈 조각, 게르하르트 리히터의 추상화 세 점, 엘스워스 켈리의 단색화 두 점이 같은 방에 전시된 작품이었다.

2

가스파르는 일인용 가죽 소파에 앉아 눈을 질끈 감고 숀 로렌츠의 목소리에 귀를 기울였다. 서가의 LP판들 틈에서 찾아낸 카세트테이프였다. 요즘은 박물관에서나 볼 수 있을 법한 카세트플레이어에서 숀의 목소리가 흘러나오는 중이었다.

7년 전, 자크 샹셀이 생폴드방스에서 열린 숀 로렌츠 회고전 때 성사시킨 인터뷰였지만 일반에게는 공개되지 않았다. 숀은 대중 앞에 나서기 싫어했고, 말수가 적어 자신의 작품에 대해 설명을 덧붙인 적이 거의 없었다.

숀 로렌츠는 인터뷰를 통해 자신의 화풍이 변모해온 양상에 대해 비평계에서 제시했던 해석들을 모두 부인했다.

"내 그림은 그 어떤 메시지도 담고 있지 않습니다. 그림은 내게 있어 덧없고 영속적인 순간을 포착하기 위한 시도일 뿐이죠."

숀 로렌츠는 화가로서 느끼는 피로감, 의심, 영감의 고갈 등에 대해 이야기하면서 예술가로서 창조 주기의 마지막에 다다른 것 같다고 고백했다.

가스파르는 그가 매우 솔직한 예술가라는 인상을 받았다. 그의 목소리는 한없이 부드러운 톤을 유지하다가 갑자기 불안하게 변모했다. 목소리조차 그의 작품이 내포하고 있는 이중성과 모호한 면모를 그대로 반영하는 듯했다.

갑자기 들려온 음악 소리가 늦은 오후의 평온을 깼다.

가스파르는 소스라치게 놀라며 테라스로 나갔다.

어느 집에선가 틀어놓은 음악 소리가 무차별적으로 기관총을 난사하고 있었다. 노래라기보다는 악을 써대는 고함에 가까웠다.

도대체 저런 음악을 들으면서 어떤 즐거움을 얻을 수 있을까?

가스파르는 잔뜩 화가 나 집 밖으로 뛰어나갔다. 문제의 소음은 가장 가까운 집에서 들려왔다. 포도넝쿨에 둘러싸인 집이었다. 그는 자신의 방문을 알리기 위해 돌기둥에 고정되어 있는 녹슨 종을 잡아당겼다. 아무런 기척이 없자 그는 정원을 가로질러 현관으로 이어지는 계단을 향해 성큼성큼 걸어가 부술 듯 문을 두드렸다.

가스파르는 문이 열리는 순간 놀라지 않을 수 없었다. 등에 아이언

메이든이라고 찍힌 티셔츠를 입고 입에 담배를 물고 있는 여드름투성이 녀석일 거라고 믿었던 예상이 완전히 빗나갔기 때문이다.

섬세한 이목구비에 스텐 칼라가 달린 셔츠, 트위드 반바지에 와인빛깔 가죽 슬리퍼를 신은 여자가 그를 물끄러미 쳐다보았다.

"지금 제정신입니까? 음악을 들으려면 헤드폰을 끼고 혼자 조용히 들어야죠."

가스파르는 검지로 자기 머리를 톡톡 치며 냅다 소리를 질렀다.

깜짝 놀란 여자가 한 발짝 뒤로 물러서며 당황한 표정을 지었다.

"그 음악을 좋아하는 사람이 당신 말고 누가 있겠습니까? 당신 혼자 사는 세상이라고 생각해요?"

"실제로 그렇지 않은가요?"

여자는 누가 뭐라고 하든 아랑곳하지 않는다는 듯 차분한 태도를 보이면서도 손에 들고 있던 리모컨을 눌렀다.

그제야 주위가 고요해졌다.

"논문을 수정하다가 잠시 휴식 중이었어요. 주변사람들 모두가 휴가를 떠났다고 생각했기 때문에 미처 볼륨에 신경 쓰지 않았죠. 죄송합니다."

여자가 해명했다.

"하드록을 들으면서 휴식을 취한단 말입니까?"

"엄밀하게 말하자면 하드록이 아니라 블랙 메탈이에요."

"무슨 차이가 있는데요?"

"아주 간단해요, 그러니까 하드록은……."

"난 차이를 몰라도 상관없으니까 굳이 설명해줄 필요 없어요."

가스파르가 발걸음을 돌리며 여자의 말을 끊었다.

"그 음악이 마음에 들면 당신 혼자서 고막이 찢어지도록 들으세요. 다만 이웃사람을 고문하는 일은 없도록 해주세요."

젊은 여자가 깔깔대며 웃었다.

"당신은 예의가 없긴 한데 되게 웃기네요!"

가스파르가 돌연 몸을 돌리고 머리끝부터 발끝까지 여자를 살폈다. 얌전하게 틀어 올린 머리와 단정한 옷차림과는 달리 콧구멍을 뚫은 피어싱과 귀 뒤쪽에서 시작해 셔츠 속으로 자취를 감춘 문신으로 보아 도무지 정체성을 알 수 없는 여자였다.

가스파르가 마지못해 잘못을 인정했다.

"내가 말을 좀 심하게 한 건 사실이지만 음악을 너무 크게 틀면 안 되잖아요."

젊은 여자가 빙긋 웃으며 손을 내밀었다.

"저는 폴린 들라투르라고 해요."

"가스파르 쿠탕스입니다."

"숀 로렌츠의 집을 임대했나요?"

"그 집에서 한 달간 체류할 겁니다."

갑자기 바람이 불면서 덧문이 쾅 소리를 내며 닫혔다. 폴린이 몹시 추운 듯 몸을 덜덜 떨며 한 발을 다른 발 위에 포갰다.

"날씨가 좀 추운데 들어와서 커피 한 잔 하실래요?"

폴린이 팔뚝을 비벼대며 말했다.

가스파르는 고개를 끄덕이고 나서 여자를 따라 집 안으로 들어갔다.

3

매들린은 마치 마법에 홀리기라도 한 듯 그 자리에서 꼼짝도 하지 않고 두 점의 그림을 뚫어져라 바라보았다. 1997년 작인 〈시티온파이어〉는 숀 로렌츠의 그래피티 예술을 대표할 만한 작품이었다. 타오르는 불길, 화폭을 집어삼킬 듯 흥건한 물감, 노란색에서 진홍색에 이르는 색채의 향연이 펼쳐져 있는 그림이었다. 그에 비해 〈모성애〉는 최근작이었다. 백색에 가까운 하늘색 단면을 한 줄기 곡선이 가로지르고 있는 그림으로 임신한 여자의 배를 상징하는 듯했다. 가장 간결한 형태로 모성을 표현한 그림으로 줄리안이 태어나기 직전에 완성된 작품이었다. 현재 남아 있는 숀 로렌츠의 그림 중에서 가장 나중에 그린 작품이기도 했다. 질펀한 색채의 향연이 아니라 빛을 활용해 보는 이의 감정을 뒤흔드는 작품이었다.

매들린은 마치 빛에 끌리듯 그림 앞으로 바짝 다가섰다. 화면을 구성하는 재료들이 만들어내는 독특한 질감들이 다양한 뉘앙스를 풍기며 그녀를 꼼짝 못하게 만들었다. 마치 그림이 아니라 살아있는 생명체 같았다. 불과 몇 초 만에 화면이 백색에서 청색으로 변하는가 싶더니 어느새 분홍으로 되어버리는 식이었다. 그림이 분출하고 있는 강렬한 감정이 느껴졌지만 실체가 뭔지는 분명하게 잡히지 않았다. 숀 로렌츠의 그림은 안정감과 불안감을 동시에 불러일으켰다.

어떻게 하나의 그림이 두 가지 상반되는 감정을 불러일으킬 수 있을까?

매들린은 뒤로 물러서려 했지만 두 다리가 뇌의 명령을 이행하지 않았다. 그녀는 그림이 쏟아내는 빛으로부터 몸을 피하고 싶지 않았고, 두 가지 상반되는 감정을 오가며 조금 더 오래도록 전율을 맛보고 싶었다.

4

폴린이 사는 집은 주방을 통해 들어가야 하는 구조였다. 아늑한 실내는 묵직한 원목 작업대와 도기 타일, 체크무늬 커튼 등으로 꾸며져 마치 시골집 같은 느낌을 자아냈다. 선반을 채우고 있는 쟁반들과 커피 그라인더, 투박한 도기 대접, 오래된 구리 냄비들이 시선을 끌었다.

"이 집에서는 블랙 메탈보다는 차라리 장 페라(Jean Ferrat 프랑스의 작곡가, 가수. 루이 아라공의 시에 곡을 붙인 노래들이 유명하다 : 옮긴이)의 분위기가 나네요."

폴린이 얼굴에 미소를 머금고 커피 두 잔을 따랐다.

"사실 이 집 주인은 제가 아니라 이탈리아 사업가죠. 그는 미술 콜렉터이기도 한데 이 집을 가족 누군가로부터 상속받았다고 하더군요. 숀 로렌츠의 소개로 그를 알게 되었지만 한 번도 이 집에 온 적은 없어요. 그는 이 집을 관리해줄 사람이 필요하다고 했죠. 언제까지 행운을 누릴 수 있을지는 모르지만 제가 선뜻 관리자를 자청해 지금까지 살아오고 있어요."

가스파르는 폴린이 내민 커피 잔을 받아들었다.

"당신은 숀 로렌츠 덕분에 이 집에 살게 된 셈이군요."

폴린이 벽에 기대 선 자세로 커피를 후후 불어가며 조심스레 마셨다.

"숀이 이탈리아 사업가에게 저를 적극 추천해주었죠."

"당신은 숀을 어떻게 만나게 되었죠?"

"숀이 죽기 3,4년 전이었어요. 대학에 다니는 동안 돈을 벌기 위해 미술학교 학생들을 위한 모델로 활동했어요. 어느 날 숀이 그 학교에서 마스터클래스를 진행했는데 그때 처음 만나 친구가 되었죠."

가스파르가 철제 상자 속에 들어 있는 와인들을 훑어보았다.

"유감스럽게도 제가 좋아하는 와인이 없군요. 다음에 제가 맛이 기가 막힌 와인을 한 병 가져다 줘야겠어요."

"논문을 쓰고 있는데 가끔 싸구려 와인이라도 한잔씩 하면서 머리를 식히고 있어요."

폴린이 작업대 위에 놓인 은색 노트북 컴퓨터와 그 주변에 쌓여 있는 책 더미를 가리키며 싱긋 웃었다.

"주제가 뭡니까?"

"일본 에도시대의 긴바쿠(緊縛) 관습 : 군사적 활용과 성적(性的) 응용에 대하여 쓰고 있어요."

"긴바쿠가 뭡니까?"

폴린은 커피 잔을 개수대에 내려놓고 나서 새로운 이웃을 향해 수수께끼 같은 눈길을 던졌다.

"따라와 보세요. 긴바쿠가 뭔지 보여드릴 테니까요."

5

마치 유리벽 너머로 보이는 나무들에 불이 붙은 듯했다. 단풍나무들은 빛을 받아 더욱 붉게 반짝였고, 소나무들은 마치 중국의 그림자극에 등장하는 나무들처럼 검은 실루엣을 드러냈다.

매들린은 초점 잃은 눈으로 자르댕 다클리마타시옹 잔디밭 뒤편의 야외음악당 뒤로 지고 있는 석양을 바라보고 있었다. 벌써 오후 5시였고, 아트리움에서 숀 로렌츠의 그림을 보고 나서 루이뷔통 재단 건물 안에 있는 프랑크 레스토랑에서 홍차를 주문해 마시고 있는 중이었다. 몇 분 전부터 머릿속은 온통 한 가지 생각으로 채워졌다.

베르나르의 말대로 숀 로렌츠가 그린 미 발표작 그림 세 점이 어딘가에 존재한다면?

매들린은 생각만으로도 온몸이 부르르 떨려왔다. 파리에 와서 처음 보는 화랑 주인에게 조종당하는 꼭두각시 신세가 되고 싶지 않았지만 그 그림들이 정말 존재한다면 찾아내고 싶었다.

모처럼 모세혈관을 타고 아드레날린이 솟구쳤다. 사냥개시를 알리는 신호였다. 매들린은 삽시간에 온몸을 휘감아오는 팽팽한 긴장감과 절실한 느낌이 싫지 않았다.

1990년대 초에 숀 로렌츠가 지하철 벽과 전동차에 그래피티를 그릴 때 맛보았을 절실함과 크게 다르지 않을 것 같은 감정이었다. 무슨 일이 있어도 반드시 사건을 해결하겠다는 목표가 없다면 목숨을 걸고 온갖 위험이 상존하는 현장으로 뛰어들 수 없었다.

매들린은 스마트폰으로 인터넷검색을 시작했다. 그녀는 위키피디아의 숀 로렌츠 관련 항목을 열었다.

숀 폴 로렌츠

그래피티 활동을 시작한 초기에는 Lorz74라는 예명을 사용했다. 1966년 11월 8일 뉴욕에서 태어나 그래피티 작가로 활동하다가 파리로 건너가 20년 동안 머물며 인상적인 그림을 남겼다. 2015년 12월 23일에 지병인 심장질환으로 사망했다.

위키피디아의 설명은 수십 줄이나 더 이어졌다. 유감스럽게도 베르나르가 들려준 이야기보다 더 많은 내용을 담고 있지는 않았다.

매들린은 거의 마지막 몇 줄에 다다라서야 흥미를 끄는 정보를 얻을 수 있었다.

줄리안 로렌츠 사건

범죄

2014년 12월 12일, 숀 로렌츠가 모마(MoMA 뉴욕현대미술관)에서 열리는 회고전에 참석하고자 뉴욕에서 체류하는 동안, 그의 부인 페넬로페와 아들 줄리안이 어퍼 웨스트사이드의 한 도로에서 납치되었다. 사건 발생 몇 시간 후 줄리안의 잘린 손가락과 수백만 달러의 몸값을 요구하는 택배가 배달되었다. 숀 로렌츠는 몸값을 지불했지만 페넬로페만 풀려났을 뿐 줄리안은 엄마가 보는 앞에서 살해되었다.

범인

납치범을 밝혀내는 수사는 그리 오래 걸리지 않았다.

6

올리브나무 대들보가 천장을 가로지르고 있는 폴린의 거실은 대대로 물려 내려오는 집이라는 근거를 찾기 힘들었다. 오히려 장식을 최소한으로 간소화해 지은 현대 건축물이라고 해야 옳을 듯했다. 거실 벽면에는 기기묘묘한 자세로 포박당한 여자들의 벌거숭이 사진이 도배되어 있다시피 했다. 밧줄에 꽁꽁 묶여 있는 나신, 공중에 대롱대롱 매달린 나신, 쾌락 때문인지 혹은 고통 때문인지 알 수 없는 표정을 짓고 있는 여자들의 나신이 낯설고 기괴하게 다가왔다.

"긴바쿠는 일본에서 전해 내려오는 무술의 일종이었죠. 원래는 전쟁포로들을 포박하기 위해 고안된 기술이었다고 해요. 세월이 흐르고 시대가 바뀌면서 점점 에로티즘 형태로 변모하게 되었지만요."

폴린이 천천히 입을 열었다.

가스파르는 일단 거부감을 풍기는 사진들을 살펴보았다. 복종과 지배를 강요하는 인간관계는 늘 그를 불편하게 만들었다.

"일본의 사진작가 아라키가 말하길 긴바쿠에서 동아줄은 여자의 몸을 쓰다듬는 손길 같아야 한다고 했어요."

가스파르는 사진을 자세히 들여다보는 과정에서 점차 거부감이 가시는 느낌을 받았고, 이내 긴바쿠에 미적인 요소가 내재해 있다는 점을 인정하지 않을 수 없었다. 뭐라고 딱히 설명하긴 어려웠지만 그 이미지들은 분명 외설스럽거나 폭력적이지는 않았다.

"긴바쿠는 굉장히 까다로운 기술이죠. BDSM(상대를 포박하거나 벌을 주는 행위, 가학·피학 행위, 또는 지배와 복종 행위 등을 개입시키는 성행위 전반을 가리킴 : 옮긴이)과는 전혀 달라요. 기회가 되면 긴바쿠가 어떤 건지 실제로 시범을 보여드리죠. 저는 자기 자신에 대해 알길 원한다면 긴바쿠가 정신분석학보다도 유용하다고 생각해요."

"숀 로렌츠도 긴바쿠에 관심이 있었습니까?"

폴린은 서글픈 미소를 지었다.

"숀은 1980년대에서부터 1990년대까지 뉴욕에 살았던 사람이죠. 갱스터와 마약이 횡행하던 정글에서 살아서인지 긴바쿠에는 그다지 관심을 보이지 않았어요."

"당신은 숀과 친했습니까?"

"우린 친구였어요. 그는 자주 줄리안을 봐달라고 맡길 만큼 저를 신뢰했죠."

폴린은 벽에 기대어놓은 목재 사다리의 아래쪽 발판에 걸터앉았다.

"솔직히 저는 아이들과 노는 걸 그다지 좋아하지는 않았지만 줄리안은 달랐어요. 그 아이는 정말이지 특별했죠."

가스파르는 젊은 여자의 안색이 갑자기 창백해진 느낌을 받았다.

"왜 과거형으로 말하죠?"

"줄리안은 죽었으니까요. 모르셨어요?"

가스파르는 큰 충격을 받아 얼굴이 일그러졌다. 그는 원목으로 만든 의자를 끌어와 털썩 주저앉았다.

"집 안 곳곳에 붙어 있는 아이의 사진을 봤어요. 그 아이가 죽었단 말입니까?"

폴린이 석류 빛깔 매니큐어를 칠한 손톱을 입술에 대며 말했다.

"줄리안은 뉴욕에서 납치되었고, 엄마가 보는 앞에서 살해당했어요."

"도대체 누가 그런 짓을 저질렀죠?"

폴린이 길게 한숨을 내쉬었다.

"감방에서 출소한 숀의 과거 친구가 저지른 짓이었어요. 칠레 출신 여자인데 '레이디버드'라는 예명으로 잘 알려진 그래피티 작가였죠. 그 여자가 숀에게 복수를 가한 거예요."

"복수라면?"

"저도 그들 사이에 무슨 원한이 있었는지는 잘 몰라요. 레이디버드가 밝힌 복수의 동기가 정말이지 모호했거든요."

폴린은 가스파르를 데리고 주방으로 돌아왔다.

"아들이 죽은 후 숀은 그 전과는 전혀 다른 사람이 되었어요. 그림에 손을 대지 않았고, 슬픔이 자신을 죽음으로 몰아가도록 방치했죠. 저는 가끔 장을 봐주기도 하고, 음식을 만들어 가져다주기도 했어요. 약이 필요할 경우 라파엘에게 전화해 알려주기도 했고요."

"의사?"

폴린이 고개를 끄덕였다.

"라파엘은 오래전부터 숀을 담당해온 정신과의사였죠."

"숀의 부인은 어떻게 되었는데요?"

폴린이 또다시 긴 한숨을 내쉬었다.

"숀이 삶에 대한 의욕을 상실하자 페넬로페는 난파선을 탈출해 떠났어요."

가스파르는 지나치게 남의 일에 관심을 갖는다는 인상을 주지 않기 위해 애써 입을 다물었다. 폴린이 들려준 이야기에는 채워지지 않는 빈자리가 많았지만 그는 평소 타인의 일에 지나치게 호기심을 표하는 사람들을 좋아하지 않는 편이었으므로 차마 더 이상 꼬치꼬치 캐물을 수는 없었다.

"그 일 때문에 숀 로렌츠는 죽을 때까지 그림을 그릴 수 없었군요?"

"그런 셈이죠. 줄리안을 잃어 회복하기 어려운 충격을 받기도 했지만 건강 문제도 심각했어요. 숀은 그림뿐만 아니라 삶 자체에 흥미를 잃었죠. 이따금 줄리안이 다니던 학교에서 진행하던 미술수업에는 나가더군요.."

폴린은 잠시 침묵을 지키다가 마치 새로운 기억이 떠오른 듯 한마디 덧붙였다.

"숀이 죽기 며칠 전에 아주 이상한 일이 있었어요."

폴린이 턱짓으로 창문 너머 화가의 집을 가리켰다.

"숀이 며칠 밤 계속해서 음악을 틀어놓았죠."

"그게 왜 이상하다는 거죠?"

"숀은 그림을 그릴 때만 음악을 듣는 습관이 있었거든요. 게다가 한밤중이라 더욱 놀랐어요. 숀이 그린 그림은 대부분 빛과 밀접한 관련이 있어 주로 대낮에만 작업을 했거든요."

"숀 로렌츠는 주로 어떤 음악을 들었나요?"

폴린이 빙긋 웃었다.

"저처럼 블랙 메탈을 듣지는 않았어요. 베토벤 교향곡 5번을 자주 들었죠. 다른 곡들도 있지만 곡명이 기억나지는 않네요. 숀은 늘 같은 음악을 반복해서 듣는 습관이 있었죠."

폴린이 주머니에서 휴대폰을 꺼내 흔들었다.

"제가 호기심이 좀 많은 편이라 숀이 즐겨듣는 음악을 샤잠해두었어요."

가스파르는 샤잠이 무슨 뜻인지 몰랐지만 애써 티를 내지 않았다.

폴린은 휴대폰을 들여다보며 원하는 부분을 찾아냈다.

"숀이 즐겨 듣는 음악은 올리비에 메시앙의 '새의 카탈로그', 구스타프 말러의 '교향곡 2번'이었네요."

"숀이 죽음을 앞두고 갑자기 그림을 그리기 시작했단 말인가요? 그냥 음악만 들었을 수도 있잖아요?"

"사실은 저도 그 부분이 몹시 궁금해 한밤중에 집 밖으로 나가 숀의 집을 한 바퀴 둘러보고 나서 사다리를 타고 올라가 작업실 유리창 안을 들여다보았어요. 스토커 같은 행동이라는 건 잘 알지만 저는 궁금한 게 있으면 도저히 못 참는 성격이거든요. 만약 숀이 다시 그림을 그리기 시작했다면 제 눈으로 꼭 확인하고 싶었어요."

머릿속으로 폴린의 행위를 떠올리던 가스파르의 얼굴에 미소가 어렸다.

"작업실의 불이 모두 꺼져 있는 상태였지만 숀은 분명 캔버스를 바라보고 있었어요."

"숀이 어둠 속에서 그림을 그렸단 말입니까?"

"그림이 자체발광을 하고 있다는 느낌이 들었어요. 어둠 속에서 강렬한 빛이 쏟아져 나와 숀의 얼굴을 환하게 밝혀주고 있었죠."

"내가 신비주의에 경도된 비과학적 주장을 믿어야만 합니까?"

"사실은 저도 아주 잠깐 동안 봤기 때문에 뭔가 잘못 보지는 않았는지 스스로 의심을 품기도 했지만 제가 본 그대로를 말씀드린 거예요. 사다리가 삐걱거리는 소리를 내자 숀이 갑자기 뒤를 돌아보았죠. 그 순간 저는 덜컥 겁을 집어 먹는 바람에 아래로 굴러 떨어졌어요."

가스파르는 문득 당연한 수순처럼 한 가지 의문이 뇌리를 스쳤다.

"숀 로렌츠는 당신을 모델로 삼은 적은 없었습니까?"

폴린의 눈이 반짝거렸다.

"숀의 모델이 된 적은 없었지만 그가 제 몸에 기억에 남는 작업을 했죠."

폴린이 셔츠의 단추를 풀자 문신이 나타났다. 인간 화폭으로 변신한 젊은 여자의 피부 위에 각양각색의 아라베스크 문양이 선연하게 그려져 있었다.

"사람들은 흔히 숀의 그림을 볼 때마다 살아있는 느낌이 든다고 하죠. 숀이 작업한 작품 중에서 실제로 살아 있는 작품은 제 몸에 새긴 문신이 유일할 거예요."

4. 한 집 안의 두 이방인

나는 그 어떤 경우에도 철저하게 낙관주의자가 아니다.
―프랜시스 베이컨

1

매들린이 문을 밀고 집 안으로 들어섰을 때는 이미 한밤중이었다. 그녀는 가급적 가스파르와의 대면을 피하려고 했지만 끝까지 그럴 수는 없었다. 그가 스스로 권리를 포기하고 미국으로 돌아가길 은근히 기대했으나 가죽점퍼를 벗어 옷걸이에 걸고 있을 때 주방에서 분주하게 움직이고 있는 그의 실루엣이 눈에 들어왔다.

매들린은 거실을 가로질러 그를 향해 가다가 벽을 장식하고 있는 십여 장의 사진액자들 앞에서 잠시 걸음을 멈추었다. 줄리안이 사망했다는 사실을 알고 나자 마음을 푸근하게 해주던 그 사진들이 지금은 한없이 우울하게 보였다. 그래서인지 온통 집 안 전체가 냉랭하고 쓸쓸한 공기로 채워져 있는 느낌이 들었다. 그 순간, 그 집에 대한 애착이 사라지면서 그녀는 떠나기로 결정했다. 그녀가 주방으로 들어서자 가스파르가 뚱한 표정으로 목례를 건넸다. 그는 낡은 진 바지에 헐렁한 셔츠, 열흘 넘게 깎지 않은 게 분명한 턱수염, 닳아빠진 팀버랜드 구두를 신고 있어 극작가라기보다는 차라리 '산 사람' 같은 면모를 풍겼다. 그는 트랜지스터에서 흘러나오는 실내악곡을 들으며 양파를 써는 일에 몰두했다. 그의 앞에 놓인 식재료들이 눈에 들어왔다. 올리브 유, 가리비 조개, 닭고기 육수, 작은 송로버섯 따위였다.

"무슨 요리를 하려고요?"

"송로버섯을 곁들인 크리타라키를 만들고 있어요. 리조토와 같은 방식으로 만드는 그리스 식 파스타죠. 음식을 다 만들면 같이 드실래요?"

"고맙지만 사양할래요."

"당신은 왠지 채식주의자일 것 같군요."

"전혀요. 그나저나 앞으로 이 집은 당신 혼자서 맘껏 사용하세요. 저는 다른 집을 구해볼 테니까요. 집주인이 손해배상을 해주겠다니 제가 옮겨야죠."

가스파르가 놀란 눈으로 그녀를 쳐다보았다.

"현명한 결정이군요."

"다만 다른 집을 구할 때까지 이틀만 시간을 줘요. 그때까지 제가 위층을 사용할게요. 주방은 하나밖에 없으니 공동으로 사용해야겠죠."

"그 정도 제안이야 순순히 받아들여야죠."

가스파르가 고개를 끄덕이고 나서 방금 전 잘게 썬 양파를 프라이팬에 집어넣었다.

"왜 갑자기 마음이 바뀌었는지 물어봐도 될까요?"

매들린은 잠시 망설이다가 진심을 털어놓았다.

"무려 한 달 동안 죽은 아이의 영혼이 떠도는 집에서 보낼 용기가 없어요."

"줄리안 말입니까?"

매들린이 고개를 끄덕였다.

그들은 약 15분 동안 숀 로렌츠의 삶과 작품, 사라진 그의 마지막 그림 세 점에 대해 이야기를 나누었다.

매들린은 냉장고 문을 열고 몇 시간 전 넣어둔 비닐 세면도구를 꺼내 2층으로 올라갔다.

2

나무계단은 유리로 둘러싸인 숀 로렌츠의 작업실로 직접 통했다. 이 집에서 가장 아름다운 작업 공간 옆에 아담하고 안락한 방이 붙어 있었다.

매들린은 옷장 속에서 깨끗한 시트를 꺼내 침대에 깔았다. 그녀는 창문을 등지고 놓인 책상 앞에 앉아 세면도구 주머니에서 약병과 일회용 주사기를 꺼내 포장을 뜯었다. 잠시 주사기를 노려보던 그녀는 덮개를 벗겨내고 피스톤을 두세 차례 눌러 기포를 빼냈다. 알코올에 적신 솜으로 주사바늘을 꽂아 넣을 복부 부위를 문질렀다. 난방이 되고 있는 상태였지만 몸이 오들오들 떨려왔다. 살갗에 소름이 돋았고, 뼈들이 서로 부딪치며 덜거덕거리는 느낌이 들었다. 숨을 크게 들이마신 다음 피하지방에 주사기를 꽂았다. 내용물이 몸 안으로 들어가는 동안 몸에 불이 붙은 듯했다. 그야말로 형벌이 따로 없었다.

빌어먹을!

매들린은 형사 시절 절체절명의 위기를 여러 차례 겪었다. 관자놀이에 와 닿은 총부리, 목덜미를 아슬아슬하게 스치고 지나간 탄환, 맨체스터 최고 악당과 조우했을 때에도 당당하게 상대했는데 이깟 호르몬 주사 정도에 쩔쩔 매는 모습을 보이다니!

매들린은 눈을 질끈 감고, 다시 한 번 심호흡을 했다. 그녀는 주사바늘을 빼고 탈지면으로 핏방울을 닦아냈다.

침대에 누웠지만 구역질이 나고 위경련이 일고, 숨이 막힐 듯 속이 답답해지며 두통이 밀려왔다. 그녀는 몸을 덜덜 떨며 이불을 머리끝까지 끌어올렸다. 머릿속에서 줄리안의 얼굴이 떠올랐다. 그 다음은 마치 채널을 돌린 듯 평온한 '모성'의 이미지들이 나타났다. 고통이 점차 잦아들었고, 긴장도 풀어졌다.

매들린은 자리에서 일어나 얼굴에 찬물을 끼얹었다. 송로버섯을 곁들인 파스타 냄새가 코를 향해 스며들며 시장기가 느껴졌다. 그녀는 체면을 접어두기로 하고 계단을 내려갔다.

"나에게 저녁을 같이 먹자고 했죠? 아직 유효한가요?"

3

예상을 깨고 식탁 분위기는 대체로 유쾌했다. 매들린은 2년 전, 브로드웨이에서 가스파르가 쓴 〈고스트 타운〉을 본 적이 있었다. 제프 다니엘스와 레이철 바이스가 주연을 맡았고, 두 달 동안 공연이 이어졌다.

공연을 보고난 소감은 한마디로 단언하기 어려웠다. 극중 인물들이 주고받는 촌철살인의 대화는 마음에 들었지만 지극히 냉소적인 세계관 때문에 마음이 몹시 불편했던 기억이 났다.

가스파르는 그가 쓴 글과 달리 냉소적이거나 배배꼬인 사람은 아니었다. 오히려 미확인 비행물체처럼 신비스러운 부분이 많은 인물이었다. 대체로 염세적인 세계관을 가진 사람이긴 했지만 식탁에서는 얼마든지 유쾌한 주제로 대화를 나눌 수 있었다.

주로 대화의 주제는 숀 로렌츠였다. 그들은 숀의 삶과 그의 작품에 대해 알게 된 정보와 일화들에 대해 이야기를 나누었다. 두 사람 다 파스타를 말끔히 먹어치웠고, 생쥘리앵 한 병을 비웠다.

그들은 식사를 마치고 거실로 자리를 옮겨 대화를 이어나갔다. 가스파르는 선반에서 오스카 피터슨의 LP판을 골라 턴테이블에 건 다음 벽난로에 모닥불을 지폈다. 그가 20년 산 퍼피 반 윈클즈를 가져와 그녀에게 한 잔 따라 건넸다.

매들린은 앵클부츠를 벗고 소파에 길게 누워 위스키를 한 모금 마시고 나서 담배를 한 개비 꺼내 입에 물었다. 연기를 빨아들이자 몸이 나른해지며 마음이 한결 느슨해졌다.

"혹시 자식이 있어요?"

"현재도 없고, 앞으로도 없을 겁니다."

"이유가 뭔데요?"

"자식을 낳아 이 부조리한 세상의 무거운 짐을 지울 이유가 없으니까요."

매들린은 담배를 한 모금 빨았다.

"세상이 그리 살 만한 곳이 못 된다는 말에는 어느 정도 동의하지만 그렇다고 자식을 낳지 않겠다는 건 지나치게 염세적인 생각 아닌가요?"

"미래는 지금보다도 훨씬 더 끔찍할 테니까요. 세상은 이미 공멸을 향해 달려가고 있고, 인류는 회귀 불능의 편도티켓을 끊었다고 생각합니다."

"당신은 세상과 인류를 증오하는군요."

가스파르는 굳이 그녀의 말을 부인하려 들지 않았다.

"셰익스피어가 말하길 '가장 잔인한 짐승조차도 연민이 뭔지 안다.' 라고 했죠. 인간은 연민을 모르는 가장 고약한 포식자이고, 타인을 지배하고 모욕을 안기며 희열을 느끼는 유일한 존재입니다. 간혹 자기혐오에 빠져 자살을 꿈꾸기도 하고요."

"당신은 인류와 동떨어진 별개의 존재라도 되는 양 냉소적으로 이야기하네요?"

"나 또한 인류에 포함된다는 사실을 부인하지는 않아요."

가스파르가 잔에 남아있던 위스키를 입안으로 마저 털어 넣었다.

매들린이 재떨이에 담배를 눌러 껐다.

"당신은 왜 미래를 그토록 비관적으로 바라보죠? 몹시 불행한 삶을 살았나요?"

가스파르가 손사래를 쳤고, 매들린은 물을 마시기 위해 냉장고를 향해 걸어갔다.

"요즘 쏟아져 나오는 과학 논문들을 보면 나보다 훨씬 더 염세적으로 세상을 바라보고 있더군요. 계속 이대로 가면 지구는 필연적으로 파괴될 겁니다. 과학자들 중에는 이미 돌아올 수 없는 강을 건넜다고 진단하는 사람들이 많아요."

"인간은 어차피 머리에 총알 하나를 박아 넣으면 간단하게 생을 마감할 수 있어요."

"난 이 빌어먹을 세상에서 자식을 낳고 싶지 않습니다. 물론 당신은 나와 생각이 다를 수도 있겠죠."

"당신은 왜 이 부조리한 세상을 바꾸기 위해 투쟁하지 않죠? 차라리 시민단체에 가입해 세상을 바꿔보려고 노력이라도 해야 마땅하지 않나요?"

가스파르가 입을 삐죽거렸다.

"난 정당이나 노조, 시민단체 따위를 믿지 않습니다. 난 브라상스가 '네 사람 이상이 모이면 즉각 멍청이 집단이 된다.' 라고 한 말에 깊이 동의하는 사람이니까요."

"아마 당신에게 자식이 있었더라면 백 마디 말보다 당장 미래를 바꾸기 위한 투쟁에 뛰어들었겠죠. 여태껏 존재해왔고, 앞으로도 영원히 이어질 미래 말입니다."

가스파르가 이상하다는 듯 그녀를 쳐다보았다.

"당신은 아이가 있나요?"

"아직 없어요. 언젠가 갖게 되겠죠."

"세상 여자들이 다 아이를 낳으니까 당신도 그러려고요? 엄마가 되어 세상을 바꾸기 위한 투쟁이라도 하게요?"

매들린이 자리에서 벌떡 일어나며 그의 얼굴에 찬물을 끼얹고는 아예 플라스틱 생수병을 던져버렸다.

"당신은 정말 역겨운 소리만 골라 하는군요!"

매들린이 계단을 올라가며 소리를 버럭 질렀다.

가스파르는 긴 한숨을 쉬었다. 술 때문에 괜한 말을 지껄인 게 처음은 아니었지만 이토록 빨리 후회한 건 처음이었다. 그는 위스키를 한 잔 더 마시고 나서 라운지체어에 길게 누웠다.

가스파르는 술기운 때문에 몽롱해진 머리로 방금 전 언쟁을 돌이켜보았다. 거친 화법이 문제였지만 평소 생각을 솔직하게 말했을 뿐이었다. 다시 생각해보니 오히려 충분히 말하지 못한 부분이 있었다.

부모가 되려고 하는 사람은 스스로 아이를 보호해줄 역량이 충분하다고 믿기 때문이다.

가스파르는 그럴 자신이 없었기에 두려웠다.

미친 화가

12월 21일 수요일

5. 멱살 잡힌 운명

인생은 선물이라고는 주지 않는다.
– 자크 브렐

1

머리가 윙윙거리고, 심장이 조여들고, 불안정한 수면에 갑자기 균열이 생겼다.

가스파르는 출입문을 여닫는 소리에 놀라 가수면 상태에서 벗어났다. 처음에는 지금 누워 있는 곳이 어딘지 몰라 잠시 머릿속을 더듬다가 겨우 숀 로렌츠의 집이라는 사실을 깨달았다. 술을 잔뜩 마시고 숀 로렌츠의 일인용 소파에서 쪼그린 자세로 깜박 잠이 들었던 기억이 났다. 티셔츠는 땀범벅이 되어 있었고, 얼굴이 납작하게 눌린 상태였다.

가스파르는 비척거리며 몸을 일으켜 세우고 눈꺼풀을 비비고 나서 목덜미와 옆구리를 마사지했다. 간밤에 술을 얼마나 많이 마셨던지 숙취 탓에 두통이 심했고, 입안이 바짝 말라붙어 있었다. 술을 많이 마시고 난 다음날이면 어김없이 반복되는 현상이었다. 그럴 때마다 다시는 술을 입에 대지 않겠다고 다짐했지만 정오만 지나면 언제 그랬

나는 듯 다시 마시고 싶어졌다.

오전 8시, 하늘은 전반적으로 우중충했지만 비는 내리지 않았다. 느릿느릿 욕실로 걸어간 그는 샤워기 아래에서 미지근한 물을 반 리터쯤 마셔가며 15분쯤 서 있었다. 그는 허리에 수건을 두르고, 욕실을 나왔다. 점점 심해지는 두통 때문에 머리가 잘게 쪼개지는 느낌이었다. 그는 여행가방을 뒤져보았지만 약을 찾을 수 없었다.

가스파르는 잠시 망설이다가 위층으로 올라갔다. 매들린의 세면도구를 발견한 그는 혹시 약이 들어있는지 들여다보았다. 예상대로 들어있었다. 그는 애드빌 두 알을 삼킨 후 침실로 돌아가 전날 입었던 옷을 주섬주섬 입고 커피나 한 잔 마실 겸 주방으로 나왔다.

커피메이커를 찾아냈으나 커피는 끝내 찾을 수 없었다. 그는 커피 대신 닭고기수프를 데워 들고 테라스로 나갔다가 공기가 너무 차가워 다시 거실로 돌아왔다. 그는 숀 로렌츠가 죽기 전 반복적으로 들은 음반들을 찾아보았다. 첫 번째 곡은 카를로스 클라이버가 지휘한 베토벤의 '5번 교향곡'이었다. 비평가는 앨범에 수록된 해설에서 작곡가에게 일생 동안 활력을 불어넣어준 '운명의 멱살을 잡겠다.'는 의지를 강조했다. 5번 교향곡은 인간과 운명의 맞대결을 담고 있었다. 베토벤은 교향곡의 포문을 여는 네 개의 음표가 주는 상징적 의미에 대해 '이렇듯 운명은 문을 두드렸다.'라고 이야기했다.

그 다음에는 도이치 그라모폰 사에서 발매한 레너드 번스타인 지휘의 구스타프 말러 교향곡 2번을 찾아냈다. 바바라 헨드릭스와 크리스티나 루드비히가 베를린 필과 함께 공연한 음반이었다.

가스파르는 사실 구스타프 말러의 교향곡과는 그리 친하지 않았다. 그는 앨범에 들어있는 소개 자료를 읽고 나서야 종교적인 색채가 매우 강한 곡이며, 말러가 기독교로 개종한 지 얼마 지나지 않아 작곡한 곡이라는 사실을 알게 되었다.

말러의 교향곡 2번은 영생과 육신의 부활이라는 주제를 담고 있는 곡이었다. 앨범 해설서에 레너드 번스타인의 말이 나와 있었다.

'말러의 음악은 삶과 죽음에 대한 우리의 불안감을 지나치리만큼 진솔하게 다루고 있다. 그의 음악은 진실을 추구하기 때문에 간혹 듣기에 따라 마음이 불편해지는 요소들을 거침없이 표현한다.'

재즈 광으로 알려진 숀 로렌츠는 왜 생의 마지막에 이 두 교향곡을 집중해서 들었을까?

가스파르는 미지근하게 식어버린 닭고기 수프를 개수대에 쏟아버리고, 스프링노트와 펜을 들고 테이블 앞에 앉아 희곡 작업에 착수했다. 폴린의 꽁꽁 묶인 몸 위에 새겨져 있던 사이키델릭한 풍경이 떠올랐다. 꿈을 꾸듯 환각적인 모습이었다. 마음이 몹시 심란해지는 모습이기도 했다.

가스파르는 작업을 시작하려 했으나 뜻대로 되지 않았다. 마치 숀 로렌츠가 내면 깊숙이 들어와 있는 느낌이었다. 그는 자리에서 벌떡 일어나 사진으로 도배되어 있는 벽 앞으로 다가가 섰다. 그제야 그는 자신의 내면을 차지하고 있는 존재가 숀 로렌츠가 아니라 줄리안이라는 사실을 깨달았다.

가스파르는 한숨을 푹 내쉬고는 소파에 털썩 주저앉았다. 테이블 위에 놓인 호박빛깔 위스키가 그를 유혹했지만 그는 미동도 하지 않고 회전목마를 타고 있는 줄리안의 사진을 뚫어져라 바라보았다. 숀 로렌츠가 맞은편에 앉아 다정하고 흐뭇한 눈길로 어린 아들을 바라보고 있는 사진이었다.

가스파르는 바지주머니에서 지갑을 꺼냈다. 지갑에 빛바랜 사진 한 장이 들어있었다. 그가 세 살 때 아버지와 함께 뤽상부르공원에서 회전목마를 타며 찍은 사진이었다. 1977년에 사진을 찍었으니 두 사진 사이에는 거의 40년이라는 시간차가 놓여 있었다.

회전목마를 타고 있는 소년들의 눈은 초롱초롱 빛났고, 두 아버지의 눈길에서도 역시 똑같은 미소가 묻어났다.

2

매들린은 몽파르나스대로와 세브르 가가 교차하는 지점 모퉁이에 스쿠터를 세웠다. 아직 9시도 안 되었는데 대기는 어느새 오염된 습기를 잔뜩 머금고 있었다. 그녀는 장갑과 목도리를 풀며 몸에서 땀이 뻘뻘 흐르고 있다는 사실을 깨달았다.

한겨울인데 왜 이리 몸이 뜨겁지?

지구온난화보다 전날의 시위로 처참하게 변한 거리가 더욱 걱정스러웠다. 버스정류장, 상점진열장, 교통신호등 등이 온통 박살나 버렸고, 마치 전쟁의 포화가 휩쓸고 지나간 듯 거리에는 온통 보도블록과 유리조각들이 나뒹굴었다. 벽마다 적혀 있는 분노의 낙서들이 한층 더 마음을 혼란스럽게 했다.

경찰을 증오한다.

나는 생각한다, 고로 깨부순다.

자본은 꺼져라.

혼돈을 통한 승리.

우리는 당신들만의 법을 경멸한다.

매들린은 지나가는 행인들의 무덤덤한 태도에 더욱 놀랐다. 더러는 그녀처럼 놀란 얼굴을 하는 사람도 있었지만 대부분 눈앞에 펼쳐져 있는 혼란에 대해 별 관심이 없어 보였다. 심지어 웃고 떠들며 셀카를 찍는 사람들도 더러 있었다. 국립맹아연구소의 출입문조차 증오심을 물씬 풍기는 낙서로 도배되어 있었다.

매들린은 이 황망한 광경을 목도하자 갑자기 마음이 허탈해지며 울고 싶어졌다. 파리에서 분명 그녀가 이해하지 못하는 일이 벌어지고 있었다. 그녀는 마침내 예약한 병원 앞에 도착했다. 산산조각 나버린 유리문이 시야에 들어왔다. 그냥 돌아갈지 말지 고민하고 있을 때 경비원이 팻말을 가리켰다. 진료는 차질 없이 계속된다는 내용이 적혀 있었다.

매들린은 병원 원무과로 다가가 이름을 말했다. 예약이 되어 있어 대기실을 거칠 필요가 없었다. 3분 만에 혈액검사를 위한 채혈이 끝났다. 그녀는 엘리베이터를 타고 방사선과와 영상의학과가 있는 3층으로 올라갔다.

매들린은 초음파검사를 받는 동안 간밤에 가스파르와 나눈 대화에 대해 생각해보았다. 그의 현실인식은 그르지 않지만 사사건건 염세적인 태도를 취하는 건 옳지 않았다. 차라리 예견된 재앙에 저항해 투쟁하는 단체에 가입해 활동하는 편이 바람직했다.

4개월 전, 매들린은 스페인에서 휴가를 보내고 있을 때 마드리드에 있는 임신클리닉을 방문했다. 어느새 마흔 살이 목전에 임박해 있었지만 조나단 랑프뢰르와 결별한 이후 진지하게 남자를 만나볼 엄두가 나지 않았다. 아이를 얻기 위한 시도를 하려면 신체적인 노화가 더 진행되기 전에 시작해야 마땅했다. 새로운 남자를 만나 사랑할 자신이 없을 경우 선택할 수 있는 카드는 한 가지밖에 없었다.

매들린은 의사를 만나 상담하고 나서 시험관 아기 신청서류를 작성하고, 각종 검사를 받았다. 난자를 적출해 기증자의 정자와 수정시키는 시험관시술은 평소 꿈꾸어온 이상적인 모습과는 거리가 멀었지만 지금은 찬밥 더운밥 가릴 형편이 아니었다.

매들린은 병원에서 일러준 대로 매일 저녁마다 복부에 난포자극 호르몬을 주사했고, 이틀에 한 번씩 채혈과 초음파검사를 받았다. 난자 세포의 수와 크기가 변모해가는 추이를 확인하기 위해서였다. 그녀는 검사 결과를 스페인의 임신클리닉 담당자에게 알려주었다. 몸이 저절로 기진맥진해질 만큼 지난하고 고통스러운 과정이었다. 복부가 부풀고, 가슴이 단단해지고, 다리는 무겁고, 자주 두통과 짜증이 일었다.

의사가 초음파 감지 장치를 하복부에 대고 이리저리 옮겼다.

매들린은 눈을 감고 이제 곧 아기를 갖게 될 테고, 그렇게 되면 삶에 단단히 닻을 내릴 수 있을 거라고 생각했다.

지난 시절, 수없이 많은 살인사건을 수사했고, 죽음과 마주했다. 죽음은 살인사건의 피해자 가족들뿐만 아니라 담당 형사들의 심리도 암흑천지로 만들었다. 조나단 랑프뢰르를 만나 열정적인 사랑을 경험하기도 했다. 결국 남자들의 사랑이 얼마나 변덕스러우며 살얼음처럼 깨지기 쉬운지 절감하게 되었다. 맨체스터 범죄조직의 보스가 된 고교 시절 첫사랑 대니 도일이 해준 말이 떠올랐다.

"매들린, 난 당신이 항상 두려움 속에서 산다는 걸 알아. 난 당신이 밤마다 유령과 시체들이 등장하는 악몽을 꾼다는 사실을 알아. 당신은 열정적이고 결단력이 있는 형사가 분명하지만 내면에 도사리고 있는 자기 파괴적인 면 때문에 늘 불안한 삶을 살아갈 수밖에 없어. 우리가 처음 만난 고교시절에도 당신은 감정의 편차가 심해 쉽게 우울해지고, 자기 파괴적이었지. 세월이 흐르고 나이가 들면 자연스럽게 치유가 될 거라고 생각했는데 이제 보니 그렇지도 않은가 봐. 당신은 여전히 내면의 동요가 심한 삶을 살고 있으니까. 돌아올 수 없는 강을 건너기 전에 소용돌이에서 벗어나야 해. 당신은 폭력과 고통, 죽음이 난무하는 곳에서 탈출해야 돼. 인생은 거대한 압축 롤러처럼 우리를 계속 압박하지. 아무리 뛰어난 형사도 흐르는 시간을 체포해 감옥에 가둘 수는 없잖아. 더 늦기 전에 벗어나. 막다른 길로 몰리기 전에 새로운 인생의 돌파구를 찾아야 해.”

3

가스파르는 소파에서 몸을 일으켰다. 휴대폰이 주방 카운터 위에서 부르르 몸을 떨었다. 그는 잠시 경계심을 품고 휴대폰을 노려보다가 결국 전화를 받았다.

매들린이 뭔가 말했고, 그가 대답하려는 순간 화면을 잘못 건드린 듯 갑자기 통화가 중단되었다. 그는 한바탕 욕지거리를 해대며 휴대폰을 주머니에 집어넣었다.

나에게는 당장 한 잔의 커피가 필요해!

가스파르는 와인 한 병을 들고 폴린의 집으로 갔다.

초인종을 누르자마자 폴린이 재빨리 문을 열어주었다. 그녀는 이미 혼자 봄을 맞은 듯 옷차림이 날아갈 듯 가벼웠다. 끝단이 풀린 짧은 진 바지에 카키색 밀리터리 셔츠.

“피노 누아르와 에스프레소 더블 한 잔을 바꿀 수 있을까요?”

가스파르가 와인 병을 흔들어 보이며 말했다.

폴린이 피식 웃고 나서 안으로 들어오라고 손짓했다.

4

매들린은 각종 의료검사를 마치고 포부르생토노레 가에 있는 이탈리아식당에 자리를 잡고 앉았다. 베르나르 덕분에 알게 된 식당이었다. 혈액검사를 하려면 금식을 해야 하기 때문에 전날 저녁부터 아무것도 먹지 않았다. 어찌나 배가 고픈지 몸이 어질어질했다.

매들린은 카페라테와 비스코티를 주문하고 나서 임신클리닉에 전화하려다가 휴대폰을 두고 왔다는 사실을 깨달았다.

빌어먹을!

매들린이 손바닥으로 테이블을 내려치며 툴툴거렸다.

"무슨 걱정거리라도 있어요?"

식당주인 그레고리가 다가와 물었다.

"전화를 해야 하는데 휴대폰을 집에 두고 나왔어요."

"제 휴대폰을 빌려줄까요?"

그레고리가 주머니에서 밀란 에이시 빛깔의 케이스에 들어 있는 휴대폰을 꺼냈다.

"고마워요!"

매들린은 일단 마드리드병원에 전화해 루이사를 바꿔달라고 했다. 병원을 드나드는 동안 원무과에서 근무하는 루이사와 친해졌다. 매들린은 그녀의 근무시간을 훤히 꿰고 있었고, 간혹 병원전화 대신 휴대폰으로 전화를 걸기도 했다. 그녀의 남동생은 마드리드의 형사였다.

루이사가 검사결과를 메모해 담당의사에게 전달하면 의사가 난자상태를 점검하고, 필요한 경우 몸에 주사하는 호르몬 양을 늘려가는 식이었다. 그녀는 아이를 갖기 위해 필요한 과정이라면 뭐든 감수할 각오가 되어 있었다.

매들린은 두고 나온 자신의 휴대폰에도 전화를 걸었다.

"혹시 나에게 휴대폰을 가져다줄 수 있어요?"

극작가가 뭐라고 구시렁거리는 와중에 통화가 끊겼다.

매들린은 문자메시지를 택했다.

내 휴대폰을 가져다줄 수 있어요? 정오에 들랑브르 가의 르 그랑 카페로 나와 줘요. 내가 커피를 살 테니까.

매들린은 간밤에 잠을 이루지 못했다. 숀 로렌츠의 그림들이 밤새 머릿속을 가득 채웠다. 그녀는 강렬한 색채의 향연 속에서 살아서 꿈틀거리는 나무넝쿨들과 현기증 나는 절벽으로 이루어진 깊은 숲 속을 헤맸다. 그 모습이 얼마나 생생한지 꿈인지 현실인지 헷갈릴 정도였다. 숀 로렌츠의 그림을 이해하는 열쇠는 바로 그 모호함 속에 있는 듯했다.

베르나르가 화랑의 셔터를 올리는 모습이 눈에 들어왔다. 매들린은 카페 유리창을 두드려 그에게 인사를 건넸다. 그가 카페 안으로 들어와 마주앉았다.

"당신은 숀이 남긴 그림을 외면할 수 없을 겁니다."

"왜 숀 로렌츠의 아들이 살해당한 사건 이야기를 해주지 않았죠?"

"사실 난 줄리안의 대부였어요. 줄리안의 죽음이 숀과 나는 물론이려니와 주변 사람들을 슬프고 불행하게 만들었죠. 그래서인지 줄리안의 이야기를 꺼내는 게 쉽지 않아요."

"줄리안이 살해당했을 당시 신문기사를 읽어보았어요. 저는 사실 신문에 실린 기사를 잘 믿지 않아요."

베르나르는 고개를 끄덕이며 무언의 동의를 표했다. 그가 팔을 번쩍 들어 올리더니 커피를 주문했다.

"숀을 만난 이후 저는 알고 있는 인맥을 총동원해 그의 작품을 널리 알리기 위해 애썼습니다. 숀과 함께 런던, 베를린, 홍콩 등지로 출장을 가 현지에서 활동하는 콜렉터들을 만나 작품을 소개하기도 했죠. 숀이 유독 가고 싶어 하지 않는 도시가 딱 한 군데 있었습니다. 바로 뉴욕이었죠."

"뉴욕은 숀의 고향인데 왜 그랬을까요?"

"내가 맨해튼의 콜렉터들을 만나러가자고 할 때마다 숀은 거절했어요. 1992년부터 그 비극적인 사건이 일어난 2014년까지 숀은 단 한 번도 뉴욕 땅을 밟지 않았습니다."

"뉴욕에 숀의 가족들은 없었나요?"

"어머니가 뉴욕에 살았는데 1990년대 말에 파리로 모셔왔어요. 숀의 어머니는 건강이 좋지 않았고, 파리에서 지낸 지 얼마 안 돼 별세했죠."

베르나르는 크로스티니를 커피에 적셨다.

"숀은 나에게 조금씩 진실을 털어놓기 시작했습니다. 1992년 여름에 페넬로페를 만나 열정적인 시간을 보낸 숀은 그녀가 떠나고 나서 뉴욕에 혼자 남게 되었죠. 그는 페넬로페를 만날 수 없게 되자 몹시 기분이 우울했고, 머릿속이 온통 파리로 돌아간 그녀에 대한 생각으로 가득 채워져 있었답니다. 수중에 돈 한 푼 없었던 그는 파리 행 비행기 표를 사기 위해 '레이디버드' 와 공모해 범죄행위를 저지르게 되었죠."

"숀 로렌츠가 〈불꽃 제조자들〉로 활동할 당시 함께 했던 그 여자가 바로 '레이디버드' 였죠?"

매들린이 기억을 더듬으며 물었다.

"네, 그렇습니다. '레이디버드' 의 본명은 베아트리스 무뇨스입니다. 그녀는 브롱크스에 있는 공장에서 노동자로 일하는 칠레 이민자의 딸이었습니다. 베아트리스는 생김새가 프로레슬러처럼 우악스러워 어릴 때부터 놀림을 많이 받고 자라서인지 마치 자폐증 환자처럼 내면에 깊이 파묻혀 지내는 여자였죠. 그녀는 드러내놓고 고백하지는 않았지만 숀을 깊이 사랑했답니다. 숀이 건물 꼭대기에서 뛰어내리라고 하면 두 말 없이 그렇게 할 여자였다더군요."

"숀 로렌츠가 베아트리스 무뇨스를 농락했나요?"

"숀이 감정변화가 심하고, 충동적이고, 자주 화를 내고, 편집증적인 성향을 보이긴 했지만 아무런 이유 없이 약자들을 경멸하고 괴롭히지는 않았습니다. 숀은 〈불꽃 제조자들〉로 활동하는 동안 베아트리스와 많은 시간을 함께 보냈죠."

"페넬로페가 나타나는 바람에 〈불꽃 제조자들〉의 활동이 크게 위축되었겠네요."

"당연히 그랬겠죠. 숀은 페넬로페를 만나겠다는 일념으로 프랑스로 떠나려 했고, 그의 계획을 알게 된 베아트리스는 크게 실망했답니다. 그럼에도 베아트리스는 숀과 함께 마켓들을 터는 데 협조했죠."

그때 느닷없이 매들린의 형사 기질이 발동했다.

"숀이 강도짓을 했다는 겁니까?"

"숀과 그녀가 사용한 무기는 고작 물총과 가면이 전부였어요!"

"아무리 장난감무기를 사용했어도 엄연한 범죄행위였습니다. 결과적으로 돈을 탈취했으니 변명의 여지가 없죠."

"아무튼 차이나타운의 마켓 주인은 호락호락 당하지 않았죠. 그는 계산대 뒤에 숨겨두고 있던 총을 꺼내들고 즉시 발사했습니다. 숀은 재빨리 돈을 탈취해 도주에 성공했지만 등에 총을 맞은 베아트리스는 현장에서 체포되었죠."

베르나르는 우울한 목소리로 이야기를 이어갔다.

"경찰에 체포된 베아트리스는 그 이전에 저지른 강도죄까지 드러나게 돼 형량이 크게 늘어날 수밖에 없었습니다."

"베아트리스가 그 이전에 저지른 강도짓이 감시카메라에 찍혀 있었겠군요."

매들린이 짐작이 간다는 식으로 넘겨짚었다.

"경찰이 확보하고 있는 감시카메라에 콧수염을 기른 배관기술자 가면이 자주 등장했나 봐요. 그날이 벌써 네 번째로 마켓을 턴 날이었다더군요. 경찰은 가면을 쓴 여자가 베아트리스라는 사실을 진작부터 알고 있었답니다. 이미 그래피티 건으로 여러 번 체포돼 감옥에 다녀온 적이 있는 전과자라 경찰이 요주의 인물로 지목해두고 있었겠죠. 경찰이나 검찰 입장에서 보자면 호박이 넝쿨째 굴러들어온 셈이었을 거예요. 미국 사법체계는 늘 약자에게 강하고, 강자에게 약하니까요."

"베아트리스는 경찰에 체포돼 조사받는 동안 숀 로렌츠를 끌어들이지 않았나요?"

"베아트리스가 숀을 생각하는 마음은 각별했어요. 경찰은 마켓 주인의 진술을 토대로 공범이 누군지 추궁했지만 베아트리스는 끝까지 입을 다물었죠. 그녀는 8년 형을 선고받고 복역하던 중 탈옥을 시도하다가 붙잡혀 4년이나 형량이 늘어나게 되었어요."

"그 이후, 숀은 그녀를 찾아가지 않았나요?"

베르나르가 발작적인 웃음을 터뜨렸다.

"베아트리스가 체포된 다음날 숀은 파리 행 비행기에 몸을 실었어요. 숀은 베아트리스에게 빚을 졌다고 생각하지 않았고, 단 한 번도 면회를 가지 않았죠. 도와달라고 부탁한 적도 없는데 자진해서 나섰다가 체포됐으니 빚진 게 없다는 논리였어요. 베아트리스가 경찰 조사를 받을 당시 끝내 함구해준 것에 대해서도 그다지 미안해하지 않았죠. 그녀 스스로 선택한 일이었고, 운이 나빠 경찰에 걸렸을 뿐이라고 치부하고 아예 눈을 감아버렸어요."

"숀은 그래피티 화가 시절 함께 활동했던 친구들과의 인연을 모두 끊었겠군요?"

"프랑스에서 머물게 된 이후로는 아예 그들과 연락을 끊고 지냈죠."

"숀 로렌츠가 뉴욕에 가지 않으려고 했던 이유가 뭐죠? 베아트리스와 얽혀 있는 불미스런 사건 때문이었나요?"

"뉴욕에 가면 위험해질 수 있다고 생각했겠죠. 결과적으로 그의 생각은 옳았어요. 2004년에 베아트리스는 형기를 마치고 뉴욕으로 돌아왔어요. 오랜 세월 감옥에 갇혀있었던 만큼 심신이 피폐해 있었죠. 베아트리스는 먹고 살기 위해 닥치는 대로 일하며 다시 그림을 시작해보려고 했지만 끌어줄 인맥도 없었고, 뒤를 봐주는 화랑도 없었나 봐요. 숀에게는 말하지 않았지만 어찌나 딱해 보이던지 내가 할렘의 사회복지시설을 통해 그림 몇 점을 구입해준 적도 있습니다. 그 당시 베아트리스가 그린 그림들은 하나같이 어둡고 우울했어요."

"베아트리스는 숀의 소식을 알고 있었습니까?"

베르나르가 어깨를 으쓱했다.

"구글에서 이름을 검색해보면 간단하게 알 수 있잖아요. 베아트리스는 숀이 유명화가가 되었고, 모델 출신인 페넬로페와 결혼해 아들을 두고 있다는 정도는 알고 있었죠. 베아트리스는 전과자로 낙인 찍혀 큰 곤란을 겪고 있었고요."

"도대체 숀 로렌츠에게 무슨 일이 벌어졌습니까?"

"2013년에 뉴욕현대미술관에서 숀에게 회고전을 열고 싶다는 뜻을 전해왔습니다. 숀의 입장에서 보자면 뉴욕에 발을 들이는 게 껄끄럽긴 했겠지만 거절할 수 없는 제안이었죠. 뉴욕현대미술관에서 회고전을 열자는데 과연 마다할 작가가 있을까요? 2014년 12월에 숀은 페넬로페와 줄리안을 데리고 뉴욕으로 날아갔습니다. 회고전을 앞두고 여러 언론매체들과 인터뷰도 예약돼 있었죠. 뉴욕에 일주일 동안 체류할 예정이었는데, 바로 그때 비극적인 사건이 발생하게 되었습니다."

5

폴린은 머리카락을 귀 뒤로 쓸어 넘긴다거나 다리를 꼬고 앉는 자세, 입가에 묻은 커피를 닦기 위한 순간적인 혀 놀림만으로도 관능미를 유감없이 발휘했다. 그렇다고 지나치게 야하거나 천박한 느낌은 들지 않았다. 그녀는 아슬아슬하게 경계를 넘어서지 않으면서 자연스럽게 성적 매력을 어필하는 능력이 탁월했다.

가스파르는 커피를 두 잔째 마시고나서 숀 로렌츠에 대한 이야기를 꺼냈다. 2014년 겨울, 뉴욕현대미술관에서 회고전이 열릴 당시 숀 로렌츠와 페넬로페가 뉴욕에 머무는 동안 폴린이 베이비시터 역할을 해주었다는 말을 듣고 나자 부쩍 호기심이 증폭되었기 때문이다.

"숀은 회고전 때문에 아침부터 저녁까지 일정이 빡빡하게 잡혀 있어 정신이 없었죠. 페넬로페는 쇼핑을 하거나 네일아트, 피부미용 따위를 받느라 여념이 없었고요. 대부분 제가 줄리안을 맡아 하루 종일 데리고 놀았죠."

"그들 가족이 어느 호텔에 묵었죠?"

"브리지클럽호텔 스위트룸에 머물렀어요. 트라이베카 지역에 있는 호텔이죠."

폴린은 창문을 열고 담배에 불을 붙여 물었다.

"문제의 사건이 발생한 날, 페넬로페는 딘 & 델루카에 들러 쇼핑을 하고 나서 유니언스퀘어 근처에 있는 ABC키친에서 점심식사를 하기로 되어 있었어요. 원래는 줄리안을 데려갈 예정이었는데 갑자기 생각이 바뀐 듯 저에게 아이를 맡아달라고 하더군요."

폴린은 담배연기를 한 모금 길게 빨아들였다. 불과 몇 분 사이에 한없이 재기발랄했던 그녀의 얼굴에 어두운 그늘이 드리워졌다.

폴린은 굳이 감정변화를 숨기려들지 않았다.

"그날, 저는 이미 여러 가지 계획을 세워두었기 때문에 페넬로페의 부탁을 들어줄 수 없었어요. 그러자 그녀는 어쩔 수 없었던지 줄리안을 데려가겠다고 하더군요. 나중에 알고 보니 딘 & 델루카나 ABC키친에는 간 적이 없더군요. 그날 그녀는 엉뚱하게도 어퍼 웨스트사이드 북쪽, 암스테르담 대로변에 있는 어느 호텔로 애인을 만나러 갔던 거예요."

"애인이라니요?"

"니스의 부동산개발업자 필리프 카레야가 바로 페넬로페의 애인이었어요. 그 남자는 코트다쥐르 지역과 마이애미에서도 부동산 사업을 하고 있다더군요. 페넬로페가 고교시절부터 알고 지낸 남자라는데 한마디로 성격이 고집불통이었나 봐요."

"그 작자는 뉴욕에 무슨 볼일이 있어 왔답니까?"

"아마 페넬로페가 오라고 꼬드겼을 거예요. 그 이전부터 이미 숀과의 관계가 좋지 않았으니까요."

"숀 로렌츠는 두 사람이 연인 사이라는 걸 알고 있었습니까?"

폴린은 한숨을 푹 쉬었다.

"아니, 전혀 몰랐어요. 숀과 페넬로페는 일반적인 시각으로 보자면 도무지 이해할 수 없는 부부였어요. 그들은 결혼생활을 유지해오는 동안 끊임없이 상대를 도발하고 상처를 내며 심각한 갈등을 빚었죠. 마치 싸우지 않고는 잠시도 부부 사이를 유지할 수 없는 사람들 같았어요. 저는 그들이 부부 사이가 될 수밖에 없었던 필연적인 이유를 찾아보려고 눈에 불을 켜고 살펴봤지만 끝내 알아낼 수 없었어요. 둘 중 누가 헤게모니를 잡고 부부 사이를 이끌어 가는지에 대해서도 도저히 모르겠더군요."

"일반적으로 아무리 사이가 좋지 않은 부부라도 아이가 있으면 공통적인 관심사가 생겨 갈등이 잦아든다던데 그렇지도 않았나요?"

폴린이 어깨를 으쓱했다.

"이미 심각하게 금이 간 상태였기 때문이겠지만 줄리안이 두 사람 사이를 친밀하게 만들어주지는 못했어요."

"혹시 숀 로렌츠에게도 바람을 피우는 상대 여성이 있었나요?"

"저는 그것까지는 모르겠어요."

가스파르는 좀 더 노골적으로 질문을 던졌다.

"숀 로렌츠가 혹시 당신과 연인처럼 가깝게 지낸 건 아닌가요?"

"숀이 아들을 맡긴 베이비시터와 그런 짓을 저지를 남자로 보여요? 혹시 포르노영화에 자주 나오는 소재 아닌가요?"

폴린이 잔뜩 화가 난 얼굴로 반문했다가 이내 솔직한 심정을 털어놓았다.

"솔직히 숀을 유혹해보려고 해봤지만 먹히지 않았어요."

"아무튼 그 운명의 날에 무슨 일이 있었던 겁니까?"

"페넬로페는 밤이 이슥해지도록 아무런 연락도 없이 돌아오지 않았어요. 게다가 호텔방에 휴대폰을 두고 나가 연락할 방법도 마땅치 않았죠. 숀은 불안감이 점점 증폭되었죠. 밤 11시가 되자 숀은 더 이상 견디지 못하고 경찰에 신고했어요. 경찰은 유명화가의 부인과 아들이 사라진 사건이라 즉시 수사에 착수했죠. 시내에서 순찰을 도는 경찰들에게 신속하게 줄리안의 신상정보를 알려주었고, 페넬로페가 가기로 되어 있던 장소 근처의 감시카메라 기록을 빼놓지 않고 돌려보았지만 끝내 아무것도 찾아내지 못했어요."

폴린은 담배를 접시에 비벼 껐다.

"아침 7시에 택배기사가 호텔 프런트에 상자를 하나 전달했어요. 그 안에 어린아이의 손가락 하나와 피로 얼룩진 몸값 요청서가 들어 있었죠. 그 후, FBI가 즉시 수사에 뛰어들면서 수사 반경이 확대되었어요. 뉴욕경찰도 동원 가능한 인력을 대폭 보강했죠. 결국 암스테르담대로변에 있는 호텔 근처 감시카메라에서 페넬로페와 줄리안이 괴한에게 납치되는 장면이 확인되었죠."

폴린은 한숨을 내쉬며 눈두덩을 비볐다.

"저도 납치장면이 담긴 감시카메라 기록 화면을 봤는데 거의 공포영화 수준이더군요. 괴력의 소유자인 괴한이 페넬로페와 줄리안을 차에 강제로 태우는 모습이 감시카메라에 고스란히 찍혀 있었어요."

"베아트리스 무뇨스가 그 정도로 힘이 셌나요?"

"어깨가 남자처럼 떡 벌어진데다 팔뚝이 웬만한 여자 허리보다 굵더군요. 트럭의 기어박스에서 채취한 지문 감식 결과 베아트리스의 신원이 밝혀지게 되었죠. 이미 전과가 있는 여자로 '레이디버드' 라는 이름으로 널리 알려졌다더군요. 숀이 어렸을 때부터 잘 알고 지낸 사이였고요."

가스파르는 '레이디버드'라는 이름을 전날 베르나르가 쓴 책에서 보았던 기억이 났다. '불꽃 제조자들'이 1990년대 초에 지하철 전동차에 그래피티를 그리는 모습을 찍은 사진도 보았다. 큰 점퍼를 몸에 걸친 숀 로렌츠, 당나귀 귀처럼 양쪽 귀가 벌어진 히스패닉 계 인물 '나이트시프트'와 '레이디버드'를 찍은 사진이었다. 제로니모라는 이름이 새겨진 밴드로 묶은 검은 머리, 예명과 달리 하늘을 나는 새와는 전혀 이미지가 다른 인디언 여성이었다.

"FBI가 사건을 맡고 나서 수사가 일사천리로 진행되었어요. 정오가 되기도 전에 베아트리스가 인질들을 끌고 간 장소를 찾아냈죠. 퀸스의 예전 공업지대에 위치한 창고였어요. FBI가 현장에 들이닥쳤을 때는 이미 너무 늦어 있었죠. 줄리안은 이미 살해된 뒤였으니까요."

6

"베아트리스가 요구한 몸값이 4백만 달러나 5백만 달러가 아니라 왜 하필 4백29만 달러죠?"

매들린이 물었다.

"베아트리스가 감옥에서 보낸 날이 11년 9개월, 다시 말해서 4,290일이었답니다. 그러니까 4백29만 달러는 그녀가 감옥에서 겪은 고통에 대한 대가의 의미죠."

"숀은 급히 돈을 마련해야 했겠군요."

"베아트리스가 몸값을 요구하긴 했지만 돈을 노리고 저지른 짓은 아니었나 봐요."

"그럼 뭘 원했죠?"

"베아트리스는 돈보다는 숀을 파멸시키려는 목적이 더 강했죠. 그녀가 겪은 고통을 숀에게도 치르게 해주고 싶었던 겁니다."

"그렇다면 왜 페넬로페를 죽이지 않았을까요?"

"FBI가 현장에 도착했을 때 페넬로페는 가시철사로 꽁꽁 묶여 있었답니다. 그녀의 몸에는 아직도 그때의 상처자국이 남아 있다더군요. 가장 끔찍한 일은 베아트리스가 페넬로페가 지켜보는 가운데 줄리안을 칼로 찔러 살해한 겁니다."

매들린은 온몸의 피가 굳어버리는 듯했다.

"베아트리스는 현재 수감 중인가요?"

"FBI가 현장을 덮쳤을 때 그 여자는 이미 사라지고 없었죠. 그녀는 할렘-125번 가 역에서 기차에 뛰어들었습니다. 그 여자와 숀이 지난날 지하철 전동차에 그림을 그렸던 바로 그 장소였죠."

베르나르는 마치 운명론자처럼 한숨을 길게 내쉬었다.

매들린은 점퍼주머니에서 속 쓰릴 때 먹는 위장약을 꺼냈다.

"궁금한 사실이 한 가지 있는데요. 숀은 사망 당시에 뉴욕에 있었죠?"

"숀은 심장 발작을 일으켜 뉴욕에서 사망했습니다."

"숀이 뉴욕에 간 이유가 뭐였죠? 그토록 우울한 기억이 있는 도시를 왜 다시 찾았을까요?"

"심장질환전문의를 만날 생각이었나 봐요. 숀이 나에게 해준 말이 거짓이 아니라면 그렇습니다. 그의 말이 사실이었다고 믿을 만한 근거가 있긴 해요."

"그게 뭔데요?"

베르나르는 옆자리에 놓아두었던 베네치아 스타일의 가죽서류가방을 열었다.

"당신이 나를 만나러 올 거라 예상하고 가방에 숀의 수첩을 넣어 다녔죠."

베르나르가 밤색 수첩을 매들린에게 내밀었다.

매들린은 수첩을 꼼꼼히 살펴보았다. 스마이슨 상표로 엠보싱 가죽으로 만든 수첩이었다.

"숀의 사망소식을 들었을 당시에 난 파리에 있었는데 당장 비행기를 타고 뉴욕으로 날아갔죠. 숀의 시신을 수습해 파리로 옮겨와야 했으니까요. 일단 숀이 투숙했던 호텔에 들러 그가 남긴 짐을 챙겼습니다. 짐이라고 해봐야 몇 가지 옷과 이 수첩이 든 작은 가방이 전부였죠."

매들린은 수첩을 들쳐보았다. 적어도 한 가지는 확실했다. 숀 로렌츠가 죽기 전 일주일 동안 만나기로 약속했던 사람은 심장병을 진료해줄 의사가 전부였다.

사망일인 2015년 12월 23일 10시에 숀은 뉴욕에서 스톡하우젠 박사를 만나기로 되어 있었다.

"숀은 정확하게 무슨 병을 앓았죠?"

"심근경색이었어요. 숀은 사망하기 직전까지 여러 차례 혈관성형수술과 대동맥-관상동맥 간 바이패스 수술을 받았죠."

"제가 이 수첩을 가져가도 될까요?"

베르나르가 잠시 망설이는가 싶더니 고개를 끄덕였다.

"숀 로렌츠가 마지막으로 그린 그림이 존재한다고 믿으세요?"

"저는 그림이 존재한다고 믿어 의심치 않습니다."

베르나르가 그녀를 똑바로 쳐다보며 말했다.

매들린은 신중한 태도를 견지했다.

"제가 우선 무엇부터 조사해야 할까요? 숀에 대해 더 자세히 알아보려면 어떤 사람들을 만나봐야 하는지에 대해서도 일러주세요."

베르나르는 잠시 생각에 잠겼다.

"우선 디안 라파엘을 만나보세요. 정신과의사인데 숀이 생전에 크게 신뢰해 자주 만났던 사람입니다. 숀은 프랑스에 도착한 지 몇 달쯤 지났을 때 오피엘 에페메르에서 디안 라파엘을 만나게 되었죠. 그 무렵 디안은 약물중독자들을 위해 이동치료센터를 운영하고 있었습니다. 그는 예술에도 관심이 깊어 숀의 초기작 두 점을 구입하기도 했어요. 숀은 늘 그를 수호천사처럼 여겼죠."

매들린은 전날 저녁에 가스파르도 그 의사 이름을 언급한 적이 있다는 사실을 떠올리며 베르나르의 말을 경청했다.

"디안 라파엘 말고 숀과 친하게 지낸 사람이 또 누가 있을까요?"

"장 미셸 파이욜도 만나보면 도움이 될 것 같군요. 센 강변에서 화구상을 하는 사람인데 물감 전문가라고 할 수 있죠. 숀은 항상 그 집에서 물감을 구입했어요."

"페넬로페는 여전히 파리에서 지냅니까?"

베르나르가 대답 대신 고개를 끄덕였다.

"혹시 페넬로페의 주소를 알 수 있을까요?"

베르나르는 주머니에서 만년필을 꺼내더니 수첩을 한 장 찢었다.

"페넬로페의 주소를 알려주는 건 어렵지 않지만 만나 봐야 그다지 도움이 되지는 않을 겁니다. 페넬로페와의 만남은 숀의 입장에서 보자면 대단한 행운이자 불행이었죠. 그녀는 숀의 천재성을 발현시킨 영감의 원천이기도 했지만 지나치게 충동적이고 격정적인 성격 탓에 그의 삶을 화마에 휩싸이게 한 장본인이기도 했죠."

매들린은 주소가 적힌 종이를 접어 수첩에 갈무리하고 나서 허공을 바라보며 혼잣말처럼 중얼거렸다.

"한때는 영감의 원천이었던 여자가 저주의 대상이 되어가는 모습을 지켜보는 것보다 더 슬픈 일이 있을까요?"

6. 파괴의 총합

그림이란 원래 여러 가지 덧셈의 총합이었다. 나에게 있어서 그림이란 파괴의 총합이다.
—파블로 피카소

1

뿌연 햇빛 속으로 생제르맹대로가 길게 이어졌다. 잎이 떨어진 도로변의 플라타너스들, 석재건물들, 박물관 같은 카페들, 우아한 자태를 뽐내는 고급 상점들이 차례로 지나쳐갔다.

매들린은 앞서 가던 전기자동차 한 대를 추월한 다음 방향지시등을 켜고 옆길로 접어들었다. 그녀는 20미터쯤 더 진행하고 나서 스쿠터를 세웠다. 베르나르가 적어준 주소는 최근 들어 벽면을 깨끗하게 닦은 석재건물 중 하나였다.

매들린은 출입문에 달린 인터폰을 눌렀다.

"누구시죠?"

"페넬로페 로렌츠 부인이십니까?"

대답이 없었다.

"경찰인데 숀 로렌츠가 마지막으로 남긴 작품과 관련해 물어볼 말이 있어 찾아왔습니다."

"꺼져 버려! 바보 멍청이 기자 같으니!"

매들린은 뜻하지 않은 욕설을 접하고 얼떨결에 한 발짝 뒤로 물러섰다. 더 이상 고집을 부릴 필요도 없었다. 페넬로페의 심기가 불편한 상태라면 아무리 꼬치꼬치 캐물어봐야 얻어낼 게 없을 테니까.

매들린은 다시 스쿠터에 올라 오데사 가까지 무작정 달렸다. 그곳에서 사이버카페의 문을 밀고 들어선 그녀는 목적을 달성할 때까지 절대로 자리를 뜨지 않으리라 마음먹었다.

2

가스파르는 약속시간보다 일찍 카페에 도착했다. 생선가게 판매대 옆에 자리 잡은 르 그랑 카페는 약간 구식이었지만 온기를 느끼게 해주는 따스한 색감의 가구로 눈길을 끄는 곳이었다. 천장에 매달아놓은 가짜 포도넝쿨과 지중해 느낌을 물씬 풍기는 인테리어도 카페의 분위기를 살리는데 한몫했다.

12시 30분이 되면서 남은 테이블이 없을 만큼 손님들이 가득 찼다. 가스파르는 일단 불룩한 주머니에서 휴대폰을 꺼내들고 나서 재킷을 벗어 의자 팔걸이에 걸쳤다. 그는 카운터로 걸어가 화이트와인 한 잔을 주문한 다음 카페 종업원에게 전화를 사용할 수 있는지 물었다.

카페 종업원이 테이블 위에 놓인 전화기를 가리켰다.

"휴대폰이 망가졌나요?"

가스파르는 고개조차 돌리지 않고 대답했다.

"난 휴대폰을 사용하지 않아요."

가스파르는 돋보기를 꺼내 쓰고 폴린이 적어준 번호를 눌렀다.

세 번째 신호음이 울렸을 때 디안 라파엘이 전화를 받았다. 정신과의사는 마르세유 행 TGV라며 통화 품질이 좋지 않다고 구시렁댔다. 그는 생트마르그리트 병원에 입원 중인 환자를 보러가는 중이라고 했다.

가스파르는 먼저 폴린이 해주는 이야기를 듣고 전화했다고 말했다. 디안 라파엘은 뉴욕에서 지낼 때 가스파르의 연극을 본 적이 있다고 했다. 〈사일럼〉이라는 연극이었는데 가스파르의 작품 중에서도 가장 분위기가 어두운 연극이었다. 사실은 수많은 정신과의사들이 연극을 보고 나서 가스파르의 적이 되었다.

디안 라파엘은 공연을 보고 많이 웃었던 기억이 난다고 고백했다.

가스파르는 고지식하기 그지없는 사람이라 처음부터 자신이 가진 패를 곧장 드러내보였다. 그는 숀 로렌츠가 살던 집을 임대했고, 그가 그린 마지막 그림 세 점을 찾기 위해 조사에 착수한 여형사를 돕고 있다고 설명했다.

"숀 로렌츠의 마지막 그림이 있다면 저도 꼭 보고 싶군요!"

"폴린이 말하기로는 숀이 사망하기 직전 일 년 동안 당신을 가장 많이 만났다고 하던데요."

"지난 일 년뿐만이 아니라 지난 20년 동안 숀을 가장 많이 만난 사람이 바로 저일 겁니다. 저는 그의 친구이자 상담전문의였으니까요."

"친구와 의사는 양립이 불가능한 개념 아닌가요?"

"저는 가능한 한 숀을 돕고 싶었습니다. 숀을 옆에서 지켜보는 동안 천재예술가에 대한 저주가 실제로 존재한다는 말을 믿어야 하는 건 아닌지 생각하게 되었죠."

"그게 무슨 말씀입니까?"

"창조적 파괴라는 말이 있잖아요. 숀이 작품을 위해 자기 자신은 물론이려니와 주변사람들까지 파괴하고 있다는 생각을 지울 수가 없었습니다."

가스파르는 여성 정신과의사의 리듬감 있는 목소리와 친근한 어조에 금세 매료되었다.

"폴린이 말하길 숀은 아들이 죽고 난 이후 줄곧 무기력하게 지냈다던데 사실인가요?"

"줄리안이 그렇게 되고 나서 숀은 죽은 목숨이나 다름없었어요. 육체와 정신이 한꺼번에 파괴된 셈이었죠. 숀은 죽기 몇 달 전 심장수술을 두 번이나 받았으니까요. 사실 그는 몇 번이나 죽음의 문턱에서 기사회생했어요. 그는 몸이 파괴되어가는 고통을 아들을 지켜주지 못한 형벌인 양 견뎠죠."

"만약 그림 그리기에 몰입했다면 오히려 아들을 잃은 고통이 상쇄되지 않았을까요?"

"줄리안의 죽음 이후 그에게 가치 있는 일은 아무것도 남아 있지 않았습니다."

가스파르는 잠시 두 눈을 감았다가 잔을 들어 화이트와인을 쭉 들이켰다. 그가 와인을 한 잔 더 주문했다.

"자식을 잃은 모든 부모가 실의에 빠져 삶을 포기하는 건 아니잖아요?"

"사람들은 저마다 살아가는 조건과 방식이 다르죠. 비극적 사건과 맞닥뜨리게 되었을 때 대처하는 방식도 사람에 따라 많이 다릅니다. 숀은 평소에도 조울증을 앓아왔는데 줄리안을 잃고 나서 부쩍 증폭되었죠. 사실 그의 조울증 증세는 창작에도 큰 영향을 미쳤습니다."

"가령 어떤 영향을 미쳤는데요?"

"천재예술가들에게 공통적으로 나타났던 현상인데 숀도 감정변화가 심했어요. 기분이 한없이 좋았다가 갑자기 나빠지는 경우가 비일비재했죠. 삶에 대해 믿을 수 없을 만큼 왕성한 의욕을 보이다가 갑자기 의기소침해지기도 하고요."

가스파르는 셔츠 단추를 하나 풀어놓았다.

12월인데 왜 이리 덥지?

"숀이 약물에도 의존했나요?"

전화기 너머로 기차가 생샤르 역에 진입한다는 안내방송이 들려왔다.

"줄리안을 잃고 나서 숀은 정신이 몽롱한 상태로 모든 걸 잊길 원했어요. 그에게는 하루하루가 고통이었죠. 줄리안을 사랑했던 만큼 고통도 비례했죠. 그는 고통으로부터 벗어나거나 이성을 찾길 바라지 않았고, 점점 더 수면제나 진정제에 의존하게 되었죠. 아마 제가 약을 처방하지 않았더라도 기어이 어디선가 구해 복용했을 겁니다. 제가 직접 약을 처방해준 이유는 그가 적어도 뭘 상용하고 있는지 파악하고 있어야 한다는 판단 때문이었죠."

정신과의사의 목소리는 점점 더 듣기 어려운 상태가 되어갔다.

가스파르는 급한 김에 마지막 질문을 던졌다.

"숀 로렌츠가 어딘가에 숨겨놓은 그림이 있다고 생각하십니까?"

정신과의사의 답변은 안타깝게도 기차역의 소음 속에 묻혀버렸다.

가스파르는 전화기를 내려놓고 단숨에 술잔을 비웠다.

그때 카페 안으로 들어서는 매들린의 모습이 보였다.

3

"식전주를 한 잔 하시겠어요?"

테이블에 그날의 메뉴판을 가져다놓은 종업원이 물었다.

매들린은 탄산수 한 병을 시켜 마셨고, 가스파르는 화이트와인을 석 잔째 주문했다.

가스파르는 얼굴 가득 미소를 지으며 매들린이 집을 나설 때 두고 간 휴대폰을 내밀었다.

"고마워요."

매들린이 휴대폰을 받아 갈무리했다.

가스파르는 지금이 바로 사과하기에 적절한 기회라고 생각했다.

"어젯밤에는 제가 좀 흥분해 실례를 범했습니다."

"괜찮아요. 다 지나간 일인데요, 뭐."

"난 당신이 아이를 갖기 위해 얼마나 애쓰고 있는지 전혀 몰랐습니다."

매들린의 얼굴이 붉게 물들었다.

"내가 아이를 갖기 위해 애쓴다고요? 왜 그렇게 생각하죠?"

"오늘 아침에 우연히 마드리드병원에서 당신에게 보낸 문자메시지를 봤어요. 당신이 보낸 결과를 잘 받았다는 문자였죠."

"빌어먹을! 당신 일이나 잘 하세요! 내가 당신과 식사를 하면서 그런 이야기를 나누길 바랄 거라 생각하세요?"

"어쩌다가 문자를 보게 되었을 뿐 엿볼 의도는 없었습니다."

"뭐, 어쩌다가?"

매들린이 기가 막힌다는 듯 콧방귀를 뀌며 가스파르를 노려보았다.

그들은 주문한 음료가 나오고 나서 식당 주인이 식사를 주문받으러 올 때까지 단 한 번도 눈길을 교환하지 않았다.

매들린은 식당주인을 보는 순간 머릿속에서 베르나르가 준 문제의 성냥갑이 떠올랐다.

"숀 로렌츠가 이 식당의 단골이었다고 하던데, 맞습니까?"

"쇤은 이 식당의 단골일 뿐만 아니라 저와 오랜 친구 사이였죠!"

식당주인이 자랑스럽게 대답했다. 체구가 작고 머리가 벗겨진 그의 얼굴을 자세히 보니 루이 드 퓌네스(프랑스의 유명한 희극 배우 : 옮긴이)와 생김새가 흡사해 보였다.

"지난 몇 해 동안 쇤은 거의 매일이다시피 이 식당에서 점심식사를 했습니다. 줄리안이 죽고 나서는 발길이 뜸해졌죠. 어느 날 저녁에 쇤이 술에 만취해 벤치에 앉아있기에 집까지 데려다준 적이 있었습니다. 정말이지 그때는 마음이 아프더군요."

식당주인이 가슴 아픈 기억을 떨쳐버리고 싶은 듯 혀를 끌끌 차더니 얼른 한마디 덧붙였다.

"쇤은 죽기 두세 달 전 그나마 충격에서 많이 벗어난 듯 보였어요. 우리 식당에도 몇 번이나 왔었죠."

"그 무렵 쇤이 다시 그림을 그리기 시작한 것 같던가요?"

"쇤은 매일이다시피 크로키 수첩이 새카매지도록 그림을 그려가며 점심을 먹었죠. 제가 보기에 쇤은 의심할 여지없이 그림을 다시 그리기 시작했던 것으로 보여요!"

"혹시 그 무렵 쇤이 어떤 그림을 구상하고 있었는지 어렴풋이나마 엿볼 수 있는 기회가 있었나요?"

식당주인이 무슨 말인지 알겠다는 듯 미소를 지었다.

"식사를 가져다주면서 쇤의 어깨 너머로 크로키 수첩을 힐끗 들여다본 적이 있습니다. 수첩에 미로처럼 보이는 그림을 잔뜩 그려놓았더군요."

"미로라고요?"

"네, 이를테면 프란츠 카프카 식 미로라고 할 수 있죠. 복잡하게 뒤얽혀 있어 현기증을 불러일으키는 미로 말입니다."

매들린과 가스파르는 은밀히 눈길을 주고받았다.

식당주인이 매우 흥미로운 이야기를 들려주었다.

"숀은 죽기 며칠 전, 우리 식당에 매우 귀한 선물을 남겨 주었습니다. 기념비적인 모자이크 작품을 그려주었죠."

"바로 이 식당에 말입니까?"

가스파르가 놀라서 물었다.

"저기, 두 번째 홀 안쪽에 숀이 그린 모자이크 작품이 있습니다. 크기만 놓고 보자면 숀의 모든 그림을 통틀어 가장 큰 대작일 겁니다. 전 세계의 미술 애호가들이 숀의 모자이크 작품을 보기 위해 우리 식당을 자주 찾아오기도 하죠. 작품 앞에서 사진을 찍는 사람도 많습니다. 특히 아시아 사람들이 많이 방문하죠."

식당주인은 두 사람이 청하기도 전에 그들을 문제의 두 번째 홀로 안내했다. 다채로운 색상의 프레스코 벽화가 벽 전면을 차지하고 있었다.

"숀은 로알드 달의 동화 〈거대한 악어〉를 그림으로 표현하고자 했어요. 줄리안이 생전에 가장 좋아했던 동화라고 하더군요. 줄리안은 잠자리에 들기 전 숀에게 늘 동화를 읽어달라고 했답니다."

숀 로렌츠가 남긴 모자이크 작품은 1980년대에 한창 유행했던 비디오게임의 섬세하지 못한 픽셀을 상기시키는 수백 개의 반짝이 타일 조각으로 이루어져 있었다. 매들린은 실눈을 뜨고 작품을 들여다보며 어린 시절에 자주 읽었던 동화의 등장인물들을 하나씩 찾아보았다. 원숭이, 코끼리, 얼룩말 등이 사바나에서 풀을 뜯는 장면을 포착한 모자이크였다. 일회성에 그친 시도라고는 하지만 재미있는 작품이 틀림없었다.

매들린은 모자이크 작품을 사진에 담고 나서 가스파르와 함께 테이블로 돌아왔다.

4

"폴린은 당신이 마음에 드나 봐요?"

"내가 그다지 친절한 성격은 아니지만 쓸데없이 까다롭지도 않고, 상대를 난처하게 만드는 일도 없으니까 그런가 봐요."

"혹시 내가 귀담아 들었으면 하는 뜻으로 한 말은 아니죠?"

가스파르는 시선을 피하기 위해 얼른 고개를 돌렸다.

매들린은 각자 일을 분담해서 하자고 제안했다.

"오늘 오후에 나는 숀 로렌츠가 단골로 드나들었던 화구상에 들러 장 미셸 파이욜을 만나보려고 해요. 당신은 페넬로페를 만나 이야기를 나누어보는 게 좋겠어요."

가스파르가 회의적인 표정으로 턱수염을 어루만졌다.

"당신도 문전박대 당했는데 나라고 해서 만나줄까요?"

"당신이 가면 다를지도 몰라요."

"다를 이유가 없잖아요?"

"당신은 우선 남자잖아요. 나에게 제법 괜찮은 생각이 있어요."

매들린이 회심의 미소를 지으며 페넬로페에게 접근하기 위해 계획한 방법을 설명해주었다. 그녀는 가스파르 명의로 메일 계정을 만들고 나서 페넬로페가 소장하고 있는 숀 로렌츠의 작품 〈네이키드〉를 대여해주길 바란다는 메일을 보내두었다.

"〈네이키드〉를 대여해서 어디에 쓰게요?"

매들린은 미리 복사해온《데일리 텔레그라프》지 기사를 테이블 위에 펼쳐놓았다. 돌아오는 새 봄에 런던에서 가스파르가 쓴 희곡 〈히포크라테스 선서〉가 30회 공연된다는 기사였다.

"숀의 그림을 연극무대 배경으로 사용하겠다고 말하고 대여해달라고 부탁하는 거예요."

"페넬로페가 그 말을 믿어줄까요?"

매들린이 설명을 덧붙였다.

"베르나르의 말에 따르자면 페넬로페는 돈이 필요하기 때문에 언젠가는 그 그림을 경매에 넘길 거라고 장담하더군요. 그녀의 입장으로 보자면 그림을 경매에 내놓기 전 미디어의 주목을 받을 수 있는 좋은 기회이니 절대로 놓칠 리 없겠죠."

가스파르가 기분이 상한 듯 눈살을 찌푸렸다.

"당신은 왜 당사자인 내 의사도 묻지 않고 신분을 도용했죠?"

"좋은 일을 하자는 의도였으니까 너무 나무라지 말아요."

"결론이 좋으면 과정이야 어떻든 상관없다는 말입니까? 난 당신 같은 생각을 가진 사람들을 이해할 수 없어요. 어쨌거나 페넬로페는 그런 어리석은 말을 믿지 않을 겁니다."

"페넬로페는 이미 답장을 보내왔고, 30분 후 당신을 만나기 위해 기다리고 있어요."

가스파르는 이의를 제기하려다가 단념하고 한숨을 폭 내쉬었다.

"난 화구상을 만나보고 나서 모처럼 파리에 온 오래전 친구를 보러 갈 거예요. 당신은 페넬로페를 만나고 나서 '세마포르'로 와요."

"세마포르가 뭐하는 곳인데요?"

"자콥 가와 센 가가 교차하는 모퉁이 지점에 있는 카페입니다."

날씨가 어찌나 더운지 그들은 테라스로 자리를 옮겨 커피를 마셨

다. 매들린은 말없이 담배를 말았고, 가스파르는 상념에 잠겨 식당주
인이 서비스로 내온 아르마냑으로 목을 축였다. 그들은 서로 합의한
적은 없지만 어느새 공동수사대가 되어 있었다. 보는 이의 시선을 강
하게 끌어당기는 숀 로렌츠의 그림이 바이러스처럼 그들을 감염시켰
을 수도 있었다. 숀 로렌츠를 둘러싸고 벌어진 여러 사건들은 호기심
을 불러일으키기에 충분했고, 그가 남긴 작품들은 하나같이 아우라가
느껴졌다. 그들은 그가 과제로 남겨둔 비밀을 반드시 풀 수 있길 기대
했다.

7. 그가 태워버리는 것들······.

예술은 마치 화재와 같아서 자기가 태워버린 잿더미 속에서 다시 태어난다.
―장 뤽 고다르

1

페넬로페가 살고 있는 대저택은 성 토마스 아퀴나스 성당이 있는 생제르맹대로 주변에 즐비한 석조건물들의 고유한 특징인 절제미와 균형 잡힌 외관을 그대로 보여주고 있었다. 단순한 형태지만 밝은 빛을 발하는 석재 파사드, 윤기가 반질반질한 대리석 계단, 높은 천장, 삐걱거리는 헤링본 패턴의 쪽마루바닥 등이 저택의 위엄을 대변했다.

집 안은 절제미에 충실한 저택 외관과는 완전히 다른 이미지였다. 마치 화려한 겉치레 왕국에 들어선 느낌이었다. 모피쿠션이 놓여 있는 분홍색 소파들, 아크릴 테이블, 바로크적인 느낌을 발산하는 샹들리에, 잡다한 소품들과 알록달록한 조명등들이 집주인의 허영기와 조잡스런 취향을 한눈에 알아보게 했다.

문을 열어준 남자는 잔뜩 경계하는 눈빛으로 자신을 소개했다.

"저는 필리프 카레야라고 합니다."

그가 바로 폴린이 말한 페넬로페의 첫사랑 남자라는 사실을 금세 알 수 있었다. 땅딸막한 체구에 입술이 두텁고 피부가 가무잡잡한 남자였다. 적어도 페넬로페의 연인쯤 되려면 반짝거릴 정도로 밀어버린 민머리, 짙은 턱수염, 적당히 아래로 처진 눈, 셔츠 속으로 희끗희끗 보이는 가슴 털, 상어 이빨을 단 금목걸이를 한 중년남자를 떠올렸는데 예상과는 한참 거리가 멀었다. 한때 최고의 미녀라는 찬사를 받았던 페넬로페가 왜 땅딸보에게 반했는지 도저히 이해할 수 없었다.

예전에는 지금과 달랐을 거야. 아니면 외모 말고도 내세울 만한 뭔가가 있었겠지.

남녀 사이에서 작용하는 인력은 항상 상식을 벗어나게 마련이었다. 니스 출신 부동산개발업자는 가스파르를 거실 소파에 앉혀놓더니 이내 맥북을 들여다보며 부동산 관련 사이트 검색을 시작했다. 소파에 앉아 기다린 지 10여 분쯤 지났을 때 페넬로페가 눈앞에 나타났다.

가스파르는 거실 안으로 들어서는 그녀를 보는 순간 내심 놀라움을 금할 수 없었다. 과도하게 성형수술을 한 그녀의 얼굴은 차라리 왜곡된 캐리커처처럼 보였다. 밀랍처럼 희고 매끈한 얼굴은 열을 가하면 금세 녹아내릴 듯했고, 두툼한 입술은 터지기 일보직전의 콘돔을 연상케 했다. 보톡스를 맞아 팽팽한 눈두덩과 지나치게 솟은 광대뼈 때문에 눈이 상대적으로 작아 보였다. 원래의 생김새가 어땠을지 짐작조차 할 수 없을 만큼 반지르르한 얼굴과는 대조적으로 몸매는 헬륨을 주입해 부풀린 가슴을 제외하고는 뼈만 앙상했다.

"안녕하세요, 〈네이키드〉를 대여하길 원하신다고요?"

페넬로페가 맞은편 자리에 앉았다.

대체로 사냥꾼에게 쫓기는 짐승처럼 불안정한 시선이었다. 변모를 거듭해온 자신의 외모가 타인에게 어떤 인상을 심어주게 될지 잘 안다는 듯 자신 없어 보이는 표정이기도 했다.

어쩌다 이 지경이 되었을까?

가스파르는 그녀가 한때 패션잡지의 표지를 장식했던 사진들을 떠올려보았다.

도도해보일 만큼 차갑고, 여신처럼 우아하고, 운동선수처럼 탄력이 넘치던 자취는 어디로 사라졌을까? 그녀는 왜 리프팅과 보톡스에 매달렸을까? 도대체 어떤 돌팔이 의사가 앞에 앉은 여자의 얼굴을 한 방울의 피도 흐르지 않는 밀랍인형처럼 만들어놓았을까?

가스파르는 아직 남아있을지도 모를 과거의 흔적을 찾던 중 금갈색 파장이 번져나가는 물빛 눈동자가 뿜어내는 불꽃에 주목했다. 1992년 여름에 숀 로렌츠의 가슴에 섬광을 불러일으킨 치명적인 매력은 그녀의 눈동자에 있었던 게 분명했다.

가스파르는 인사를 건네며 매들린과 공모한 계획을 포기하기로 했다. 그는 체질적으로 천연덕스럽게 거짓말을 늘어놓을 수 있는 사람이 아니었다. 게다가 연기도 젬병이어서 거짓말이 곧 탄로나게 될 수도 있었다.

"제가 가스파르 쿠탕스이고, 극작가인 건 틀림없지만 런던에서 새봄 맞이 연극공연을 위해 〈네이키드〉를 대여한다는 건 제 동료가 꾸며낸 이야기입니다. 부인이 만나주지 않을까봐 일종의 트릭을 쓴 거죠."

"동료라니요?"

"오늘 아침, 부인이 문전박대한 여형사 말입니다."

분위기가 순식간에 얼어붙었다. 가스파르는 그녀가 필리프 카레야에게 도움을 청하려 한다는 인상을 받았다.

"저에게 3분만 시간을 내주면 왜 부인을 찾아왔는지 이유를 설명하겠습니다. 부인은 내 설명을 듣고 나서 질문에 답할지 말지 결정하면 됩니다. 저는 아무런 이의제기 없이 부인의 결정을 존중하겠습니다. 부인이 원하지 않을 경우 앞으로 다시는 찾아와 귀찮게 굴지도 않을 테고요."

페넬로페가 비로소 누그러진 태도를 보였다.

가스파르는 용기를 내 설득을 계속했다.

"저와 여형사는 숀 로렌츠가 사망하기 직전에 그렸다는 그림 세 점을 찾고 있습니다."

"숀은 사망할 무렵에 그림을 그리지 않았어요. 몇 년째 붓을 놓고 지냈으니까요."

"우리에게는 숀이 그린 세 점의 그림이 존재한다고 믿을 만한 근거가 있습니다."

페넬로페가 어깨를 으쓱했다.

"만일 그림이 있다고 하더라도 내가 숀과 결별한 이후에 그린 작품이겠네요. 결과적으로 저는 그 그림들에 대해 아무것도 주장할 권리가 없다는 뜻이죠."

가스파르는 더 이상 뭉그적거리며 앉아 있어 봐야 그림을 찾는 데 도움이 될 만한 정보를 얻어낼 수 없을 것 같다고 생각하며 슬쩍 넘겨짚었다.

"부인과 상관이 있으니까 제가 협상을 제안하러 왔지요."

"무슨 상관이 있는데요?"

"일단 저의 질문에 성실하게 답변해주겠다고 약속해주세요. 만약 부인의 답변 덕분에 그림을 찾게 된다면 세 점 중 한 점을 드리겠습니다."

"숀의 그림들 때문에 내 심신이 얼마나 망가졌는지 모르죠? 자꾸 헛소리나 하려거든 당장 꺼져요."

페넬로페가 소파에서 벌떡 일어나더니 호텔의 미니바처럼 생긴 냉장고를 향해 걸어갔다. 그녀는 보드카를 꺼내 한 잔 따라 들고 단숨에 들이켰다.

가스파르는 찰스 부코스키가 남긴 말을 떠올렸다.

'당신이 좋아하는 걸 찾아낸 다음 그것이 당신을 파멸로 몰아가게 하라.'

페넬로페를 파멸로 몰아갈 독약은 보드카 그레이 구스였다. 그녀는 들고 있던 보드카를 다시 한 잔 더 따라 원형탁자 위에 내려놓았다.

"숀은 내가 아니었으면 화가로 성공하지 못했을 거예요. 숀의 내면에 잠재되어 있던 예술혼을 발현시키고, 천재적인 재능을 꽃피울 수 있도록 영감을 불어넣어준 사람이 바로 나였죠. 뉴욕에 있을 당시만 해도 숀은 할렘의 벽에 그래피티나 그리는 아마추어에 불과했어요. 친구들과 어울려 다니며 마리화나를 피우고 자잘한 말썽이나 부리던 뒷골목 청년이었죠. 숀은 파리에 와서 비로소 제대로 된 그림을 그리기 시작했지만 10년 가까이 단 한 점도 팔지 못했어요. 그 긴 세월 동안 생계를 책임진 사람이 누구였을까요? 숀은 내가 모델로 나서서 찍은 광고사진, 화보사진, 잡지사진 덕분에 그나마 겨우 생계를 유지해갈 수 있었고, 마침내 인정받는 화가가 될 수 있었죠."

가스파르는 그녀가 쏟아내는 푸념을 듣는 동안 글로리아 스완슨이 〈선셋대로〉에서 연기했던 한물간 여배우가 연상되었다. 그녀 역시 한때는 페넬로페처럼 영광의 중심에서 환대를 받다가 시간이 부린 농간 속에서 시들해져갔다.

페넬로페가 비장한 목소리로 자신의 화려한 시대에 대해 읊조렸다.

"여러 해 동안 난 숀의 창작열을 북돋아주는 불쏘시개 역할을 했어요. 이를테면 숀이 그린 〈크립토나이트 걸(영화 슈퍼맨 시리즈에서 주인공의 힘을 약화시키는 물질이다. 따라서 크립토나이트 걸은 아킬레스 건 혹은 약점이 되는 여자로 이해할 수 있다 : 옮긴이)〉'이었다고요. 숀은 실제로 나를 크립토나이트 걸이라고 불렀죠. 내가 옆에 없으면 그림을 그릴 수 없다면서요."

"숀의 말이 허언은 아닌 것 같군요. 그가 그린 페넬로페 연작은 정말이지 대단하더군요."

"〈21개의 페넬로페〉 말인가요? 그 그림들 때문에 나도 한때는 우쭐해진 적이 있었죠. 그러다가 차츰 견디기 힘들 만큼 중압감을 느꼈어요."

"왜 중압감을 느꼈는데요?"

"세상 사람들이 나를 바라보는 시선 때문이었죠. 결과적으로 말하자면 그 그림이 숀과 나에게 밀어닥친 불행의 시발점이 되었어요. 나는 세상 사람들이 어떤 눈으로 나를 바라보는지 알 수 있었죠. 그들이 마음속으로 어떤 생각을 하는지도 알 수 있었어요. 사람들은 내가 예쁘다는 사실을 인정하면서도 〈21개의 페넬로페〉에 등장하는 인물보다는 매혹적이지 않다며 실망감을 드러내기 일쑤였죠. 당신은 숀의 그림들이 어떤 비밀을 담고 있는지 아세요?"

"저는 잘 모릅니다. 말씀해주시죠."

2

"지금도 숀과 함께 일했던 시절을 돌이켜보면 그야말로 환상적이었다는 생각을 금할 수 없죠. 그는 한마디로 색채의 거장이었으니까요."

베르나르 베네딕이 처음 장 미셸 파이욜에 대해 언급했을 당시만 하더라도 이유는 모르겠지만 회색 작업복 차림에 머리가 희끗희끗한 노인을 떠올렸다. 센 강 볼테르 기슭에서 만나게 된 색채전문가 장 미셸 파이욜은 건장한 체격에 레게머리를 한 흑인이었다. 그는 생각보다 젊어보였고, 열 손가락에 뱀, 거미, 해골, 양 등 저마다 다른 동물 모양 반지를 끼고 있어 흡사 《파우스트》의 메피스토펠레스 같은 분위기를 풍겼다.

장 미셸 파이욜은 딱 달라붙는 진 바지에 몸매가 그대로 드러나는 타이트한 티셔츠에 오리털 조끼 차림에 솔직하고 붙임성이 좋은 성격이었다. 그가 커피와 비스킷을 가져와 안료가 묻어 있는 두터운 참나무 원목 카운터에 내려놓았다.

가게 안은 마감 처리를 하지 않아 거친 질감이 그대로 느껴지는 석재 벽면에 그리 높지 않은 원통형 궁륭으로 된 천장을 보자니 흡사 중세 느낌이 묻어났다. 바닥부터 천장까지 닿아있다시피 한 반질반질한 목재 선반들에는 각종 안료들이 빼곡하게 정리되어 있었다.

매들린은 서로 상대방이 어떤 사람인지 잘 모르는 형편이었음에도 더없이 진지하고 성실하게 대화에 응해주는 그의 성격과 태도가 마음에 들었다.

"파리에서 그림을 그리는 화가들 대부분이 저의 고객들입니다. 명성을 얻은 화가들일수록 캔버스에 대충 물감을 칠하기만 해도 호들갑을 떨어대며 전시회를 열어주는 화랑주인들만 믿고 고약하게 구는 작자들이 많습니다. 그림에 대해 제대로 이해하지도 못하는 대중들이 박수를 보내니까 마치 자기들이 피카소나 바스키아와 같은 대가라도 된 양 어깨에 잔뜩 힘이 들어가 거들먹거리는 작자들이죠."

장 미셸 파이욜은 접시에 담겨 있는 프티 에콜리에 과자를 하나 집어 들었다.

"그 반면 숀 로렌츠는 천재적인 화가였지만 매우 겸손한 사람이었습니다. 아무리 작업에 몰두해있는 때라고 하더라도 사람이 찾아가면 시간을 내 커피를 권하는 인간적인 면모도 있었고요."

비스킷을 입에 물고 천천히 씹고 있는 그의 눈동자에 숀 로렌츠와의 추억이 어려 있었다.

"언젠가 제가 어머니 요양원 비용을 마련하기 위해 속을 끓이고 있었는데 어떻게 알았는지 아무런 조건도 달지 않고 수표를 끊어주었죠. 나중에 제가 그 돈을 갚으려고 하자 손사래를 치며 거절하더군요."

"숀 로렌츠는 당신 입장에서 보자면 단순한 고객이 아니라 친구였군요."

장 미셸 파이욜은 마치 그녀가 방금 전 지구는 둥글지 않다는 주장을 펴기라도 한 것처럼 의아한 눈빛으로 쳐다보았다.

"예술가들에게 친구는 없습니다. 역으로 말해 그들은 친구가 없기 때문에 예술가가 된 겁니다. 저는 그저 제 능력이 닿을 때까지 숀의 작업을 돕고 싶었습니다. 그가 원하는 색을 찾아내기 위해 최선을 다했고, 마음에 드는 캔버스를 만들기 위해 밤을 새기도 했죠. 그는 캔버스를 고를 때조차 세심하게 신경을 쓰는 사람이었습니다. 이란 산 호두나무로 제작한 캔버스만 특별히 고집했고요."

"당신은 어째서 숀 로렌츠가 색채의 거장이라고 생각하게 되었죠?"

"숀은 스프레이 물감으로 담벼락, 지하철 역사, 전동차들에 그래피티를 그리며 어린 시절을 보낸 사람이지만 2000년대 초에 접어들면서 본격적인 예술가의 길로 접어들게 되었습니다. 나름 대변신을 한 셈이죠. 그는 유명한 미술대학을 다닌 적도 없고, 유명한 화가 밑에서 사사를 받은 적도 없었습니다. 오로지 천재적 재능이 빛을 발해 화가가 되었고, 변변하게 교육을 받은 적이 없기에 오히려 배우려는 열망이 강했죠. 안료에 있어서도 독자적인 연구를 거듭해 결국 역사에 길이 남을 전문가 수준이 되었습니다. 숀은 진정한 의미의 순수예술주의자라고 할 수 있죠. 그래피티 작가 출신 화가가 합성 안료 사용을 거부했으니 이 얼마나 놀라운 일입니까?"

매들린은 나름 용기를 내 질문했다.

"합성안료와 천연안료의 차이가 뭐죠?"

장 미셸 파이욜은 다시 한 번 뜨악한 눈으로 그녀를 힐끗 쳐다보았다.

"섹스하다와 사랑하다의 차이, MP3와 LP판의 차이, 캘리포니아 와인과 부르고뉴 와인의 차이, 뭐 그런 비유 정도면 적당하겠네요."

"천연안료가 그림의 예술적 가치를 더 높여줄 수도 있다는 뜻인가요?"

"아무리 완벽한 기술로 합성안료를 만들어도 천연안료의 깊이와 독창성을 따라가지는 못합니다. 천연안료란 그야말로 유일무이한 색이죠. 대개 천연안료들은 수천 년의 역사를 가지고 있기도 하고요."

장 미셸 파이욜이 자리에서 벌떡 일어나더니 안쪽으로 들어갔다.

"세계 그 어디에서도 구하기 어려운 천연안료들입니다."

그가 진열대 선반에 놓인 작은 병들을 가리키며 말했다. 병들 안에 색색의 가루들이 담겨 있었다. 형태도 크기도 제각각인 그 작고 투명한 병들은 그 자체로 하나의 거대한 팔레트를 형성했다. 아주 밝은 파스텔 계열부터 가장 어두운 색까지 골고루 구비된 팔레트였다.

매들린은 그 병들에 들어 있는 천연안료와 인공안료의 차이점을 알아차리지 못했지만 굳이 묻지 않았다. 그가 천연안료 견본을 하나 집어 들더니 그녀의 눈앞에서 흔들어댔다.

"예를 들자면 이 색깔은 라피스라줄리, 흔히 군청색이라고 하죠. 프라 안젤리코, 레오나르도 다빈치, 미켈란젤로 등이 즐겨 사용한 색입니다. 아프가니스탄 산 원석에서 뽑아내는데 얼마나 구하기가 어려웠던지 르네상스시대에는 금값보다도 더 비쌌다고 하더군요."

매들린은 소설 《진주 귀고리 소녀》에서 베르메르가 작중 인물이 두르고 있는 터번을 칠할 때 그 안료를 사용했다는 이야기를 읽은 기억이 났다.

장 미셸 파이욜이 병을 제자리에 내려놓더니 다른 병을 집어 들었다. 상당히 밀도 높은 광채를 머금고 있는 보랏빛 안료였다.

"이 색이 바로 티리언 퍼플입니다. 로마의 황제들이 입었다는 토가 빛깔이죠. 이 안료 1그램을 얻으려면 뮤렉스라고 하는 조개 1만 개에서 나오는 액을 짜내야 합니다. 그 일이 어떻게 이루어지는지에 대해서는 상상에 맡기겠습니다."

그는 신이 나는 듯 계속 이야기를 쏟아냈다.

"이 황색은 망고나무 잎사귀만 먹여 키운 암소들의 소변을 희석해서 얻어냅니다. 오늘날에는 이 안료 제조가 금지되었죠."

그는 가늘게 여러 갈래로 땋은 레게머리를 흔들더니 진홍색 가루가 담긴 다른 병을 보여주었다.

"이 안료는 흔히 용의 피라고 하죠. 고대부터 전해 내려오는 안료인데 전설에 따르면 용과 코끼리가 결투를 벌이는 가운데 피가 혼합되는 과정에서 생겨났다고 합니다. 두 동물은 물론 장렬하게 숨을 거두었고요."

적어도 안료에 관한 한 막힘이 없는 사람이었다.

"저는 이 색을 가장 좋아합니다!"

그가 코냑 색에 가까운 갈색 빛깔 가루가 들어있는 병을 들어 올리며 득의만면한 표정을 지었다.

"이 세상에서 가장 로맨틱한 색이죠."

매들린은 병에 붙어있는 이름을 읽으려고 몸을 숙였다.

"머미 브라운?"

"네, 머미 브라운이죠. 이집트 미라를 방부처리하기 위해 둘렀던 붕대에 남아있는 수액에서 채취하는 안료입니다. 이 안료를 얻어내려면 미라를 완전히 갈아야 합니다. 이 악마적인 안료를 얻기 위해 얼마나 많은 고고학 발굴지가 훼손당했는지에 대해서는 아예 생각하지 않는 게 이로울 겁니다!"

매들린은 신들린 듯 설명을 이어가는 레게머리의 말을 중단시키고 방문목적을 말했다.

"당신이 숀 로렌츠를 마지막으로 만났을 때 어떤 안료를 원하던가요?"

3

"숀은 그림을 그릴 때 뭔가를 가져가고 나면 절대로 돌려주는 법이 없었어요."

페넬로페가 보드카를 한 모금 들이켜고 나서 단정적으로 말했다.

가스파르는 시종일관 조심스러운 태도를 유지했다.

"예를 들자면 당신의 아름다운 모습을 멋대로 가져가 화폭 속에 담아버리는 식이죠. 혹시 '도리언 그레이의 초상' 이야기를 기억하시죠?"

"초상화가 그림의 모델을 대신해 늙어간다는 이야기 말입니까?"

"숀은 정반대였어요. 그의 그림은 사람을 자양분으로 삼는다고나 할까요. 그의 그림은 사람의 삶과 광채를 갉아먹으며 완성되죠. 그 그림이 존재하려면 사람은 죽어줘야 하고요."

페넬로페는 마치 한 맺힌 사람처럼 계속 한 가지 주제를 물고 늘어졌다.

가스파르는 이미 그녀의 말을 제대로 경청하지 않은 지 오래되었다. 그는 세르주 갱스부르가 남긴 유명한 말을 떠올렸다.

'추함은 시간이 지나도 사라지지 않는다는 점에서 아름다움을 능가한다.'

이 여자는 그 어떤 운명의 장난으로 이 지경에 이르렀을까?

숀은 1992년 맨해튼에서 페넬로페를 처음 만났고, 당시 그녀는 열여덟 살에 불과했다. 가스파르는 재빨리 머릿속으로 암산했다. 그러니까 지금 그의 앞에 앉아 있는 여자는 마흔두 살이었고, 그와 동갑내기였다.

셰르시미디 가에 있는 숀 로렌츠의 집에 남아있는 페넬로페의 사진은 몇 장 되지 않았지만 가스파르는 그 중에서 한 장만큼은 또렷하게 기억했다. 줄리안이 태어났을 무렵 찍은 사진이었다. 그 사진을 보면서 그는 페넬로페가 그야말로 눈부시게 아름답다고 생각했다. 그러니까 성형수술로 인조인간이 된 건 최근이라는 뜻이었다.

"숀과 함께 한 지 몇 년이 흐르는 동안 난 결국 깨닫게 되었어요. 숀의 천재성은 나 같은 여자에 의해 좌우되는 게 아니라는 걸 말이죠. 나는 숀을 잃게 될까봐 두려웠어요. 그 무렵 이미 모델로서의 내 가치는 내리막길을 걷기 시작했으니까요. 난 우울한 기분을 떨쳐버리기 위해 점점 더 술과 약물에 의존하게 되었죠. 마리화나, 코카인, 헤로인, 수면제 따위가 내 주변에서 떠나지 않았어요. 숀이 내게 신경을 쓰지 않으면 안 되게 묶어두는 나름의 방식이었죠. 숀은 열 번도 넘게 약물중독 치료실로 나를 데려갔어요. 숀은 아주 치명적인 단점이 있었죠. 아니, 인간적인 약점이라고 하는 게 더 정확한 표현일지도 모르겠어요. 내가 알고 있는 숀은 정말이지 괜찮은 남자였죠."

"그게 왜 약점인지 이해하기 힘들군요."

"내가 생각하기에는 분명 약점이었어요. 물론 또 다른 문제이긴 하죠. 요컨대 숀은 끝내 나를 버릴 용기를 내지 못했죠. 나에게 평생 다 갚지 못할 빚을 지고 있다고 생각했어요. 그런 점에서 보자면 숀은 약간 모자라는 사람이기도 했죠. 어쩌면 자기만의 논리에 충실했던 사람이었다고도 할 수 있겠네요."

가스파르의 두 눈이 페넬로페의 목 오른쪽에 새겨진 별 모양의 상처에 멎었다. 그 다음, 왼쪽 귀 뒤에 나 있는 두 번째 흉터로 시선이 옮겨졌다. 가슴골이 시작되는 부근에 있는 세 번째 상처도 눈에 들어왔다.

가스파르는 순간적으로 깨달았다. 그 흉터들은 의료시술을 하느라 생긴 상처가 아니었다. 그녀가 뉴욕에서 납치당했을 당시 가시철사에 묶여 있는 동안 생긴 상처가 분명했다.

가스파르의 머릿속에 한 가지 확신이 자리 잡았다. 페넬로페는 줄리안이 죽고 나서 성형수술의 악순환 속으로 빠져든 게 분명했다. 우선 보기 흉한 가시철사의 흔적을 지워버리고 싶었을 테고, 그 다음에는 일종의 형벌처럼 의사의 칼 앞에 얼굴을 내맡긴 듯했다. 숀은 혼자만 고행 길을 걸은 게 아니었다. 페넬로페 역시 자기 파괴의 길에 동참한 셈이니까.

페넬로페는 스스로 얼굴을 망가뜨리며 자기 자신에게 가학적인 고통을 가했다.

"줄리안이 태어나면서 두 분 사이가 더 돈독해질 수도 있지 않았나요?"

"줄리안이 태어난 건 기적이었어요. 우리의 새 출발을 알리는 신호탄이기도 했고요. 처음에는 그렇게 기쁠 수가 없었어요. 마치 세상을 다 가진 듯했죠. 시간이 흐르면서 뭔가 잘못되어가고 있다는 사실을 깨닫게 되었어요."

"어째서죠?"

"숀의 눈에는 줄리안만 보였기 때문이죠. 줄리안이 태어나고 나서 숀은 그림이나 나에 대해서는 완전히 흥미를 잃었어요. 심지어 난 세상에 없는 사람 취급을 받았죠. 숀에게는 오로지 줄리안만이 중요했어요."

줄리안에 대한 이야기가 나오자 페넬로페는 마치 최면과도 같은 무력감 속으로 빠져 들어갔다.

가스파르는 그녀가 더 무기력해지기 전에 애써 붙잡았다.

"마지막으로 한 가지만 더 여쭤 봐도 될까요?"

"당신은 몹시 피곤한 사람이군요. 정말 많은 이야기를 털어놓았으니 이제 그만 돌아가주세요."

"딱 한 가지만 더 묻고 돌아가겠습니다."

"그냥 돌아가라니까요!"

페넬로페가 놀라 잠에서 깨어난 사람처럼 앙칼지게 소리쳤다.

"숀과 마지막으로 이야기를 나눈 게 언제였죠?"

페넬로페는 체념한 듯 한숨을 푹 내쉬었다. 그녀의 시선은 다시 지나간 추억을 찾아 헤매는 듯 허공에 머물렀다.

"숀이 죽던 날이었어요. 죽기 바로 몇 분 전이었죠. 숀은 뉴욕에 체류 중이었는데, 어퍼 이스트사이드의 어느 공중전화부스에서 나에게 전화를 걸었어요. 숀은 무슨 뜻인지 도무지 알아들을 수 없는 말을 횡설수설했죠. 미처 시차를 고려하지 못했는지 한밤중에 전화를 걸었더군요."

"숀은 왜 그 시간에 하필 당신에게 전화를 걸었을까요?"

"글쎄요, 이유가 뭔지는 나도 모르겠어요."

페넬로페가 기어이 얼굴을 일그러뜨리며 울음을 터뜨렸다.

"제발 차분하게 기억해 보세요! 숀이 그날 밤 뭐라고 하던가요?"

"제발 날 좀 가만히 내버려둬요!"

페넬로페가 악을 쓰고 나서 이내 안개 속으로 사라지듯 미동도 하지 않았다. 그녀는 하얀 소파에서 마치 세상과 격리된 듯 앉아 숨을 죽였다.

가스파르는 문득 수치심에 사로잡혔다.

아니, 내가 도대체 무슨 짓을 한 거야? 나와는 아무런 상관도 없는 여자를 이토록 야멸치게 몰아붙이다니? 내게 무슨 권리가 있다고 그런 질문을 했을까?

가스파르는 엘리베이터 안에서 장 뤽 고다르가 옳았다는 걸 인정하지 않을 수 없었다.

'예술은 마치 화재와 같아서 자기가 태워버린 잿더미 속에서 다시 태어난다.'

4

장 미셸 파이욜은 그다지 시간을 오래 끌지 않고 금세 기억해냈다.

"숀이 오래도록 붓을 놓아버렸다고 생각했는데 죽기 두 달 전부터 다시 여기에 나타나기 시작했어요. 지금으로부터 일 년 전쯤이겠네요. 2015년 11월부터 두 달 동안 저를 자주 찾아왔어요. 그는 사냥 중이었죠."

"사냥이라면?"

매들린이 예상치 못했던 답변에 당황해하며 물었다.

"그야 당연히 안료 사냥이죠."

"쇤이 다시 그림을 시작한 것 같던가요?"

장 미셸 파이욜이 당연한 질문이라는 듯 코웃음을 쳤다.

"물론이죠! 저는 그때 쇤이 머릿속으로 어떤 색을 생각하는지 알 수만 있다면 그 어떤 대가라도 치를 각오가 되어 있었죠. 쇤은 그 무렵 흰색에 푹 **빠져** 지냈어요."

"흰색이라고요?"

레게머리가 고개를 끄덕이더니 한껏 고무된 목소리로 일장연설을 시작했다.

"흔히 흰색은 유령이나 허깨비를 상징하는 색으로 알려져 있죠. 원초적인 빛과 눈부신 형상을 표현하는 색이기도 하고요. 하늘에서 내리는 눈, 천진한 아이, 처녀의 순수를 상징하기도 하죠. 요컨대 흰색은 생명과 죽음을 표현하기에 더없이 적합한 색입니다."

"쇤이 어떤 흰색을 원하던가요?"

"처음에는 쇤이 암중모색 중이라 앞뒤가 맞지 않는 요구를 늘어놓았어요. 무광을 달라고 했다가 금세 마음이 바뀌어 유광을 달라고 하는 식이었죠. 어떤 때에는 매끈한 흰색 안료를 원했다가 며칠 있다가는 울퉁불퉁한 결이 있는 흰색을 찾아내라고 성화를 부렸어요. 분필에 가까운 흰색이 필요하다고 요구할 때도 있었고, 금속성 광택이 도는 흰색을 구해달라고 한 적도 있었죠. 그야말로 저는 그가 무슨 색을 원하는지 갈피를 잡을 수가 없었어요."

"혹시 쏜이 환각상태에 빠진 건 아니었나요?"

장 미셸 파이욜이 미간을 잔뜩 찌푸렸다.

"저는 그 당시 오히려 쏜의 예술적 영감이 무척이나 고양되어 있었다고 봐요. 마치 세상이 뒤집어진 느낌이었죠."

그들은 다시 카운터 쪽으로 돌아왔다. 빗줄기가 유리창을 심하게 때렸다.

"쏜은 광물성 흰색 안료를 구해달라고 요구했어요. 광물성 안료는 시간이 지나면서 색이 바래고 접착제와 혼합될 경우 투명해지는 단점이 있죠. 저는 쏜이 원하는 색을 찾아줄 수 없어 무척이나 안타까웠어요. 결국 그에게 백설호분(白雪胡粉)을 사용해보는 게 어떤지 제안하게 되었죠."

"일본에서 쓰는 흰색 안료 말인가요?"

"네, 굴 껍질에서 얻어내는 안료인데 진주 빛이 도는 흰색이죠. 쏜은 그 안료로 작업을 시작했는데, 얼마 뒤 다시 찾아와 원하던 색이 아니라며 실망감을 표했어요. 그 안료로는 머릿속에 있는 구상을 재현해낼 수 없다고 하더군요. 저는 사실 쏜의 말을 듣고 몹시 놀랐죠."

"왜요?"

"쏜처럼 천재성이 번득이는 화가는 뭔가를 '재현하는' 게 아니라 그냥 드러내 보여주죠. 피에르 술라주의 표현을 빌리자면 그들은 묘사하는 게 아니라 그냥 칠하는 겁니다. 저는 쏜의 말을 들으면서 머릿속에서 어떤 대상을 그릴 색을 떠올리고 있는데, 현실에서는 존재하지 않는 색이라는 생각이 들었습니다."

"숀이 그 대상이 뭔지 털어놓지 않던가요?"

그는 어깨를 추어올리며 얼굴을 찌푸렸다.

"네, 그러니까 더욱 감을 잡기 어려웠죠."

"마침내 숀이 원하는 색을 찾아주었나요?"

"물론이죠. 석고에서 추출해낸 광물질을 토대로 뽑아낸 안료를 구해주었습니다. 그 안료를 구할 수 있는 곳은 세상에서 딱 한 군데밖에 없죠."

장 미셸 파이욜이 만면에 미소를 지으며 말했다.

"어딘데요?"

"화이트 샌즈. 이제 어딘지 감이 잡히십니까?"

매들린은 잠시 생각에 잠겼다가 은빛 모래언덕이 끝도 없이 이어지는 사막을 기억해냈다. 미국에서 가장 아름다운 국립공원으로 알려진 곳이었다.

"뉴멕시코 주의 사막 말인가요?"

그가 고개를 끄덕였다.

"사막에 군부대가 들어서 있는데 비밀스러운 신무기와 신기술을 시험하는 곳이죠. 바로 그곳에 희귀한 석고를 만드는 광산이 있어요. 일종의 변질된 광물질인데 거기에서 분홍색이 살짝 가미된 회백색 안료를 추출할 수 있었습니다."

"군부대 안에 있는 광물질을 어떻게 입수할 수 있었나요?"

"내 영업비밀이라 말해줄 수 없습니다."

"혹시 그 안료의 견본을 볼 수 있을까요?"

장 미셸 파이욜은 진열대로 가더니 입으로 유리병을 들고 돌아왔다. 매들린은 잔뜩 기대하고 내용물을 살피다가 이내 실망감을 감추지 못했다. 육안으로 보기에는 분필가루와 크게 다르지 않았기 때문이다.

"그림을 그리기 위해서는 이 안료를 기름과 섞어야 합니까?"

"기름을 섞는 경우도 있고, 접착제와 혼합해 사용하기도 하죠."

매들린은 마침내 카운터에 놓인 운동모자를 집어 들고 장 미셸 파이욜에게 감사인사를 건넸다. 뒤따라와 상점 문을 열어주던 그가 잠시 동작을 멈추었다. 갑자기 뭔가 떠오른 눈치였다.

"손이 질 좋은 형광 안료를 구해달라고 한 적이 있어요. 저는 손이 지금껏 한 번도 그런 요구를 한 적이 없기 때문에 다시 한 번 많이 놀랐죠. 평소 손은 형광 안료를 조잡스럽게 생각했거든요."

"형광 안료가 뭐죠? 빛을 내는 안료입니까?"

"빛을 내포하고 있다가 어둠 속에서 방출하죠. 예전에는 그런 종류의 안료를 제조할 때 주로 라듐을 사용했어요. 라듐은 항공기 계기판을 만드는 경우에도 주로 쓰였죠."

"라듐은 방사능 성분이 문제가 되어 사용할 수 없게 되지 않았나요?"

"아시다시피 라듐을 사용할 수 없게 되면서 황화아연으로 대체하기 시작했는데 금세 형광 효과가 떨어지는 단점이 있었어요."

"요즘에는 주로 뭘 사용하죠?"

"요즘에는 방사능 성분이나 독성이 없는 알루미나 산 스트론튬 결정을 사용합니다."

"손이 원한 게 바로 그 안료였겠군요."

"손은 제가 권하는 모든 안료에 대해 퇴짜를 놓았습니다. 저는 그가 정확하게 뭘 원하는지 알 수가 없어서 잠수용 시계를 제조할 때 사용하는 광점토를 추천해주었습니다. 스위스의 시계회사 사람들에게 사정을 이야기했더니 매우 반기며 적극 협조해주겠다고 하더군요. 숀이 실제로 그들과 일을 했는지에 대해서는 저도 모릅니다."

매들린은 그 스위스 시계회사의 이름을 받아 적고 나서 다시 한 번 색채전문가에게 감사인사를 건넸다.

상점 밖으로 나와 보니 날이 벌써 어둑어둑했고, 비가 그저 내리는 시늉을 하고 있었다. 짙은 구름이 마치 검은 연기처럼 물이 불어난 센 강과 루브르박물관 건물 위로 피어올랐다.

매들린은 스쿠터에 올라 친구와 만나기로 한 생제르맹으로 가기 위해 루아얄 다리 쪽으로 방향을 잡았다. 요란스러운 천둥소리에 화들짝 놀란 그녀는 자기도 모르게 하늘을 올려다보았다. 번갯불이 갈라놓은 하늘 한구석에서 숀 로렌츠의 얼굴을 본 듯했다. 어딘지 모르게 불만스러워 보였지만 예수를 닮은 그의 얼굴 위로 하얀 빛이 흘러내렸다.

가스파르

나는 생제르맹데프레 거리를 걷고 있다. 함석 빛깔 하늘, 마치 흑연을 칠한 듯 거무튀튀한 색깔의 건물들, 플라타너스 가로수들의 실루엣이 질식할 듯 내려앉은 먹구름과 겹쳐지며 나무가 아니라 광물질 같은 느낌을 자아낸다. 마치 허공을 걷는 느낌이다. 내 몸이 대로에서 움직이는 차들, 오염된 공기, 각종 소음 속으로 속절없이 빨려 들어간다. 잔뜩 억눌린 절망감이 삽시간에 내 머릿속을 가득 채운다.

페넬로페의 이미지가 머리에서 사라지지 않는다. 눈부신 미모와 열정적인 스타일로 패션쇼 런웨이와 한 시대를 풍미한 예술가를 사로잡았던 그녀가 어느새 보기 흉하게 변해버린 얼굴, 쩍쩍 갈라지는 목소리로 싱그러운 젊음을 상실한 모습에서 삶의 비극성을 확인한 느낌이다. 그녀의 자취에서 어쩔 수 없이 자꾸만 황폐해져가는 나의 삶, 권태에 찌들어 날이 갈수록 쇠락해가는 내 삶의 모습이 겹쳐진다.

나에게는 그리스 시프노스 섬의 맑은 공기와 화창한 하늘, 속죄를 허락해주는 바람의 입김이 필요하다. 그리스의 강렬한 태양 또는 몬태나의 눈 덮인 산봉우리들에 얼어붙은 빙설의 청량감이 필요하다. 신선한 공기를 들이마시는 일이 불가능하다면 처음 나타나는 술집 혹은 생제르맹대로와 생페르 가가 교차하는 모퉁이에 자리 잡은 카페에라도 들어가지 않고는 견딜 수 없는 기분이다.

외국에서 온 관광객들은 이 지역을 무척이나 마음에 들어 하지만 실제로는 이미 오래전부터 존재하지 않는 해묵은 이미지를 관광 상품으로 포장해 팔고 있을 뿐이다. 모조 가죽 의자, 네온사인 간판, 포마이카 책상, 리카르 상표가 찍힌 도자기 재떨이, 카메카 사에서 제작한 스코피톤 주크박스 등은 이제 이 거리를 추억하는 이미지로만 남아 있다.

둥그런 유리 천장 아래에서 관광객들과 인근의 학교 학생들이 버터 바른 햄 샌드위치 혹은 크로크 무슈를 먹는 광경이 시야에 들어온다. 나는 사람들 사이를 비집고 바의 카운터까지 걸어간다. 조금도 주저하지 않고 올드 패션드를 두 잔 주문해 단숨에 비우고는 곧 카페를 나온다. 점심에 마신 술이 이미 내 정신을 흐리멍덩하게 만들어놓은 상태였는데 또 다시 위스키를 들이부으니 이젠 아예 몸이 마비 상태가 되기 직전이지만 갑자기 한 잔 더 마시고 싶어진다.

바에서 나와 발걸음을 떼기 무섭게 맥주집이 눈에 들어온다. 나는 그 집으로 들어가 아주 근사한 스카치 위스키 두 잔을 더 들이켠 다음 생제르맹으로 되돌아온다. 비가 내리기 시작하면서 주위가 온통 뿌옇게 흐려진다. 눈 앞 풍경에서 갑자기 다양한 색상이 사라지며 오로지 잿빛 실루엣들만이 안경알 너머로 뿌옇게 흩어진다.

나는 어슬렁어슬렁 보나파르트 가까지 걸어간다. 한 걸음을 내디딜 때마다 팽팽한 줄 위에서 균형을 잡기 위해 신경을 곤두세워야 하는 서커스 단원의 발길처럼 더할 나위 없이 힘겹고 버겁다. 누군가 갑자기 볼륨을 올린 것처럼 도시의 소음이 증폭된다. 가슴이 벌렁거리고, 몸이 떨리고, 오줌까지 마렵다. 빗줄기가 목을 타고 몸 안까지 들어와 식은땀과 하나가 되면서 온몸이 가렵다. 살갗을 다 벗겨버리고 싶다.

나는 내가 왜 이렇게 기진맥진한지 이유조차 알아보려 하지 않는다. 사실 나에게는 이미 익숙해진 현상들이다. 내 몸 안에는 악마들이

득시글거리는 소굴이 있다. 그 악마들은 겨울잠을 오래 자지 않는다. 다시 술이 마시고 싶다.

아베이 가, 선술집 하나가 내 눈에 들어온다. 도자기로 장식해놓은 진열장, 빨간 체크무늬 커튼이 덮인 창이 빗속에서 아른거린다.

나는 물에 빠진 생쥐마냥 온몸이 비에 흠뻑 젖은 가운데 비틀거리는 걸음으로 선술집 안으로 들어선다. 주간 영업이 모두 끝났는지 종업원들이 홀 바닥을 닦고 저녁 손님을 맞기 위해 테이블을 다시 세팅하고 있다.

나는 빗물을 뚝뚝 떨어뜨리며 한 잔 할 수 있는지 묻는다. 머리끝부터 발끝까지 나의 행색을 훑어본 종업원들이 영업이 끝났다며 난색을 표한다. 나는 종업원들에게 질펀하게 욕을 퍼부어주고 나서 마치 돈만 있으면 뭐든 가능하지 않느냐는 듯 지폐 몇 장을 흔들어 보인다. 그들은 나를 한심하다는 듯 째려보며 밖으로 내쫓는다.

비는 좀 전보다 두 배 가까이 더 세차게 내리고 있다. 내 비틀거리는 발길이 무의식중에 퓌르스텐베르그 가로 향한다. 파리의 신화를 간직하고 있는 또 하나의 길이다. 나는 키 큰 오동나무들과 다섯 개의 등이 달린 가로등으로 유명한 작은 광장에 우두커니 서 있다.

내가 익히 잘 아는 동네지만 긴 세월 동안 난 이 지역을 단 한 번도 찾지 않았다. 극심한 취기 탓에 주변 풍경이 비비 꼬였다가 풀리기를 반복했고, 내 눈은 마치 회전목마에 앉은 듯 빙글빙글 맴을 돈다. 그때 가까이에서 들려온 예리한 소리가 나의 귀청을 찢는다. 나는 두 손을 관자놀이 부근에 갖다 댄다. 한참 동안 정적이 계속되다가 어디선가 왠지 귀에 익은 목소리가 들려온다.

"아빠?"

나는 몸을 돌린다.

누가 나를 부르지?

"나 무서워, 아빠."

이제 보니 누군가가 나를 부르는 소리가 아니라 나의 내면에서 들려오는 소리다. 돌연 나는 여섯 살 사내아이가 된다. 나는 아버지와 함께 광장에 앉아 있다. 물론 나에게는 무척이나 친숙한 광장이다. 이 광장은 '우리 집'이나 다름없다.

아버지는 내가 늘 지갑 속에 넣어 다니는 사진에서와 똑같은 복장을 하고 있다. 베이지색 면바지, 흰 셔츠에 작업복 외투를 입고, 에나멜 구두를 신었다.

내 점퍼 주머니 속에는 마조레트 미니카 한 대와 4색 볼펜 한 자루가 들어있다. 등에는 탄스 사에서 나온 책가방을 메고 있고, 내가 직접 손으로 쓴 이름표가 매달려 있다.

그 무렵 나는 생브누아 가에 있는 초등학교 1학년생이었다. 아버지는 이틀에 한 번씩 학교로 나를 데리러 왔다. 오늘은 수요일 오후이고, 아버지와 나는 크리스틴 가에 있는 극장에서 〈왕과 새〉를 보고 오는 길이다.

나는 마음이 슬프다. 영화 때문이 아니다. 참다못해 나는 마침내 울음을 터뜨린다. 아버지가 주머니에서 항상 몸에 지니고 다니는 손수건을 꺼내 내 눈물을 닦아주고 나서 코를 풀게 한다.

이제 곧 괜찮아질 거야. 아빠가 해결 방법을 찾아낼 테니까.

아버지는 약속을 어긴 적이 없었지만 어린 마음에도 이번만은 상황이 그리 녹록치 않다는 게 느껴진다.

나는 빗방울이 굵어지며 다시 현재로 돌아온다. 안경은 비와 눈물이 반반씩 섞여 온통 뿌옇게 흐려져 있다. 앞이 보이지 않는데다 고막을 찢을 듯 천둥소리가 울려퍼진다.

다시는 떠올리고 싶지 않았던 기억이 꼬리에 꼬리를 물고 이어진다. 내가 어른이 되고 나서는 한 번도 찾지 않았던 이곳에 온 탓이다.

나는 왜 이곳을 다시 찾게 되었을까? 술에 취한 탓일까? 어쩌다가 경계심을 늦추었을까? 단순한 부주의 때문일까? 극단적인 무기력감 때문일까? 무의식적으로 대결의 필요성을 느꼈기 때문일까? 누구와의 대결?

바로 나 자신과의 대결이다.

"무서워, 아빠!"

"걱정 마, 가스파르. 그리 오래 떨어져 지내지 않아도 될 테니까, 아빠가 약속할게."

나는 그 당시에 아빠의 약속을 믿을 수 없었고, 미래는 결과적으로 내가 옳았다는 사실을 입증해주었다.

덩치만 클 뿐 줏대 없는 나는 광장에 서서 다시 눈물을 흘린다. 초등학교 시절 어느 날에도 나는 바로 이 자리에 서서 하염없이 눈물을 흘린 적이 있다.

나는 몸을 비틀거린다. 어디에든 앉고 싶지만 예전에 자주 앉던 벤치들은 모두 사라져버리고 없다. 이 시대의 파리는 상처 입은 사람들에게 몸을 피할 벤치조차 제공해주지 않는다. 나는 굵은 빗방울을 그대로 맞으며 두 눈을 감는다. 이대로 의식을 잃게 될까봐 걱정되지만 나는 여전히 눈을 감고 버티고 서 있다. 빗물이 몸 안으로 스며들며 온몸이 오들오들 떨렸지만 나는 아랑곳하지 않고 그 자리에 서 있다.

얼마나 시간이 지났을까? 5분? 10분? 아니면 30분?

어느새 억수처럼 퍼붓던 비가 잦아들기 시작한다. 나는 손수건을 꺼내 빗물에 젖은 안경을 닦으며 잠시 생각에 잠긴다. 위기는 이제 지나갔다. 하늘이 빗물로 내 몸과 마음을 정화시킨 느낌이다.

이제 예기치 않았던 방황은 잊기로 마음먹고 나서 다시 걷기 시작한다. 자콥 가로 들어선 나는 다시 센 가까지 내처 걷다가 돌연 조각상처럼 굳어진다. 조각 전문 화랑의 진열장에 비친 내 모습이 눈에 들어온 탓이다. 그 모습이 나를 조금도 움직일 수 없게 그 자리에 붙들어 맨다.

언제까지 이런 식으로 살아갈 수는 없어.

나는 어디로도 가지 않고 그 자리에 붙박이처럼 서서 마음속으로 중얼거린다.

진열장에 비친 지친 내 모습이 나를 참을 수 없게 한다. 나는 마침내 두 주먹을 쥐고 폭발한다. 미치광이 같은 분노에 사로잡혀 진열장을 향해 주먹을 휘두른다. 스트레이트, 훅, 어퍼컷이 연속적으로 날아간다.

지나가던 행인들이 잔뜩 겁을 집어먹고 나를 피해 다른 길로 돌아간다. 스트레이트, 훅, 어퍼컷이 다시 이어진다. 유리창이 산산조각 나고 내 두 주먹은 피투성이가 된다. 심장이 가파르게 뛰는 가운데 나는 쉬지 않고 주먹을 휘두른다. 몸의 균형을 잃고 길바닥에 쓰러질 때까지 나는 계속 난동을 벌인다.

이제 길에 누워 있다. 손에서는 피가 철철 흐른다.

금발머리가 나를 향해 다가오는 모습이 보인다.

매들린 그린이다.

8. 거짓과 진실

예술은 우리로 하여금 진실을 이해하게 해주는 거짓말이다.
— 파블로 피카소

1

"어찌된 일인지 설명해 봐요."

"말하기 싫어요."

매들린과 가스파르는 퐁피두병원 앞 광장에서 전화로 부른 택시가 도착하길 기다렸다. 어느새 날이 어두워졌고, 가로등에 비친 그들의 긴 그림자가 센 강에 닻을 내리고 있는 유람선에까지 가 닿았다.

가스파르는 더할 나위 없이 심각한 표정을 짓고 있었다. 양손에 붕대를 감고 있었고, 그나마 한 손은 부목을 대 고정시켜두었다.

"내 덕분에 화랑 주인이 고소하지 않은 걸 다행으로 아세요!"

매들린이 한심하다는 듯 가스파르를 향해 쏘아붙였다.

"당신이 나서서 중재해준 건 고마운 일이지만 화랑 주인이 잠자코 물러선 건 내가 지불한 수표 때문이 아닐까요?"

가스파르가 반발했다.

"빌어먹을! 도대체 주먹으로 진열장을 부순 이유가 뭐예요?"

꿀 먹은 벙어리처럼 입을 꾹 다문 그는 여전히 심각한 표정을 거두지 않았다.

콜택시가 비상등을 깜박이며 그들 앞에 멈춰 섰다. 택시기사가 손에 붕대를 감고 있는 가스파르를 힐끗 쳐다보더니 재빨리 내려서서 문을 열어주었다.

택시는 그르넬 가를 따라 달리다가 콩방시옹 가를 지나 파리15구를 관통했다. 택시가 신호등에 걸려 정차했다.

가스파르는 차창에 얼굴을 들이대고 전혀 예상하지 못했던 이야기를 털어놓았다.

"난 여기서 세 블록 떨어진 곳에서 태어났습니다. 그곳에 있는 생트 펠리시테 산부인과가 바로 내가 출생한 병원이죠."

매들린은 놀라움을 감추지 못했다.

"난 당신이 원래부터 미국인인 줄 알았어요."

"엄마는 미국인이었죠. 예일대를 졸업하고 〈콜맨 앤 웩슬러〉 파리 지사에서 일했던 변호사였죠. 〈콜맨 앤 웩슬러〉는 뉴욕에 소재한 로펌인데 파리에도 사무실을 개설한 겁니다."

"아버지는요?"

"아버지 이름은 자크 쿠탕스이고, 칼바도스 출신 노동자였습니다. 달랑 석공 자격증 하나를 들고 파리에 정착해 토목회사에서 작업반장으로 일했죠."

"언뜻 듣기로는 서로 이질적인 직업을 가진 분들이었네요."

"아버지와 엄마는 정말이지 어느 한 부분도 공통점이 없었어요. 어떻다 내가 두 분 사이에서 태어나게 된 건지 이해가 되지 않을 정도였죠. 미국 아이비리그 대학 로스쿨 출신인 엄마는 처음에는 가난한 프랑스 남자와 사귀게 된 걸 무척이나 로맨틱하게 생각한 것 같아요. 아무튼 두 분의 사랑은 1973년 여름 한 동안에만 지속되었죠."

"그 후로는 어머니가 당신을 홀로 키웠나요?"

"엄마는 아버지를 집에서 몰아내기 위해 골몰했습니다. 심지어 돈을 줄 테니 나에 대한 친권을 포기하고 떠나달라고 제안했을 정도니까요. 아버지는 집을 나가겠지만 친권은 절대로 포기하지 않겠다며 고집을 부렸죠. 그 이후, 엄마는 아버지가 나를 보러 올 수 없게 하기 위해 가능한 모든 수단을 동원했습니다. 법률전문가인 엄마가 악착같이 애쓴 덕분에 난 아버지를 일주일에 고작 한 번 정도 만나볼 수 있게 되었죠."

"당신 어머니가 너무 심했네요."

"엄마는 그런 비난을 들어도 할 말이 없는 분이죠. 나는 대부분의 시간을 베이비시터와 함께 보냈어요. 알제리 여자였는데 이름이 자밀라였죠. 자밀라도 아버지의 딱한 사정에 대해 익히 알고 있어 몹시 마음 아파했죠."

택시가 별안간 브레이크를 밟더니 도로 중앙에서 벨리브 자전거로 이동 중인 두 관광객을 향해 질펀하게 욕설을 퍼부었다.

"엄마는 집에 머무는 날이 거의 없었어요. 자밀라는 내가 엄마 몰래 아버지를 만날 수 있도록 배려해주었습니다. 아버지를 만나게 되면 공원에서 함께 축구도 하고, 극장으로 영화를 보러 가기도 했죠. 아버지는 심지어 카페나 퓌르스텐베르그 광장 벤치에서 내 숙제를 돌봐주기도 했어요."

"당신 어머니가 어떻게 그런 사실을 모를 수 있었죠?"

"아버지와 자밀라가 아주 은밀하고 조심스럽게 행동했기 때문이죠.

그때 난 어렸지만 끝까지 비밀을 지켰어요. 적어도 그 일이 있기 전까
지는 그랬죠."

가스파르의 목소리가 갑자기 침울해졌다. 그들을 태운 택시는 정복
차림 교통경찰의 지시에 따라 속도를 줄이고 파리15구 경찰서 앞에
멈춰 섰다. 경찰차 여러 대가 신고가 들어오면 급히 현장으로 출동할
수 있도록 경광등을 켜고 대기하고 있었다.

"내 여섯 살 생일 바로 다음 일요일이었죠. 엄마가 어쩐 일로 외출
을 취소하더니 3주쯤 전에 내가 말했던 부탁을 들어주겠다고 하는 거
예요. 내가 르 그랑렉스 극장으로 스타워즈 에피소드 중 하나인 〈제국
의 역습〉을 보러 가고 싶다고 했었거든요. 나는 엄마에게 불쑥 말했어
요. '그 영화는 아빠랑 이미 봤는데요.' 라고요. 마음의 응어리로 남아
있던 엄마에 대한 원망이 부지불식간에 그런 식으로 터져 나온 거예
요. 말해놓고 곧 후회했지만 이미 엎질러진 물이었어요. 단 3초 만에
아버지의 사망진단서에 서명을 한 셈이었죠."

"사망진단서라뇨?"

"엄마는 자밀라를 다그쳤고, 결국 그녀는 견디다 못해 그간의 자초
지종을 털어놓았어요. 크게 화가 난 엄마는 자밀라를 해고했고, 아버
지를 고소했어요. 담당판사는 아버지에게 접근 금지 명령을 내리게
되었죠. 그때부터 아버지는 나를 보러 올 수 없었어요. 아버지는 판결
이 대단히 불합리하고 부당하다고 생각해 통사정이라도 해볼 생각으
로 판사의 집을 찾아갔습니다."

"안타까운 일이네요. 판사를 직접 찾아가는 건 좋은 생각이 아닌데요."
매들린이 초조한 마음에 혼잣말처럼 중얼거렸다.

"판사는 아버지의 말을 들어주기는커녕 재판과 관련해 협박을 받았

다며 경찰에 신고했습니다. 아버지는 체포되어 유치장에 구금되었고, 그날 밤 목을 매 자살했습니다."

매들린은 말없이 가스파르의 얼굴을 바라보았다.

"엄마는 한동안 그 모든 일들을 비밀에 부쳤습니다. 나는 몇 년이 지나고 나서야 그 사실을 알게 되었죠. 보스턴에 있는 기숙학교에 다니던 무렵이었으니까 아마 내 나이가 열세 살 때쯤이었을 겁니다. 그날 이후, 엄마와 한 번도 대화를 나누지 않았죠."

가스파르는 이상해보일 만큼 침착했다. 오히려 이제껏 짊어지고 있었던 짐을 내려놓은 듯 마음이 홀가분해보였다. 만난 지 오래 되지 않은 상대에게 평생 숨겨온 비밀 이야기를 털어놓는다는 건 나름 좋은 점도 있었다. 방어벽을 치기 위해 몸을 움츠리거나 머리를 굴릴 필요 없이 모든 사실을 있는 그대로 털어놓을 수 있기 때문이었다.

"당신이 주먹으로 박살낸 건 화랑의 진열장이 아니었군요."

가스파르의 얼굴에 서글픈 미소가 어렸다.

"내 자신을 향해 휘두른 주먹이었어요."

가스파르는 몽파르나스대로와 셰르시미디 가가 교차하는 길모퉁이에 이르렀을 때 밤하늘에서 히기에이아 여신이 들고 있는 컵 형태를 본 딴 박하 향 음료 빛깔 네온사인이 아직도 깜빡거렸다. 그는 택시기사에게 잠깐 세워달라고 부탁하더니 약국으로 들어가 병원에서 처방해준 진통제를 구입했다.

매들린도 따라 내렸다. 그녀는 약국에서 줄을 서 있는 동안 어떻게 해야 다소 어색해진 분위기를 풀 수 있을지 궁리하다가 농담 삼아 한마디 툭 던졌다.

"정말이지 부상 타이밍이 고약하네요. 손을 다쳤으니 이제 요리를 할 수 없게 되었잖아요."

가스파르는 생뚱맞은 요리 이야기에 영문을 모르겠다는 듯 그녀를 멍하니 바라보았다.

"당신이 만든 파스타를 얼마든지 맛있게 먹어줄 준비가 되어 있었는데 정말이지 아쉬워요."

"오늘은 내가 요리를 할 수 없으니 식당에서 저녁식사를 하고 들어가는 게 어떨까요? 적어도 내가 식사를 사줄 만큼은 신세를 졌잖아요."

"아주 좋은 생각이에요."

"어디로 갈까요?"

"르 그랑 카페가 좋겠어요."

2

식당주인은 그들을 다시 보게 되어 몹시 반가운 듯 지난번에 앉았던 구석 자리, 그러니까 숀 로렌츠의 모자이크 벽화가 마주보이는 테이블로 안내했다.

가스파르는 다시 활력을 되찾았다. 페넬로페와의 만남, 그녀와 헤어지고 나서 갑자기 몰아닥친 감정의 분출에 대해서도 담담하게 이야기했다.

매들린도 색채전문가 장 미셸 파이욜을 만나 나누었던 이야기를 사소한 부분도 빼놓지 않고 상세하게 전해주었다. 머릿속에서 구상한 색을 화폭에 구현하기 위해 집요하게 최상의 안료를 구하고자 했던 숀 로렌츠의 끈기 있는 예술가 정신에 대해서도 눈에 선하도록 묘사해주었다.

색채전문가는 숀 로렌츠가 현실에는 존재하지 않는 무엇인가를 화폭에 옮기고 싶어 했다고 말했다. 매들린은 호기심을 불러일으켰던 그 말에 주목했다.

숀 로렌츠는 마지막 작품에서 무엇을 구현하려 했던 걸까?

루이 드 퓌네스가 홀로 걸어 들어왔다. 〈그랑 레스토랑(프랑스의 코미디영화로 루이 드 퓌네스가 파리의 유명 프렌치 레스토랑 '쉐 셉팀'의 대표이자 영화의 주인공인 무슈 셉팀 역을 맡았다 : 옮긴이)〉 버전이었다.

"비둘기 고기로 만든 밀푀유입니다."

'무슈 셉팀'이 그들 앞에 뜨끈뜨끈한 접시를 하나씩 내려놓으며 말했다.

가스파르는 두 손을 붕대로 동여맨 상태였으므로 매들린이 그의 옆에 앉아 고기를 썰어주었다. 그가 시도 때도 없이 남자 운운하며 허세를 부리는 마초가 아니라는 사실을 확인했기 때문이었다. 두 사람은 식사를 하는 동안 숀 로렌츠가 식당 벽면에 남긴 작품을 요모조모 뜯어보았다.

매들린은 마침 생각났다는 듯 기욤 아폴리네르의 글귀가 적힌 성냥갑을 테이블 위에 올려놓았다. 숀이 남긴 금고에 들어있던 마지막 유산이었다.

성냥갑은 다분히 조롱기를 담고 있었다.

'별들이 다시 불을 켤 시간이다.'

숀은 베르나르에게 무슨 메시지를 전달하려고 했던 것일까? 혹시 모자이크 작품 속에 그 의미가 숨어있을까?

벽면의 모자이크 작품을 아무리 들여다보아도 천재 화가의 속삭임은 들려오지 않았다. 매들린은 그 벽화가 앙리 루소가 즐겨 그린 정글 풍경과 흡사하다고 생각한 반면 가스파르는 로알드 달이 쓴 동화책

내용을 떠올렸다. 그가 어렸을 때 자밀라는 쿠엔틴 블레이크의 삽화가 들어있는 로알드 달의 동화책을 자주 읽어주었다.

매들린도 《침만 꼴깍꼴깍 삼키다 소시지가 되어버린 악어 이야기 (The Enormous Crocodile)》에 대해서라면 비교적 기억이 선명하게 남아 있었다. 그들은 어린 시절의 추억에 젖어 로알드 달의 동화책에 등장하는 다양한 캐릭터들을 하나씩 떠올려보았다. 원숭이 머글웜프, 새 롤리폴리, 하마 험피럼피 등이 튀어나왔다.

"코끼리도 있지 않았나요?"

"코키리 트런키."

가스파르가 총알같이 대답했다.

"얼룩말은?"

"얼룩말은 잘 모르겠어요."

"제브라?"

"그런 이름은 생각나지 않아요. 그 동화책에 얼룩말이 나오긴 했었나요?"

매들린은 휴대폰을 꺼내들고 구글 검색을 시작했다.

가스파르가 벌떡 일어나더니 자신감 넘치는 목소리로 말했다.

"그 동화책에 얼룩말은 등장하지 않아요."

매들린이 전기충격을 받은 사람처럼 자리에서 벌떡 일어났다.

"그렇다면 숀 로렌츠는 왜 얼룩말을 모자이크 작품에 등장시켰을까요? 매일 저녁 줄리안에게 로알드 달의 동화책을 읽어주었다면 내용을 확실하게 기억하고 있을 텐데 왜 얼룩말이 필요했을까요?"

"그러게요. 그 이유를 알아보면 모자이크 작품의 비밀이 풀릴 수도 있겠어요."

아직 '유레카!'를 외칠 정도는 아니었지만 그들은 마침내 뭔가 특별한 단서를 찾아냈다는 생각이 들었다. 그들은 테이블과 의자를 잠시 옆으로 밀쳤다. 모자이크 작품 속의 얼룩말을 조금이라도 더 자세히 살피기 위해서였다. 얼룩말은 다른 동물들에 비해 표정이 잔뜩 굳어 있었고, 몸을 4분의 3 정도 측면으로 돌린 자세를 취하고 있었다. 아무리 봐도 다른 캐릭터들에 비해 매력이 떨어졌다. 가로 세로가 각각 2센티미터쯤 되는 사각형들을 촘촘하게 붙여 만든 형상이었다.

가스파르는 사각형의 수를 세면서 그 의미를 해석할 수 있는 가능성을 모색해보았다. 가령 그 사각형은 모스 부호 또는 음표로도 해석 가능하며, 어린 시절 보이스카우트에서 배운 대로 암호표 기능을 한다고 볼 수도 있었다.

"정말이지 어려운 수수께끼네요. 우리가 '다빈치 코드'의 주인공이 아닌 이상 얼룩말 수수께끼를 풀기는 힘들 것 같아요."

잔뜩 기운이 빠진 매들린은 담배를 피우기 위해 식당 밖으로 나왔다. 가스파르도 뒤따라 나와 비를 피하기 위해 카페 건물의 처마 아래에 섰다. 비가 좀 전보다 한층 더 거세게 내리고 있었다. 이제는 사나운 바람까지 가세한 형국이었다.

가스파르는 그녀가 담배에 불을 붙일 수 있도록 바람막이 역할을 해주었다.

"친구는 만나보았어요? 나 때문에 모처럼 만남이 짧게 끝난 건 아닌지 모르겠네요."

"내가 막 그 친구를 만났을 때 당신이 진열장을 향해 주먹을 휘두르는 모습이 눈에 들어왔어요."

가스파르는 수치심 때문에 고개를 들지 못했다.

"그 친구와 즐거운 저녁시간을 보냈어야 하는데 결과적으로 나 때문에 망친 건가요?"

"쥘은 환승 때문에 잠시 파리에 들렀어요. 연인과 모로코의 마라케시에서 크리스마스를 보내기 위해 가던 길이었죠. 세상에는 복 받은 사람들도 정말 많아요."

"죄송합니다."

매들린은 그를 계속 난처하게 만들고 싶지 않았다.

"쥘과의 만남이 약간 뒤로 미루어졌을 뿐이니까 너무 걱정하지 말아요. 쥘은 나에게는 가장 오래되고 유일한 친구이죠. 두 번이나 내 목숨을 구해주기도 했어요."

매들린은 상대의 시선을 애써 피하려는 듯 담배를 길게 한 모금 빨아들였다. 이야기를 계속할지 말지 망설이던 그녀가 다시 말문을 열었다.

"8개월 전, 쥘이 내 목숨을 구해주었죠. 어떻게 보면 오늘 당신이 저지른 일과 비슷해요."

가스파르가 무슨 의미인지 감이 잡히지 않는 듯 눈이 휘둥그레지며 그녀를 물끄러미 쳐다보았다.

"토요일 아침에 런던의 어느 백화점을 어슬렁거리다가 금발의 아이를 봤어요. 마치 천사처럼 생긴 아이였죠. 얼굴에 동그란 안경을 끼고 있는 그 아이가 나를 보고 미소를 지었어요. 그때 왠지 낯익은 느낌이 드는 거예요. 마치 그 아이를 이전부터 알고 지낸 것 같았죠."

"왜 그런 느낌이 들었을까요?"

"아이가 아빠 품에 안기는 순간 비로소 난 왜 그런 느낌이 들었는지 깨달았어요. 아이는 몇 년 전 내가 사랑했던 남자의 아들이었죠. 전 부인과 다시 재결합하기 위해 나를 떠난 그 남자가 낳은 아이였던 거예요."

"아무래도 그 남자가 현명하지 못한 선택을 한 것 같군요."

"그는 정말이지 괜찮은 남자였고, 우리도 매우 진지한 사이였기에 오래도록 좋은 관계가 지속될 거라고 믿었는데 어느 날 훌쩍 떠나버렸어요. 그가 떠나고 나서 한동안 우울증을 앓았을 만큼 절망적인 시간을 보냈죠. 그의 이름이 조나단 랑프뢰르인데 어쩌면 당신도 한번쯤 들어본 적이 있을 거예요. 세계적으로 유명한 프랑스 셰프 중 한 사람이니까요. 난 여전히 그가 왜 나를 떠났는지 그 이유를 몰라요. 나에게 어떤 문제가 있었는지, 내가 뭘 잘못했는지, 내가 왜 갑자기 싫어졌는지 그 이유를 끝내 알 수 없었어요. 아무튼 런던의 백화점에서 그와 아이를 만난 그날 아침에 난 어찌나 충격적이고 당혹스러웠던지 그야말로 완벽하게 무너졌어요. 집으로 돌아오는 동안 절망의 심연 속으로 깊숙이 빠져들었죠. 난 당신처럼 진열장 유리를 박살내는 대신 욕조에서 팔목을 그었어요."

"쥘이라는 친구가 욕조에서 피를 흘리고 있는 당신을 발견했겠군요?"

매들린은 담배의 마지막 한 모금을 천천히 빨아들이며 고개를 끄덕였다.

"사실 난 그날 쥘을 만나 함께 시간을 보내기로 약속했어요. 쥘은 내가 약속장소에 나타나지 않을뿐더러 전화도 받지 않자 불길한 예감이 들어 나를 찾아온 거예요. 경비원이 집 열쇠를 가지고 있지 않았더라면 아마 난 이미 저세상에 가 있었을 거예요. 그야말로 간발의 차이로 목숨을 건졌죠. 일주일 동안 병원에서 입원 치료를 받고 나서 의사가 소개해준 쾌적한 병원부대시설에서 심리상담을 받으며 요양했어요. 우울한 생각을 떨쳐버리고 삶에 대한 가치를 재발견하는 시간이었죠."

가스파르는 물어보고 싶은 말이 더 있었지만 그녀는 틈을 주지 않았다.

"자, 이제 디저트를 먹을까요. 난 애플파이를 찜해뒀어요. 이 집을 찾는 사람들이 맛이 기막히다고 치켜세우는 파이죠."

3

가스파르는 르 그랑 카페의 시끌벅적하고 따뜻한 실내로 들어갔다. 매들린은 그를 뒤따라가기에 앞서 들고 있던 담배꽁초를 바닥에 던지고는 앵클부츠로 밟아 껐다. 그때 점퍼 주머니 속에 들어있던 휴대폰의 진동이 느껴졌다. 두어 시간 동안 전화를 받을 수 없었던 그녀는 휴대폰 화면에 힐끗 눈길을 주었다. 스페인의 임신클리닉에서 보낸 문자메시지였다.

안녕, 매들린

난포 검진 결과는 완벽해요! 병원에 와야 할 시간이 되었어요!

내일 당신이 오길 기다리고 있을게요.

즐겁고 행복한 저녁 시간이 될 바라며.

루이사

임신클리닉의 루이사는 문자메시지에 항생제 및 배란 촉진 호르몬 구입에 필요한 처방전을 첨부했다.

매들린은 방금 읽은 문자메시지가 무엇을 의미하는지 깨닫기까지 시간이 제법 오래 걸렸다. 그녀는 카페로 들어가 잠시 망설이다가 가스파르에게도 소식을 전했다.

"임신클리닉에서 연락이 왔는데 검진결과가 좋대요."

"다행이네요."

"당장 비행기 표를 구입해야겠어요."

"당연히 그래야죠."

매들린은 신용카드를 꺼내들고 휴대폰으로 에어프랑스 사이트에 접속했다.

가스파르는 아직 부목을 대고 있는 오른손을 흔들다가 통증이 일자 얼굴을 찡그렸다. 그는 주머니에서 진통제를 세 알이나 꺼내 물도 없이 꿀꺽 삼켰다. 그는 꺼림칙한 마음에 복용량을 확인해보려고 주머니에서 약봉투를 꺼냈다.

"아니, 그런데 이게 뭐지?"

가스파르가 별안간 흥분한 목소리로 소리쳤다.

매들린은 깜짝 놀라 휴대폰 화면에서 고개를 들고, 약 봉투에 인쇄된 2차원적인 바코드에 눈길을 주었다.

그제야 매들린도 상황을 파악했다.

"이제 보니 숀 로렌츠가 그린 얼룩말은 QR코드였어요!"

매들린은 즉시 항공사사이트를 빠져나와 플래시코드를 해독할 수 있는 모듈을 다운받기 위해 휴대폰 앱스토어에 접속했다.

"QR코드가 뭡니까?"

가스파르는 새로운 테크놀로지에 대해서라면 먹통 수준이었다.

"사각형 이미지인데 QR코드를 스캐닝하면 메시지나 인터넷 사이트 또는 지리적인 위치를 나타내는 지표 등이 나와요."

가스파르는 그제야 알아들었다는 듯 고개를 끄덕였다. 숀 로렌츠는 모자이크 작품에 QR코드를 만들어 얼룩말 그림 속에 넣어두었다.

"당신이 세상을 등지고 살아간다는 건 알고 있지만 QR코드를 모른다는 건 좀 심했어요. 요즘은 굉장히 흔하게 사용되고 있거든요. 박물관 안내서, 지도, 지하철 표 따위에도 QR코드가 들어있어요."

매들린이 은근히 가스파르에게 핀잔을 주었다. 다운로드가 끝나자 그녀는 앱을 열고 자리에서 일어나 모자이크 벽화 쪽으로 다가갔다. 휴대폰에 장착된 카메라로 얼룩말을 스캐닝하자 화면에 즉각적으로 메시지가 떴다.

We are all in the gutter but some of us are looking at the stars.
우리는 모두 시궁창 속에서 허우적대지만 그럼에도 우리들 가운데 더러는 별들을 바라본다.

오스카 와일드가 쓴 글귀였다. GPS상의 어떤 지점이나 비디오영상을 기대했던 그들은 몹시 실망했다.

"오스카 와일드의 글귀만으로는 진척이라고 말하기 어렵겠어요."

가스파르가 실망스럽다는 듯 툴툴거렸다.

매들린은 생각이 달랐다. 오스카 와일드의 메시지를 전체적인 맥락 속에 위치시키고 생각해봐야 할 문제였다. 이 메시지는 얼핏 보더라도 기욤 아폴리네르의 인용문을 보완하기 위해 베르나르에게 전달되어야 하는 말이었다. '별들이 다시 불을 켤 시간이다.' 와 오스카 와일드의 글귀에서 발견되는 공통점에 주목할 필요가 있었다. 두 개의 글귀에는 공통적으로 별에 대한 언급이 들어 있었다.

"별이 상징하는 게 뭔지 특정하기란 정말이지 애매하죠. 별에 대한 이야기는 거의 모든 종교와 신화, 설화, 민담에 등장하니까요. 나침반이 발견되지 않았을 때는 선원들이 길을 잃지 않기 위한 이정표로 삼기도 했죠. 별은 우리에게 우주의 질서를 보여주기도 하고, 천상의 신비를 드러내기도 하죠. 별을 한마디로 정의하기란 정말이지 어려워요."

가스파르가 혀를 끌끌 차며 말했다.

매들린도 그의 말에 동의했다. 그녀는 마음속에서 커져가는 의문의 핵심에 접근하기 위해 베르나르에게 전화를 걸었다. 늦은 시간이었지만 베르나르는 두 번째 전화벨이 울리자마자 재빨리 전화를 받았다.

매들린은 새로운 발견에 대한 설명으로 서두가 길어지는 일이 없도록 하기 위해 단도직입적으로 '별'이라는 말이 숀에게 어떤 의미를 지니는지 물었다.

"내가 아는 한 숀과 별은 그다지 특별한 관계가 없는데 왜 그러시죠? 뭔가 찾아냈습니까?"

"혹시 숀이 별을 그린 적이 있습니까?"

"적어도 지난 10여 년 간 숀이 별을 그린 적은 없습니다."

"네, 그렇군요. 감사합니다."

매들린은 그가 질문할 틈을 주지 않고 전화를 끊었다. 이제 조금 전의 흥분된 분위기는 힘없이 수면 아래로 가라앉았다. 두 사람은 2분 정도 각자 자신만의 생각에 몰두했다.

매들린의 휴대폰이 테이블 위에서 부르르 떨었다. 그녀는 전화를 받는 즉시 스피커폰 모드로 변경했다.

"방금 전에 생각난 게 한 가지 있습니다. 줄리안, 그러니까 숀의 아들이 몽파르나스에 있는 에투알(Étoiles 프랑스어로 별을 뜻함 : 옮긴이)이라는 이름을 가진 학교에 다녔습니다."

가스파르는 그 즉시 깨달았다. 그는 의자를 약간 뒤로 물린 다음 마치 작전타임을 요청하듯 매들린에게 어서 통화를 마치라는 사인을 보냈다.

가스파르는 집 안에서 본 두 장의 사진 이야기를 꺼냈다. 그는 아이들과 함께 포즈를 취한 숀 로렌츠의 사진을 보면서 폴린이 들려준 이야기를 떠올렸다. 줄리안이 죽고 난 후에도 숀 로렌츠는 아들이 다니던 학교의 아이들을 대상으로 미술수업을 진행했다.

매들린은 여전히 휴대폰을 손에 쥐고 있었다. 그녀는 구글 검색을 통해 에투알 학교에 대해 알아보았다. 아이들을 혁신적으로 교육하는 사립학교로 두 살 반만 되면 입학할 수 있는 자격이 부여되는 학교였다. 그 유명한 몬테소리처럼 현재 프랑스에서 우후죽순처럼 생겨나고 있는 일종의 대안학교였다.

매들린은 구글맵으로 지도를 검색했다. 에투알 학교의 위치가 숀 로렌츠의 집에서 매우 가까웠다. 숀 로렌츠는 뒷바라지가 용이하도록 줄리안을 집에서 가까운 에투알 학교에 입학시킨 게 분명했다.

"이제 갈까요?"

매들린이 지폐 세 장을 테이블 위에 내려놓으며 말했다.

가스파르는 그녀를 따라 급히 식당을 나서다가 하마터면 애플파이를 들고 막 테이블에 도착한 식당주인을 쓰러뜨릴 뻔했다.

9. 죽음을 물리치기 위한 수단

내가 보기에 예술은 아마도 죽음을 물리치는 하나의 수단 같다.
– 한스 하르퉁

1

소나기가 억수처럼 쏟아져 을씨년스러운 느낌을 주었다. 매들린은 밤을 가로질러 달렸다. 다시 예전 형사 시절처럼 활력을 되찾은 그녀는 마침내 에투알 학교에 도착했다. 말 그대로 숀 로렌츠의 집에서 엎드리면 코 닿을 거리에 있는 학교였다.

두 사람은 호이겐스 가가 끝나는 곳에서 몽파르나스 묘지를 마주보고 있는 대로변으로 나섰다. 되는 대로 지은 텐트에 몸을 의탁하고 있는 몇몇 노숙자들만 눈에 띌 뿐 거리를 오가는 사람들은 없었다. 비지프라트(Vigipirate) 법령에 따라 학교 앞에 주차 방지를 위한 철책이 세워져 있었지만 다른 보호 장치라고는 전혀 눈에 띄지 않았다. 정문이 굳게 닫혀 있어 학교 안으로 들어가려면 적어도 3미터 높이에 이르는 담장을 타 넘어야한다는 계산이 섰다.

"내 발을 좀 받쳐줘요."

"무슨 수로 그렇게 하라는 겁니까? 난 손을 사용할 수 없잖아요."

가스파르가 부목을 댄 손을 내보이며 투덜거렸다.

"그럼 잠깐 바닥에 엎드려요!"

매들린이 명령조로 말했다. 그는 기꺼이 바닥에 무릎을 대고 엎드린 자세를 취했다.

매들린은 그의 어깨를 밟고 사뿐히 몸을 날려 담장을 넘어갔다.

"괜찮아요? 어디 다친 데는 없어요?"

매들린은 아무런 대답도 하지 않았다.

가스파르가 초조하게 기다리는 동안 문이 쇳소리를 내며 열렸다.

"당신도 어서 안으로 들어와요."

매들린이 소곤거렸다.

가스파르는 최대한 소리가 나지 않도록 문을 닫으려 애썼지만 밤의 정적 속에서 마찰음이 요란하게 울려 퍼졌다. 학교는 어둠 속에 잠겨 있었지만 포석이 깔린 작은 운동장은 금세 식별이 가능했다. 학교건물들이 작은 운동장을 중심으로 주변을 에워싼 형태였다.

매들린은 휴대폰에 딸린 손전등을 켜고 학교건물들을 살펴보았다. 가스파르는 그녀 뒤에 바짝 붙어 서서 떨어지지 않았다. 두 사람은 건물의 현관을 가로지르고 식당을 지나 실외로 난 작은 계단을 걸어올라 위층 교실로 올라갔다.

2

매들린은 행동에 거침이 없었다. 본능에 따라 능수능란하고 민첩하게 결정을 내렸지만 좀처럼 실수하는 법이 없었다. 위험한 범죄현장에서 10년이란 세월을 흘려보내는 동안 몸에 밴 반사작용인 듯했다.

마침내 통로가 끝나는 곳에 다다랐지만 문이 교실로의 진입을 가로막았다. 매들린은 한 치의 망설임도 없이 입고 있던 재킷을 팔에 둘둘 감더니 팔꿈치로 교실로 통하는 유리창 하나를 박살냈다. 분명 학교 건물 어디엔가 도난경보기가 달려있을 테지만 도둑들이 눈독 들일 만큼 고가의 물품들이 비치된 곳에 있는 듯했다.

"아니, 유리창을 깨면 어쩌자는 거예요?"

"당신은 입 닫고 날 따라오기만 해요."

매들린이 창문을 열기 위해 깨진 유리조각들을 떼어냈다. 그녀는 교실 안으로 들어서면서 휴대폰 손전등을 안쪽으로 비추었다. 진보적인 교육을 하고 있는 학교로 알려져 있었지만 정작 〈검은 경기병(hussard noir 프랑스 제3공화국 시절 이른바 '쥘 페리 법'으로 불리는 교육 관련법과 정경분리법이 제정되면서 군복 비슷한 제복을 입게 된 초등학교 교사들에게 붙여진 별명을 일컫는 말 : 옮긴이) 시절의 교실과 별반 다르지 않았다. 비스듬한 뚜껑이 달린 원목 책상, 코팅을 해놓은 프랑스 지도, '프랑스의 조상은 켈트족' 같은 케케묵은 문구를 상기시키는 프리즈가 눈길을 끌었다.

교실 뒤쪽 문을 열자 복도가 나왔다. 그 복도를 따라가며 2,3학년과 1학년 교실이 차례로 이어졌다. 맨 끝에 유치원 교실이 있었다. 줄리안은 유치원 교실을 드나들었을 가능성이 컸다.

손전등 불빛이 어둠을 가르며 전등스위치에 머물렀다.

매들린은 스위치를 눌러 유치원 교실의 불을 밝혔다.

"당신, 미쳤어요? 불을 켜면 어떡해요?"

가스파르가 질겁한 표정을 지었다.

매들린이 손을 뻗어 벽면에 걸린 세 장의 그림을 가리켰다.

얼핏 보기에는 영락없이 아이들이 그린 그림이었다. 줄만 몇 개 그어 그린 막대기 모양 사람들이며 원근감이라고는 전혀 없는 요새, 비례를 무시한 왕자와 공주들이 선명한 원색 물감을 머금은 배경 속에 자리 잡고 있었다.

매들린은 한눈에 호두나무로 짠 미국식 액자를 알아보았다. 장 미셸 파이욜이 말했던 바로 그 액자였다. 두 사람은 말없이 눈빛을 교환했다. 그들이 그토록 찾아 헤맸던 목표물이 눈앞에 있었다.

매들린은 즉각적으로 오직 적외선만이 투과할 수 있는 펜티멘티(pentimenti 유화에서 화가가 덧칠하여 지운 밑그림이나 그 전에 그린 그림들이 화면 위로 노출되는 현상을 가리킴 : 옮긴이)를 떠올렸다. 가령 반 고흐가 남긴 상당수 작품도 겉으로 드러나 보이는 물감 층 아래에 그가 이전에 그렸던 그림이 숨겨져 있다는 글을 본 기억이 났다.

가스파르는 쿠르베의 유명한 작품 〈세계의 기원〉을 생각했다. 그 그림은 당시 부르주아들을 충격에 빠뜨리지 않기 위해 수십 년 동안 나무 위에 눈이 내린 풍경을 그린 그림으로 위장되어 있었다.

가스파르는 여선생님의 철제 서랍에서 커터 칼을 꺼냈다. 그는 두근거리는 가슴을 억누르며 그림 가장자리에 비교적 넓은 칼자국을 냈다. 그림 안에서 파라핀을 먹인 식탁보만큼 두꺼운 비닐이 나타났다. 아이들이 그린 그림은 진품을 보호하기 위해 씌워둔 일종의 페이크에 불과했다.

매들린은 가스파르에게서 커터 칼을 받아들고, 표면 그림을 조심스럽게 긁어내기 했다. 10분쯤 지나자 거짓 그림 안에 가려졌던 진짜 그림이 모두 드러났다. 작업을 마친 두 사람은 몇 발자국 뒤로 물러나 자신들이 그토록 찾아 헤맸던 그림의 실체를 확인하고 오래도록 뚫어지게 바라보았다.

3

숀 로렌츠가 남긴 마지막 그림 세 점은 상상 이상으로 매력적인 동시에 당혹감을 불러 일으켰다. 그림들은 저마다 각기 다른 빛을 발산했다.

첫 번째 그림은 잿빛 바탕에 검은 미로를 그린 그림으로 피에르 술라주의 일부 작품을 연상케 했다. 검정을 주조 색으로 삼아 그린 화폭의 미로들이 솟아오르는 빛에 자리를 내어주며 점점 희미하게 사라져가는 모습을 그린 그림이었다. 숀 로렌츠가 그림을 그리면서 어떤 연금술을 사용했는지 알 수 없었지만 실내조명이 화폭의 검은 표면에 닿는 즉시 매혹적인 은빛 반사광으로 변모했다.

두 번째 그림의 검정색은 훨씬 부드러운 톤이었다. 분홍과 회색 반사광을 머금은 백색이 화폭의 중심부로 갈수록 단계적으로 밝아지는 그림이었다. 눈부시도록 밝게 빛나는 하나의 통로 혹은 터널이 화폭의 중심부를 가로지르는 듯 보였다.

세 번째 그림은 백색의 단색화로 사실상 구체적인 형상이 아무것도 표현되어 있지 않았다. 마치 화폭 전체가 액체처럼 흐른다거나 혹은 수은 속에서 유영하는 것 같은 느낌을 주었다.

가스파르는 세 번째 그림을 보는 동안 태양이 뿜어내는 빛이 끝없이 펼쳐진 설원 위에서 반사되는 장면을 연상했다. 인간을 배제하고 순수하게 정화시킨 자연, 하늘과 대지의 경계가 사라진 영원한 빛의 공간으로 보였다.

그 반면 매들린은 거대한 백색의 소용돌이, 보는 사람에게 현기증을 불러일으킬 정도로 찬란한 들판 혹은 보는 사람을 그대로 빨아들여 존재의 비밀을 담고 있는 비밀의 공간으로 들어서게 만드는 돌개

바람이 떠올랐다.

두 사람은 몇 분 동안 꼼짝도 하지 않고 세 점의 그림에 시선을 던지고 있었다. 마치 등대 불빛에 겁을 집어먹어 오도 가도 못하고 몸을 웅크리고 있는 두 마리 토끼 같았다. 그들은 숨소리마저 멈추고 마치 최면을 걸 듯 꼼짝 못하도록 시선을 붙들어 매며 찬란한 빛을 뿌리는 그림들에서 눈을 떼지 못했다.

경찰 사이렌소리가 들려오는 바람에 두 사람은 마침내 황홀경에서 벗어났다.

가스파르는 얼른 스위치를 눌러 전등을 껐다. 그는 그 자리에 꼼짝도 하지 않고 서서 신중하게 창밖을 살폈다. 쏜살같이 도로를 달리다가 라스파유대로 끄트머리에서 자취를 감추는 경찰차의 모습이 시야에 들어왔다.

"괜히 겁먹었어요."

가스파르가 그녀 쪽으로 몸을 돌리며 멋쩍어했다.

매들린은 여전히 미동도 하지 않고 어둠 속에서도 빛을 발하는 세 번째 그림에서 눈을 떼지 않았다. 두 사람은 이제 장 미셸 파이욜이 말해준 형광 안료가 어디에 쓰였는지 알게 되었다. 실내조명이 꺼지면서 그림에 대한 또 다른 차원에서의 접근이 가능해졌다. 백색 단색화는 이제 보니 매우 정교하게 작업한 캘리그라피였다. 빛을 뿜어내는 수백 개의 글자들이 어둠 속에서 서서히 솟아올랐다.

매들린은 그림 앞으로 다가갔다. 그녀를 뒤따르던 가스파르는 그 글자들이 하나의 공통된 메시지를 담고 있다는 사실을 깨달았다.

줄리안은 살아있다. 줄리안은 살아있다. 줄리안은 살아있다. 줄리

안은 살아있다. 줄리안은 살아있다. 줄리안은 살아있다. 줄리안은 살아
있다.

빛의 부름

12월 22일 목요일

10. 빛의 뒤안길에서

검정은 색상이 아니다.
-조르지 클레망소

1

지금 가는 중입니다. 10분 후면 도착해요.

-디안 라파엘

매들린은 생트 클로틸드 대성당의 첨탑 앞에 도착하면서 숀 로렌츠를 담당했던 정신과의사가 보낸 문자메시지를 읽었다. 아침 8시 30분, 공기가 쌀쌀하고 건조했다. 아직 센 강가에 세워둔 스쿠터를 찾아오지 않았기 때문에 셰르시미디 가에서부터 현재 위치까지 달려왔다. 모처럼 한참을 달리자 잠들어 있던 근육들이 비로소 잠에서 깨어나는 듯했다.

매들린은 새벽 3시 무렵 잠자리에 들었다가 6시에 깨어났다. 숀 로렌츠가 마지막으로 남긴 그림 세 점은 다른 사람의 눈에 띄지 않게 조심하며 집으로 옮겨두었다. 여전히 답을 찾아내지 못한 한 가지 질문이 계속 머릿속에서 맴돌았다.

숀 로렌츠는 왜 죽기 며칠 전까지 줄리안이 분명 살아있다고 확신했을까?

매들린은 무릎에 두 손을 가지런히 올려두고 가스파르를 생각하면서 깊이 숨을 들이쉬었다. 숀 로렌츠가 발광 안료를 사용해 그림에 심어둔 메시지를 발견한 이후 가스파르는 한곳에 진득하게 앉아 있지 못하고 계속 서성거렸다. 인터넷의 문외한인 그가 밤새도록 지치지도 않고 미국 주요 언론사 사이트들을 검색했다. 그 결과 매우 놀라운 내용을 찾아냈다. 비극적인 사건이 발생한 직후 신문들은 온통 페넬로페가 감금되어 있던 장소에서 줄리안의 사체가 발견되지 않았다는 사실을 지적했다.

경찰은 베아트리스 무뇨스의 엽기적인 행각을 재구성하면서 그녀가 줄리안의 사체를 퀸스 주 남쪽 뉴타운 크리크의 강어귀에 버렸다고 결론지었다. 경찰은 줄리안의 혈흔이 남아있는 봉제인형을 물가에 바짝 붙어 있는 둑에서 발견했다. 잠수부들을 현장으로 급파해 잠수 조사를 시켰으나 뉴욕에서 가장 오염이 심각한 곳에서 줄리안의 자그마한 사체를 찾아내기란 불가능했다. 물살이 너무 거센데다 온통 흙탕물이어서 시야가 확보되지 않았기 때문이다.

페넬로페는 경찰 진술에서 그녀가 보고 있는 눈앞에서 줄리안이 칼에 찔렸다고 진술했다. 매들린은 객관적으로 판단해볼 때 페넬로페의 진술에 대해 문제를 제기할 그 어떠한 이유도 발견하지 못했다. 그녀가 읽은 기사 내용에 따르자면 베아트리스가 공범 없이 독자적으로 범죄를 저질렀다고 믿을 수밖에 없었다. 줄리안의 죽음은 의심의 여지가 없었다. 아이가 흘린 피가 납치에 사용된 소형트럭은 물론 퀸스의 뉴 타운 여기저기에서 발견되었다.

매들린은 대성당의 정원 앞 카페의 테라스에서 정신과의사를 기다리기로 했다. 한 시간 전, 그녀는 숀 로렌츠의 그림들을 찍은 사진을 디안 라파엘에게 문자메시지로 전송하고 나서 급히 만날 약속을 잡았다.

매들린은 테라스의 히터 바로 옆자리에 앉아 에스프레소 더블 샷을 주문했다. 휴대폰 화면에 에어 프랑스에서 보내온 마드리드 행 항공기 탑승 확인 요청 메일이 떠 있었다. 11시 30분에 샤를드골 공항을 출발해 두 시간 후 마드리드 공항에 도착하는 일정이었다.

매들린은 항공권 구입과 관련된 수속을 모두 마치고 나서 종업원이 두고 간 커피를 단숨에 들이켠 다음 즉시 한 잔을 더 주문했다. 두 번째 커피는 천천히 맛을 음미해가며 마셨다.

가스파르와 달리 매들린은 숀 로렌츠가 발광 안료를 사용해 남긴 메시지보다는 그림이 드러내고 있는 나머지 이미지에 주목했다. 그녀는 숀 로렌츠가 마지막 그림 3부작을 통해 일종의 영적 여행을 표현하고자 했다고 생각했다. 그녀는 불과 몇 달 전 직접 임사체험을 경험한 적이 있었기 때문에 영적 여행이 무엇을 의미하는지 잘 알고 있었다.

매들린은 욕조에서 손목을 그었을 당시 몸에서 피가 빠져나가는 동안 서서히 의식을 잃었다. 의식이 가물가물해지는 동안 그녀는 안개가 자욱하게 덮인 심연의 한가운데에 다다르게 되었다. 그때 그녀는 맹목적으로 안개 덮인 풍경을 주시했다.

숀 로렌츠의 그림은 영적 여행 과정을 재현한 게 분명했다. 그가 주조 색으로 사용한 검정은 세상으로부터 단절된 암흑의 색이었다. 한편으로는 절망, 미로, 감옥이 되어버린 실존을 암시하는 색이기도 했다.

그 다음 그림은 어둡고 긴 터널을 통과하는 과정을 묘사했다. 터널의 끝에서 마주치게 된 따뜻하고 부드러우며 희미한 빛도 그림에 묘사되어 있었다. 진주로 만든 무슬린 속에서 떠다니는 것 같은 신비스런 느낌, 목화솜 같은 '노 맨스 랜드'를 훌쩍 뛰어 넘은 느낌, 여름밤의 미풍에 몸을 싣고 진주 빛 광채를 발하는 수천 개의 등불을 향해 이끌려가는 느낌도 숀의 그림에 표현돼 있었다.

매들린 역시 숀 로렌츠처럼 정신이 육체로부터 이탈하는 경험을 한 적이 있었다. 육체를 빠져나온 그녀의 영혼은 구급대원들이 몸을 굽히고 심폐소생술을 시도하고 나서 육신을 구급차에 싣는 모습을 빠짐없이 지켜보았다. 그녀의 영혼은 병원으로 이송되는 동안 내내 구급대원들과 쥘을 주시했다.

매들린은 짙은 안개 속을 헤매다가 어느 순간 빛을 되찾았다. 그녀의 영혼을 단숨에 삼킨 소용돌이는 반투명의 격랑 속으로 그녀를 내동댕이쳤다. 격랑에 휩쓸리는 동안 그녀의 눈앞에서 살아온 인생역정이 파노라마처럼 펼쳐졌다. 그때 그녀는 아버지, 동생 사라, 삼촌 앤드류의 얼굴과 실루엣을 보았다. 그들에게 다가가 말을 걸고 싶었지만 그녀를 어디론가 이끌고 가는 도도한 흐름을 멈출 수 없었다. 몸을 감싸는 따뜻하고 부드러운 느낌과 함께 두 귀로는 속삭임과 같은 노랫소리가 흘러들었다. 뒷걸음질 치고 싶다는 생각을 송두리째 없애주는 노랫소리였다.

매들린은 결국 터널의 끝에 다다르지는 못했다. 손가락만 펴면 거의 경계에 닿을 수 있을 만큼 터널의 끝에 바짝 다가선 순간 누군가가 그녀를 불렀다. 그녀는 문득 삶을 다른 방식으로 결말지어야 한다는 열망과 함께 눈을 떴다. 눈을 떠보니 병실이었다. 각종 튜브와 관이 손목에 꽂혀 있었고, 칼로 그은 팔에는 붕대가 감겨 있었다.

세상에는 '임사체험'을 실제로 겪었다고 증언하는 사람들이 많았다. 소설과 영화에도 자주 등장하는 소재였다. 그녀는 임사체험을 겪고 난 이후 전혀 다른 사람이 되었다. 그렇다고 사후세계를 믿게 된 건 아니었다. 적어도 남아있는 삶이나마 충실하게 보내고 싶다는 열망을 갖게 된 건 분명한 사실이었다. 그녀의 삶에 이제까지와는 전혀 다른 의미를 부여하고 싶다는 열망이었다.

임사체험의 기억은 지금까지도 또렷하게 머릿속에 각인되어 있었다. 마치 바로 전날 겪었던 일처럼 생생했다. 전혀 흐릿해질 기미를 보이지 않았다. 오히려 반대로 감각적인 기억은 한층 더 분명해지고, 어렴풋이 보았던 이미지들이 더욱 선명해졌다. 그녀는 영적 여행에서 맛보았던 마음의 평화, 찬란한 빛으로부터의 부름을 외면할 수 없었다. 숀 로렌츠의 그림에도 바로 그 빛의 부름이 잘 드러나 있었다. 그의 그림은 그 빛이 지닌 뉘앙스와 강렬한 느낌을 고스란히 담고 있었다. 눈을 못 뜨게 만드는 찬란한 태양처럼, 말로는 도저히 형언할 수 없도록 주변을 밝히는 빛이었다.

"매들린 그린입니까?"

매들린은 자기를 찾는 목소리에 놀라 몽상에서 빠져나왔다. 미소를 머금은 여자가 테라스의 히터 앞에 서 있었다. 40대로 보이는 여자는 베이지색 가죽으로 만든 라이더 재킷에 벌꿀 색 선글라스를 착용하고 있었다.

"디안 라파엘입니다."

여자가 악수를 청하며 자신을 소개했다.

2

가스파르는 구구절절 방문 목적을 늘어놓을 필요도 없이 곧장 페넬로페의 집으로 들어갔다. 꼭두새벽부터 그림을 들고 찾아온 그가 인터폰에 대고 이름을 말하자 숀 로렌츠의 전부인은 방문 이유조차 묻지 않고 문을 활짝 열어주었다.

가스파르는 가쁜 숨을 몰아쉬며 엘리베이터에서 내렸다. 필리프 카레야는 아직 잠을 자는 듯 시야에 들어오지 않았다. 그는 출입문이 열리자마자 현관문으로 들어섰고, 담요로 둘둘 말아 가져온 호두나무 액자를 마룻바닥에 내려놓았다.

페넬로페는 거실 소파에 앉아 이른 새벽의 뿌연 빛을 받으며 그를 맞았다. 푸르스름한 기운이 감도는 아침 햇살이 요란스럽게 치장한 실내 인테리어를 어둠 속에 잠기게 하는 대신 페넬로페의 실루엣만 도드라져보이게 하는 효과를 냈다.

"그림을 가져왔습니다."

가스파르는 우툴두툴한 결이 있는 가죽소파에 액자를 내려놓으며 말문을 열었다. 액자는 여전히 담요에 둘둘 말려 있었다.

"커피 한 잔 드실래요?"

페넬로페가 그에게 의자를 권하며 물었다.

회색 진 바지에 허름한 푸아브르 블랑 티셔츠를 입은 그녀는 여전히 1990년대에 머물러 있는 사람 같았다. 그나마 두 번째 만남이라서인지 처음보다는 훨씬 더 대면하기가 자연스러웠다. 성형수술을 수없이 받은 얼굴도 지난번보다는 덜 이상해보였다. 그녀의 오리 모양 입이 혹시나 말을 하다가 찢어지면 어쩌나 우려했는데 오늘은 걱정할 필요가 없을 듯했다.

가스파르는 커피 잔을 손에 잡으며 인간은 모든 환경에 적응하기 마련이라고 생각했다.

"당신은 결국 애타게 찾던 숀의 그림을 손에 넣었군요."

페넬로페가 액자를 가리키며 입을 열었다. 외관과 달리 목소리는 조금도 변화가 없이 가랑가랑했다. 새끼고양이 여러 마리가 목에 걸린 듯 활력이라고는 없는 목소리였다.

"우리는 마침내 그림을 입수했습니다. 그림이 모두 합해 세 점인데 반드시 부인에게도 보여줄 필요가 있다고 생각해 가져왔습니다."

페넬로페가 한숨을 푹 내쉬었다.

"설마 줄리안의 초상화는 아니겠죠?"

"전혀 아닙니다."

"만약 그런 그림이라면 도저히 견딜 수 없을 것 같아요."

가스파르는 자리에서 일어나 조용히 담요를 걷어내고 숀 로렌츠의 마지막 작품들을 그녀에게 보여주었다.

그림이 두 개의 창문 앞에 비스듬하게 세워지자 제대로 진가를 발휘했다. 가스파르는 마치 그림을 재발견한 느낌이 들었다. 그림에서 시선을 잡아끄는 매혹적인 빛이 쏟아져 나왔다.

"세상에 남겨진 작품을 통해 오래도록 생명력을 유지해가는 건 예술가들만이 누릴 수 있는 특권이죠."

페넬로페가 한마디 했다.

가스파르가 천천히 커튼을 치자 방 안은 어둠 속에 잠겼다.

"지금 뭐하시는 거예요?"

페넬로페의 목소리에서 불안감이 배어나왔다. 그녀는 숀 로렌츠가 발광 안료로 쓴 글자들에서 그 수수께끼 같은 메시지를 알아보고 아연실색했다.

줄리안은 살아있다. 줄리안은 살아있다……

"얼른 커튼을 다시 젖혀요!"

페넬로페가 몹시 흥분해 소리를 질렀다. 충격과 분노에 사로잡힌 그녀의 얼굴이 붉으락푸르락해지더니 이내 창백하게 일그러졌다. 그녀의 얼굴에서 눈썹과 뾰족한 코, 햄스터를 닮은 볼 등이 한층 도드라져 보였다.

"숀 로렌츠는 왜 줄리안이 살아있다고 믿었을까요?"

가스파르가 아랑곳하지 않고 물었다.

"나는 그 이유를 모르겠어요!"

페넬로페가 소파에서 벌떡 몸을 일으키더니 그림 쪽으로 등을 돌리며 소리쳤다. 그녀가 차츰 마음을 가라앉히고 가스파르를 다시 쳐다보기까지 제법 많은 시간이 걸렸다.

"당신이 지난번에 내게 숀이 죽기 전 뉴욕에서 전화를 걸어왔을 때 무슨 말을 했었는지 물었죠? 아마도 그때 난 전혀 기억나지 않는다고 대답했을 거예요."

"지금은 기억납니까?"

"그때도 기억하고 있었지만 그 말을 하기가 싫었어요."

"그 말이라면?"

"숀이 말했어요. '줄리안은 살아있어, 페넬로페!' 라고요."

"그가 그 말을 했을 때 부인은 어떤 반응을 보였죠?"

"난 숀에게 미치광이 같은 소리 좀 작작하라고 소리치고 나서 전화를 끊었어요. 나는 적어도 그가 아들의 죽음에 관한 한 터무니없는 소리를 하고 다니면 안 된다고 생각했으니까요!"

"부인은 줄리안의 죽음에 대해 여전히 확신하십니까? 숀이 왜 그런 주장을 하는지 전혀 의구심이 들지 않던가요?"

"난 두 눈으로 줄리안이 칼에 찔려 살해당하는 모습을 분명하게 지켜보았어요!"

가스파르는 그녀의 눈빛을 보는 순간 진실을 말하고 있다는 느낌이 들었다.

페넬로페가 갑자기 흐느껴 울기 시작했다. 그러다가 그다지 친분이 깊지 않은 남자 앞에서 울음을 터뜨린 게 쑥스러운 듯 서둘러 눈물을 닦으며 말했다.

"그 무렵 숀과 나 사이에는 출구가 보이지 않았어요. 숀은 내 실수 때문에 줄리안을 잃게 되었다고 생각했으니까요."

"줄리안이 납치당하던 날 부인이 행선지에 대해 거짓말을 했다던데, 그런 이유 때문이었나요?"

페넬로페가 고개를 끄덕였다.

"만일 형사들이 처음부터 그 구역에서 수사를 시작했다면 줄리안이 살해당하기 전에 현장에 도착했을 수도 있었겠죠. 숀은 그런 이유로 나 때문에 줄리안을 잃게 되었다고 생각했어요. 난 한동안 죄책감을 떠안고 살아야했죠. 다만 적어도 숀은 그런 논리로 나를 책망해서는 안 된다고 생각해요. 그 사건이 발생하게 된 근본적 원인은 그 누구도 아닌 숀에게 있었으니까요."

페넬로페는 지난 2년 동안 수천 번이나 반복한 싸움을 다시 시작하려 했다.

"베아트리스에게 마켓을 털자고 부추긴 사람이 누구였죠? 숀이 아니었으면 그 여자는 마켓을 털다가 잡혀 감옥에 가지 않았을 거예요. 그녀가 복수심에 사로잡혀 끔찍한 범죄를 저지른 이유는 어느 모로 보나 숀의 비열하고 무책임한 배신행위 때문이었죠."

"숀은 그 부분에 대해 뭐라고 이야기하던가요?"

"아시다시피 숀은 나를 만나기 위해 파리 행을 결심하게 되었고, 마켓을 털었어요. 그 과정에서 자처해 도왔던 베아트리스가 경찰에 체포돼 감옥에서 엄청난 고통을 겪었죠. 숀은 터놓고 말한 적은 없지만 베아트리스에게 저지른 잘못을 알고 있었고, 크게 심적 부담을 갖고 있었어요. 숀이 뉴욕을 떠난 이후 한 번도 다시 찾지 않은 것만 봐도 알 수 있잖아요. 회고전만 아니었어도 아마 뉴욕에 갈 엄두를 내지 못했을 거예요."

페넬로페의 말을 듣는 동안 가스파르는 자기도 모르게 서글픈 감정에 사로잡혔다. 그는 자리에서 일어나 페넬로페에게 작별인사를 했다.

"처음 본 순간부터 난 당신이 매우 정직한 사람이라고 생각했어요."

"왜 그렇게 생각했는데요?"

"당신은 가면을 쓰지 않고 정면 돌파를 시도했죠. 세상에는 선한 사람들과 선하지 않은 사람들이 있어요. 선과 악을 가르는 경계는 분명해요. 내가 보기에 당신은 선한 사람이에요. 숀도 당신처럼 선한 사람이었죠."

"부인께서 직접 털어놓기가 얼마나 힘들지 잘 알지만 그날 정확하게 무슨 일이 있었는지 직접 듣고 싶습니다."

페넬로페는 한숨을 푹 내쉬었다.

"이미 내가 그날 일에 대해 언급한 신문기사가 수십 개나 있어요."

"저도 그 기사를 봤습니다만 직접 듣는 것과는 분명 차이가 있을 테니까요."

3

디안 라파엘의 병원은 건물 모서리 부분에 위치해 있었고, 보기 드문 전망을 자랑하는 곳이었다. 한쪽 창에서는 생트 클로틸드 대성당이 눈에 들어왔고, 다른 쪽 면에는 생쉴피스 성당, 팡테옹의 돔, 몽마르트르 언덕이 펼쳐져 있었다.

"여기서 창밖을 바라보고 있으면 마치 해적선의 망루에 올라앉아 있는 느낌이 들죠. 아주 멀리까지 탁 트인 시야 덕분에 소나기, 태풍, 저기압 따위가 다가서는 모습이 실시간으로 보이기도 합니다."

장 미셸 파이욜을 만나러 갔을 때와 마찬가지로 매들린은 이번에도 자신의 예상이 완전히 빗나갔다는 사실을 인정하지 않을 수 없었다. 그녀는 디안을 직접 만나보기 전까지만 해도 머리를 틀어 올린 여교사 같은 모습을 상상했는데 만나보니 전혀 딴판이었다.

디안은 작은 체구에 장난기 가득한 눈매, 앞머리에 웨이브 컬을 넣은 여성이었고, 스탠더드한 교사 스타일과는 거리가 한참이나 멀었다. 가죽점퍼에 몸에 찰싹 달라붙는 진 바지, 아디다스 가젤 운동화를 신고 있는 모습을 볼 때 언제까지나 방랑을 즐기는 여대생 이미지를 유지하고 싶어 하는 여성이라는 인상을 받았다. 디안은 반짝이는 은빛 덮개를 씌운 캐리어를 문밖에 세워두었다.

"휴가를 떠나시나 봐요?"

"뉴욕에 가요. 사실은 한 해의 절반을 뉴욕에서 보내죠."

디안은 벽에 붙여둔 여러 장의 사진을 가리켰다. 숲과 바다 사이에 자리 잡은 유리 건물을 찍은 사진들이었다.

"사진에 보이는 건물이 바로 숀 로렌츠 어린이재단입니다. 숀의 도움을 받아 설립한 아동 전문 의료기관이죠. 뉴욕 북쪽, 웨스체스터의 라치몬트에 자리 잡고 있는 병원이죠."

"숀 로렌츠가 저 어린이재단 설립에 자금을 기부했다는 말씀입니까?"

"숀이 직간접적으로 많은 도움을 주었죠. 숀 로렌츠 어린이센터를 설립한 최초의 기금은 내가 1993년 구매했다가 천정부지로 오른 숀의 그림 두 점을 판매한 대금으로 마련하게 되었습니다. 숀이 추후에 경매에 내놓아도 좋다는 말과 함께 그림 세 점을 더 주었죠. 숀은 자신의 기부 행위가 어려운 형편에 처해 있는 아이들을 치료하는 데 쓰이게 된다는 것에 대해 몹시 자랑스러워했어요."

매들린이 방금 전해들은 이야기를 머릿속으로 생각하는 동안 디안이 책상 앞에 앉았다.

"숀이 그린 마지막 작품 세 점을 찾아냈더군요. 당신이 휴대폰으로 보내준 사진으로 봤는데 아주 근사한 작품이었어요."

디안은 그녀에게 맞은편 의자에 앉기를 권하며 흥분을 감추지 못했다. 디안의 진료실은 곡선미를 강조한 철제 튜브 골조 의자, 큐브 일인용 소파, 바르셀로나 모델의 낮은 의자, 쿠션을 댄 소파 겸용 침대, 합판을 여러 층으로 쌓아올린 목재에 크롬강을 댄 테이블 등, 전체적으로 바우하우스 스타일이 주를 이루었다.

"혹시 숀이 마지막으로 그린 그림 세 점이 무엇을 재현하고 있는지 아시나요?"

매들린이 일인용 소파에 앉으며 물었다.

"숀의 작품은 뭔가를 재현한다기보다는 그냥 보여줄 뿐이죠."

"제가 보기에 숀의 마지막 그림은 평생 그려온 성향과는 전혀 다른 스타일 같아요. 마지막 그림의 경우 뭔가 직접 경험한 사실을 화폭에 재현하려고 했던 것 같던데요."

정신과의사는 살짝 미간을 찌푸렸다가 이내 다시 요점을 정리했다.

"숀은 마지막 그림을 통해 자신이 겪은 두 차례의 '임사체험'을 묘사하고자 했죠."

"선생도 그 사실을 알고 있었단 말이죠?"

"숀이 마지막으로 그린 그림이 실제로 존재한다는 사실은 몰랐지만 언젠가 그가 그 이야기를 들려주었을 때 별반 놀라지는 않았습니다. 숀은 지난 20년 동안 줄곧 내 환자였으니까요. 당신에게 이미 말한 적이 있지만 숀은 2015년에 심장병 때문에 두 번이나 심각한 위기를 겪었습니다. 심근경색으로 쓰러졌다가 심폐소생술을 받고 겨우 깨어났죠. 두 번째로 심장이 멎었을 때에는 세균감염성 쇼크까지 겹쳤어요."

"패혈증 말인가요?"

"세균 감염 상태가 위중해 하마터면 그대로 사망할 뻔했어요. 숀은 임상적 사망 상태까지 갔다가 기적적으로 살아나게 되었죠."

"숀은 임사체험을 하고 나서 그림에도 그 내용을 반영하기로 했군요?"

"숀은 그 경험으로 기분이 몹시 고양된 상태였어요. 암흑에서 빛, 죽음에서 생환으로 이어졌으니 그 경험이 그에게는 아주 강렬한 인상을 남겼나 봐요. 그는 그림을 통해 놀라운 경험을 되새기고자 하는 의지를 불태웠죠."

"당신은 숀이 경험한 이야기를 듣고 놀랐나요?"

디안은 어깨를 으쓱했다.

"병원에서 15년을 일하는 동안에 죽음의 문턱까지 갔다가 소생한 환자들을 수없이 보았어요. 그들은 하나같이 혼수상태에 빠졌다가 빛의 터널을 통과한 이야기를 하더군요. 사실 임사체험을 겪었다고 주장하는 사람들은 제법 많은 편입니다. 임사체험은 고대시대 때부터 존재해온 현상이니까요."

"숀은 수술 후유증으로 고생하지는 않았나요?"

"당연히 고생했죠. 기억력 감퇴와 극도의 피로감을 겪기도 했고, 몸을 마음먹은 대로 움직이지 못해 고생이 많았죠. 당신이 나를 그토록 만나고 싶어 한 걸 보면 숀의 그림에서 뭔가 특별한 점을 발견한 것 같군요."

매들린은 휴대폰을 꺼내 숀이 자체발광안료를 사용해 그린 그림을 보여주었다.

줄리안은 살아있다. 줄리안은 살아있다……

"특별히 놀라지는 않는군요?"

디안은 책상 위에 팔꿈치를 내려놓더니 마치 기도라도 하듯 두 손을 마주잡았다.

"숀은 두 번의 임사체험을 통해 강렬한 인상을 받았다고 했습니다. 빛의 터널에 머물 당시 그의 삶에서 중요한 의미를 가진 사람들은 모두 다 만나보았다고 하더군요. 엄마도 만났고, 1990년대 갱들의 전쟁 때 살해당한 할렘 시절 친구들도 만났답니다. 심지어 베아트리스도 만났대요."

"임사체험을 한 사람들이 대부분 그런 주장을 하죠. 빛의 터널에 머무는 동안 지난 삶을 되돌아보고, 사는 동안 친밀하게 지냈던 사람들을 다시 만나게 된다잖아요."

"마치 직접 경험한 사람처럼 말씀하시네요."

"아, 제가 그랬나요? 사실은 저도 임사체험 경험이 있지만 지금은 제 이야기보다는 숀에 대한 대화가 필요합니다."

"숀이 빛의 터널에서 보지 못했던 유일한 사람이 있었답니다."

매들린은 그 말을 듣는 순간 마치 피가 얼어붙는 듯했다.

"줄리안?"

디안이 고개를 끄덕였다.

"숀이 한사코 줄리안이 살아있다고 믿은 이유입니다."

"선생님은 숀의 말을 믿지 않았군요?"

"임사체험을 했다고 주장하는 사람들이 많이 있지만 아직 합리적이고 과학적인 근거는 밝혀지지 않았습니다. 뇌로 가는 산소 공급이 조금만 줄어도 시각피질에 이상이 발생하고, 약물 남용으로 의식이 불안정해지는 경우가 비일비재합니다. 숀의 경우에도 패혈 증세를 치료하기 위해 도파민을 과도하게 사용한 편이었죠. 아시다시피 도파민은 환상작용을 촉진하는 약물입니다."

"숀이 합리적으로 판단하도록 설득해보지는 않았나요?"

"타인의 말을 들으려고 하지 않는 사람보다 더 심한 귀머거리는 없다는 말이 있죠. 숀은 줄리안이 살아있다고 믿고 싶어 하는 마음이 강했습니다. 아들의 죽음을 받아들이고 싶은 마음이 없었다고나 할까요."

"숀은 경찰이 어떻게 해주길 원했나요?"

"당연히 줄리안 납치사건에 대해 전면적인 수사재개를 원했죠. 그가 중도에 사망하는 바람에 결국 뜻을 이루지는 못했습니다."

"선생님이 판단하기에 줄리안이 살아있을 가능성은 없다고 보십니까?"

"저도 매우 안타깝게 생각하지만 줄리안의 생존 가능성은 없다고 봐요. 페넬로페가 현장에 있었고, 그녀가 진실을 말하지 않았다고 의심할 만한 근거가 전혀 없잖아요. 숀은 아들을 잃은 충격과 고통으로 몸과 마음이 일그러지고, 약물 과다 복용으로 판단력이 흐려졌을 공산이 큽니다."

4

"마드리드 행 AF118기의 탑승이 14번 게이트에서 시작됩니다. 어린 자녀를 동반한 가족들과 20에서 34열 탑승권을 소지한 승객들께서는 우선적으로 탑승구 앞으로 나와 주시기 바랍니다."

매들린은 에어 프랑스 무인 창구에서 방금 출력한 항공권의 좌석번호를 확인했다. 이틀 후가 크리스마스라 항공기들의 출발이 무더기로 지연되는 바람에 샤를드골 공항 E청사는 여행객들로 인산인해를 이루었다.

"함께 와줘서 고마워요."

"정말 이렇게 떠나야만 합니까?"

매들린이 그의 얼굴을 물끄러미 쳐다보았다.

"이 상황에서 내가 뭘 어떻게 해야 하는데요?"

"숀 로렌츠의 그림을 찾았으니 이제 임무를 다한 건가요?"

"내가 할 일이 더 남아 있나요?"

"수사는 어쩌고요?"

"수사라니요?"

"줄리안의 죽음에 대한 수사 말입니다."

매들린은 고개를 가로저었다.

"당신이나 나는 형사가 아니잖아요. 게다가 줄리안 납치살해사건 수사는 이미 오래전에 종결되었습니다."

매들린이 탑승구 쪽으로 가려는 순간 가스파르가 앞을 막아섰다.

"모든 의혹이 다 해소된 건 아니잖아요."

"당신은 도대체 무슨 생각을 하는 거예요?"

"경찰은 줄리안의 사체를 찾아내지 못했어요."

"줄리안의 사체가 이스트 강 깊은 곳에 가라앉았다면 찾아낼 수 없는 게 당연하죠. 당신은 아직 줄리안이 살아 있다고 생각하는 거예요?"

가스파르가 즉각 대답하지 않자 매들린은 다시 한 번 그를 다그쳤다.

"당신은 페넬로페가 거짓 증언을 했다고 생각하세요?"

"그건 아닙니다."

가스파르도 마지못해 인정했다.

"공연한 일로 골치 썩이지 말아요. 줄리안은 2년 전에 이미 죽었어요. 비극적인 사건이긴 했지만 이미 돌이킬 수 없는 일이 되었죠. 당신도 숀 로렌츠와 줄리안을 머리에서 지워버리고 희곡 쓰기에 전념하세요. 당신이 해야 할 일이잖아요."

가스파르는 묵묵부답으로 일관하며 보안구역 입구까지 매들린과 동행했다.

매들린은 벨트를 풀어 플라스틱 바구니에 담고 나서 점퍼와 휴대폰도 집어넣었다.

"마침내 당신은 집을 혼자서 맘껏 사용할 수 있게 되었네요. 방해할 사람이 사라지게 되어 홀가분하죠?"

가스파르는 카이로스(kairos) 즉 결정적인 순간이라고 하는 개념에 대해 생각했다. 그 결정적인 순간을 포착하는 기술에 대해서도 생각했다. 성공하려면 기회가 왔을 때 놓치지 않고 낚아채 인생을 바꿀 수 있는 기술이 필요한 법이었다.

가스파르는 제대로 타협할 줄을 몰랐다. 지금이 바로 매들린이 마드리드로 가지 못하게 할 수 있는 마지막 기회인데 그는 정작 무슨 말로 설득해야 할지 알 수 없어 답답하기만 했다.

가스파르는 뭔가 시도해보려다가 단념했다.

도대체 내가 무슨 권리로 매들린을 막을 수 있단 말인가? 설령 권리가 있다한들 그렇게 해서 뭘 어쩌겠다는 건가?

매들린에게는 나름의 삶이 있었고, 중요한 계획이 있었다. 그녀는 계획한 일을 반드시 이루기 위해 투쟁하듯 살아왔다.

가스파르는 결국 미련 없이 행운을 빌어주기로 했다.

"좋은 소식이 있으면 나에게도 알려줘요."

"알려주고 싶어도 방법이 없잖아요? 당신은 휴대폰도 없고, 이메일도 없는 사람인데 무슨 수로 알려주죠?"

가스파르는 지난 수 세기 동안 인류는 휴대폰 없이도 잘들 소식을 전해왔다고 이야기하려다가 그만두었다.

"당신의 휴대폰번호를 알려주면 내가 전화할게요."

매들린의 표정으로 보아 휴대폰번호를 알려주고 싶지 않은 눈치였다. 가스파르가 마치 열네 살 사춘기 소년처럼 붕대 감은 손을 내밀자 그녀는 그 위에 휴대폰번호를 적었다.

매들린은 금속 탐지기를 통과하고 나서 마지막으로 손을 흔들어 작별인사를 한 다음 뒤도 돌아보지 않고 떠나버렸다. 가스파르는 그녀가 눈에서 보이지 않을 때까지 그 자리에 한참 동안 서 있었다. 그녀를 다시는 볼 수 없을지도 모른다는 생각을 하자 왠지 마음 한구석이 허전했다. 겨우 이틀이라는 시간을 함께 했을 뿐인데 막상 헤어지자니 마치 오래전부터 알고 지낸 사이처럼 아쉬움이 컸다. 그는 매들린의 모습이 더 이상 보이지 않을 때까지 넋 나간 사람처럼 그 자리에 꼼짝도 하지 않고 서 있었다.

이제부터 뭘 해야 하지?

가스파르는 갑자기 파리 엑소더스 카드를 만지작거렸다.

에어프랑스 창구로 달려가 당장 아테네 행 항공권을 구입하고 싶은 마음이 일었다. 오늘 밤 비행기를 타면 적어도 내일 저녁에는 그리스의 시프노스 섬에 도착할 수 있었다. 그를 혼자 남겨두고 마드리드로 떠난 여자, 풀기 힘든 숙제를 남기고 죽은 화가, 파리의 악몽, 구질구질한 감정, 부질없는 희망으로부터 벗어나 다시 고독한 삶을 껴안을 수 있었다. 그는 한참 동안 망설이다가 결국 포기했다. 뭔지는 모르지만 아직 파리를 떠나서는 안 된다는 압박감이 작용한 탓이었다.

가스파르는 공항청사를 나와 택시를 기다리는 대열에 합류했다. 택시에 오른 그는 기사에게 말했다.

"저를 파리 6구에 있는 휴대폰 대리점 앞에 내려주시겠습니까?"

가스파르는 택시에 앉아 있는 동안 내내 마음이 무거웠다. 페넬로페가 들려준 끔찍한 이야기가 한시도 뇌리를 떠나지 않았다.

페넬로페

1

"줄리안! 제발 좀 서둘러!"

2014년 12월 12일 오전 10시 맨해튼 어퍼 웨스트사이드.

내 이름은 페넬로페 쿠르코브스키로 화가인 숀 로렌츠의 부인이다. 이 글을 읽는 당신이 여자라면 몇 년 전 《보그》지나 《엘르》지, 또는 《하퍼스 바자》지 표지에서 나를 본 적이 있을지도 모른다. 그 당시만 해도 많은 여자들이 나를 질투하느라 여념이 없었다. 팔등신 몸매, 갸름한 얼굴, 열정적인 눈매에 싱그러운 젊음이 함께 하는 매력적인 모델이었으니까. 게다가 돈 많고, 스타일 세련되고, 개성만점인 씬스틸러였으니까.

이 글을 읽는 당신이 만약 남자라면 길을 걷다가 스쳐 지나간 나를 다시 한 번 보기 위해 발걸음을 멈추고 돌아서 내 뒷모습을 주시했을 공산이 크다. 당신의 교육 수준이나 여성에 대한 취향과 관계없이 난 어느 누가 보더라도 매력적인 여자였으니까.

'여신이 따로 없네. 저렇게 몸매가 잘 빠진 여자는 난생 처음 봐.'

'저 여자와 한 번 자보면 소원이 없겠어.'

'저 여자와 사는 놈팡이가 누군지는 몰라도 정말 부러워.'

나를 한번이라도 본 남자들은 대부분 그런 상상을 하지 않았을까?

"줄리안, 어서 가자!"

택시기사는 센트럴파크 웨스트와 71번가가 교차하는 모퉁이에 우리를 내려주었다. 필리프가 기다리고 있는 호텔까지 2백 미터도 안 되는 거리였지만 아들 녀석은 여전히 속을 썩이고 있다.

줄리안이 브라운스톤 건물의 계단에 철퍼덕 주저앉아 아예 일어날 생각을 하지 않는다. 녀석은 꿈속에서 사는 아이답게 입을 열 때마다 새어 나오는 입김이 신기해 죽겠다는 표정이다. 녀석이 함박웃음을 짓느라 입을 크게 벌린 사이 송곳니와 어금니 사이의 공간이 언뜻 보인다. 녀석은 언제나 그랬듯 강아지 봉제인형을 손에 쥐고 있다. 고릿한 냄새가 나는 그 인형은 조만간 너덜너덜한 넝마가 될 정도로 낡았다.

"이제 그만 가자, 제발!"

나는 가던 길을 돌아와 줄리안의 손을 잡고 억지로 일으켜 세운다. 손이 닿기 무섭게 녀석은 기어이 울음을 터뜨린다. 늘 이런 식으로 징징대기 일쑤이다.

"어서 뚝 그치지 못해!"

나는 아이 때문에 짜증이 이만저만이 아니다. 모두들 아이가 예쁘다고 난리를 친다. 줄리안과 함께 하는 동안 내 일상이 망가지든 말든 아무도 신경 쓰지 않는다. 녀석은 동작이 느려터진 데다 자주 공상에 빠져 지낸다. 갑자기 공격적인 모습을 보이다가 칭얼거리기도 한다. 게다가 상상이 불가할 만큼 제멋대로이다. 녀석은 대단히 이기적이기도 해서 누군가 자기를 위해 뭔가를 베풀어도 절대로 고마워하는 법이 없다.

나는 자꾸 말을 안 들으면 강아지 봉제인형을 빼앗아 버리겠다고 겁을 준다. 녀석의 약속을 받아내기 일보직전에 백색 트럭 한 대가 우리 바로 뒤쪽에 멈춰 선다. 트럭기사가 차에서 튀어나오고 나서 모든 일이 걷잡을 수 없이 진행된다. 나는 미처 저항할 시간도 없고, 그럴

경황이 아니다. 커다란 그림자가 내 몸을 덮치는가 싶더니 이내 얼굴을 향해 주먹이 날아오고, 복부에도 타격이 가해진다. 세 번째 주먹이 갈비뼈 근처에 꽂히면서 나는 트럭 뒷좌석으로 떠밀린다.

숨을 쉴 수 없는 상황이다. 나는 몸이 두 부분으로 접혀 너무 괴로운 나머지 비명마저도 지를 수 없다. 누군가가 아이를 차 안으로 집어던졌다. 아이의 뒤통수에 정통으로 부딪친 내 코뼈가 으스러지면서 피가 터진다. 두 눈이 몹시 따갑고, 눈꺼풀이 저절로 감긴다.

2

정신을 차리고 보니 녹슨 철창으로 된 감옥에 갇혀 있다. 사방이 어두컴컴하고, 아주 좁고 더럽고 구역질나는 공간이다. 줄리안은 눈물과 피범벅이 되어 있고, 내 몸을 위에서 누르며 반쯤 누운 자세이다. 나는 그제야 줄리안을 품에 안으며 겁먹은 아이의 마음을 달래준다.

다 잘 될 거야. 아빠가 우리를 구해주러 올 테니까 조금만 더 참아.

나는 아이의 얼굴에 거듭 입을 맞춘다. 우리에게 시련이 밀어닥친 이유는 내가 아이에게 자주 짜증을 냈기 때문이라는 생각이 든다. 내가 아이를 기분에 따라 감정적으로 대했다는 생각에 후회막급이다.

나는 눈을 가늘게 뜨고 어둠 속에서 상황을 가늠해본다. 대들보에 매달린 두 개의 전등에서 희미한 불빛이 흘러나온다. 우리는 창고에 갇혀 있다. 자세하게 말하자면 동물원이나 서커스단, 목장 같은 곳에서 자재들을 보관하는 창고 같다. 원통형으로 말린 격자무늬 천, 차곡차곡 쌓아올린 철제의자, 가짜 바위, 목재 팔레트, 플라스틱으로 만든 나무 따위가 눈에 들어온다.

"오줌 쌌어, 엄마."

줄리안이 오줌을 쌌다며 칭얼거린다.

"괜찮아, 우리 아가."

나는 아이 옆, 시멘트바닥에 무릎을 꿇고 앉는다. 딱딱하고 얼음장처럼 차갑다. 가뜩이나 곰팡이 냄새 때문에 죽을 지경인데 공포의 냄새가 더해진다. 나는 바닥에 내동댕이쳐진 강아지 봉제인형을 집어 들고 즉흥 인형극을 벌인다.

"줄리안, 난 너의 인형이야. 나를 좀 봐, 너랑 뽀뽀하고 싶어!"

나는 잠시나마 광기로부터 아이를 보호해줄 수 있기를 기대한다. 손목시계를 보니 11시 30분이다. 트럭을 타고 이동한 시간이 그리 길지 않았다. 그러니까 우리는 아직 맨해튼에서 그리 멀지 않은 곳에 있다. 어쩌면 뉴저지나 브롱크스, 혹은 퀸스쯤일지도 모른다.

나는 납치범이 우연히 우리를 납치대상으로 선택하지는 않았다고 확신한다. 납치범은 도심 한가운데에서 위험을 감수하며 우리를 트럭에 태웠다. 처음부터 우리를 목표로 했다는 의미이다.

납치범은 왜 우리를 목표로 삼았을까? 몸값을 뜯어내기 위해?

나는 차라리 납치범이 몸값을 뜯어내기 위한 목적을 갖고 있길 바랐다. 돈을 요구하는 편이 차라리 마음이 놓이기 때문이다. 손은 우리를 구하기 위해서라면 무엇이든 할 수 있는 사람이다. 줄리안을 위해서라면 대신 죽을 수도 있는 사람이다. 납치범이 요구하는 몸값이 얼마이든 손은 주저하지 않고 내줄 공산이 크다. 사실 돈은 그다지 문제가 되지 않는다. 손이 그림을 그려주겠다고 약속하면 수백만 달러를 내겠다는 사람이 줄을 설 테니까. 투기꾼, 골든 보이, 백만장자, 헤지펀드 매니저, 러시아 부호, 중국 졸부 등이 손의 그림을 살 수 있기를 학수고대하고 있다. 그들은 손의 그림을 소장하고 싶어 한다.

이 그림이 바로 숀 로렌츠의 작품이지!

숀의 작품이 지닌 가치는 황금보다도 소중하다. 코카인보다도 훨씬 비싸다. 그림을 한 점 팔면 자가용 비행기나 바하마에 빌라를 살 수 있다.

"넌 발칙한 창녀야."

나도 모르는 사이에 웬 여자가 철창 앞에 서 있다. 체격이 크고 약간 곱사등인데다가 다리도 조금 절고 있다. 나는 그녀가 나이보다 훨씬 늙었다고 생각한다. 뻣뻣하고 윤기 없는 머리카락, 도드라진 매부리코, 충혈된 눈, 주름살이 자글자글한 피부에는 온통 문신이 덮여 있다. 노루발, 십자가, 삼각형, 원, 벼락 등이다. 마치 아메리카 인디언들의 페이스페인팅을 연상케 하는 문신이다.

"당신은 누구죠?"

"조용히 입 닥치고 있는 게 좋을 거야. 넌 말할 자격도 없는 창녀니까!"

"당신은 왜 우리를 납치했죠?"

"입 닥치라고 했지!"

황소처럼 힘이 센 여자가 내 목을 움켜쥐고 고래고래 소리를 지른다. 그녀가 무시무시한 힘으로 나를 잡아당기더니 내 머리를 쇠창살에 짓찧어댄다. 줄리안이 비명을 지른다. 내 코에서는 다시 피가 흘러내린다. 나는 아무런 저항도 하지 못하고 당하고 있지만 여자는 자기가 얼마나 힘이 센지 가늠하지 못하는 눈치다.

마침내 여자가 나를 놓아준다. 얼굴이 피투성이가 된 나는 바닥으로 쓰러진다. 줄리안이 와락 내 목을 끌어안는다. 그 순간 여자가 녹이 슨 연장통에서 미친 듯이 뭔가를 찾는 모습이 내 눈에 들어온다.

"이리 와!"

미치광이 여자가 소리친다.

나는 자꾸만 눈 속으로 흘러드는 피를 닦아내며 줄리안에게 구석 쪽으로 숨으라고 손짓한다.

저 여자의 성질을 건드리면 안 돼.

인디언 여자는 연장통에서 절단기, 펜치, 대패, 드라이버 따위를 차 례로 꺼낸다.

"자, 이 연장들을 받아."

여자가 나에게 노루발장도리를 내밀며 말한다.

내가 꼼짝도 하지 않자 여자는 화가 치미는 듯 허리춤에 차고 있던 사냥용 칼을 뽑아든다. 날에 톱니가 달린 칼이다. 인디언 여자가 내 팔 을 움켜쥐더니 가차 없이 손목시계 줄을 끊어버린다. 그러더니 시계 를 내 눈앞에서 흔들어 보이며 초침을 가리킨다.

"내 말 잘 들어. 정확하게 일 분을 줄 테니까 네 아들의 손가락 하나 를 잘라서 내게 가져와. 만일 거부하면 내가 당장 그 안으로 들어가 아 이의 목을 졸라버릴 테니까. 그 다음은 네 목을 졸라야 하겠지."

나는 공포에 질려 여자가 요구하는 게 무엇인지 파악조차 하지 못 한다.

"나는 못해요."

"내가 시키는 대로 해!"

인디언 여자가 내 얼굴을 향해 절단기를 집어던지며 악을 써댄다.

나는 어찌나 겁이 나는지 정신을 잃기 직전이다.

"이제 40초 남았어. 내 말을 듣지 않을 경우 결과가 어떻게 되는지 곧 알게 될 거야!"

인디언 여자가 쇠창살 안으로 들어오더니 줄리안을 잡아챈다. 놀란 아이는 딸꾹질을 해댄다. 여자가 칼을 아이의 목에 들이댄다.

"20초."

내 신음소리가 입 밖으로 새어나온다.

"난 못해요."

"어서 해."

나는 여자가 위협에 그치지 않으리란 걸 직감한다.

나는 절단기를 집어 들고 여자와 줄리안 쪽으로 다가간다.

줄리안이 비명을 지른다.

"안 돼, 엄마! 제발 그러지 마!"

나는 절단기를 들고 줄리안을 향해 걸어가면서 두 가지 사실을 깨닫는다.

여기가 바로 지옥이다.

지옥은 오래 지속된다.

3

지옥의 상황은 최악의 악몽보다도 더 고약하다. 인디언 여자는 내게 결코 해서는 안 될 짓을 시키고 나서 이내 줄리안을 데리고 밖으로 나간다. 난 미칠 듯 분노와 절망감에 휩싸인다.

인디언 여자는 다시 쇠창살 안으로 들어오더니 내가 정신을 잃을 때까지 복부, 목, 가슴을 닥치는 대로 두들겨 팬다. 겨우 정신이 들자 그녀는 나를 철제의자에 앉히더니 가시철사로 결박한다.

나는 시간이 얼마나 지났는지 가늠할 수 없다. 혹시 무슨 소리가 들리는지 귀를 기울여보았지만 줄리안의 목소리는 그 어디에서도 들리지 않는다. 나는 숨을 쉴 때마다 고통스럽다. 가시철사가 살갗을 파고든다.

나는 정신을 잃었다가 깨어나기를 반복하는 과정에서 시간관념을 잃어버린다. 내 온몸에서 피가 흘러내린다. 나는 내가 싼 소변과 대변을 뭉개고 앉아 피와 눈물을 흘리며 공포에 잠겨있다.

　"이봐, 잘 봐둬."

　나는 소스라치게 놀라 고개를 번쩍 치켜든다. 인디언 여자가 빛 속에서 모습을 드러낸다. 그녀는 한 팔로 줄리안을 안고 있다. 다른 한 손에는 사냥칼이 들려 있다. 그녀가 위로 번쩍 치켜 올린 칼날에서 광채가 번쩍인다. 줄리안이 미처 비명을 지를 새도 없이 무자비한 칼부림이 계속된다. 칼부림이 열 번이나 계속되는 동안 나는 발을 동동 구르기만 할 뿐 속수무책이다. 나는 딸꾹질을 하며 비명을 지른다. 내가 몸부림을 심하게 치자 가시철사가 살갗에 구멍을 뚫는다. 숨이 막힌다. 질식할 것 같다. 차라리 죽고 싶다.

　"더러운 창녀, 잘 봤어?"

11. 쿠르숨 페르피시오

에고는 자기 집에서는 주인이 아니다.
—지그문트 프로이트

1

가스파르는 셰르시미디 가로 돌아와 숀 로렌츠의 사진을 마주하고 앉았다. 영국 출신의 여성 사진작가 제인 브라운이 찍은 흑백 사진이었다. 숀 로렌츠의 위엄 있는 얼굴이 집 안을 온통 장악하고 있다는 느낌이 들었다. 그는 이 집에 들어오는 자가 누구든 절대로 눈을 떼지 않으며 무언의 위협을 가했다.

가스파르는 주방으로 걸어가 커피메이커를 전원에 연결했다. 이탈리아식 리스트레토를 만들어 한 잔 마시고 나서 커피를 한 잔 더 내려 오래도록 맛을 음미하며 마셨다.

가스파르는 한 손에 커피 잔을 들고 거실로 나오다가 다시 화가의 시선과 마주쳤다. 숀 로렌츠가 그에게 '꺼져.' 라고 말하고 있는 것처럼 보이기도 했고, 반짝이는 두 눈으로 쏘아보며 '나를 도와줘.' 라고 말하고 있는 것 같기도 했다.

가스파르는 그의 간절한 호소에 결국 백기를 들었다.

"내가 뭘 도와주기를 바라죠? 줄리안이 이미 죽었다는 건 누구보다 당신이 더 잘 알잖아요."

가스파르는 사진에 대고 말을 한다는 건 한심하기 그지없는 짓이라는 걸 뻔히 알면서도 현재 자신이 처한 입장을 설명할 필요성을 느꼈다. 그는 머릿속에서 흩어져 있는 생각들을 정리했다.

"줄리안의 사체를 찾아내지는 못했지만 그렇다고 살아있다는 근거는 없어요. 당신의 임사체험은 믿을 게 못 되니까. 적어도 그 사실을 인정해야 합니다."

숀은 몹시 진지한 얼굴로 그를 계속 주시했다.

'만일 당신 아들이었다면 그냥 넘어갈 수 있겠어요?'

"난 아들이 없어요."

가스파르가 즉각 반발했다.

'제발 나를 도와줘요.'

"당신은 정말이지 고집불통이군요."

그 순간 숀 로렌츠가 방송진행자인 자크 샹셀과 대담을 나눌 때 했던 말이 떠올랐다. 자크 샹셀이 숀 로렌츠에게 모든 예술가들의 궁극적인 목표는 무엇이라고 생각하는지 물었다.

"불멸의 존재가 되는 것이죠."

숀은 조금도 망설이지 않고 즉각 그렇게 답변했다. 그는 자신의 답변에 대해 설명을 덧붙였다.

"불멸의 존재가 된다는 말은 다른 뜻이 아니라 이를테면 오래도록 자신의 소중한 가치들을 지켜갈 수 있는 기회를 누리게 된다는 의미입니다."

가스파르는 오래도록 사진을 쳐다보며 가상의 상대와 대화를 나눈 탓인지 현기증이 나고, 눈에 헛것이 보였다. 이제 그의 눈에 아버지와 숀 로렌츠의 얼굴이 중첩되어 보였다.

'나를 도와줘요.'

숀이 다시 한 번 간청했다.

가스파르의 흐릿하던 시야가 점차 밝아졌다. 그는 아버지와 중첩되어 보이는 숀의 얼굴에서 벗어나 아래층 침실로 내려와 손에 감긴 붕대를 풀고 샤워실로 갔다. 그가 오후에 샤워를 하는 경우는 보기 드문 케이스였다. 간밤에는 흥분과 동요 탓에 잠을 이루지 못했고, 오늘은 집으로 돌아오자마자 숀 로렌츠의 사진과 한참이나 실랑이를 벌였다. 차가운 물줄기가 몸에 닿자 기진맥진해 있던 심신이 조금이나마 기력을 회복했다. 손에 댄 부목의 물기를 세심하게 닦던 그는 문득 거울에 비친 자신의 얼굴을 진지하게 마주했다. 텁수룩하게 자란 수염, 부스스한 머리카락, 유난히 많은 체모, 불룩한 뱃살이 저절로 눈살을 찌푸리게 했다.

가스파르는 욕실 수납장 서랍에서 지난날 이발소에서 흔히 사용하던 면도칼과 면도용 거품을 찾아냈다. 그는 단정하게 면도를 하고 나서 가위로 앞머리를 뭉텅 잘라냈다. 그나마 한결 산뜻해보였다. 이제부터 산사람들이 즐겨 입고 다니는 셔츠와 코르덴바지와도 이별을 고할 생각이었다.

가스파르는 팬티와 러닝셔츠 바람으로 침실 옆에 붙어있는 드레스룸으로 갔다. 숀 로렌츠도 스티브 잡스나 마크 저커버그처럼 늘 같은 옷만 입는 캡슐 워드로브였던 게 분명했다. 옷장에 들어있는 옷들이 대부분 검정색과 회색 일색이었다. 게다가 재킷 10여 벌과 영국식 칼라에 자개단추를 단 포플린 셔츠 서너 벌이 전부였다.

가스파르는 몸에 약간 살집이 있는 편이었지만 숀 로렌츠와 체격이 크게 다르지 않았다. 숀의 셔츠와 재킷을 입자 이상할 만큼 마음이 편안해졌다.

드레스룸의 서랍장에는 여러 개의 가죽벨트와 오드트왈렛이 들어 있었다. 카롱의 '푸르 언 옴므'는 아직 비닐 포장조차 뜯지 않은 상태였다. 폴린이 숀 로렌츠의 편집증 기질을 보여주는 사례라면서 들려준 이야기가 떠올랐다.

'푸르 언 옴므'는 페넬로페가 미래의 남편에게 준 첫 선물이었다. 숀은 그 후 줄곧 그 향수를 애용했다. 언제부턴가 향수의 성분이 조금 바뀌었다고 판단한 그는 이베이에서 1992년에 만들어진 제품을 몽땅 사들였다.

가스파르는 화가가 즐겨 사용하던 향수를 몸에 뿌렸다. 라벤더와 바닐라 향이 혼합된 향기가 났다. 그는 드레스룸을 나서면서 전신거울에 비친 자신의 모습을 힐끗 쳐다보았다. 거울 안에 완전히 다른 사람이 들어있었다. 약간 살집이 있는 숀 로렌츠 버전이었다. 좀 더 완벽한 변신을 위해 늘 쓰고 다니던 안경을 서랍장 안에 넣었다. 그는 가장 좋아하는 영화 중 하나인 〈현기증(vertigo)〉의 주인공 스카티를 떠올렸다. 제임스 스튜어트가 연기한 스카티는 약혼녀를 지난날 잃어버린 자신의 옛 연인과 똑같이 만들기 위해 광적인 집착을 보이는 인물이었다. 알프레드 히치콕은 영화에서 죽은 자의 자리를 대신하려는 시도는 매우 위험한 일을 초래할 수도 있다는 경고를 보냈다.

가스파르는 명감독의 경고를 무시하기로 했다. 그는 손으로 재킷의 주름을 매만지고 나서 어깨를 으쓱하며 드레스룸을 나왔다.

2

숀 로렌츠와 페넬로페가 쓰던 침실을 들여다보노라니 문득 한 가지 의문이 떠올랐다. 숀의 상속자이자 유언 집행인인 베르나르 베네딕은 왜 화가가 사용하던 물건들을 그대로 놔둔 집을 빌려주었을까?

평소 가깝게 지내는 지인의 집에 초대받은 것처럼 편안한 느낌과 남의 사생활을 엿보는 관음주의자가 된 것 같은 꺼림칙한 느낌이 동시에 일었다.

가스파르는 화가 부부가 어떤 사람들이었는지 본격적으로 엿보기로 했다. 그는 일단 침실에 있는 벽장과 서랍장들을 모조리 열어보며 탐색을 시작했다. 혹시 비밀스런 물건을 숨겨두는 작은 공간이 있을지도 모른다는 생각에 벽면을 두드려보기도 하고, 쪽마루 바닥까지 샅샅이 뒤져보았지만 얻어낸 결과는 초라하기 그지없었다. 그나마 자단으로 짠 책상 아래에서 바퀴달린 상자 하나를 발견한 게 나름 의미 있는 성과였다. 온갖 서류들이 넘치도록 들어 있는 상자였다.

가스파르는 서류들을 주의 깊게 살피다가 메이저 언론매체의 웹사이트에서 출력한 기사들을 발견했다. 직간접적으로 줄리안의 사망 관련 소식을 다룬 기사들이었다.

《뉴욕타임스》,《데일리 뉴스》,《포스트》,《빌리지 보이스》 등의 기사들은 전날 매들린의 컴퓨터에서 이미 접했던 내용과 동일해서 그 자체로는 새로울 게 없었지만 적어도 숀 로렌츠가 죽기 직전까지 아들의 죽음에 대한 조사에 몰두해 있었다는 사실을 입증해주는 자료였다. 신문기사들보다는 상자에서 나온 각종 우편물들이 더욱 큰 관심을 끌었다. 숀 로렌츠가 사망한 이후에 집으로 날아든 우편물도 있었다. 전기요금고지서, 통신요금고지서, 헤아릴 수 없을 정도로 많은 광고지, 세무서에서 발송한 서류 따위였다.

부부 침실에서 줄리안의 방으로 곧장 통하는 문이 있었다. 가스파르는 문지방에 서서 잠시 망설이다가 줄리안의 방을 향해 걸어갔다.

'나를 도와줘요.'

숀 로렌츠가 간절하게 말하는 소리가 머릿속에서 또다시 울려 퍼졌다. 줄리안의 방은 정원을 마주보고 있었다. 방 안으로 쏟아져 들어온 오후 햇살이 반질반질 윤이 나는 마루, 파스텔 톤 가구, 베이지색 모포로 덮인 침대, 미니카, 그림책들이 정리되어 있는 서가 등을 환하게 비추었다.

가스파르는 줄리안의 방에서 뭔가를 발견하게 되리라 기대하지 않았지만 마치 비밀스러운 성지를 찾아낸 사람처럼 한참 동안 그곳에 우두커니 서 있었다. 줄리안의 방에서는 전혀 음산하거나 을씨년스러운 느낌이 들지 않았다. 마치 아이가 돌아오기를 기다리고 있는 아버지처럼 지극히 평온해보였다.

학교에서 돌아온 아이가 벽장을 열고 레고 블록, 마술칠판, 공룡 인형 따위를 꺼내는 모습이 머릿속에 그려졌다. 온갖 상상이 꼬리를 물고 이어지는 가운데 베개 위에 놓인 피 묻은 강아지 인형이 눈길을 끌었다.

줄리안이 납치되었을 때 가지고 있었던 바로 그 인형일까? 만일 그 인형이라면 유력한 증거물을 왜 이 방에 놓아두었을까?

가스파르는 인형을 손에 쥐고 눈 가까이 들어올렸다. 우스꽝스럽게 생긴 얼굴에 토실토실한 살점이 오른 강아지 인형의 주둥이 주변에 핏자국이 말라붙어 있었다. 강아지 인형과 피는 전혀 어울리지 않는 조합이었고, 그런 까닭에 대단히 비현실적으로 보였다.

가스파르는 이내 강아지 인형의 주둥이 주변에 묻어 있는 이물질은 피가 아니라 초콜릿 자국이란 사실을 알아차렸다. 그제야 그는 많은 부모들이 만일의 경우에 대비해 자식들이 좋아하는 여벌의 인형을 한 개씩 더 구비해놓는다는 사실을 깨달았다. 이제 보니 강아지 인형이 남긴 자취에는 공포 대신 따뜻한 추억의 잔재만이 남아 있었다. 숀 로렌츠가 강아지 인형을 간직하고 있었던 이유를 알 수 있을 듯했다. 그 강아지 인형은 줄리안의 분신이나 다름없었고, 마치 아이의 몸에서처럼 구운 비스킷 냄새, 잘 익은 밀 이삭 냄새 같은 향기가 묻어났다. 그 강아지 인형은 뾰족뾰족한 가시외피의 벌어진 틈에서 살짝 고개를 내미는 밤, 훈훈한 바람 속에서 휘날리는 플라타너스 잎 등 동화책에 자주 등장하는 평화롭고 안온한 이미지들을 떠올리게 만들기도 했다.

가스파르는 끝까지 줄리안의 죽음에 관한 의혹을 풀어줄 열쇠를 찾아보기로 결심했다.

3

'겨울이 아홉 달에, 지옥이 석 달.'

카스티야 지방에 전해지는 그 속담은 대부분 잘 맞지 않았다. 마드리드에 비가 내리는 날은 한 해를 통틀어 열흘 남짓이었다.

운이 지독하게 나빠서였을까?

마드리드에 도착한 2016년 12월 22일이 하필이면 그 열흘 가운데 포함될 줄 미처 몰랐다. 그야말로 파리보다도 더 고약한 날씨였다. 그녀를 태운 비행기는 샤를드골 공항을 이륙하려는 순간 갑자기 복통을 호소하는 탑승객을 내려놓느라 출발 시간이 한참 동안 늦어졌고, 그 결과 마드리드에 두 시간 늦게 도착하게 되었다. 첫 단추를 잘못 끼운 탓인지 뒤이어 벌어진 상황도 줄줄이 꼬였다. 휴가를 보내기 위해 스페인을 찾은 여행객들 때문에 공항은 마치 도떼기시장처럼 붐볐다. 끝이 보이지 않는 줄서기와 기다림의 연속이었다. 아마 가스파르가 이런 일을 당했다면 몹시 흥분해 길길이 날뛰었을 게 뻔했다.

매들린은 미어터지는 셔틀버스에 몸을 싣고 입국장까지 갔다가 가까스로 택시 정류장까지 걸어왔다. 그녀는 담배 냄새와 땀 냄새가 진동하는 택시에 올라탔다. 탁한 실내 공기 탓에 차창이 뿌옇게 변한 고물차는 크리스마스를 앞두고 쇼핑에 나선 인파들 탓에 길이 막혀 가다 서다를 반복했다. 그녀는 쉽게 해소되지 않는 교통 정체와 라디오에서 쉬지 않고 흘러나오는 스페인 대중가요 탓에 머리가 지끈거렸다. 스페인 가요 차트 50에 든 메카노, 로스 엘레판테스, 알라스카 이 디나라마 등의 노래였다.

가스파르에게 전염되었나? 왜 세상을 자꾸만 염세적으로 바라보게 될까?

매들린은 동성애자들의 요새 격인 추에카 부심 지역의 푸엔카랄 가에 도착했다. 가스파르 식의 염세주의적 세계관에 물드는 건 금물이었다. 그처럼 매사에 색안경을 끼고 세상을 바라보게 될 경우 점점 비관적이고 우울한 생각에 빠져들게 될 테고, 결국 머리에 총을 쏘는 것으로 생을 마감하게 될 공산이 컸다.

매들린은 긍정적인 생각과 태도를 유지하기 위해 애썼다. 그녀는 그다지 선호하지 않는 음악을 들려준 택시기사에게 약간의 봉사료를 얹은 요금을 냈고, 호텔에서 아무도 짐 가방을 들어주지 않았지만 섭섭해 하지 않기 위해 애썼다.

여유를 두고 호텔을 고를 시간이 없어 급히 선택한 결과 갑갑하기

이를 데 없는 방에서 지내게 되었다. 방에서 내다보이는 전망이라고는 먼지 풀풀 날리는 공사장과 타워크레인이 전부였지만 나름 장점이 있는 방이라고 애써 생각했다. 시술을 받고 나면 제법 여유 있는 시간을 갖게 될 테니까 그때 더 좋은 호텔을 찾아보기로 했다.

모든 현상에 당당하게 맞서기, 무너지지 않기, 혼돈 자체였던 삶은 잊어버리기, 숀 로렌츠의 광기와 그의 아들 줄리안에게 벌어진 비극, 가스파르의 지나친 관심 따위는 모두 잊기, 오로지 미래에 집중하기.

4

오후 4시, 가스파르는 정어리 통조림과 식빵 몇 조각에 레몬 향 페리에를 곁들여 점심을 때우고 나서 마치 습관처럼 숀 로렌츠가 듣던 재즈 LP판을 턴테이블에 걸었다. 그 다음에는 숀의 우편물이 들어 있는 상자를 거실로 끌고나와 다시 한 번 면밀히 검토하기 시작했다.

가스파르는 거실 바닥에 앉아 우편물을 읽기 시작한 지 한 시간쯤 되었을 때 비닐포장을 뜯지 않은 《아트 인 아메리카》지 한 권이 손에 잡혔다. 2015년 1월호였고, 표지에 동봉한 명함이 말해주듯 편집장이 감사와 조의를 담은 짧은 메모를 곁들여 손수 보낸 잡지였다.

그 잡지는 10여 페이지를 2014년 12월 3일, 줄리안이 납치되기 며칠 전 뉴욕현대미술관에서 열린 숀 로렌츠 회고전과 개막일에 열린 기념 파티에 할애하고 있었다. 가스파르는 잡지를 훑어보면서 그날 열린 기념 파티가 예술에 대한 토론이 활발하게 벌어지는 자리였다기보다는 사교적인 성격이 강한 자리였다는 사실을 금세 알 수 있었다. 명품회사의 후원을 받아 기획된 무도회에는 유명인사들이 대거 초대되었다. 뉴욕의 전 시장 마이클 블룸버그, 뉴욕 주지사 앤드류 쿠오모도 눈에 띄었다. 찰스 사치와 래리 가고시안 등 유명 화상들을 클로즈업한 사진도 있었다. 그 당시만 해도 여신처럼 아름다웠던 페넬로페는 가슴골이 깊게 파인 드레스 차림으로 사라 제시카 파커, 줄리안 슈나벨 등과 대화를 나누고 있었다. 그밖에도 수많은 미술계 인사들과 모델들, 연예인들, 사교계 인사들이 참석한 파티였다.

비록 사진일 뿐이었지만 숀 로렌츠는 어딘가 모르게 넋이 나간 사람처럼 보였고, 그 자리가 몹시 불편해 보였다. 숀 로렌츠가 마지막으로 남긴 세 점의 그림은 강렬한 색채의 미학에서 벗어나 매우 금욕적이고 순수했다. 그런 그에게 보여주기 식 화려한 사교파티가 탐탁할 리 없었다. 그는 화가로서 경력의 정점을 찍었고, 영광의 시간이 그리 길지 않으리란 걸 알고 있었을 테니까. 캄피돌리오 언덕 뒤로 타르페이움 바위(로마의 일곱 언덕들 중 가장 높은 곳에 위치한 캄피돌리오 언덕이 범죄자를 처형하는 타르페이움 바위와 그리 멀지 않다는 의미를 가진 라틴어 경구. 영광과 추락은 서로 불가분의 관계라는 의미 : 옮긴이)의 그림자가 길게 드리워져지게 마련이니까. 어쩌면 줄리안을 데려갈 죽음의 그림자가 그날 파티 자리에서부터 이미 어슬렁거리고 있었는지도 모른다.

숀이 웃고 있는 사진이 없지는 않았다. NYPD 제복인 진청색 옷에 팔각모를 쓴 형사와 함께 찍은 사진 속에서 그는 분명 활짝 미소 짓고 있었다. 기사 내용을 보니 그 형사의 이름은 아드리아노 소토마요르였고, 숀 로렌츠의 어린 시절 친구로 무려 22년 만의 재회였다.

가스파르는 그 사진을 자세히 들여다보다가 그가 바로 숀 로렌츠가 그래피티 작가로 활동하던 시절의 사진에 자주 등장했던 히스패닉 계 청년이라는 사실을 알아챘다. 그는 기억이 맞는지 확인해보기 위해 숀의 서가로 갔다. 생각대로 역시 아드리아노 소토마요르는 〈불꽃 제조자들〉의 멤버였고, '나이트시프트'라는 예명으로 그래피티 작업에 참가했다. 세월이 흘러 얼굴에 살이 통통하게 오른 데다 예전의 도도한 자취는 많이 사라졌지만 조각도로 다듬어놓은 것 같은 이목구비는 여전했다. 마치 베니치오 델 토로를 연상시키는 윤곽이었다.

가스파르는 새롭게 얻어낸 정보를 머릿속에 갈무리해 넣고 잡지를 덮었다. 지난 하루 술을 단 한 방울도 입에 대지 않았다는 생각이 나며 한 잔 마시고 싶은 욕구가 불길처럼 치솟았다. 이제껏 경험으로 미루어볼 때 악마의 유혹에서 벗어나려면 단호하게 행동해야 한다는 점을 누구보다 잘 알고 있었다.

가스파르는 집에 남아있던 와인 세 병과 위스키 한 병을 개수대에 몽땅 쏟아버렸다. 금단 현상이 이어지는 동안 목젖이 간질거리고 몸에서 경련이 일었다. 식은땀이 이마를 촉촉하게 적실 무렵 그는 비로소 악마의 유혹에서 벗어났다. 그는 대견한 행동에 대한 보상 차원으로 매들린이 말아놓고 간 담배를 입에 물었다. '인간은 여러 해 동안 참고 인내해도 아주 미미한 결과만 얻을 수 있을 뿐'이라고 했던 샤르트르의 말이 떠올랐다. 인간은 주어진 역량만큼 승리를 거둘 수 있을 뿐이다.

가스파르는 턴테이블에 올려놓은 조 무니의 재즈 음반을 뒤집어 걸고 나서 탐색 작업을 재개했다. 몇몇 기사들을 새로 장만한 스마트폰으로 찾아 읽던 그는 아직 개봉하지 않은 우편물들로 시선을 돌렸다. 그는 각종 고지서들 가운데 전화요금고지서에 주목했다. 숀 로렌츠는 전화통화를 많이 하지 않는 편이었지만 통신사에서 발부한 월간 통화내역을 살펴보니 사망을 며칠 앞둔 화가의 일과시간표를 작성하는데 참고가 될 수도 있을 만큼 제법 요긴한 자료였다. 그가 전화통화한 상대의 번호를 확인해보니 프랑스 국내통화와 미국 국제통화가 각각 반반씩이었다.

가스파르는 지극히 초보적인 방식으로 조사를 진행했다. 전화요금 고지서에 등장하는 상대와 시간적으로 빠른 순서부터 통화를 시작했다. 비샤 병원 심장전문센터 비서실, 파리 7구에서 진료하는 심장병전문의 피투시 박사, 라스파유대로변의 약국 따위였다.

미국 전화번호들 가운데 유난히 눈길을 끄는 번호가 있었다. 숀이 두 번이나 전화를 걸었지만 결국 통화를 하지 못한 번호였다. 숀은 다음날에도 끈질기게 통화를 시도했고, 결국 성공했다.

가스파르가 그 번호로 전화를 걸자 클리프 이스트맨이라는 이름을 가진 사람의 자동응답기가 전화를 받았다. 대단히 허스키한 목소리였다. 담배를 엄청나게 많이 피우거나 위스키를 폭음하는 사람이 분명했다. 어쩌면 두 가지 다일 수도 있었다. 담배와 술은 서로 제법 절친하게 지내는 사이니까.

가스파르는 별 생각 없이 음성메시지를 확인하는 대로 전화해달라는 메시지를 남겼다. 그는 서가를 구석구석 뒤지고, 책꽂이에 꽂혀 있는 책들을 낱낱이 열어보고, 몇몇 신문기사나 단행본에 등장하는 사진들을 오려내 스프링노트에 붙였다. 원래 희곡을 쓰려던 노트였다.

가스파르는 서가에 꽂혀 있는 세바스치앙 살가두의 사진집과 아트 슈피겔만의 《쥐》 사이에서 뉴욕의 오래된 지도를 발견했다. 그 지도 위에 조사 과정에서 새롭게 등장한 여러 지명들을 각기 다른 색깔로 십자 표시를 해가며 이동거리와 동선들을 표시했다. 예를 들어 줄리안이 납치된 장소, 페넬로페와 함께 갇혀 있던 장소, 베아트리스가 아이를 강에 던졌다는 다리, 그녀가 자살한 지하철 역 등……

가스파르는 작업에 몰두하느라 시간 가는 줄 몰랐다. 그가 고개를 들었을 때는 이미 사위가 어둑어둑해져 있는 밤이었다. 조 무니는 이미 오래전에 재즈를 멈춘 상태였다. 그는 손목시계를 들여다보며 약속이 있다는 걸 기억해냈다.

12. 블랙홀

사람은 혼자여야만 자유롭다.
—아르투르 쇼펜하우어

1

카렌 리버만 에이전시는 파리 1구 쿠텔르리 가, 시청과 퐁피두센터에서 그리 멀지 않은 곳에 사무실이 있었다.

가스파르는 12년 전 카렌과 처음으로 일하기 시작할 당시 그녀의 사무실을 방문한 적이 있었다. 그 후로는 카렌이 그를 대리해 모든 업무를 도맡아 진행했다. 이번에도 카렌이 일을 대신 처리하도록 부탁하지 않은 걸 후회했다. 셰르시미디 가에서 쿠텔르리 가까지 가는 동안 파리의 우중충하고 음울한 분위기를 고스란히 접해야 했기 때문이었다. 그는 마음에 들지 않는 거리에 오자 신경이 극도로 예민해졌고, 엎친 데 덮친 격으로 알코올 금단현상까지 더해졌다.

카렌 리버만 에이전시는 그가 기억하는 그대로였다. 다양한 전문 직종에 종사하는 세입자들의 명패로 빼곡하게 뒤덮여 있는 포치를 통과하면 아무런 개성도 없는 정원이 나왔다. 정원 한쪽에 두 번째 건물이 자리 잡고 있었다. 도로와 접해 있는 첫 번째보다 훨씬 소박한 느낌을 자아내는 서민 풍 건물이었다. 사람 한 명이 탈 수 있는 초미니 엘리베이터는 지나치게 느렸고, 갑자기 멎어버릴지도 모른다는 불안감이 일었다.

가스파르는 잠시 망설이다가 차라리 6층까지 걸어 올라가기로 작정했다. 그는 숨을 헐떡거리며 에이전시 사무실 앞에 도착해 초인종을 누르고 문이 열리기를 기다렸다. 지붕 바로 아래에 있는 방을 개조해 사무실로 사용하고 있었다. 카렌은 사무실 입구를 대기실 용도로 사용하기 위해 의자 몇 개를 비치해두었다.

가스파르는 대기실이 비어 있어 그나마 만족했다. 카렌 리버만 에이전시는 스무 명에 달하는 소설가, 극작가, 시나리오 작가들과 계약을 맺고 있었고, 혹시라도 아는 사람을 만나게 될 경우 아무리 귀찮아도 5분 정도 수다를 떨어야 하는 상황이 벌어지게 될까봐 신경이 쓰였다.

'고독을 가까이 하면 두 가지 이익이 따른다. 하나는, 자기 자신만 상대하면 된다는 것이고, 다른 하나는 타인을 상대하지 않아도 된다는 것이다.'

가스파르는 에이전시 사무실을 향해 걸음을 옮기며 쇼펜하우어가 했던 말을 생각했다.

카렌의 비서는 덥수룩한 턱수염, 작위적으로 보이는 반항적인 문신, 머리 아래쪽을 짧게 밀어버리고 윗머리만 남겨둔 언더컷 헤어스타일, 처커 부츠, 허리가 들어간 데님 셔츠를 개성이라고 믿는 힙스터 스타일 남자였다. 제 딴에는 개성이라고 생각하겠지만 아무리 봐도 파리 생마르탱 운하 근처에서 윌리엄스버그나 크로이츠버그의 문화를 재현하기 위해 동분서주했던 또래 친구들을 답습하고 있다는 생각이 들어 그저 한심하게 보일 뿐이었다. 차림새만 거슬린다면 그러려니 했겠지만 한술 더 떠 잔뜩 거만한 자세로 아래위를 훑어보기까지 했다. 카렌 에이전시의 매출 4분의 3을 혼자서 책임지고 있는 작가를 대하는 태도치고는 지나치게 불퉁스러웠다.

"누구시죠?"

"내가 바로 자네 월급을 주는 사람이야!"

가스파르는 버럭 소리를 지르고는 비서의 눈길 따위는 보란 듯 무시하고 카렌의 집무실을 향해 걸어갔다.

"어서 와요, 가스파르."

카렌이 반갑게 그를 맞았다.

카렌이 고함소리를 듣고 마음이 불안해 직접 밖으로 나온 듯했다. 그녀는 날씬하고 유연한 몸매, 짧게 자른 금발의 소유자로 마흔 다섯 살이라는 나이가 무색할 만큼 여전히 장송드사유 고등학교 시절처럼 리바이스 501, 흰 셔츠, V넥 스웨터, 생테밀리옹 와인색 단화 같은 차림새를 고수했다. 그녀는 가스파르의 에이전트이자 변호사, 회계사, 비서, 홍보실장, 재정자문, 부동산 자문을 겸했다. 카렌은 그가 벌어들이는 수입 중 20퍼센트를 주는 대가로 그와 외부 세계를 연결시켜주는 가교 역할을 수행했다. 그는 사실 카렌이 방패막이를 잘해준 덕분에 그동안 은둔자 생활을 고집하면서 세상을 향해 거침없는 독설과 야유를 쏟아낼 수 있었다.

"야만스러운 작가님, 잘 지내셨죠?"

카렌이 놀려대는 말투로 인사를 건넸다.

"난 자연친화적인 사람일 뿐 야만스럽지는 않아요."

"게다가 늘 쌀쌀맞고 퉁명스러운 작가님이죠."

카렌이 여전히 놀리는 말투로 자리를 권하며 말을 이었다.

"우리, 식당에서 만나기로 하지 않았나요?"

"인터넷에서 찾아낸 기사들인데 내게는 아주 중요한 자료입니다. 이 기사들을 프린트해가려고 사무실에 들렀어요."

가스파르가 주머니에서 휴대폰을 꺼내들며 말했다.

"플로랑에게 주면 프린트해줄 거예요."

"중요한 자료니까 당신이 직접 해줘요. 그 껄렁껄렁한 놈팡이는 도대체 미덥지가 않아요."

"베르나르와 통화했어요. 집 문제는 깔끔하게 정리되었다더군요. 이제 혼자 지내게 되어서 홀가분하겠네요?"

가스파르가 고개를 저었다.

"난 이제부터 그 집에 더는 머물 생각이 없어요."

"어쩐지 일이 너무 싱겁게 마무리되나 했어요. 위스키 한 잔 줄까요?"

카렌이 심드렁하게 한숨을 내쉬며 물었다.

"고맙지만 사양할래요. 이제부터는 술을 끊을 생각이니까."

카렌이 눈을 동그랗게 뜨고 그를 바라보았다.

"갑자기 왜 그래요? 무슨 일 있어요?"

가스파르가 분명하게 선언했다.

"올해는 희곡을 쓰지 않을 겁니다."

가스파르는 지금 카렌의 머릿속에서 생각하기도 싫을 만큼 끔찍한 후폭풍이 밀어닥치고 있으리라 짐작했다. 계약 위반, 공연장 취소, 출장 취소 등으로 이어질 복잡한 문제를 생각하면 머리에서 지진이 일어나는 게 당연했다.

카렌은 이삼 초 동안 할 말을 잃은 듯 멍하니 앉아 있다가 최대한 침착한 어조로 물었다.

"이유가 뭐죠?"

"그동안 작품을 너무 남발했어요. 지난 몇 년 동안 난 희곡을 꾸준히 발표해왔지만 매번 비슷한 얘기를 늘어놓고 있단 말입니다. 더 좋은 글을 쓰기 위해 충전이 필요한 시점이에요."

"지금부터 비슷한 얘기 말고 새로운 스타일로 쓰면 되잖아요."

가스파르가 오만상을 찌푸렸다.

"일단 너무 지쳐 아무것도 할 수 없을 것 같아요."

가스파르가 벌떡 일어나 담배 한 개비를 꺼내 물고 발코니로 나갔다.

"혹시 사랑에 빠졌어요?"

카렌이 뒤따라 나오며 물었다.

"사랑이라니요? 도대체 무슨 이야기를 하고 싶은 겁니까?"

"갑자기 절필선언을 하니까 그렇죠. 내가 갑자기 펜을 놓은 작가의 뒷감당을 제대로 하려면 납득할 수 있는 이유가 필요해요."

카렌이 입을 삐죽 내밀고 푸념을 늘어놓았다.

"당신은 내가 연애 때문에 절필선언을 했다고 생각해요? 내가 고작 그런 사람으로 보여요?"

"당신이 지금 얼마나 달라졌는지 열거해볼까요? 다른 사람도 아닌 얼굴 없는 작가로 유명한 가스파르 쿠탕스가 휴대폰을 구입했어요. 술도 끊고, 말끔하게 면도도 하고, 안경도 벗어버렸어요. 게다가 생전 안 입던 정장 차림에 라벤더 향수까지 뿌렸죠. 사랑에 빠지지 않고는 도저히 설명이 불가능한 일 아닌가요?"

가스파르는 멍한 표정으로 담배를 한 모금 빨았다. 도시의 소음이 미적지근하고 습기를 머금은 밤의 대기 속으로 스며들었다. 그는 발코니 난간에 몸을 기대고 서서 센 강 지척에 고독하게 서 있는 생자크 탑을 뚫어져라 바라보았다.

"당신은 최근 몇 해 동안 나에게 글을 쓰라며 친구라고는 없는 파리에 고독한 집을 구해주었죠."

카렌도 담배에 불을 붙였다.

"당신도 원한 일이잖아요. 당신은 어느 누구에게도 방해받지 않고 글을 써야 하는 작가니까요."

"당신은 내가 그런 집에서 외롭게 지내면서 세상에 대한 독설과 야유를 퍼붓도록 내버려두지 말고 좀 더 밝은 곳으로 이끌어냈어야죠."

"작가에게는 작품에 등장하는 인물들이 친구 아닌가요?"

"당신은 내가 다른 시도를 해볼 수 있도록 옆에서 자극을 주었어야 한다는 말입니다."

카렌은 잠시 생각에 잠겼다가 이내 입을 열었다.

"내가 당신을 혼자 지내도록 방치한 이유는 고독한 집이 작품을 쓰기에 가장 적합한 장소라고 생각했기 때문이에요. 작가는 고독과 절망 속에서 지내야만 좋은 작품이 나오니까."

"도대체 장소가 글쓰기와 무슨 상관이 있다는 겁니까?"

"당신이 더 잘 알 텐데요? 행복은 창작에는 그다지 도움이 되지 않아요. 행복에 겨운 삶을 살다간 예술가를 알고 있으면 내게 가르쳐줘 봐요."

카렌은 내친 김에 열정적으로 생각을 털어놓았다.

"난 우리 회사와 계약한 작가들 중에서 누군가가 요즘 더없이 행복하다고 말하면 솔직히 슬슬 걱정이 되기 시작해요. 프랑수아 트뤼포 감독이 말하길 '예술이 삶보다 중요하다.' 라고 했죠. 당신은 지금껏 삶을 아끼고 사랑하지 않았어요. 딱히 사람들을 만나길 좋아하지도 않았고, 인류전체를 상대로 독설을 퍼붓길 좋아했죠. 아이들도 그다지 좋아하지 않아보였어요."

가스파르가 그녀의 입을 막으려고 손을 들어 올리려는 순간, 휴대폰이 울렸다. 화면을 보니 미국에서 걸려온 전화였다.

"잠깐 실례할게요."

2

오후 다섯 시밖에 안 되었는데 마드리드는 벌써 어둑어둑했다.

호텔을 나서기 전, 매들린은 우산을 빌려달라고 청했지만 호텔 직원으로부터 정중하게 거절당했다. 그녀는 우산도 없이 빗속을 걸으며 앞으로 궂은 날씨든 뭐든 모든 장애물들을 완전히 무시하기로 결심했다.

매들린은 호텔 바로 앞에서 약국을 발견하고 안으로 들어가 처방전을 내밀었다. 시술 과정에서 발생할 수 있는 감염을 예방하기 위한 항생제, 난모세포 방출을 촉진하는 호르몬제가 필요했다. 호르몬 주입에서 시작해 난모세포 채취까지 걸리는 시간을 24시간 단축하는 혁신적인 치료법이 담긴 처방전이었다.

매들린은 서너 군데나 약국을 전전한 끝에야 비로소 원하는 약을 구할 수 있었다. 저녁 여섯 시, 그녀는 혼자 추에카와 말라사냐 부근을 어슬렁거렸다. 원래 그 지역은 창조적인 에너지가 넘치는 동네로 알려져 있었다. 여름이 끝나갈 무렵 마드리드 시민들은 그 동네의 다채로운 골목들, 가령 개성만점인 옷을 파는 중고옷집, 떠들썩한 잔치 분위기를 만끽할 수 있는 카페들로 몰려나오기 마련이었다. 오늘은 억수처럼 쏟아지는 비 때문에 마치 대재앙을 앞두고 불안한 시간을 보내고 있는 도시처럼 을씨년스러운 분위기를 풍겼다. 이른 오후부터 쏟아지기 시작한 비는 도시 곳곳에서 물난리를 일으켜 무질서와 교통 체증을 야기했다.

매들린은 배가 고팠으므로 지난번 마드리드에 왔을 당시 점심을 먹은 적이 있는 식당으로 가야겠다고 마음먹었지만 폭우가 쏟아지고 있어 도저히 길을 찾을 수 없었다. 먹구름이 낮게 내려앉은 하늘은 국왕이 거주하는 스페인 수도의 웅장한 돔을 당장이라도 짓눌러버릴 기세였다. 땅거미가 지기 시작하면서 골목이나 대로가 도무지 구분이 되지 않아 어디나 비슷비슷해 보였다. 호텔 프런트에서 들고 나온 시내 관광 지도는 이미 비에 흠뻑 젖어 표면이 흐물흐물해지고 있는 중이었다. 카예 데 호르탈레자, 카예 데 메지아 레퀘리카, 카예 아르헨솔라 따위의 도로명은 발음이 엉망으로 뒤섞이는데다 시야가 점점 더 흐릿해졌다.

매들린은 기진맥진한 발걸음으로 눈앞에 보이는 허름한 식당 안으로 들어가 생도미살 요리를 주문했다. 기대와 달리 마요네즈 소스를 뿌려 맛이 밍밍한 요리가 나왔다. 디저트로 나온 사과 파이는 반쯤 얼어 있는 상태였다.

강력한 번개가 한순간 흑백 필름처럼 장대비를 뿌려대는 먹빛 하늘을 하얗게 가르더니 뒤이어 요란한 천둥소리가 고막을 찢어버릴 듯 위협적인 굉음을 발했다.

매들린은 궂은 날씨 탓에 기분이 우울해졌고, 갑자기 고독감이 엄습해와 당혹스러웠다. 별안간 가스파르가 생각났다. 겉으로는 퉁명스러워 보여도 알고 보면 활력 넘치는 에너지와 유머 감각, 탁월한 지적 능력을 가진 사람이었다. 그는 야누스처럼 두 개의 얼굴을 가진 존재로 보였다. 그와 비슷한 사람을 만나본 적 없을 만큼 괴짜인데다 매력적인 동시에 모순덩어리였다. 지적 도식에 발목이 잡혀 있고, 대체로 염세적인 세계관을 갖고 있었지만 상대를 안심시키는 온기가 느껴지기도 했다.

지금 이 순간, 매들린에게는 그가 가진 힘, 온기, 심지어 그의 시니컬하고 퉁명스런 말 한마디가 필요했다. 지금 그가 옆에 있다면 뜻대로 풀리지 않는 인생에 대해 한껏 불만을 토로하며 위로받고 싶었다.

매들린은 디카페인 커피로 항생제를 삼키고 나서 호텔로 돌아왔다. 그녀는 호르몬 주입을 하고 나서 뜨거운 물을 받아 목욕을 했고, 미니바에서 찾아낸 와인 반병을 마셨다. 와인이 조만간 두통을 안겨주는 바람에 미처 10시도 안 되어 여러 겹의 모포를 뒤집어쓰고 잠을 청했다.

내일은 내 인생에서 매우 중요한 날이야. 어쩌면 새로운 삶을 시작하는 날이 되겠지.

매들린은 자신이 낳게 될 아이가 과연 어떤 모습일지 그려보려 했지만 제대로 형태를 갖춘 이미지가 떠오르지 않았다. 혹시 자신의 계획이 아무런 실체도 없는 환상에 지나지 않을까 우려되기 시작했다. 의기소침한 생각을 떨쳐버리기 위해 잠을 청하려는 순간, 또렷하고 강렬한 이미지가 뇌리를 스쳤다. 바로 줄리안의 얼굴이었다. 웃음을 머금은 두 눈, 약간 위로 들린 작은 코, 곱슬곱슬 말려 올라간 금발, 깨물어주고 싶을 만큼 귀여운 미소.

바깥에서는 장대비가 여전히 기승을 부렸다.

3

가스파르는 전화기 너머에서 들려오는 목소리를 듣고 즉각 누구인지 알아차렸다. 숀 로렌츠가 죽기 며칠 전에 세 번이나 전화를 걸었던 바로 그 남자, 클리프 이스트맨이었다.

"전화 주셔서 감사합니다."

가스파르는 상대가 전직 도서관 사서이며 마이애미에서 은퇴생활을 즐기고 있다는 걸 알았다. 크리스마스를 사흘 앞둔 오늘 그는 폭설이 내린 워싱턴 주에 발이 묶여 있는 신세였다.

"눈이 80센티미터나 내려 교통이 마비되고, 도로가 봉쇄되었을 뿐만 아니라 와이파이도 안 터집니다. 꼼짝없이 집 안에 틀어박혀 답답하게 지내고 있습니다."

"무료할 때는 재미있는 책을 한 권 읽으면 시간이 잘 가죠."

가스파르가 자연스럽게 대화를 이어가기 위해 한마디 거들었다.

"이 집에는 읽을 책이 없어요. 이 집 주인인 며느리는 사춘기 아이처럼 너절한 사랑 이야기와 섹스 이야기만 줄곧 떠들어대는 로맨스소설을 주로 읽거든요. 아차, 내 정신 좀 봐. 지금 전화를 받은 분이 누군지 묻지도 않고, 신세한탄부터 늘어놨군요. 혹시 퇴직연금 공단에서 일하는 분이십니까?"

"아닙니다. 혹시 숀 로렌츠라는 화가를 아십니까?"

"숀 로렌츠가 누구죠? 저는 듣도 보도 못한 사람인데요."

노인은 말을 한마디 할 때마다 혀를 끌끌 차는 버릇이 있었다.

"숀 로렌츠는 유명화가입니다. 지금으로부터 약 일 년 전, 숀이 어르신에게 전화한 기록이 남아 있던데 어떻게 된 일일까요?"

"아, 그래요? 이 나이가 되면 기억이 신통치 않거든요. 선생이 방금 전에 말한 그 유명화가가 나에게 뭘 원했답니까?"

"사실은 저도 바로 그 부분이 알고 싶거든요."

또 다시 혀를 끌끌 차는 소리가 들려왔다.

"어쩌면 그 유명화가는 나와 통화하려던 게 아닐 수도 있어요."

"무슨 말씀이시죠?"

"내가 이 전화번호를 사용하기 시작했을 당시 처음 몇 달 동안 예전 주인을 찾는 사람들의 전화를 정말 많이 받았거든요."

가스파르는 온몸에 소름이 돋았다. 그는 지금 어쩌면 매우 중요한 이야기를 듣고 있는 것일 수도 있다는 생각이 들었다.

"혹시 예전 주인의 이름이 기억나십니까?"

가스파르의 귀에 클리프 이스트맨이 전화기 너머에서 머리를 긁적 거리는 소리가 들려오는 듯했다.

"벌써 오래전 일이라 기억이 가물가물하네요. 유명한 운동선수와 이름이 같아 한동안 기억하고 있었는데 어느새 잊어버렸어요."

"운동선수라고요? 다시 한 번 누군지 생각해주시면 안될까요? 제발 부탁드립니다."

가스파르는 클리프 이스트맨이 제발 기억을 떠올려주길 간절히 기원했다.

"아, 이제 혀끝에서 이름이 맴돌고 있어요. 유명한 육상선수 이름이었던 것 같아요. 맞아요, 올림픽에 출전했던 높이뛰기 선수."

가스파르는 이제 자신의 기억력까지 동원했다. 사실 스포츠라면 그의 관심사와는 거리가 멀었다. 그가 마지막으로 TV에서 올림픽 경기 중계를 본 때는 미테랑 대통령이나 레이건 대통령 시절이었고, 미셸 플라티니가 유벤투스에서 활약하던 시절이었고, 〈프랭키 고즈 투 할리우드(Frankie Goes to Hollywood)〉가 처음으로 빌보드차트 톱50에 올랐던 시절이었다.

그렇긴 해도 성의를 보이기 위해 머리에 떠오르는 이름 몇 개를 읊었다.

"세르게이 부브카, 티에리 비뉴롱……."

"장대높이뛰기 선수 말고, 그냥 높이뛰기 선수였어요."

"딕 포스베리?"

클리프 이스트맨은 나름 진지하게 게임에 임했다.

"라틴 계통 선수입니다. 쿠바 선수."

그때 터지는 플래시.

"하비에르 소토마요르!"

"맞아! 이제야 생각났네요. 아드리아노 소토마요르."

숀 로렌츠는 죽기 며칠 전, 줄리안이 살아있을 거라 확신하고 〈불꽃 제조자들〉의 일원으로 활동하다가 경찰이 된 아드리아노 소토마요르에게 도움을 요청한 게 분명했다.

따라서 뉴욕엔 그를 도와줄 만한 누군가가 있다는 말이 된다. 그 누군가는 어쩌면 줄리안의 죽음에 관한 수사에 참여했을 수도 있었다. 그 누군가는 지금까지 알려지지 않은 정보를 가지고 있을 수도 있었다.

카렌 리버만은 사무실 유리창을 통해 통화 중인 가스파르의 모습을 지켜보고 있었다. 양복 주머니에서 삐져나온 봉제 강아지 인형이 눈에 들어오는 순간, 카렌은 예전의 가스파르 쿠탕스는 더 이상 존재하지 않는다는 사실을 깨달았다.

12월 23일 금요일

13. 마드리드

악마가 밤낮으로 나를 따라다니는데, 그가 그러는 건 혼자 있기 두렵기 때문이다.
―프란시스 피카비아

1

마드리드. 여덟 시.

매들린은 휴대폰 알람 소리를 듣고 잠에서 깨어났지만 벌떡 일어나고 싶은 마음이 들지 않았다. 간밤에는 감정의 격랑이 밀려와 새벽 다섯 시까지 눈을 붙이지 못하고 생각의 심연 속으로 깊이 빠져들었다. 다시 잠을 청하려고 했지만 정신이 갈수록 또렷해져 곤욕을 치렀다.

매들린은 가까스로 몸을 일으킨 다음 창문을 향해 걸어가 커튼을 활짝 열어젖혔다. 뿌연 회색구름 덮인 하늘이 눈에 들어왔다. 다행스럽게도 비는 멎어 있었다. 발코니로 나가 맑은 공기를 호흡했다. 여전히 우중충한 날씨였지만 동이 트면서 추에카는 벌써부터 활기찬 분위기를 되찾았다.

매들린은 눈을 비비며 입을 커다랗게 벌려 하품을 했다. 에스프레소 더블 샷을 마시고 싶은 생각이 간절했지만 난포천자 시술을 위해서는 금식이 필요했다. 그녀는 욕실로 들어가 샤워꼭지 아래에서 항균 비누로 오래도록 몸을 씻었다.

오늘 받게 될 마취 시술 말고 다른 생각을 하려고 안간힘을 썼지만 잘 되지 않았다. 그녀는 병원에 가기에 앞서 어떤 옷을 입을지 잠시 고민했다. 간단한 옷차림이 좋을 듯했다. 불투명한 스타킹, 헐렁한 데님 셔츠, 울 원피스, 에나멜 부츠.

담당의사의 지시사항은 간단명료했다. 향수 금지, 화장 금지, 병원에서 지정해준 약속 시간 엄수였다. 매들린은 호텔 로비로 내려가는 계단에서 머리에 모자를 눌러쓰면서 휴대폰에 저장된 음악 리스트를 틀었다. 슈베르트의 〈헝가리언 멜로디〉, 모차르트의 〈플루트와 하프를 위한 협주곡〉, 베토벤의 〈피아노 소나타 No.28〉이었다. 그녀는 마음을 편안하게 해주는 음악 덕분에 그나마 발걸음이 가벼워졌다. 병원이 호텔에서 그리 멀지 않아 길을 잃을 염려는 없었다.

매들린은 알론조 마르티네스 광장까지 가고 나서 카예 페르난도 엘 산토를 따라 1킬로미터쯤 걸어간 다음 카스텔라나 공원을 가로질렀다. 기포를 넣은 유리 패널로 지은 임신클리닉 건물은 그 길과 수직으로 만나는 지점에 위치해 있었다. 루이사에게 병원에 곧 도착한다는 문자메시지를 보냈다.

병원에 도착하자 현관에 미리 나와 있던 루이사가 그녀를 반갑게 맞으며 포옹해주었다. 루이사는 병원 로비를 걸어가면서도 그녀에게 마음을 안정시켜주는 덕담을 해주었다. 그녀는 일단 마취과전문의에게 매들린을 소개해준 다음 담당 의사에게로 데려갔다.

담당 의사는 난포천자 시술 과정을 다시 한 번 찬찬히 설명해주었다. 주사기를 난소에 주입한 다음 난포를 적출하는 시술이었다.

"당신이 잠들어 있는 상태에서 모든 시술 과정이 이루어지기 때문에 전혀 아프지 않을 거예요."

매들린은 의사의 말을 듣자 그나마 마음이 놓였다. 루이사가 바퀴 달린 의료용 침대가 놓인 방으로 그녀를 안내했다. 환자들은 침대에 누워 시술을 받을 방으로 이동하게 되어 있었다. 루이사가 행운을 빌어주는 미소를 짓고 나서 방을 나갔다.

매들린은 핸드백과 휴대폰을 사물함에 집어넣고 비밀번호를 입력했다. 이제는 옷을 벗고 수술복으로 갈아입을 차례였다. 가운, 샤워 캡처럼 생긴 시술용 모자, 슬리퍼를 착용하면 끝이었다. 가운 속에 아무것도 입지 않은 그녀는 갑자기 기운이 빠지면서 불안감이 증폭되었다.

제발 무사히 끝났으면 좋겠어.

마침내 방문이 열렸고, 문틈으로 비쭉 얼굴을 내민 사람은 간호사나 의사가 아니라 의외로 가스파르 쿠탕스였다.

"당신, 여긴 출입금지 구역인데 어떻게 들어왔죠?"

가스파르가 스페인어로 대답했다.

"Porque tengo buena cara. Y he dicho que yo era su marido(그야 내가 잘 생겼으니까요. 게다가 당신 남편이라고 했거든요.)."

"난 당신이 거짓말을 전혀 못하는 사람인줄 알았는데요?"

"당신을 만나고 나서 거짓말이 정말 많이 늘었죠."

"창밖으로 던져버리기 전에 당장 나가요!"

매들린이 침대에 걸터앉으며 소리를 질렀다.

"새로운 사실을 알아냈어요. 그 이야기를 들려주려고 오늘 아침 첫 비행기를 타고 부랴부랴 날아왔죠."

"당신이 마드리드까지 날아와 전하고자 한 뉴스가 뭔데요?"

가스파르가 대답 대신 천연덕스럽게 침대 옆에 놓인 의자에 앉더니 가방을 열어 서류를 꺼냈다.

"혹시 스톡하우젠 박사가 누군지 기억나요?"

"난 지금 한가하게 당신과 이야기를 나누고 있을 형편이 못 돼요. 잠시 후 의사가 올 거예요. 게다가 당신이 뿌리고 온 라벤더 향수는 마취에 방해가 되니까 어서 나가요."

"스톡하우젠 박사가 누군지 정말 몰라요?"

"모른다고 했잖아요."

"우리는 스톡하우젠 박사라는 사람이 미국의 심장병 전문의로 숀 로렌츠를 담당했던 의사로 알고 있었죠. 베르나르가 당신에게 넘겨준 그 수첩에도 등장하는 인물이기도 하고요."

매들린이 그의 말을 이해하기까지 약간의 시간이 필요했다.

"숀 로렌츠가 사망하던 날 그 의사와 만날 약속이 잡혀 있지 않았나요?"

"내가 조사해본 바에 따르면 스톡하우젠 박사라는 심장병 전문의는 존재하지도 않았어요. 뉴욕에 스톡하우젠이라는 이름을 가진 심장병 전문의는 아예 없다니까요."

가스파르는 자신이 한 말에 대해 근거를 제시하기 위해 배낭에서 뉴욕 일대의 병원에서 근무하는 심장병 전문의 명단을 프린트한 종이를 내밀었다.

"아무리 생각해봐도 이상한 일이라 조사범위를 뉴욕 주 전체로 확대시켜봤는데 스톡하우젠이라는 이름을 끝내 발견할 수 없었어요. 사실 의학적으로 따져 보아도 앞뒤가 맞지 않는 부분이 있어요. 숀 로렌츠는 비샤병원에서 유럽 최고의 실력을 자랑하는 심장병 전문의로부터 치료를 받습니다. 굳이 뉴욕의 심장병 전문의를 찾아가 진료를 받을 필요가 있었을까요?"

"당신은 왜 마드리드까지 따라 와 나를 괴롭히죠? 내가 그 일에 대해 굳이 알아야 할 필요가 있나요?"

가스파르가 진정하라는 뜻으로 손을 들어올렸다.

"내가 지금부터 당신이 그 일에 대해 알아야 할 이유를 자세히 설명해줄 테니까 일단 주의 깊게 들어봐요."

"시간이 없으니까 서둘러 이야기해요."

"숀 로렌츠의 집을 맨 아래층부터 꼭대기 층까지 샅샅이 뒤져봤어요. 그 결과 숀의 서재에서 신문기사 스크랩을 찾아냈죠. 대부분 줄리안의 죽음과 관련된 수사 내용을 보도한 신문기사였어요. 그 신문기사들 중에서 매우 흥미로운 내용이 있더군요."

가스파르가 신문기사를 프린트한 종이 몇 장을 내밀었다.

《뉴욕타임스 매거진》이 여배우 나탈리 우드의 죽음, 센트럴파크의 오인조 사건, 클리블랜드에 감금되어 있던 챈드라 레비 사건 등을 다룬 기사였다. 하나같이 세상이 시끌벅적해질 만큼 유명세를 탄 미제 사건들이었다.

매들린은 포스트잇을 붙여둔 페이지를 주목해서 읽어보았다. 그녀는 그 기사에서 전혀 뜻밖에도 자신의 사진을 발견하고는 믿을 수 없는 일이라는 듯 눈을 비볐다. 한동안 앨리스 딕슨 사건에 대해 까마득히 잊고 지냈다.

매들린은 뉴욕에서 당시 14세이던 소녀 앨리스 딕슨을 실종 3년 만에 찾아냈다. 앨리스가 살해된 것으로 판단해 수사를 종결했던 사건이었는데 믿기 어려운 상황에서 생존해 있다는 사실을 알게 되었다. 맨체스터에서 형사로 일할 당시 지휘한 수사 가운데 가장 힘들고 고통스러웠던 사건이었다. 그녀는 그 사건의 여파로 한동안 경찰서를 떠났다가 재수사에 착수해 흡족한 결실을 맺게 되었다. 지금은 아득히 먼 일이 되어버린 사건이었다.

"숀 로렌츠가 이 기사를 서재에 보관하고 있었단 말이죠?"

"당신도 보다시피 그렇다니까요. 게다가 숀은 기사의 구절에 밑줄을 그어놓았더군요."

매들린은 밑줄을 그어놓은 문장을 읽었다.

맨체스터경찰서 강력계 소속의 여형사 매들린 그린은 한 번 물면 절대로 놓지 않는 사냥개 스타일이었다. 그녀의 수사에 대한 집념과 노력의 결과 앨리스 딕슨 사건은 결국 말끔하게 해결되었다. 영국 맨체스터 출신의 젊은 여형사는 현재 어퍼 이스트사이드와 할렘 사이에 위치한 NYPD 미제사건 담당국에서 일하고 있다.

매들린은 자신이 등장하는 기사가 숀 로렌츠의 집에서 발견되었다는 사실이 놀랍긴 했지만 아무 말도 하지 않고 가스파르에게 돌려주었다.

"반응이 왜 그리 미적지근해요?"

"당신은 나에게 뭘 기대하는데요?"

"숀 로렌츠는 심장병 전문의를 만나기 위해 뉴욕에 간 게 아니었어요. 그는 당신을 만나러 맨해튼에 갔던 거예요. 한 번 물면 놓지 않는 여형사 매들린 그린을 만나기 위해서였단 말입니다."

매들린은 불쾌감을 감추지 않았다.

"숀 로렌츠의 집에서 나에 대한 오래전 기사를 찾아냈다는 이유만으로 그렇게 단정짓는 건 지나친 해석이 아닐까요? 조사를 하려면 치밀하게 해야지 이것저것 대충 뛰어넘고 진도만 나가서는 안 되죠. 아무튼 난 관심 없어요. 지금은 내 코가 석 자라 그 문제에 신경 쓸 여력이 없어요."

가스파르는 순순히 물러설 기세가 아니었다. 그는 바퀴달린 침대 위에 맨해튼 지도를 펼쳐놓았다. 간밤에 펜으로 십자 표시를 해두고 짧은 설명을 덧붙여놓은 지도였다.

"숀 로렌츠는 길 한가운데에서 죽었어요. 103번 가와 매디슨 가가 교차하는 길이었죠."

"그래서요?"

"그 무렵 당신이 일하던 곳이 어디였죠?"

매들린은 대답 대신 지도를 노려보았다.

가스파르가 지도의 한 지점을 가리키며 자문자답했다.

"바로 숀 로렌츠가 죽은 지점에서 조금 떨어진 이 지점이 당신이 일하던 곳이었죠. 과연 그 사실을 우연으로 치부할 수 있을까요?"

매들린은 두 눈을 가느다랗게 뜨고 지도에 시선을 집중했지만 가타부타 말이 없었다.

가스파르가 마지막 히든카드를 던지려는 순간 남자간호사가 방으로 들어왔다.

"준비됐습니까?"

가스파르가 간호사의 말을 무시하고 두 장의 서류를 흔들어 보였다.

"이 서류가 바로 숀 로렌츠의 마지막 전화요금고지서죠. 그가 프랑스를 떠나기 직전 어디에 전화했는지 알아요?"

"몰라요. 나는 이제 시술을 받으러 가야 해요."

남자간호사가 바퀴달린 침대의 측면을 올렸다.

매들린이 남자간호사를 향해 고개를 끄덕여보였다.

"전화번호가 212-452-0660이었어요. 이 번호를 들으니까 뭔가 생각나지 않아요? 내가 기억을 되살려줄까요?"

남자간호사가 방문을 열고 침대를 밖으로 밀어가기 시작하자 가스파르가 다급하게 따라가며 소리쳤다.

"바로 당신이 일했던 NYPD 미제사건 담당국 전화번호란 말입니다."

가스파르가 계속 따라오며 소리쳤다.

"숀 로렌츠는 사망하기 한 시간 전에 당신에게 뭔가를 알려주기 위해 뉴욕에 있었어요."

2

주사 바늘이 혈관에 꽂히면서 마취약이 몸 안으로 흘러들었다. 아주 잠깐 동안 차가운 물살에 휩싸인 것 같은 느낌이 들었다가 이내 사라졌다. 눈꺼풀이 무거워지면서 의사의 목소리가 점점 아득하게 멀어졌다.

매들린은 길게 심호흡을 하고 나서 마취 상태에 빠져들기 직전 언뜻 한 남자의 얼굴을 본 듯했다. 수심이 가득한 표정에 피곤기가 잔뜩 묻어나는 두 눈을 한 숀 로렌츠의 얼굴이었다. 그가 열에 들뜬 시선으로 애원하듯 말했다.

'나를 도와줘요.'

3

오전 11시, 타파스 바는 이제 막 영업을 시작했다. 가스파르는 자리를 잡고 앉아 배낭을 내려놓고 카푸치노를 주문했다. 그는 일단 부상

당한 손의 통증을 완화시키기 위해 프론탈진 두 알을 복용했다. 그 다음, 매들린에게 볼일이 끝나는 대로 만나길 바란다는 문자메시지를 보냈다.

"손님, 주문하신 커피가 나왔습니다."

"고맙습니다."

바의 주인은 머리카락을 완전히 밀어버린 민머리에 턱수염을 수북하게 기른 사람이었다. 안토니오 반데라스와 빅토리아 아브릴이 주연으로 나온 페드로 알모도바르 감독의 영화 〈욕망의 낮과 밤〉 포스터를 프린트한 티셔츠 안에서 맥주 애호가로 보이는 그의 뱃살이 꿈틀거렸다.

"부탁인데 저를 좀 도와주시겠습니까?"

"무얼 도와드릴까요?"

바의 주인이 물었다.

가스파르는 조금 민망한 표정을 지으며 주머니에서 휴대폰을 주섬 주섬 꺼내들었다.

"스페인에 온 이후 인터넷에 접속할 수가 없어서요. 제가 아직 휴대 폰을 다루는데 익숙하지 않은 편이라 그럴 겁니다."

바의 주인이 무성하게 자란 팔뚝의 털을 벅벅 긁어대더니 와이파이 를 접속해주겠다고 했다.

가스파르는 그제야 마음을 놓고 바의 주인에게 휴대폰을 내밀었다. 그가 휴대폰을 약 30초가량 조작하고 나서 돌려주었다.

가스파르는 테이블 위에 노트와 자료들을 펼쳐두고 아침에 비행기 안에서 적어둔 메모들을 다시 읽어보았다. 《아트 인 아메리카》지에 게 재된 박스기사에 따르면 아드리아노 소토마요르는 할렘 북부지역 경 찰서인 25구역에 배치되었다.

가스파르는 구글에서 그 번호를 검색했다. 손목시계를 보니 뉴욕 현지 시각으로 새벽 5시였다. 전화하기에는 아직 이른 시간이었지만 다른 한편으로 생각해보니 경찰서는 24시간 내내 근무를 하는 기관이었다. 그는 일단 운을 시험해보기로 했다. 대부분의 공공기관 전화들이 으레 그렇듯 끝도 없이 이어지는 자동안내를 견딘 끝에 마침내 교환수와 통화가 이루어지게 되었다. 교환수는 매정하게 민원업무 시간에 다시 전화하라는 말을 되풀이했지만 가스파르가 시급한 일이라며 끝까지 고집을 부리자 마지못해 다른 사람에게 연결해주었다.

"아드리아노 소토마요르 경관이 여전히 근무하고 있는지 알고 싶습니다."

가스파르가 상대에게 물었다.

전화를 받은 상대는 마치 어린 학생을 꾸짖는 초등학교 교사 같은 태도로 답변했다.

"우리는 전화로 경찰서 내부의 인사정보를 제공하지 않습니다."

"저는 사실 유럽에 거주하고 있는 사람인데 며칠 동안 뉴욕에 머물 예정으로 왔습니다. 이번 기회에 학창시절 친구였던 아드리아노 소토마요르를 꼭 만나보고 싶어서 전화했습니다."

"여기는 경찰서입니다. 브래들리 스쿨의 동창회 사무실이 아니란 말입니다."

"물론 잘 알고 있지만……."

가스파르는 미처 말을 마치기도 전에 상대가 전화를 일방적으로 끊는 바람에 잔뜩 화가 치밀었다. 그는 다시 한 번 전화를 걸었다. 방금 전처럼 몇 번에 걸친 자동안내에 이어 교환수에게 연결되었다.

"이름과 연락처를 남겨두면 상사에게 어떻게 조처할지 자문해보겠습니다."

가스파르는 어물쩍 넘어가려는 상대의 전술에 말려들지 않았다.

"난 한시가 급하니까 아드리아노 소토마요르와 어떻게 하면 통화가 가능한지 알려주세요."

"이런 식으로 계속 전화선을 독점하면 공무집행방해로 간주하고 고소할 수도 있으니까 명심하세요."

"이깟 일로 고소를 한다고요? 어디 마음대로 해봐요."

교환수는 제풀에 지쳤는지 당직자를 바꿔주었다. 그는 성가시게 구는 민원인을 한시라도 빨리 따돌리려면 원하는 정보를 알려주는 게 상책이라고 생각한 듯 소토마요르 경위가 25구역에 근무하고 있다는 사실을 알려주었다.

가스파르는 마음속으로 쾌재를 부르며 전화를 끊었다. 그는 작은 승리를 자축하기 위해 카푸치노를 한 잔 더 주문했다.

4

매들린이 눈을 떴을 때는 겨우 30분가량이 지나 있었지만 그녀는 마치 한 달이 넘게 잠들어 있었던 느낌이 들었다.

"이제 정신이 들어요? 시술은 이미 다 끝났어요."

루이사의 목소리였다.

시야가 차츰 밝아지기 시작하면서 사람과 사물의 형태가 비로소 또렷하게 보이기 시작했다.

"시술을 순조롭게 마쳤으니까 이제 안심해도 돼요."

루이사가 장담했다.

시술을 마친 의사는 어느새 돌아간 듯 사람 좋은 미소를 짓는 루이사의 얼굴만 눈에 들어왔다.

"난포를 열여덟 개나 채취했어요."

루이사가 그녀의 이마를 닦아주며 말했다.

"다음 절차는 어떻게 되죠?"

매들린이 몸을 일으키며 물었다.

"그냥 누워 계세요."

루이사가 부드럽지만 단호하게 말했다.

남자간호사와 루이사가 바퀴달린 침대를 밀어 회복실로 데려갔다.

"그 다음 과정은 아시다시피 난포들을 분류 선별해 가장 성숙한 난포들을 수정하죠. 사흘 후에는 착상 전인 수정란들을 이식시키게 됩니다. 당신은 당분간 충분한 휴식을 취해야 하고요."

"휴식을 취하는 시간에 뭘 하면 좋을까요?"

"그냥 책을 읽거나 컴퓨터게임을 즐기며 편히 쉬세요. 한 가지 당부하자면 기름에 튀기거나 짠 음식은 절대로 입에 대지 마시고요."

"감자 칩도 안 되나요?"

"당연히 안 됩니다. 수정란을 이식하기 전까지 음식 섭취에 각별히 신경 써야 합니다."

매들린은 사춘기 소녀처럼 한숨을 푹 쉬었다. 그녀는 루이사의 손에 이끌려 조금 전 소지품들을 정리해둔 방으로 돌아갔다.

"배가 너무 아픈데 왜 그럴까요?"

매들린이 복부를 가리키며 하소연했다.

루이사가 그 모습이 측은해 보였던지 얼굴을 찌푸렸다.

"시술을 마치고 나면 원래 복부에 통증이 있게 마련이죠. 트라마돌이 효과를 발휘하게 되면 통증이 차츰 가실 거예요."

"이제 옷을 갈아입어도 되나요?"

"물론이죠. 제가 소지품을 가져올 테니까 사물함 비밀번호를 가르쳐주세요."

루이사가 사물함에서 옷, 핸드백, 휴대폰을 가져와 침대 옆 의자에 내려놓았다.

매들린은 일단 보호모자와 수술용 가운을 벗었다.

"식사를 가져다줄 때까지 잠을 자두는 게 좋겠어요."

한 시간 후, 루이사가 식판을 들고 돌아왔을 때 매들린은 이미 어디론가 사라지고 없었다.

5

"정말이지 당신은 멈출 줄 모르는군요! 마치 뒤라셀 배터리 광고에 나오는 토끼 같아요. 다른 사람이 하려는 일이야 엉망진창이 되든 말든 죽어라 북만 두드려대는 그 토끼 말입니다."

매들린은 카페 데 아얄라의 타파스 바에 들어서며 가스파르에게 한바탕 질책을 퍼부었다.

"시술은 잘 끝났습니까?"

"당신이 병원으로 들이닥쳐 한바탕 심란한 이야기를 쏟아 붓고 돌아갔는데 어떻게 마음 편히 시술을 받을 수 있겠어요?"

매들린은 기력이 소진돼 이마에서 땀이 흐르고 두 다리에 힘이 풀렸다. 당장 뭔가를 먹지 않으면 쓰러질 판이었다. 바의 카운터 앞에 놓인 스툴에 올라가 앉을 기운조차 없었다. 그녀는 일단 차를 한 잔 주문하고 나서 바의 한쪽 구석에 놓인 일인용 소파에 철퍼덕 주저앉았다.

가스파르가 미리 준비해두었던 도시락을 들고 뒤따라왔다. 이베리아

소스를 곁들인 스페인 식 토르티야, 올리브유에 절인 문어, 파타 네그라 하몽, 크로켓, 오징어, 식초절임 멸치 등이 들어 있는 도시락이었다.

"안색이 창백하고, 기운이 없어 보여요. 일단 음식을 좀 먹어두는 게 좋겠어요."

"당신이 가져온 음식을 먹느니 차라리 굶겠어요."

가스파르는 미소로 앙탈을 받아주며 매들린의 맞은편에 앉았다.

"어쨌거나 당신이 마음을 바꾸고 나를 만나러 와줘서 고마워요."

"난 마음을 바꾼 적 없어요. 당신이 내게 들려준 이야기 중에서 가치 있는 정보는 아무것도 없었으니까요."

매들린이 톡 쏘아붙였다.

"내 조사결과가 가치가 없다고요? 지금 심통 부리는 겁니까?"

매들린은 왜 그렇게 생각하는지 조목조목 반박하기 시작했다.

"당신 말대로 숀 로렌츠가 나에 대한 사전조사를 했고, 나를 만나기 위해 뉴욕으로 왔다고 칩시다. 그게 뭐가 중요하죠? 숀의 입장에서는 당연히 내가 줄리안을 찾는데 도움이 될 수 있길 바랐겠죠. 그거야말로 당연지사인데 뭐가 그리 중요하죠?"

가스파르는 기가 막혀 말이 안 나올 지경이었다.

"우리가 기존에 알고 있던 사실과 확연히 다른 정보인데 왜 아무런 가치가 없다는 거죠?"

"그러니까 내 말은 당신이 알아낸 새로운 정보가 줄리안 사건을 해결하는데 근본적인 변화를 줄 수 있느냐는 거예요. 숀 로렌츠는 죽음을 앞둔 환자였고, 아들을 잃은 슬픔에 압도되어 있었고, 도파민 중독 상태였습니다. 숀의 입장에서 보자면 지푸라기라도 잡고 싶은 심정이었기 때문에 말도 안 되는 임사체험에 현혹될 수밖에 없었던 거예요.

당신도 그 사실을 잘 알고 있잖아요."

"난 당신을 비롯해 많은 사람들이 숀 로렌츠를 본모습과 다르게 바라보는 데 신물이 날 지경입니다. 숀은 마약중독자도, 임사체험을 겪으며 신의 계시를 받은 사람도 아니었습니다. 숀은 아들을 사랑하는 사람이었고, 어느 누구보다 영리했습니다."

매들린은 여전히 시큰둥한 표정으로 가스파르를 바라보았다.

"당신은 지금 숀 로렌츠에게 감정이입이 되어 있어요. 숀 로렌츠처럼 차려입고, 그가 쓰던 향수를 뿌리고, 그처럼 말하고 있는 것만 봐도 알 수 있는 사실이죠."

"내가 아무런 근거도 없이 숀 로렌츠에게 집착하고 있다고 보세요?"

"아무튼 그의 광기가 당신에게 전이된 게 분명해보이네요."

"난 그의 아들을 찾고 싶을 뿐입니다."

매들린이 얼굴을 바짝 들이대며 가스파르를 노려보았다.

"빌어먹을! 당신, 정말 미쳤어요? 줄리안은 이미 죽었어요. 페넬로페가 보는 앞에서 살해당했단 말입니다. 당신이 페넬로페를 만났을 때 분명 그렇게 이야기했다면서요?"

"페넬로페는 자신이 알고 있는 진실을 이야기해주었을 뿐이죠."

"그 여자가 알고 있는 진실과 당신의 진실이 다르다는 거예요?"

가스파르가 가방을 열고 노트와 메모지, 잡지와 신문기사를 복사한 자료를 꺼냈다.

"《베니티 페어》지 2015년 4월 호에 줄리안 납치살해사건 관련 수사에 대해 제법 상세한 기사가 실려 있더군요."

가스파르가 복사한 신문기사를 매들린에게 건넸다. 숀 로렌츠 아들의 납치살해사건과 1934년에 벌어진 찰스 린드버그의 아들 납치살해

사건의 유사성에 초점을 맞춘 기사였다.

"난 이제 당신이 들이미는 언론기사 따위는 지긋지긋해요."

"그 기사의 끝부분에 보면 기자가 덧붙인 목록이 첨부되어 있습니다. 줄리안 납치살해사건을 담당했던 수사관들이 베아트리스의 아지트에서 발견한 물건 목록이죠."

매들린이 여전히 시큰둥한 태도로 형광펜으로 표시된 부분을 힐끗쳐다보았다. 연장통, 사냥용 칼 두 개, 채터톤 테이프 하나, 가시철사, 하젤 사에서 나온 인형 따위였다.

"당신은 이 목록 중에서 어떤 물건을 주목해봐야 한다는 거죠? 아이의 장난감인가요?"

"그 목록에 들어있는 인형은 줄리안이 가지고 다니던 봉제인형과는 다릅니다."

가스파르가 가방에서 초콜릿 자국이 묻은 인형을 꺼냈다.

"줄리안이 똑같은 인형을 두 개 가지고 있었을 수도 있잖아요?"

"일반적으로 부모들은 자녀와 산책을 나갈 때 똑같은 인형 두 개를 지참하게 내버려두지는 않죠."

"당신의 말이 옳다고 가정해봅시다. 뭐가 달라지죠?"

가스파르가 장난감 카탈로그에서 발췌해 프린트한 종이 몇 장을 추려냈다.

"얼마 전까지 컴맹 수준이던 사람치고는 장족의 발전을 했네요."

"하젤 사에서 나온 인형들을 살펴보니 매우 특이한 점이 있더군요. 실제 아이만큼 큰 인형도 있었죠."

매들린은 하젤 사의 카탈로그 사진들을 들여다보다가 어쩐지 인형들이 병적으로 생겼다는 인상을 받았다. 아닌 게 아니라 어린아이 크기만 한 인형도 있었고, 얼굴 형태와 이목구비도 실제 사람처럼 섬세했다. 그녀가 어린 시절에 즐겨 가지고 놀던 인형과는 거리가 멀었다.

"이제 나에게 하젤 사의 인형 카탈로그를 보여준 이유를 말해 봐요. 어떤 억지 주장을 펼칠지 자못 기대가 되네요."

"베아트리스는 칼로 줄리안을 찌른 게 아닙니다. 줄리안의 옷을 입힌 인형을 찔렀을 뿐이죠."

6

매들린은 소스라치게 놀라며 가스파르의 얼굴에서 눈을 떼지 못했다.

"이제 정말 미치광이가 된 건가요? 방금 전 당신이 내뱉은 그 말을 무엇으로 입증하려고요?"

가스파르는 그녀가 비아냥거리는 소리를 듣고도 전혀 동요하지 않고 나름 왜 그렇게 생각하는지 설명하기 시작했다.

"베아트리스는 절대로 줄리안을 죽일 의사가 없었습니다. 그녀는 로렌츠 부부에게 타격을 가하고 싶었을 뿐이죠. 그녀가 증오한 사람은 숀과 페넬로페이지 아무런 원한도 없는 줄리안이 아니었단 말입니다. 그녀는 최고의 모델로 각광받던 페넬로페의 얼굴에 끔찍한 구타를 가해 얼굴에 상처를 냈습니다. 그 다음 숀과 페넬로페에게 심적 고통을 가하기 위해 아이의 신체 일부를 훼손한 건 사실이지만 살해하지는 않았다고 확신합니다."

"당신이 생각하기에 베아트리스는 아이 엄마가 지켜보는 앞에서 인형을 찔러대는 장면을 연출하는 것으로 만족했다는 건가요?"

"베아트리스는 로렌츠 부부에게 이 세상에서 겪을 수 있는 최고 수위의 정신적 고통을 가한 셈이죠."

"말도 안 돼요. 페넬로페는 분명 줄리안과 인형을 구별할 수 있었을 거예요."

"페넬로페는 납치 장소에서 상상하기 힘들 만큼 잔혹한 폭력을 당했습니다. 얼굴이 뭉개지고 갈비뼈가 여러 대 부러지고, 코도 내려앉고, 가슴 부위에 여기저기 상처가 나게 되었죠. 게다가 엄마로서는 도저히 견디기 힘든 상황인지라 피와 눈물이 눈 안으로 계속 흘러들었겠죠. 그런 상황에서 과연 얼마나 냉정한 판단력을 유지할 수 있을까요? 몇 시간째 가시철사의 뾰족한 침이 살갗을 파고드는 상태에서 얼마나 냉정한 사리판단을 할 수 있을까요? 몸속의 피가 자꾸 빠져나가고, 몸이 묶여 있어 자기가 싸놓은 똥오줌조차 처리하지 못하는 상황이었다면 과연 사물을 제대로 구별하는 게 가능했을까요? 정말이지 페넬로페는 고약한 경험을 했습니다. 절단기로 아이의 손가락을 잘라야 하는 일도 있었으니까 그야말로 공황상태에 빠져있었을 공산이 큽니다."

매들린은 그의 반박이 어느 정도 타당하다는 사실을 인정하지 않을 수 없었다.

"페넬로페가 분별력이 현저하게 떨어진 상황 속에서 그 을씨년스러운 연출을 실제상황으로 오인했다고 칩시다. 그렇다면 경찰이 그 인디언 여자의 은신처를 덮쳤을 때 왜 줄리안을 찾아내지 못했을까요? 게다가 어째서 줄리안의 혈흔이 묻어 있는 인형이 뉴타운 크리크 강둑에서 발견되었을까요?"

"혈흔에 대해서라면 쉽게 설명이 가능합니다. 이미 줄리안의 손가락을 자를 때 많은 피를 흘렸으니까요."

가스파르는 경찰의 보고서에 대해 언급한 기사로 화제를 돌렸다.

"경찰의 보고서에 적힌 대로라면 15시 26분 할렘 125번가 역에서 베아트리스의 행적이 감시카메라에 포착되었습니다. 기차 도착 시간에 맞춰 철로에 몸을 던지기 직전이었죠. 페넬로페가 살아있는 아들의 모습을 마지막으로 본 12시 30분과 15시 26분이라면 비교적 많은 시간이 비게 되는 셈입니다. 베아트리스가 사전 계획대로 아이를 다른 곳에 가둔다거나 누군가에게 맡기기에 충분한 시간이었죠. 줄리안은 살아 있습니다. 이제 우리는 힘을 합해 줄리안이 있는 장소를 찾아내야 합니다."

매들린은 말없이 가스파르를 응시했다. 그가 내세우고 있는 가설이 터무니없다는 생각이 들지는 않았지만 여전히 확정적이지 않은 추론일 뿐이었다. 무엇보다 그녀는 지쳐 있었고, 머릿속에 다른 계획이 들어갈 틈이 없을 만큼 임신에 대한 생각으로 가득 차 있었다. 그녀는 눈꺼풀을 비비다가 포크로 도시락에 담긴 하몽 크로켓 하나를 찍어들었다.

가스파르는 지치지도 않고 계속 의견을 피력했다.

"숀 로렌츠가 만나려고 했던 사람은 당신만이 아니었습니다. 숀은 옛 친구인 아드리아노 소토마요르와도 접촉을 시도했죠."

가스파르는 NYPD 정복 차림의 히스패닉 계통 남자 사진이 나올 때까지 노트를 넘겼다. 《아메리칸 아트》지에 게재되었던 사진이었다.

매들린이 짜증을 견디지 못하고 빈정거렸다.

"도대체 당신은 무슨 생각을 하는 거죠? 설마 형사들도 당신처럼 이런 식으로 수사한다고 생각하지는 않죠? 집에 편안하게 앉아 신문이나 잡지를 읽으며 스크랩이나 하는 걸 수사라고 생각하는 건 아니죠? 당신이 찾아낸 자료들은 중학생 수업노트나 진배없어요. 당신이 현재 확보한 정보만으로는 아무것도 해결할 수 없어요."

가스파르는 그녀의 말을 순순히 인정했다.

"당신 말대로 난 형사가 아닙니다. 수사를 어떤 식으로 펼쳐나가야 하는지 모르는 게 당연하고요. 그러니까 당신이 나를 도와주길 간절히 바라는 겁니다."

"뜬구름 잡는 추론만이 널려 있을 뿐 아직 확증할 수 있는 자료는 전혀 없다시피 해요. 이 상태에서 도대체 뭘 해보자는 거죠?"

"그 지적이 정당하지 않다는 건 당신 자신이 더 잘 알고 있을 겁니다. 그 당시 숀 로렌츠가 극심한 정신적 고통에 빠져있었던 건 분명하지만 그렇다고 해서 정신이 오락가락했다고 단정할 근거는 그 어디에도 없습니다. 숀이 당신을 만나기 위해 뉴욕을 방문한 이유는 분명 뭔가 구체적인 단서를 확보하고 있었기 때문이라고 생각해요."

매들린이 한숨을 푹 내쉬었다.

"난 어쩌다 당신 같은 사람을 만나게 되었을까요? 가뜩이나 임신 문제로 심사가 복잡한데 여기까지 나를 따라와 괴롭히는 이유가 뭐죠? 지금 난 그 문제에 뛰어들 여력이 없어요."

"당신은 반드시 나와 함께 뉴욕으로 가야만 해요. 뉴욕에 가면 답을 찾을 수 있을 거예요. 일단 아드리아노 소토마요르를 만나 도움을 청하고, 현지에서 수사를 재개하는 거예요. 숀 로렌츠가 무얼 발견했는지 알고 싶어요. 그가 왜 그토록 간절하게 당신을 만나고 싶어 했는지 알아내야만 합니다."

매들린은 그 제안을 뿌리쳤다.

"이왕 조사에 착수했으니 당신 혼자 끝까지 가보도록 해요. 괜히 의욕도 없는 나를 끌어들여봐야 그다지 도움 될 게 없을 테니까요."

"좀 전에는 수사전문가답게 내 조사방식이 부실하다고 비판하더니

이제는 슬그머니 발을 빼겠다는 겁니까? 난 당신 도움이 절실히 필요
해요. 당신은 수사 경험이 풍부한 베테랑 형사 출신이고, 뉴욕에 대해
어느 누구보다 잘 알고 있고, NYPD나 FBI에 선을 댈 수 있는 사람이
남아 있을 테고요."

매들린은 자신의 손목에 병원 환자들에게 채워주는 플라스틱 팔찌
가 채워져 있다는 사실을 깨달았다. 그녀는 팔찌를 신경질적으로 잡
아 뜯었다.

"내 인생은 이제 이전과 완전히 다른 궤도에 진입했어요. 당신도 알
다시피 난 방금 전 병원에서 시술을 받고 왔죠. 조만간 다른 시술을 받
아야 하고요. 난 아이를 낳을 계획을 가지고 있죠. 당신에게는 미안한
말이지만 난 이제 형사 시절은 잊고 싶어요."

가스파르는 그녀가 볼 수 있도록 휴대폰을 테이블 위에 내려놓았
다. 휴대폰 화면에 이베리아 항공편 좌석을 두 자리 예약한 사실을 확
인시켜주는 메일이 떴다. 12시 45분에 마드리드를 출발해 15시 15분
에 뉴욕 JFK 공항에 도착하는 항공편이었다.

"뉴욕에 갔다가 12월 26일 전까지 다시 돌아올 수 있어요. 당신이
두 번째 시술을 받아야 하는 스케줄에 전혀 지장이 없습니다."

매들린이 고개를 가로저었다.

"어차피 이틀 동안은 특별한 스케줄이 잡혀 있지 않잖아요. 크리스
마스에는 병원도 응급실만 빼놓고 죄다 쉬는 것으로 알고 있는데요."

"나에게는 휴식이 필요해요."

"빌어먹을! 당신은 자기 생각만 하는군요."

가스파르는 그 말을 내뱉은 걸 후회했다. 매들린이 그의 얼굴을 향
해 도시락을 집어던졌다.

가스파르는 겨우 날아오는 도시락을 피했다. 도시락이 사방에 파편을 흩뿌리며 바닥에 떨어졌다.

"당신은 내가 세운 인생 계획이 하찮게 보이죠? 마치 형사라도 된 듯 수사에 착수하고 보니 마구 흥분이 되고 그런가 봐요? 시들해보였던 삶이 갑자기 신나고, 마치 영화의 주인공이라도 된 듯 흥분이 되고 그러죠? 난 지난 10년 동안 당신이 지금 푹 빠져 헤어나지 못하는 그 일을 지치도록 해왔어요. 그 일이 내 삶의 전부나 다름없었죠. 아직 제대로 실감하지 못하나본데 그 일은 당신이 생각하듯 늘 아드레날린이 솟구치고 신나고 흥분되는 일이 아니라는 걸 알아야 해요. 사건 현장이 얼마나 지옥 같은 곳인지 알아요? 총을 맞은 동료 형사가 옆에서 피를 흘리며 죽어가는 모습을 지켜본다는 게 얼마나 끔찍한 일인지 알아요? 당신이 단 한 번이라도 그토록 고통스런 일을 당한다면 아마 지금처럼 의욕이 철철 넘칠 수 있을지 의문이네요. 아무튼 당신은 이제 어둠의 심연 속으로 빠져드는 문을 열어젖힌 셈이네요. 그 일이 결국 당신의 건강과 기쁨, 평화를 해치게 될 거예요. 설령 당신이 성공적으로 일을 마친다고 하더라도 남는 건 잠시잠깐의 희열밖에 없겠죠. 그 일이 당신을 영원히 기쁘게 할 거라 생각하겠지만 오산이에요. 어느 날 아침, 당신은 잠에서 깨어나 허망한 기분을 느끼겠죠. 난 이미 수없이 겪었던 일이고, 다시는 지난 전철을 밟고 싶지 않아요."

가스파르는 그녀가 말을 마치길 기다렸다가 테이블에 올려둔 물건들을 주섬주섬 챙겨 배낭에 집어넣었다.

"무슨 말인지 알겠습니다. 당신 입장을 이해해요. 이제 더는 함께 해달라고 애걸복걸하지 않겠습니다."

가스파르는 바의 카운터에 있는 주인에게 지폐 두 장을 내밀고 나서 입구를 향해 뚜벅뚜벅 걸어갔다.

매들린은 그가 출입문을 향해 걸어가는 모습을 잠자코 지켜보기만 했다. 10초만 견디면 십자가를 짊어지지 않을 수 있었지만 그녀는 자기도 모르게 소리쳤다.

"빌어먹을! 거기 멈춰 서요! 당신은 왜 아무런 이해관계도 없는 사람을 위해 그 일을 자청하죠? 세상과 인간이 싫다며 몬태나 산 속에 처박혀 칩거하듯 살아온 사람이 왜 숀 로렌츠의 일에는 한사코 끼어들지 못해 안달이죠?"

가스파르가 발길을 돌려 그녀에게로 돌아오더니 아무런 말도 없이 테이블 위에 사진 한 장을 내려놓았다. 어느 겨울날 아침, 외방수도회 공원에서 미끄럼틀을 타는 줄리안의 모습을 담은 사진이었다. 눈에 총기가 반짝이는 아이는 얼굴 가득 미소를 머금고 있었고, 두터운 목도리를 목에 감고 있었다. 햇살처럼 맑은 아이, 바람처럼 자유로운 아이였다.

매들린은 차마 그 사진을 오랫동안 바라보지 못했다.

"이 사진으로 나에게 무거운 책임을 지우고 싶죠? 내가 그렇게 마음 약한 여자로 보여요?"

말은 그렇게 했지만 어느새 그녀의 눈에서 눈물방울이 뚝뚝 떨어져 내렸다. 수면부족, 기진맥진, 더는 버틸 수 없을 것 같은 피로감보다 그 해맑은 아이에게 밀어닥친 일들이 더욱 서글펐기 때문이다.

가스파르가 그녀의 팔을 잡았다. 그의 입에서 흘러나오는 말은 격려이자 애원처럼 들렸다.

"당신은 줄리안이 죽었다고 확신하죠? 나도 확신을 가질 수 있도록 도와줘요. 제발 이틀만 시간을 내줘요. 더는 당신의 희생을 요구하지 않을 테니까요. 두 번째 시술을 하기 전에 반드시 마드리드로 돌아올 수 있도록 하겠다고 약속할게요."

매들린은 눈물로 얼룩진 얼굴을 닦으며 창문 너머를 바라보았다. 어느새 다시 우중충해진 하늘에서 비가 내리고 있었다. 줄리안의 해맑은 얼굴이 그녀의 마음을 슬픔으로 물들였다.

매들린은 온 가족이 한자리에 모여 즐거워해야 하는 크리스마스에 아는 사람이라고는 없는 마드리드에 혼자 남아 쓸쓸하게 지내야 한다는 생각에 기분이 몹시 우울했던 기억이 났다. 가스파르가 병과 약을 동시에 준 셈이었다.

"당신 말대로 뉴욕까지 동행할게요. 그 대신 사건의 결말이 나지 않더라도 이틀 후에는 반드시 마드리드로 돌아와야만 해요. 그 일이 끝나면 당신이라는 사람을 더는 보지 않을 거예요."

"그 다음부터 어떻게 할지는 당신이 알아서 정하면 됩니다."

가스파르가 빙긋 미소를 지으며 순순히 대답했다.

14. 누에바 요크

나는 택시 밖으로 나온다. 이곳은 확실히 그림엽서보다 실물이 나은 유일한 도시이다.
—밀로스 포먼

1

가스파르는 뉴욕에 내리자마자 한바탕 길게 심호흡을 했다. 마치 뉴욕은 극지방을 떠올리게 할 만큼 매서운 한파로 꽁꽁 얼어붙어 있었고, 맑게 갠 하늘 아래로 도시 전체가 얼음 꽃처럼 반짝였다. 파리의 우울한 날씨, 마드리드의 우중충한 풍경은 어느새 그들을 태우고 대서양을 횡단해온 항공기 너머로 사라졌다.

가스파르는 택시에 올라 퀸스와 브롱크스, 맨해튼을 이어주는 트라이보로 구름다리를 건너자마자 비로소 홈그라운드에 들어섰다는 안도감이 들었다. 그는 비록 몬태나의 산속에서 살아가며 도시의 삶을 게거품을 물고 비판하는 사람이었지만 어찌된 일인지 뉴욕에 오면 늘 마음이 편했다. 마천루들이 숲을 이루고, 유리와 철제 구조물들이 골짜기를 이루는 뉴욕은 하나의 거대한 생태계였다. 뉴욕 도처에 언덕과 호수, 녹지대, 수십만 그루의 나무들이 들어선 숲이 있었고, 흰머리

독수리, 송골매, 흰기러기, 사슴들을 언제나 볼 수 있는 도시였다. 온갖 짐승들, 꿀벌들, 너구리들도 지천이었고, 겨울이면 강이 얼어붙고, 가을이면 찬란한 햇빛이 나뭇잎들을 울긋불긋 물들이는 도시였다. 뉴욕에 올 때마다 문명과 자연이 공존할 수 있다는 사실을 언제나 확인할 수 있었다.

매들린은 여전히 기분이 활짝 펴지지 않고 잔뜩 찌푸려져 있었다. 그녀는 비행기를 타고 오는 동안 내내 자리가 불편하고, 가슴이 답답해질 만큼 몸과 마음이 무거웠다. 뉴욕에 내려선 이후 가스파르가 자꾸 뭔가 물을 때마다 그녀는 들릴 듯 말 듯 의성어로만 짧게 대답했다. 그녀의 잔뜩 찌푸린 얼굴, 앙다문 턱, 상대를 회피하는 눈길만 봐도 기분이 어떤지 충분히 짐작이 가능했다. 그녀는 어쩌다 가장 중차대한 계획을 앞두고 뉴욕 행을 결심하게 되었는지 곱씹어보는 중이었다.

대서양을 건너왔지만 시차가 마술을 부린 덕분에 뉴욕은 아직 오후 4시 반밖에 안된 한낮이었다. 택시는 트라이보로 플라자 인터체인지를 빠져나와 렉싱턴 쪽으로 방향을 틀었다. 5백 미터쯤 길을 따라 내려온 택시가 마침내 이스트 할렘 경찰서 앞에 도착했다. 할렘 25구역 경찰서는 119번가의 지하철 역사와 노상 주차장 인근에 위치한 벽돌 건물로 흡사 오래된 벙커를 연상시켰다.

가스파르와 매들린은 각자 캐리어를 끌고 옐로 캡에서 내렸다. 할렘 25구역 경찰서는 내부나 외부 모습이 크게 다르지 않았고, 전반적으로 괴괴하고 침울한 분위기를 풍겼다. 건물에 창이라고는 없어 더욱 느낌이 삭막했다.

가스파르는 전날 전화통화가 이루어지기까지 지난한 절차를 거쳐야 한다는 사실을 알고 있었기에 오늘도 길게 늘어선 대기자들의 줄,

여러 개의 창구를 거쳐야만 비로소 아드리아노 소토마요르 형사를 만날 수 있으리라 예상했지만 곧 기우였다는 사실을 알게 되었다. 크리스마스를 이틀 앞둔 탓인지 경찰서는 의외로 한산했다. 마치 도시에 몰아닥친 한파가 범죄자들을 움츠리게 한 듯 경찰서에는 나른한 오후의 정적이 깃들어 있었다.

정복차림 여형사가 철제책상 뒤에서 민원인들을 응대하고 있었다. 마치 경찰제복 안에 거대한 기름덩어리를 구겨 넣은 듯 몸집이 비대한 여자였다. 그녀는 유난히 짧은 팔, 삼각형 얼굴, 지나치게 큰 입, 우툴두툴하고 두터운 피부 탓에 껍질을 짊어지고 다니는 달팽이를 연상시켰다.

아이들이 겁을 잔뜩 집어먹고 비행의 길로 들어서지 못하도록 일부러 인상이 험악한 여형사를 창구에 배치했나?

가스파르가 여형사에게로 다가갔다.

"아드리아노 소토마요르 형사를 만나러 왔는데요."

여형사는 작성해야 할 서류 한 장을 내밀며 신분증을 제시하라고 요구했다.

매들린은 공연한 시간낭비라고 생각해 가스파르를 밀치고 앞으로 나섰다.

"저는 매들린 그린 경위입니다. 103번가에 있는 NYPD 미제사건 담당부서에서 근무하고 있죠. 예전 동료를 만나려고 왔는데 반드시 서류 작성을 해야 하나요?"

여형사는 아무 말 없이 매들린을 응시했다.

"잠시만 기다리세요."

마침내 여형사가 전화기를 들어올렸다. 그녀는 고갯짓으로 입구 가까이에 놓여 있는 나무의자에 가서 앉으라는 신호를 보냈다.

그들은 여형사가 시키는 대로 나무의자로 걸어가 앉았다. 청소할 때 사용하는 화학제품 냄새가 풀풀 나는데다 바람이 숭숭 들어오는 곳이었다.

매들린은 추위를 참다못해 음료수 자판기 옆으로 자리를 옮겼다. 그녀는 자판기에서 커피를 한 잔 뽑으려다가 공항 환전창구에서 유로화를 달러 화로 바꿀 시간이 없었다는 사실을 깨닫고는 인상을 찌푸렸다.

빌어먹을!

매들린이 주먹으로 자판기를 내려치려고 하는 순간 가스파르가 아슬아슬하게 그녀의 팔을 잡았다.

"경찰서 자판기를 부숴버리면 곤란해요."

"안녕하십니까, 무엇을 도와 드릴까요?"

2

두 사람은 소리가 나는 쪽으로 몸을 돌렸다. 경찰서의 흐릿한 조명 아래에서 정복 차림에 흑단 같은 머리채를 틀어 올린 히스패닉 계 여형사가 환한 표정으로 인사를 건넸다. 섬세한 이목구비, 자연스러운 화장, 상냥한 미소를 가진 여형사의 얼굴에서 우아한 매력이 묻어났다. 방금 전 창구에서 보았던 여형사와는 정반대 이미지였다. 대단히 불공평한 일이지만 겉으로 드러난 이미지가 첫인상을 결정한다. 창구 여형사의 친절하지 않았던 모습 때문에 지금 눈앞에 있는 여형사가 마치 천사처럼 보였다.

"소토마요르 형사를 만나러 왔는데요?"

여형사가 고개를 끄덕였다.

"내가 바로 소토마요르 형사인데요. 루시아 소토마요르 형사."

가스파르가 낙담한 표정으로 미간을 찌푸렸다. 그의 표정을 본 히스패닉 계 여형사가 비로소 상황을 이해한 듯했다.

"혹시 아드리아노 소토마요르 형사를 만나러 왔나요?"

"네, 그렇습니다."

"제가 아드리아노와 성이 같아 사람들이 제법 혼란을 겪었습니다. 사람들은 대부분 그를 내 오빠나 사촌으로 알았죠."

매들린이 도끼눈을 뜨고 가스파르를 노려보았다.

당신은 관련인물들의 초보적인 인적사항도 확인하지 않았군요!

가스파르는 무력하게 두 팔을 벌리며 어깨를 으쓱했다. 소토마요르 형사를 찾는 그에게 아무도 성별이나 이름을 되묻지 않았다.

"아드리아노 소토마요르 형사는 어딜 가면 만날 수 있을까요?"

가스파르는 실수를 무마하기 위해 다급히 물었다.

여형사가 재빨리 성호를 그었다.

"안타까운 일이지만 아드리아노를 만날 수 있는 곳은 없어요. 이미 죽었으니까요."

가스파르와 매들린은 다시 한 번 눈길을 교환했다. 그들의 입에서 동시에 한숨이 흘러나왔다.

가스파르는 깊은 당혹감 속에서 믿을 수 없다는 표정을 지었다.

"아드리아노가 언제 죽었습니까?"

"2년이 조금 안 되었을 거예요. 그때가 마침 밸런타인데이 무렵이라 확실하게 기억해요."

루시아는 손목시계를 힐끗 보더니 1쿼터짜리 동전 두 개를 자판기에 집어넣고 커피를 한 잔 뽑았다.

"커피를 드릴까요?"

루시아는 마음씀씀이도 상냥했다.

매들린은 커피를 한 잔 청했다.

"아드리아노의 죽음은 저에게도 몹시 큰 충격이었습니다. 이 경찰서에 근무하는 사람들 대다수가 아드리아노를 좋아했었죠. 경찰의 본보기로 삼아도 손색없을 만큼 모범적인 형사였으니까요."

루시아는 잠시 입김을 불어가며 커피를 식혔다.

"아드리아노는 뭐든 해낼 수 있다는 걸 온몸으로 보여준 형사였죠. 어린 시절에 입양가정에서 자랐고, 한때는 비행 청소년으로 전락할 뻔했는데 마음을 다잡고 경찰이 되었으니까요."

"근무 중에 순직했습니까?"

매들린이 물었다.

"집 근처 술집 앞에서 싸우고 있던 마약딜러들을 말리다가 칼에 찔렸어요."

"아드리아노 형사는 집이 어디였는데요?"

여형사는 손으로 출입구를 가리켰다.

"빌베리 가인데, 여기서 그리 멀지 않아요."

"범인은 잡혔습니까?"

"유감스럽게도 아직 잡지 못했어요. 현직 형사를 죽인 살해범이 여전히 거리를 활보하고 다닌다고 생각해보세요. 정말이지 분통 터지는 일이죠."

"범인의 신원은 확인이 되었습니까?"

"신원을 파악하지 못했어요. 경찰의 오점으로 남을 만한 사건이죠.

브래튼 청장(빌 브래튼 Bill Bratton. NYPD 청장을 역임한 역사적인 경찰 : 옮긴이)도 분통이 터져 노발대발했지만 결국 범인을 찾아내지 못했어요. 전과 달리 이제 이 지역도 강력범죄가 많이 사라졌죠. 오늘날 할렘 북부지역은 대단히 안전해졌다고 볼 수 있으니까요."

루시아는 커피를 마시고 나서 자리에서 일어섰다.

"이제 일하러 가야해요. 안타까운 소식을 전해드리게 되어 유감입니다."

루시아가 일회용 컵을 쓰레기통에 넣고 나서 한마디 덧붙였다.

"두 분은 무슨 일로 아드리아노를 찾아오셨죠?"

"오래전, 수사와 관련해 물어볼 말이 있었어요. 혹시 유명화가인 숀 로렌츠의 아들이 납치되었다가 살해당한 사건을 기억하세요?"

매들린이 물었다.

"그 사건이라면 저도 희미하게나마 기억해요. 이 구역에서 벌어진 사건이 아니라서 구체적인 내용은 모르지만요."

가스파르가 배턴을 이어받았다.

"아드리아노는 숀 로렌츠의 친구였습니다. 혹시 그가 숀 로렌츠의 아들 사건에 대해 이야기하지 않던가요?"

"글쎄요, 아드리아노와 저는 같은 팀이 아니라서 깊이 대화를 나누어본 적은 없어요."

루시아가 매들린 쪽으로 몸을 돌리더니 한마디 덧붙였다.

"아시다시피 아동 납치살해사건은 주로 FBI 소관이죠."

3

무서운 추위와 칼바람이 얼굴을 훑고 지나가며 몸을 움츠러들게 만들었다. 노출된 살갗이 칼로 저민 듯 화끈거렸다.

경찰서 맞은편 인도로 나온 매들린은 마드리드공항 면세점에서 부랴부랴 구입한 파카의 지퍼를 끝까지 올렸다. 그녀는 손에 핸드크림을 바르고, 입술에 립밤을 바른 다음 목도리를 두 바퀴나 둘러 칼바람의 침투를 막았다. 몹시 심통이 난 그녀는 가스파르를 향해 속사포처럼 핀잔을 퍼부었다.

"역시 엉터리수사였어요."

가스파르는 양 손을 주머니에 찌르고 한숨을 푹 쉬었다.

매들린은 파카에 달려있는 모자로 머리를 감쌌다.

"당신 때문에 무려 6천 킬로미터를 날아왔는데 아무런 성과도 없이 돌아가야 할 신세가 되었잖아요."

매들린이 정말이지 한심한 일이라는 듯 혀를 끌끌 찼다.

가스파르는 자명한 사실을 애써 부정해보려고 변명을 늘어놓았다.

"아니, 왜 아무런 성과가 없죠? 전혀 그렇지 않아요."

"우린 똑같은 영화를 본 게 아니었나요? 당신이 생각하기에는 어떤 성과가 있었는지 말해 봐요."

가스파르가 방패막이로 가설을 한 가지 내세웠다.

"만일 아드리아노가 줄리안 납치살해사건에 관심을 보였다가 살해당한 경우라면 어떻게 되죠?"

매들린은 어이없다는 듯 힐난의 눈초리로 가스파르를 바라보았다.

"애초부터 잘못된 수사를 해놓고 가설을 앞세워 무마하려는 습관을 버리지 못하는군요. 난 이제 호텔로 갈래요."

"벌써요?"

"당신 때문에 조금 남아 있던 기운마저 다 빠져버렸어요. 이제 당신이 앞세우는 가설이라면 지긋지긋해요. 난 호텔에 가서 잠시 쉬어야겠어요!"

매들린은 택시를 잡기 위해 도로 쪽으로 걸어갔다.

가스파르는 끝까지 고집을 굽히지 않았다.

"그러지 말고 FBI를 찾아가 조사를 해보는 게 어때요?"

"FBI를 찾아가 뭘 어쩌게요?"

"혹시 FBI에 연락이 닿는 사람이 없나요?"

매들린이 그를 뚫어지게 쳐다보았다. 허탈감과 피로감이 반쯤 섞인 눈빛이었다.

"내가 부지런히 현장을 누비고 다니며 형사로 일했던 곳은 영국의 맨체스터였어요. 뉴욕에서는 현장에 나가는 대신 경찰서에 틀어박혀 오래된 서류나 검토하는 사무직 경찰이었죠."

뼈마디가 시릴 만큼 추운 날씨였다. 매들린은 체온을 덥히기 위해 연신 제자리에서 폴짝거리며 뛰어야 했다. 가스파르에게는 힘을 솟게 만드는 날씨였지만 그녀에게는 참기 힘든 고문이었다.

택시 한 대가 두 사람 앞에 멈춰 섰다. 매들린은 동행인에게 눈길 한 번 주지 않고 택시에 올라타더니 서둘러 기사에게 호텔 주소를 알려 주었다. 팔짱을 끼고 몸을 한껏 움츠리고 있던 그녀는 몇 미터 못 가 택시기사를 향해 악다구니를 쏟아냈다. 택시기사가 몸이 꽁꽁 얼어붙을 정도로 추운 날씨임에도 차창을 활짝 열고 달리고 있었기 때문이다. 그는 무려 5분 동안이나 알아듣지도 못할 소리로 불평을 늘어놓더니 결국 차창을 닫았다.

매들린은 두 눈을 꼭 감고 머리를 시트에 기댔다. 몸 안에 수액이 단 한 방울도 남아있지 않은 듯 기진맥진이었다. 게다가 갑자기 배가 아프기 시작했다. 복부가 팽팽하게 부풀어 오르더니 더부룩한 느낌과 함께 구역질이 났다. 택시 내부의 따뜻한 공기가 답답하게 느껴졌다.

택시는 허드슨 강을 따라 맨해튼까지 이어지는 웨스트사이드 하이웨이를 달리는 중이었다. 매들린은 파카주머니를 뒤져 휴대폰을 꺼냈다. 그녀는 입력해둔 연락처를 살피다가 근래에는 한 번도 눌러본 적 없던 전화번호를 찾아냈다. 도미니크 우는 FBI에 닿을 수 있는 줄이었다. 그는 NYPD 미제사건 담당부서와 FBI 사이에서 가교 역할을 맡았던 사람이었다. NYPD에서 일할 당시 그녀는 그를 '미스터 노'라 불렀다. 그녀의 재수사 요청에 응해주지 않고 늘 '노'로 일관했기 때문이었다. 그가 재수사에 난색을 표하며 내세운 이유는 주로 예산 문제였다.

도미니크 우는 속내를 파악하기 힘든 사람이었고, 기회주의자가 분명했지만 이따금 전혀 예상치 못했던 깜짝 결정을 내리는 결단력을 보여주기도 했다. 그의 사생활 역시 보통사람의 전형적인 모습과는 거리가 멀었다. 그는 시청 소속 변호사와 결혼해 두 자녀를 얻은 후 그간 꼭꼭 숨겨두고 있던 동성애 기질을 드러냈다.

매들린이 마지막으로 보았을 당시 그는 《빌리지 보이스》지의 문화 담당 기자와 동성커플로 지내고 있었다.

"도미니크? 나, 매들린 그린이야."

"매들린! 뉴욕으로 다시 돌아온 거야?"

"모처럼 바람이나 쐬려고 뉴욕에 왔어. 당신은 잘 지내?"

"난 지금 휴가 중이야. 크리스마스에는 뉴욕에서 딸들과 지낼 거야."

매들린은 자꾸만 졸려 손으로 눈꺼풀을 연신 마사지했다.

"당신도 내가 웬만해서는 부탁을 하지 않는 사람이라는 걸 잘 알지?"

전화기 너머에서 껄껄거리는 웃음소리가 들려왔다.

"당신 스타일대로 내가 뭘 도와야 하는지 허심탄회하게 이야기해 봐."

"25구역에서 일어난 형사 살해사건에 대해 알고 있지? 2년 전 할렘의 집 앞에서 살해되었다는 아드리아노 소토마요르 형사 사건 말이야."

"당신이 알고 싶은 게 뭐야?"

"그 사건에 대해 알고 있는 걸 자세히 이야기해줘."

도미니크 우가 또다시 몸을 사렸다.

"당신은 이제 NYPD 소속이 아니잖아. 당신이 아무리 이전 동료였다고 해도 경찰 조직의 정보를 함부로 알려줄 수는 없어."

"극비 정보를 알려달라는 게 아니잖아."

"내가 그 사건의 정황을 알아보려면 당시 자료를 조사해야 할 테고, 그렇게 되면 결국 흔적이 남게 되어 있어."

매들린은 그가 자꾸만 구질구질한 이유를 늘어놓는 바람에 슬슬 짜증이 나기 시작했다.

"당신은 언제나 지나치게 몸을 사리는 게 문제야. 사건 관련 자료를 열람하는 게 그렇게 겁낼 일이야?"

"요즘은 사건 관련 자료 대부분이 전산화 되어 있어. 자료에 접근하려면 아이디와 비밀번호가 필요해. 결국 로그 기록이 남게 된다는 뜻이야."

"그렇게 겁나면 관둬. 내가 크리스마스를 맞아 당신 앞으로 아주 단단한 불알이나 한 쌍 보내줄게. 아마 지금쯤 블루밍데일 백화점에서 세일을 하고 있을 거야."

매들린은 전화를 끊어버리고 이내 무력감에 빠져들었다. 10분 후, 그녀는 브리지클럽호텔에 도착했다. 트라이베카 지역에서 너무나 흔히 볼 수 있는 갈색 벽돌 건물이었고, 숀 로렌츠가 마지막 남은 생을 보낸 호텔이었다. 가스파르의 주도면밀한 면모가 돋보이는 선택이었지만 뉴욕 방문 목적은 처음부터 난항을 겪고 있었다.

프런트 직원이 가스파르 쿠탕스의 이름으로 예약된 방이 두 개이며 하나는 건물 모퉁이에 위치한 스위트룸이고, 다른 하나는 꼭대기 층의 작은 방이라고 친절하게 알려주었다. 그녀는 조금도 망설이지 않고 스위트룸을 선택한 다음 숙박 관련 서류를 작성했다.

매들린은 방에 들어서자마자 전망 같은 건 아예 볼 생각도 하지 않고 커튼을 모조리 치고 나서 문 바깥에 '방해하지 마세요.' 라는 팻말을 걸었다. 그 다음에는 렉소-항생제-파라세타몰을 한꺼번에 삼켰다. 그녀는 복통 때문에 몸이 둘로 접힐 지경이었기 때문에 곧장 전등을 끄고 침대에 누웠다. 지난 며칠 동안 잠을 제대로 잔 적이 없었고, 몸이 기진맥진해지면서 정신 기능마저도 한없이 감퇴했다. 요컨대 어떤 문제에 대해 깊이 성찰하기, 생각을 집중하기, 오래전 기억을 떠올리기 등이 아예 불가능했다.

문제는 몸이었다.

15. 빌베리 가로의 귀환

나와 똑같은 단점을 가진 사람들은 있겠지만 장점이 똑같은 사람은 없다.
―파블로 피카소

1

가스파르는 며칠 만에 물을 준 화초처럼 생기를 되찾았다. 맨해튼의 활기찬 분위기, 알싸하게 추우면서 건조한 날씨, 파랗게 물든 하늘, 힘겹게 햇살을 뿌리는 겨울의 태양이 그의 몸 안에서 긍정적인 에너지로 작용한 탓이었다. 그는 자신의 정신 기능이 얼마나 주변 환경에 민감하게 영향을 받는지 피부로 절감했다. 무엇보다 날씨가 결정적인 영향을 미쳤다. 날씨가 기분을 좌우한다고 해도 과언이 아니었다. 파리의 음습한 날씨와 비, 축축한 공기는 그의 컨디션을 위험스러울 정도로 가라앉혔다. 마드리드의 후텁지근한 열기에 휩싸인 대기는 그를 질식하기 직전으로 만들었다. 날씨에 민감하게 반응하는 신체 리듬 때문에 삶이 조금 더 피곤해졌다.

오늘은 완벽하게 마음에 드는 날씨였다. 절로 기운이 흘러넘치고, 컨디션이 절정으로 상승한 이때 난맥상으로 꼬인 조사를 진전시킬 필요가 있었다.

가스파르는 숀 로렌츠의 서가에서 찾아낸 지도를 들고 방향을 잡았다. 매디슨대로에서 오른쪽으로 접어든 그는 마커스 가비 공원을 우회해 레녹스대로로 나왔다. 할렘 사람들이 말콤 X대로라고 부르는 길이었다. 그는 길모퉁이에 있는 노점상에서 핫도그와 커피 한 잔을 사먹고 나서 다시 북쪽을 향해 걸었다. 아드리아노 소토마요르가 살해당한 빌베리 가는 빨간 벽돌집들과 밤나무들이 줄지어 늘어선 골목길이었고, 131번가와 132번가 사이에 그의 집이 있었다. 여러 계단을 올라가야 하는 높은 출입구와 층마다 설치해놓은 원색의 목재 난간과 베란다가 인상적인 집으로 전통에 충실한 미국 남부 건축물을 연상시켰다.

가스파르는 무슨 수로 아드리아노의 집을 찾아낼지 궁리하면서 약 10분 정도 인적 없는 길을 어슬렁거렸다. 우편함에 적힌 이름들인 패러데이, 톰킨스, 랑글루아, 파비앤스키, 무어 등을 거쳐 왔지만 아드리아노의 집은 쉽게 나타나지 않았다.

"조심해, 테오!"

"네, 아빠."

가스파르는 방금 전 맞은편 인도에 나타난 사람들 쪽으로 몸을 돌렸다. 카프라 영화에서처럼 아빠와 어린 아들이 제법 큰 크리스마스트리를 운반하는 중이었다. 트렌치코트에 허벅지까지 올라오는 보라색 가죽 부츠를 신고 호피 모자를 쓴 혼혈 여자와 나이가 지긋한 흑인 여자가 그들을 뒤따라 걷고 있었다.

"안녕하십니까? 아드리아노 소토마요르 형사가 살던 집을 찾고 있는데, 혹시 어딘지 아십니까?"

가스파르는 길을 가로질러 건너가 크리스마스트리를 운반 중인 남자에게 물었다. 그는 예의바르고 상냥한 인상에 도와주고 싶어 하는 마음이 있어 보였지만 아드리아노의 집이 어딘지 모르는 눈치였다. 그가 부인으로 보이는 여자 쪽으로 고개를 돌렸다.

"아드리아노 소토마요르라는 이름을 들어본 적 있어?"

혼혈 여자가 가느다랗게 실눈을 뜨고 기억을 더듬었다.

"내 기억에 그 사람은 저 집에 살았던 것 같아."

혼혈 여자가 지붕이 기울어진 집을 가리켜 보이고 나서 나이든 흑인 여자에게 물었다.

"안젤라 이모?"

나이든 흑인 여자가 미심쩍은 표정으로 가스파르를 훑어보았다.

"내가 왜 저 남자의 질문에 친절하게 대답을 해줘야 하지?"

혼혈 여자가 다정한 몸짓으로 노인의 어깨를 감싸 안았다.

"도대체 이모는 마음에도 없는 심술쟁이 노릇을 언제쯤 그만둘 거야?"

노인이 지나치게 커 보이는 선글라스를 고쳐 쓰며 금세 마음을 바꿨다.

"아드리아노의 집은 12번지였어. 지금은 앙드레 랑글루아가 살고 있지."

"랑글루아라면 프랑스 이름 같군요."

가스파르가 참견했다.

안젤라 이모는 일단 입을 열자 언제 그랬냐는 듯 말을 아끼지 않았다.

"아드리아노는 정말이지 좋은 사람이었어. 그런 사람은 그리 흔하지 않지. 그가 죽은 다음에 그의 사촌 이사벨라가 그 집을 상속받았어. 앙드레 랑글루아는 이사벨라의 남편이야. 그는 첼시에 있는 구글에서 일하는 파리 출신 엔지니어야. 프랑스 사람치고는 제법 친절한 사람이지. 내가 울타리 가지를 칠 때 그가 여러 번 도와줬어. 가끔 겨자 소스를 곁들인 토끼 고기 요리를 만들어 가져다주기도 했지."

가스파르는 안젤라 이모와 가족들에게 고맙다는 인사를 전하고 나서 50미터쯤 길을 거슬러 올라갔다. 노인이 일러준 자그마한 브라운스톤 주택 현관에 전나무 가지와 호랑가시나무로 만든 크리스마스 리스가 걸려있었다.

초인종을 누르자 숱이 풍성한 머리에 다정한 눈매를 한 여자가 문을 열어주었다. 그녀는 비시 체크무늬 앞치마를 두르고 품에 아기를 안고 있었다.

"안녕하세요, 아드리아노 소토마요르가 살던 집을 찾고 있는 중인데, 사람들이 이 집이라고 알려주더군요."

"이 집이 맞긴 한데 뭘 원하시죠?"

여자가 의심스러운 투로 되물었다.

가스파르는 일단 자기만의 방식으로 밀어붙여보기로 했다. 진실을 약간 수정할 수는 있어도 거짓말을 해서는 안 된다는 게 그의 방식이었다.

"저는 가스파르 쿠탕스라고 하는 작가입니다. 부인께서는 잘 모를 수도 있지만 유명 화가인 숀 로렌츠의 전기를 집필 중이죠."

"내가 숀 로렌츠를 모른다고요? 하긴 당신은 이 동네에 살지 않았으니 숀이 몇 번씩이나 내 엉덩이를 만지려고 했는지 알 리 없겠죠."

2

아드리아노가 살던 집을 물려받은 여자의 이름은 이사벨라 로드리게스였다. 천성적으로 붙임성이 좋은 그녀는 날씨가 추우니까 집 안에 들어와 몸이나 녹이라면서 문을 활짝 열어주었다. 게다가 알코올을 넣지 않은 에그노그를 한 잔 내주기까지 했다. 늦은 간식을 먹고 있던 세 아이들이 곁들여 마시던 음료였다.

"아드리아노는 저와 사촌간이죠."

이사벨라가 헝겊으로 표지를 싼 앨범을 거실로 들고 나오며 말했다. 그녀는 어린 시절 사진들을 일일이 손으로 짚어가며 가족 이야기를 들려주었다.

"아드리아노의 아버지인 에르네스토 소토마요르가 바로 제 엄마인 마리셀라 소토마요르의 오빠였어요. 티버튼에 살 때 저와 아드리아노는 함께 어린 시절을 보냈죠. 티버튼은 매사추세츠 주에 있는 작은 마을인데 글루체스터와 아주 가까운 어촌입니다."

가스파르는 사진으로 프랑스 브르타뉴 지방과 닮은 티버튼의 풍경을 보았다. 바다와 접해 있는 작은 항구로 트롤선과 요트 사이쯤 되는 크기의 작은 배, 어부들이 기거하던 오두막, 목재 대문을 단 선주들의 저택 등이 있는 마을이었다.

"아드리아노는 보기 드물게 진실한 편이었지만 삶이 그다지 녹록하지는 않았어요."

이사벨라는 어린 시절에 찍은 여러 사진들을 보여주었다. 사촌간인 그녀와 아드리아노는 얼굴을 잔뜩 찡그리기도 하고, 튜브에 바람을 집어넣어 만든 간이수영장 주변에서 물을 뿌려대는가 하면, 철제문에 나란히 매달려 그네를 타기도 했다. 할로윈 데이를 맞아 늙은 호박을 잭오랜턴(주로 할로윈 데이에 사용하는 호박 공예품 : 옮긴이)으로 변모시키는 모습도 사진에 고스란히 담겨 있었다.

이사벨라는 서둘러 목가적이고 정겨운 순간들이 빚어내는 추억을 지워버렸다.

"이 사진들은 아드리아노가 즐거워하는 순간들을 담고 있지만 실제로 그의 어린 시절은 행복과는 거리가 멀었어요. 에르네스토 삼촌은 폭력적이고 화를 잘 내는 사람이었는데 허구한 날 부인과 아들에게 매를 가했죠. 상처가 남을 정도로 심하게 때리는 경우도 자주 있었어요."

이사벨라의 목소리가 점점 갈라졌다. 그녀는 어린 시절의 어두운 기억을 몰아내려는 듯 사랑이 듬뿍 담긴 눈으로 세 아이들 쪽을 바라보았다. 아이들은 주방에 놓인 테이블을 둘러싸고 앉아 귀에는 이어폰을 꽂고 눈으로는 태블릿PC를 보며 참새들처럼 조잘대고 있었다. 가장 나이 어린 녀석은 퍼즐을 맞추느라 정신이 없었다. 벨라스케스의 유명한 작품 〈시녀들〉을 프린트해 만든 퍼즐이었다.

가스파르는 은연중 아버지를 떠올렸다.

아버지는 온화하고, 세심하고, 상냥한 분이었는데 불행하게 생을 마쳤어. 왜 세상의 아버지들은 목숨을 바칠 수 있을 만큼 자식들을 사랑할까? 왜 세상의 아버지들은 자기가 낳은 자식을 불행에 빠뜨릴까?

가스파르는 30분 전에 25번 구역의 여형사가 들려준 이야기를 떠올렸다.

"아드리아노는 위탁가정에서 자랐다던데요?"

"아드리아노의 담임 교사였던 보닌세냐 선생님이 시청 사회복지과에 에르네스토 삼촌의 폭력적인 행동을 신고했어요. 그 후, 아드리아노는 집을 떠나 위탁가정을 전전하며 살게 되었죠."

"아드리아노의 엄마는 어떻게 되었죠?"

"비앙카 외숙모는 그가 위탁가정에서 살기 시작하기 훨씬 전에 집을 나갔어요."

"아드리아노는 몇 살 때 뉴욕에 왔나요?

"아마 여덟 살쯤 되었을 거예요. 처음에는 위탁가정을 두세 군데 전
전했어요. 그러다가 여기 할렘의 월리스 부부 집에 정착했죠. 두 분은
아드리아노를 친아들처럼 아껴주었어요."

이사벨라는 앨범을 덮더니 깊은 생각에 잠긴 표정으로 덧붙였다.

"시간이 한참 지난 후 아드리아노는 에르네스토 삼촌을 다시 만났
어요."

"어린 시절의 회한이 많이 남아 있었을 텐데요?"

"에르네스토 삼촌은 인생 막바지에 인후암을 앓게 되었죠. 아드리
아노는 아버지를 집으로 데려와 오래도록 보살폈어요. 그 정도로 아
량이 넓은 사람이었죠."

가스파르는 화제를 바꿨다.

"숀 로렌츠도 그 이야기와 관계가 있나요?"

3

이사벨라의 눈초리가 반짝거리기 시작했다.

"열여덟 살 때 숀을 처음 만났어요. 저는 성년이 되면서 여름마다
뉴욕에 와서 지냈죠. 가끔은 친구 집에서 신세를 지기도 했지만 대부
분 아드리아노가 사는 월리스 부부 댁에 머물렀어요."

이사벨라는 한동안 그 시절의 추억에 젖어들었다.

"숀은 월리스 부부의 집에서 조금 떨어진 폴로 그라운즈 타워스에
살았어요. 숀과 아드리아노는 네 살이라는 나이 차이가 있었지만 늘
붙어 다녔죠. 저도 자연스럽게 그 아이들을 따라다니며 어울리게 되

었고요. 이제 와서 말이지만 그 아이들이 놀러나갈 때면 저도 끼고 싶어 안달이 났었죠. 숀은 막연하게 저를 사랑하는 눈치였어요. 저도 딱히 숀을 마다할 이유가 없었죠. 이를테면 애매한 연인 사이였다고나 할까요."

이사벨라는 알코올을 뺀 에그노그를 한 모금 마시더니 몇 초 동안 지나간 일들을 떠올리느라 말이 없었다.

"그 당시만 해도 지금과는 완전히 다른 시대였죠. 뉴욕 전체가 지금보다 훨씬 자유분방한 반면 대단히 위험한 곳이었어요. 특히 할렘 북부지역은 무서운 동네였죠. 도처에서 폭력사건이 빈발했고, 돈만 주면 코카인 정도는 아주 쉽게 구할 수 있었으니까요."

이사벨라는 문득 아이들이 가까이에서 듣고 있다는 사실을 깨닫고 목소리를 낮추었다.

"저도 별 수 없었던지 어리석은 짓을 정말 많이 저질렀어요. 대마초를 입에 달고 살다시피 했고, 걸핏하면 자동차를 훔치거나 벽에 낙서를 하고 다녔죠. 숀 덕분에 그나마 가끔 미술관에도 갔어요. 새로운 전시회가 열릴 때마다 숀이 우리 모두를 뉴욕현대미술관에 데려갔죠. 마티스, 폴록, 세잔, 툴루즈-로트렉, 키퍼 같은 대가들의 그림을 보았던 날이 지금도 눈에 선해요. 숀은 그 당시부터 일종의 광기에 사로잡혀 있었어요. 그림 그릴 공간만 있으면 닥치는 대로 그렸어요. 건물벽, 다리 교각, 상품 포장지, 공책, 도화지 따위가 온통 숀의 화폭이 되었죠."

이사벨라는 잠시 말을 멈췄다가 수수께끼 같은 표정을 지으며 말했다.

"보여줄 게 있어요."

이사벨라는 잠깐 자리를 비웠다가 커다란 봉투를 가져와 테이블 위에 내려놓았다. 그녀는 조심스럽게 봉투를 열더니 그 안에서 콘플레이크 포장지 위에 목탄으로 그린 데생 한 점을 꺼냈다.

숀, 1988년

숀 로렌츠의 이름이 서명되어 있는 이사벨라의 초상화였다. 장난기가 가득한 눈빛, 치렁치렁한 머리카락, 민소매 셔츠를 입은 어깨 등을 생동감 넘치게 표현한 데생이었다.

가스파르는 피카소가 남긴 프랑수아즈 질로의 데생을 생각했다. 뭐랄까, 피카소와 똑같지는 않아도 천재성이 번득이는 데생이었다. 숀 로렌츠는 불과 몇 번의 터치만으로 젊은 여자의 생기발랄한 표정, 어딘가에 숨어 있는 우아한 자취, 훗날 중년 여성이 되었을 때의 원숙하고 자애로운 모습을 자연스럽게 포착해내고 있었다.

"저는 숀이 그려준 이 그림을 제 눈동자만큼이나 소중하게 생각해왔어요."

이사벨라가 데생을 봉투에 조심스럽게 집어넣으며 고백했다.

"2년 전 뉴욕현대미술관에서 숀의 회고전이 열렸을 땐 어찌나 기쁘고 놀랐던지 어안이 벙벙할 지경이었죠. 머릿속에서 숀과 함께 했던 옛 추억이 샘물처럼 솟아오르더군요."

"혹시 베아트리스 무뇨스와도 알고 지냈나요?"

이사벨라의 환하던 얼굴에 갑자기 어두운 그림자가 드리워졌다.

"베아트리스와도 당연히 알고 지냈죠. 그 여자가 저지른 악행은 용서할 수 없지만 그 당시만 해도 그리 나쁜 아이는 아니었어요. 적어도 제가 알고 있었던 베아트리스 무뇨스는 무척이나 선한 아이였죠. 베아트리스도 아드리아노처럼 불행한 삶을 살다간 일종의 희생자였다고 생각해요. 인생이라는 뜨거운 불에 크게 데었다고나 할까요. 고통스럽고 우울한 삶이었죠. 결코 자신을 사랑할 수 없었던 불행한 삶."

이사벨라는 시인처럼 은유를 빌려 말했다.

"때로 그림은 바라보는 사람의 마음속에서만 존재한다고 하잖아요. 베아트리스에게도 그런 면이 있었죠. 그 여자는 숀의 눈길이 자신에게 와 닿을 때에만 생의 의미를 느꼈어요. 그 당시 일을 되새겨볼 때마다 베아트리스가 교도소에서 출소했을 때 도와주지 못한 게 정말이지 후회스러워요. 만일 제가 베아트리스를 도왔다면 비극적인 사건을 미연에 방지할 수 있지 않았을까 생각해요. 물론 숀 앞에서는 이렇게 노골적인 이야기를 한 적이 없어요."

가스파르는 잠깐 동안 자기 귀를 의심했다.

"숀의 아들이 죽은 후에 그를 만난 적이 있습니까?"

이사벨라의 입에서 놀라운 말이 튀어나왔다.

"지난 12월에 숀이 우리 집에 찾아왔어요. 지금으로부터 꼭 일 년 전이었죠. 제가 그 날짜를 정확하게 기억하는 이유가 있어요. 숀이 찾아왔던 그 날이 바로 그가 죽기 전날이었다는 걸 알게 되었거든요."

"그 당시 숀은 어떤 상태였나요?"

가스파르가 조바심치며 물었다.

이사벨라가 한숨을 푹 쉬었다.

"숀은 어린 시절처럼 내 엉덩이를 슬금슬금 만지려는 생각은 털끝만큼도 없어보였죠."

4

"숀은 얼굴에 수심이 가득했어요. 머리카락은 감은 지 며칠이나 된 듯 더럽고, 눈빛은 퀭한데다 턱수염이 덥수룩했죠. 실제 나이보다 적어도 열 살은 더 늙어 보였어요. 그를 마지막으로 본 게 20년 전 일이었으니 저로서는 감개무량했죠. 물론 인터넷에서 그의 사진을 자주 봤지만요. 그날, 숀은 예전과 완전히 달랐어요. 특히 그의 눈빛이 무서웠죠. 마치 열흘 정도 잠을 자지 못했거나 방금 전에 헤로인 주사를 맞은 사람처럼 눈에 핏발이 서 있었어요."

이사벨라는 오래전 주방 수납장에 몰래 감춰둔 담뱃갑을 꺼내 와 세 개의 주석 램프를 밝힌 베란다로 나갔다. 가스파르도 그녀를 뒤따랐다. 그녀는 북극처럼 맹렬한 추위 속에서 담배에 불을 붙여 물었다. 동심원을 그리며 퍼져나간 담배연기를 바라보는 그녀의 눈빛이 처연했다.

"물론 숀이 그 지경이 된 건 마약이 아니라 슬픔 때문이었겠죠. 그는 세상에서 가장 감당하기 힘든 슬픔을 겪었으니까요. 그의 삶을 막다른 골목으로 몰아넣은 슬픔이 그를 꼼짝 못하게 가두고 있는 듯 보였어요."

이사벨라는 열에 들뜬 사람처럼 급히 담배를 빨아댔다.

"숀이 찾아왔을 때만 해도 이 집을 수리하기 전이었어요. 앙드레와 저는 그 무렵 막 이 집을 상속받게 되었고, 그해 마지막 주말에 집에 남아 있던 아드리아노의 유품을 모두 정리할 생각이었죠."

"부인이 아드리아노의 유일한 상속자였습니까?"

이사벨라가 고개를 끄덕였다.

"에르네스토 삼촌은 돌아가셨고, 비앙카 숙모는 집을 나간 지 오래되었으니까요. 아드리아노에게는 형제자매도 없었어요. 상속 절차가 마무리될 때까지 시간이 제법 오래 걸렸기 때문에 우리가 집을 물려받게 되었을 때까지 아드리아노가 쓰던 유품들이 집에 고스란히 남아 있었죠. 이상하게도 숀은 아드리아노가 남겨둔 유품에 관심을 보였어요."

가스파르는 점점 흥분이 밀려오기 시작했다. 그는 마침내 중요한 단서를 향해 한 발 다가서고 있다고 확신했다.

"숀은 줄리안의 사진을 몇 장 보여주며 아들이 죽었다는 경찰의 공식 발표를 믿지 않는다고 했죠."

"숀이 왜 그렇게 생각하는지 이유를 말해주던가요?"

"아드리아노가 비밀리에 재수사를 시작했었다는 말만 했어요."

불쑥 어둠이 찾아왔다. 주변에 있는 몇몇 집의 정원에 심어둔 전나무와 키 작은 관목, 테라스 난간에 둘러놓은 꼬마전구에 불이 들어왔다.

"숀이 특히 아드리아노의 어떤 물건에 관심을 보이던가요?"

"숀은 아드리아노가 죽기 전에 독자적으로 수사를 진행해왔다면서 단서가 될 만한 뭔가를 남겼을지 모른다고 했어요."

"부인은 숀의 말을 곧이곧대로 믿었습니까?"

"사실은 숀의 말을 도저히 믿을 수 없었어요. 아까도 말했듯 숀은 제정신이 아닌 것 같았고, 열에 들뜬 사람처럼 가끔 혼자 헛소리를 중얼거렸죠. 솔직히 그때는 숀이 조금 두렵기까지 했어요."

"결국 숀이 아드리아노의 짐을 뒤졌나요?"

"네, 그럼요. 숀이 집 안을 뒤지는 동안 저는 아이들을 데리고 이스트 리버 플라자(할렘의 대형 쇼핑몰 : 옮긴이)를 한 바퀴 돌아보고 왔어요. 앙드레가 집에 남아 숀의 일거수일투족을 지켜봤죠."

"혹시 숀이 무얼 찾아냈는지 아십니까?"

"숀이 뭔가를 찾기 위해 집 안을 쑥대밭으로 만들어 놓은 건 확실해요. 집 안의 서랍들을 모조리 열어젖혔고, 벽장까지 이 잡듯 뒤졌나 봐요. 앙드레의 말로는 숀이 원하는 물건을 찾았다면서 작별인사를 했다고 하더군요."

가스파르는 몸이 후끈 달아올랐다.

"숀이 찾아낸 물건이 도대체 뭐였는데요?"

"앙드레의 말로는 하드커버 속에 들어있는 서류였다더군요. 어쨌거나 숀은 그 서류들을 가방에 집어넣고 떠났다고 하더군요."

가스파르는 끈질기게 물고 늘어졌다.

"혹시 서류에 어떤 내용이 들어있었는지 아십니까?"

"저는 몰라요, 궁금하지도 않았으니까 굳이 알려고도 하지 않았죠. 어찌되었든 죽은 숀과 아들이 돌아올 수는 없잖아요."

가스파르는 그쯤에서 포기하고 다른 질문을 던졌다.

"아드리아노의 짐을 지금도 보관하고 계십니까?"

이사벨라는 고개를 저었다.

"오래전에 처분했어요. 솔직히 아드리아노가 타던 차와 냉장고를 제외하면 쓸 만한 물건이 거의 없었어요."

가스파르는 자신이 너무 일찍 흥분했다는 사실과 이사벨라에게서 더 이상 얻어낼 정보가 없다는 사실을 깨달았다.

"남편이 집에 돌아오면 저를 대신해 한 가지 물어봐 주시겠습니까? 혹시 숀이 방문했을 당시 특별히 이상한 행적을 보인 게 있는지에 대해서요."

이사벨라가 파카를 단단히 여미며 물어봐주겠다고 약속했다.

가스파르는 메모지에 그녀의 휴대폰번호를 적어두었다.

"저에게는 아주 중요한 일입니다."

가스파르가 거듭 강조했다.

"지나간 일을 들춰내 봐야 다 무슨 소용이죠? 숀도 죽고, 그의 아들도 이미 죽었는데요."

"상 두트(Sans doute 프랑스 어로 '아마' 라는 뜻 : 옮긴이). 물론 그렇지만 저는 숀의 전기를 쓰려는 작가니까 궁금한 게 많을 수밖에요. 아무튼 부인의 증언이 많은 도움이 되었습니다."

이사벨라는 담배꽁초를 테라코타 화분에 눌러 끄며 멀어져가는 남자의 뒷모습을 지켜보았다.

저 남자는 왜 '상 두트' 라고 했을까?

이사벨라는 프랑스어를 제법 하는 편이었지만 그 표현에 담긴 논리를 분명하게 이해하지는 못했다. 그녀는 어째서 '상 두트' 가 '의심할 여지없이' 가 아니라 '아마도' 를 의미하는지 궁금했다.

앙드레가 돌아오면 무슨 뜻인지 물어봐야겠어.

페넬로페

'피카소 다음으로는 신밖에 없어.'

나는 평소 피카소의 여자였던 도라 마르가 했다는 그 말을 항상 우습게 받아들였어. 오늘은 왠지 그 말이 그녀의 삶이 남긴 비극성과 더불어 온전하게 내 마음에 와 닿았어. 지금 내 자신이 마음 깊은 곳에서 도라 마르가 품었던 생각을 그대로 답습하고 있기 때문일지도 모르지.

숀 로렌츠 다음으로는 신밖에 없어.

나는 신을 믿지 않으니, 숀 로렌츠 다음으로는 아무도 없는 셈이야.

숀, 당신의 유령을 피해 도망치다 보니, 내가 얼마나 당신 그림에 민감하게 반응했는지조차 잊어버렸어. 가스파르 쿠탕스라는 작자가 당신이 남긴 마지막 작품을 보여준 이후 그 그림이 잠시도 뇌리를 떠나지 않았어.

당신이 그림에서 표현한 세계처럼 죽음이란 과연 그럴까? 과연 우리의 마음을 부드럽게 어루만지며 안심시켜주는 환한 터널이 우리를 기다리고 있을까? 숀, 당신은 지금 두려움 따위는 존재하지 않는 영토에 가 있겠지? 줄리안도 당신과 함께 있는 거야?

어제부터 나는 오로지 당신과 줄리안에 대한 생각에 빠져 있어.

간밤에는 모처럼 잠을 푹 잤어. 마침내 마음을 정하고 나니 적잖이 안심이 되어서 그랬을 거야. 오전 내내 입이 귀에 걸리도록 미소를 지으며 내 꽃무늬 원피스를 손질했어. 당신이 1992년 6월 3일 뉴욕에서 나를 처음 보았던 날 입고 있던 바로 그 옷이야.

숀, 그 옷이 지금도 효과만점이라는 사실은 몰랐을 거야! 난 그날 입었던 라이더 재킷도 찾아냈지만 끝내 닥터 마틴스 구두는 찾아내지 못했어. 나는 그 구두 대신 당신이 무척이나 좋아했던 가죽 앵클부츠를 신고 거리로 나갔지. 지하철을 타고 포르트 드몽트뢰유 역에서 내려 한참 동안 걸었어. 12월 맹추위에도 가볍고 짧은 옷만 달랑 걸치고 있었지.

아돌프─삭스 가 뒤쪽 후미진 곳에서 예전에 운행하던 순환열차 역을 발견했어. 지금은 폐허가 된 곳이지. 당신이 한밤중에 피크닉을 하자며 나를 그곳으로 데려간 날 이후로 거긴 전혀 바뀌지 않았더군.

관목들로 둘러싸인 역사는 완전히 폐쇄되어 있었지. 문이며 창문들을 모두 봉쇄해놓은 상태였지만 난 놀랍게도 작업장에서 시작되는 계단을 통하면 플랫폼으로 내려갈 수 있다는 사실을 기억하고 있었어. 플랫폼에서 휴대폰에 내장된 손전등을 켜고 철길로 내려갔지. 처음에는 방향을 잘못 잡았지만 이내 뒷걸음질 쳐서 기어이 차고로 이어지는 터널을 찾아내고야 말았지.

당신은 내 말을 믿지 않을지 모르겠지만 그때 그 낡은 열차가 그대로 차고에 남아 있지 뭐야. 세상에! 파리교통공사가 수백만 유로짜리 보물을 폐허가 된 역사에 방치해두고 있었는데 아무도 그 사실을 모르고 있었던 거야.

녹이 슬고 먼지가 쌓여도 당신이 그린 그림의 화려한 색채는 여전히 지워지지 않고 그대로 남아 있었어. 그 덕분에 내 이미지는 전동차의 거칠고 더러운 양철 표면 위에서도 계속 환한 불길처럼 타오르고 있었지. 불꽃같은 환희로 빛나던 내 젊음은 긴 세월이나 칠흑 같은 어둠보다 강했나 봐. 난 자유롭게 나부끼는 머리카락이 공주의 몸을 애무하는 스무 살 여인의 두 다리, 탐스러운 젖가슴, 보드라운 아랫배를 차례로 휘감고 올라가는 그림을 오래도록 바라보았어. 난 그 이미지와 함께 떠나고 싶었지.

난 열차 안으로 들어갔어. 더럽고 컴컴하고 두꺼운 먼지로 덮여있었지만 조금도 두렵지 않았어. 보조의자에 앉아 핸드백을 열었지. 줄리안이 태어나기 바로 전 해 봄에 당신이 내게 선물한 불가리 핸드백 말이야. 가죽을 일일이 꼬아 만든 그 핸드백. 그 안에 내가 미리 탄알을 장전해둔 마뷔랭73을 넣어두었지. 아, 그 총은 우리 아빠가 내게 준 선물이야. 아빠가 예전에 군에서 근무할 때 사용했던 무기인데, 항상 자신을 스스로 방어할 수 있어야 한다면서 물려주었지. 그 총을 나를 방어하기 위해서가 아니라 목숨을 끊기 위해 사용하게 될 줄은 미처 몰랐어.

난 총구를 입에 넣었지.

당신이 그리워, 숀.

당신을 다시 만나러 간다는 생각에 내가 얼마나 마음이 놓이는지 모를 거야. 당신과 줄리안이 보고 싶어.

지금 이 순간, 방아쇠를 당기기 직전, 나는 단지 내가 왜 그토록 오랜 시간 뜸을 들이다가 이제야 비로소 당신과 줄리안을 만나러 가게 되었는지 의아할 뿐이야.

마왕

12월 24일 토요일

16. 아메리카의 밤

뉴욕의 대기 중에는 잠을 무용지물로 만들어 버리는 뭔가가 있다.
—시몬 드 보부아르

1

새벽 4시였지만 컨디션은 최고였다. 10시간 동안 내리 숙면을 취한 덕분이었다. 심신의 기능을 회복시켜주는 최고의 보약은 역시 숙면이었다. 눕자마자 곯아떨어진 그녀는 끈질기게 따라다니던 악몽이나 유령 따위는 발도 붙일 수 없을 만큼 혼곤한 잠 속으로 빠져 들었다. 복통이 완전히 사라진 건 아니었으나 잠들기 전보다는 훨씬 덜했다.

매들린은 침대에서 벌떡 일어나 커튼을 걷어 올렸다. 어느새 활기에 넘치는 하루가 시작된 그리니치 가, 조금 멀리에 우뚝 솟은 쌍둥이 빌딩 사이를 유유히 흘러가는 허드슨 강의 검은 물줄기가 눈에 들어왔다.

휴대폰을 확인해 보니 베르나르로부터 세 번이나 부재중전화가 걸려와 있었다.

베르나르가 나에게 원하는 게 뭘까? 어찌되었든 일단 좀 기다려줘야겠네요. 난 지금 몹시 배가 고프거든요.

매들린은 진 바지와 후드달린 맨투맨 티셔츠, 점퍼를 착용하고 방을 나서다가 방문 앞에 떨어져 있는 봉투를 발견했다. 엘리베이터에 올라 봉투를 열어보니 가스파르가 무려 세 페이지에 걸쳐 쓴 보고서가 들어 있었다. 아드리아노의 사촌 누이 이사벨라를 방문했던 내용이 소상하게 적혀 있는 보고서.

가스파르는 보고서 말미에 최대한 빨리 전화해주길 바란다는 의사를 남겨두었다. 매들린은 아침식사를 하기 전에는 아무것도 하지 않겠다고 단단히 마음먹고 있었기 때문에 나중에 읽을 생각으로 보고서를 접어 주머니 속에 집어넣었다.

호텔은 이미 반쯤 새로운 하루를 시작한 상태였다. 12월 24일 아침, 뉴욕을 경유해 다른 지역으로 가는 손님들은 벌써부터 출발 준비를 서두르고 있었다. 호텔 프런트에서 두 명의 짐꾼들이 손님들의 짐을 차에 실어주느라 분주했다. 공항이나 혹은 애팔래치아 스키장으로 떠나는 사람들이었다.

매들린은 로비를 가로질러 벽난로에서 장작불이 타오르고 있는 살롱으로 갔다. 희미한 조명을 밝힌 브리지클럽호텔의 살롱은 유서 깊은 영국식 클럽들과 분위기가 흡사했다. 체스터필드 가죽소파, 푹신한 쿠션이 놓인 일인용 소파, 흑단나무 서가 따위 가구와 아프리카 가면, 오래된 조각상, 박제 야생동물 등으로 꾸민 실내장식이 클래식한 느낌을 자아냈다.

매들린은 60년대 풍의 공처럼 생긴 의자에 자리를 잡고 앉았다. 흰색 유니폼을 입은 웨이터가 살롱 한가운데에 놓인 크리스마스트리 뒤편에서 재빨리 튀어나왔다.

매들린은 메뉴를 힐끗 보고는 염소젖으로 만든 리코타 치즈와 크로스티니를 차 한 잔과 곁들여 주문했다. 파리와 마드리드 시간으로는 벌써 오전 10시가 넘은 시각이었다. 불과 일 미터도 안 되는 거리에 있는 벽난로에서 장작불이 활활 타오르고 있었지만 여전히 추웠다. 그녀는 몸을 덜덜 떨다가 가까이에 놓인 베이지색 양모 담요를 집어 들고 숄처럼 걸쳤다.

언제부터 내가 난로 옆에 쪼그리고 앉아서도 추위에 덜덜 떠는 신세가 되었지?

매들린은 한숨을 푹 내쉬며 한없이 비참해지는 마음을 달랬다. 정말이지 이제 그녀에게 투지라고는 남아있지 않았다. 앞길을 환하게 밝혀주는 횃불도 없었다.

매들린은 가스파르가 마드리드에서 보여준 《뉴욕타임스 매거진》의 기사를 다시금 떠올렸다.

사건을 반드시 해결하겠다는 집념과 의지로 똘똘 뭉친 불굴의 여인, 투지가 넘치는 강력계 형사, 먹잇감을 보면 몸 사리지 않고 달려들고 한 번 물면 절대로 놓아주지 않는 여성전사는 어디로 갔단 말인가?

매들린의 머릿속에 그 기사와 함께 게재되어 있던 사진이 떠올랐다.

강단 있는 표정, 적당한 타협을 거부하는 단호한 눈빛, 한시도 흐트러지지 않는 자세를 유지했던 강력계 형사 매들린 그린은 어디로 증발해버렸을까?

매들린은 가장 기억에 남는 수사, 짜릿한 희열을 안겨주었던 영광의 순간들을 되새겨보았다. 강한 의지와 집념으로 기어이 악의 화신들을 물리치고 소중한 생명을 지켜냈다는 환희가 온몸을 휘감았던 순간이었다.

이제껏 살아오면서 사건을 해결했을 때보다 더 큰 기쁨을 맛본 적이 있었던가?

매들린은 몇 년에 걸친 수사 끝에 찾아낸 어린 소녀 앨리스 딕슨을 생각했다. 그 후, 앨리스가 어떻게 살아가고 있는지 전혀 모르고 지냈다. 앨리스 말고 또 다른 아이 매튜 피어스를 범죄자들의 손아귀에서 구출해낸 적도 있었다. 그 아이 또한 어떻게 살아가고 있는지 몰랐다.

사나운 포식자의 갈퀴에서 구해낸 그 아이들은 지금 어떻게 살아가고 있을까?

수사가 성공적으로 마무리된 경우에도 환희의 감정은 눈 깜짝할 사이에 환멸에게 자리를 내어 주기 마련이었다. 악마의 소굴에 뛰어들어 목숨을 내던지다시피 싸워가며 구출해낸 아이들과도 관계가 지속적으로 이어지지는 않았다. 서둘러 다른 수사를 맡아야 하고 시간이 지나면서 차츰 관심도 멀어졌기 때문이다. 다시 뜨거운 환희를 맛보려면 항 우울제 주사를 맞듯이 아드레날린을 주입해야 했다. 형사 시절 반복적으로 계속되어온 악순환이었다.

2

웨이터가 아침식사가 담긴 쟁반을 테이블에 다소곳이 내려놓았다. 매들린은 콜럼버스의 신대륙 발견 이전 시대 조각상이 굽어보는 가운데 토스트를 먹었다. 오래된 조각상은 〈탱탱의 모험 시리즈〉 가운데 〈부러진 귀〉에 등장하는 목각인형과 복제품처럼 닮아보였다.

가스파르가 조사한 내용이 도저히 믿기지 않았다. 그의 보고서가 함축하고 있는 의미가 뭔지 이해하고 있었지만 직접 개입하고 싶지는 않았다. 숀 로렌츠는 줄리안이 살아있다고 굳게 믿고 있었고, 도움을 줄 사람을 찾던 중 그녀가 형사 시절에 성공적으로 마무리한 몇몇 수사에 대해 언급한 기사를 읽게 되었다. 숀은 그녀가 아들을 찾아내는 데 도움이 될 거라 판단하고, NYPD의 미제사건 담당부서와 통화를 시도했으나 성공하지 못했다.

숀 로렌츠는 그녀를 직접 만나보기 위해 뉴욕 여행길에 올랐다가 하필이면 심장발작을 일으켜 103번 가 길 한복판에서 쓰러졌다. 그녀가 일하던 NYPD 미제사건 담당부서 사무실과 불과 수십 미터 떨어진 곳이었다.

매들린은 까마득히 모르고 있던 일이었다. 일 년 전 이맘 때 그녀는 이미 NYPD를 떠났으니까. 가을이 절정에 다다를 무렵 그녀는 다시 우울증을 앓게 되었고, 11월 말에 사직서를 내고 영국으로 돌아갔다.

지나간 일을 되새김질 해봐야 무슨 소용이지? 그 당시 내가 숀 로렌츠를 만났다면 과연 달라질 게 있었을까?

아무리 생각해 봐도 달라질 게 없어보였다. 지금도 그렇지만 그 당시였다고 하더라도 숀 로렌츠의 요청을 거절했을 공산이 컸다. 그를 돕고 싶어도 도와줄 방법이 마땅치 않았을 테니까. 아무리 형사라고 해도 사건담당자가 아닐 경우 수사를 벌일 수 있는 여건이 되지 않았으니까.

매들린은 리코타 치즈를 다 먹어갈 무렵 복부로 손을 가져갔다.

빌어먹을!

한동안 잠잠하던 복부 통증이 다시 시작되었고, 배가 풍선처럼 부풀어 오르는 느낌이었다. 그녀는 다른 사람들의 눈에 띄지 않게 벨트 구멍을 한 칸 더 늘려 맨 다음 주머니에서 파라세타몰 알약을 꺼냈다.

가스파르가 내린 결론에 대해 전적으로 동의하지는 않았지만 그에게 대단한 집착과 끈기가 있고, 제법 두뇌 회전이 빠르다는 사실을 인정하지 않을 수 없었다. 그는 수사관이나 탐정도 아니었고, 수사권을 부여받은 적도 없었지만 가치 있는 정보를 다수 입수했다.

가스파르는 통찰력이 돋보이는 의문을 제기할 줄 알았고, 전문성을 갖춘 수사관들이 대수롭지 않게 치부해버리고 넘어가는 바람에 미처 발견하지 못하고 지나친 단서들을 특유의 예리한 추리력으로 찾아내는 능력이 발군이었다.

매들린은 주머니에 넣어둔 가스파르의 보고서를 꺼냈다. 그녀가 이해하기 쉽게 최대한 근거자료를 제공해가며 꼼꼼하게 작성한 보고서였다. 그가 정성들여 쓴 글씨가 A4 용지 세 장을 앞뒤로 빽빽하게 채우고 있었다. 그의 글씨체는 가지런하고 예뻐 도무지 그녀가 알고 있는 면모와 부합되지 않았다.

매들린은 숀 로렌츠가 이사벨라의 집에 들렀을 때 벌어졌던 상황에 대해 주목했다.

숀 로렌츠가 아드리아노가 작성한 수사서류를 가져갔다는 이사벨라의 말이 사실일까? 만일 그렇다면 그 서류는 이미 어디에선가 발견되었어야 마땅하지 않을까? 그 서류는 숀 로렌츠가 쓰러져 있던 길에서든 그가 머물던 호텔에서든 이미 발견되었어야 마땅했다.

매들린은 잠시 생각에 잠겼다가 베르나르에게 전화를 걸었다. 그는 전화벨이 울리기 무섭게 전화를 받았지만 단단히 화가 난 목소리였다.

"당신은 약속을 잘 지키지 않는군요!"

"무슨 말씀이죠?"

"이미 잘 알고 있으면서 연기도 정말 잘 하시네요. 당신이 보관하고 있는 숀의 세 번째 그림에 대해 왜 저에게 아무런 언급을 해주지 않았죠?"

"도대체 무슨 말씀인지 모르겠네요. 저는 분명 가스파르에게 숀이 마지막으로 그린 그림 세 점을 모두 당신에게 돌려드리라고 말했는데요."

"가스파르가 그림을 두 점만 돌려주었단 말입니다!"

매들린은 한숨을 푹 쉬었다.

가스파르는 그런 엉뚱한 짓을 저질러놓고 왜 한마디도 귀띔해주지 않았지?

"가스파르에게 어떻게 된 영문인지 알아볼게요. 그 건과는 별개로 제가 한 가지 물어볼 말이 있어요. 숀 로렌츠가 사망했을 당시 그가 머물렀던 뉴욕의 호텔에서 소지품들을 모두 챙겨왔다고 하셨죠?"

"네, 그렇습니다. 숀의 옷과 수첩 따위였죠."

"그 호텔이 트라이베카의 브리지클럽호텔이었나요?"

"네, 난 경찰과 호텔 측에 숀의 방에서 직접 짐을 챙겨가겠다고 통보했습니다."

"혹시 그 당시 숀이 머물렀던 객실번호를 기억하세요?"

"벌써 일 년이나 지난 일인데 객실번호를 어떻게 기억합니까?"

그때 별안간 한 가지 좋은 생각이 뇌리를 스쳤다.

"구급차가 103번 가 도로에서 숀 로렌츠를 살리려고 심폐소생술을 진행하는 동안 혹시 그 주변을 지나던 사람이 소지품 같은 걸 발견했다는 이야기를 들은 적 없으세요?"

베르나르는 조금도 망설이지 않고 대답했다.

"지갑을 제외하고는 아무것도 없었습니다."

"혹시 서류가방이나 가죽가방에 대해 들어본 적 없으세요?"

이번에는 제법 긴 침묵이 이어졌다.

"이제 생각해보니 숀이 항상 들고 다니던 가방이 있었어요. 나온 지 오래된 베를루티 가방이었는데, 페넬로페가 선물로 주었다고 하더군요. 저도 그 가방이 어디로 사라졌는지 궁금하네요. 갑자기 왜 가방의 행방을 묻죠? 혹시 아직도 조사 중입니까?《르 파리지앵》지에 실린 기사 때문입니까?"

"무슨 기사 말씀이세요?"

"직접 찾아보세요. 아무튼 나는 당신들이 숀의 세 번째 작품을 돌려준다면 무엇을 하든지 상관하지 않을 테니까요!"

"당신은 우리에게 뭔가를 요구할 권리가 없어요."

매들린이 신경질적으로 전화를 끊어버렸다. 그녀는 생각의 끈을 이어볼 요량으로 눈두덩을 문질렀다. 이사벨라가 가스파르에게 들려준 이야기가 사실이라면 숀은 아드리아노의 집에서 서류를 입수한 지 하루도 안 되어 사망했다. 숀이 다른 사람에게 아드리아노의 집에서 찾아낸 서류를 넘겨주기에 충분한 시간이었다. 그가 가방을 어디엔가 숨기기에도 충분한 시간이었다. 사실 숀 로렌츠가 뉴욕에서 보낸 마지막 며칠을 상상해볼 때 누군가에게 자료를 건네주기보다는 스스로 처리하려고 했을 가능성이 컸다.

숀 로렌츠는 환상가인데다가 늘 심리적 동요에 시달렸고, 편집증 증세를 보이던 사람이었다.

숀 로렌츠는 서류를 어디에 숨겼을까?

그는 뉴욕에 아무런 연고도 남아 있지 않았다. 가족도, 친구도, 집도 없다면 한 가지 방법밖에 없었다. 서류를 호텔 방 어딘가에 감춰두었을 공산이 컸다.

매들린은 로비 쪽으로 걸어갔다. 주변을 압도하는 무게감이 느껴지는 목재 카운터 뒤쪽에서 왼쪽 가슴에 로렌 애쉬포드라는 명찰을 착용한 여직원이 분주하게 움직이고 있었다. 브리지클럽호텔의 품격과 수준을 대변하듯 키가 크고 날씬한 여직원이었다.

"안녕하세요?"

"안녕하세요, 31호실에 묵고 있는 매들린 그린입니다."

"무엇을 도와드릴까요?"

로렌의 어조는 매우 예의바르긴 했지만 따스한 온기가 느껴지지는 않았다. 그녀는 호텔 로비보다는 패션쇼 무대에나 어울릴 법한 청색 원피스 차림이었다. 코벤트가든에서 본 모차르트의 오페라 〈마술피리〉에 등장했던 밤의 여왕이 입었던 옷과 흡사했다.

"일 년 전, 12월 19일에 화가 숀 로렌츠가 이 호텔에 묵었죠?"

"네, 그 무렵이었던 것으로 기억합니다."

로렌이 컴퓨터화면에서 고개를 들지 않고 말을 받았다.

"혹시 숀이 묵었던 객실이 어딘지 알 수 있을까요?"

"호텔 규정상 고객의 사적인 정보를 알려줄 수는 없습니다."

로렌은 말을 할 때마다 한 분절씩 똑똑 끊어가며 발음했다. 가까이에서 바라보니 헤어스타일 또한 요란하기 그지없었다. 머리카락을 여러 갈래로 땋은 다음 돌돌 말아 왕관처럼 틀어 올리고 큐빅이 박힌 머리핀으로 고정시킨 모습이었다.

"당연히 그러시겠죠. 이해합니다."

매들린도 겉으로는 수긍하는 태도를 보였지만 실제로는 속이 부글부글 끓었다. 마음 같아서는 당장이라도 밤의 여왕의 머리채를 낚아채 컴퓨터화면을 향해 메다꽂고 싶은 심정이었다.

매들린은 일단 전략적 후퇴를 택하기로 했다. 그녀는 담배를 피우며 머리를 식힐 생각으로 로비를 지나 출입문을 향해 걸어갔다. 벨 맨이 문을 열어주는 순간 갑자기 냉기가 밀려들었다. 라이터를 찾기 위해 주머니에 손을 집어넣는 순간 휴대폰 진동이 시작되었다. 화면을 보니 두 개의 문자메시지가 들어와 있었다.

하나는 마드리드의 임신클리닉 직원인 루이사가 보낸 문자메시지였다. 병원에서 확보하고 있는 열여섯 개의 난포가 모두 사용 가능하다고 했다. 그 중 절반을 익명의 기증자가 제공한 정자와 수정하고, 나머지는 냉동 보관하자는 제안이었다.

매들린은 동의한다는 의사와 여전히 복부 통증이 심하다는 내용의 답장을 써보냈다. 즉시 루이사로부터 답장이 왔다.

감염이나 자극과민으로 생긴 복부통증이 분명해요. 일단 병원으로 오세요.

매들린도 즉시 답장을 썼다.

지금 마드리드에 있지 않아요.

그럼 어디에 있는데요?

매들린은 그 질문에는 응답하지 않기로 했다.

다른 하나는 도미니크 우가 보낸 메시지였다.

안녕, 매들린. 근처에 있거든 8시에 호보켄 공원에서 만날까?

안녕, 도미니크. 벌써 일어났어?

지금 피트니스 클럽에 가는 중이야.

매들린은 하늘을 향해 두 눈을 치켜떴다. 새벽 5시 무렵 뉴욕의 전력소비량이 부쩍 증가하는 추세를 보이고 있는데, 그 이유가 새벽에 피트니스 클럽을 찾는 사람들이 급증했기 때문이라는 기사를 읽은 기억이 났다.

나에게 줄 좋은 정보가 있어?

전화로는 말하기 곤란해.

오케이, 8시에 봐.

매들린은 여전히 입술 사이에 담배를 물고 있었지만 라이터를 잃어버려 불을 붙일 수가 없었다. 그녀가 몸을 돌리려는 순간 갑자기 눈앞에서 라이터 불이 켜지며 새벽의 찬 공기를 갈랐다.

"살롱에서 라이터를 발견했습니다. 일인용 소파에 떨어져 있더군요."

젊은 벨 맨이 라이터 불을 그녀의 얼굴 가까이 대주며 말했다.

매들린은 고개를 끄덕여 고맙다고 인사한 다음 담배에 불을 붙였다.

젊은 벨 맨은 아직 스무 살이 안 되어 보였다. 에메랄드 빛깔 눈동자, 반항적으로 뻗친 머리카락, 장난기를 머금은 미소가 매력적인 남자로 제법 여자들깨나 홀리고 다녔을 법한 미남이었다.

"숀 로렌츠는 401호실에 묵었습니다."

벨 맨이 지포라이터를 돌려주며 묻지도 않은 말을 했다.

3

매들린은 뭔가 잘못 들은 거라고 생각하며 되물었다.

"숀 로렌츠가 어느 방에 묵었다고요?"

"제가 듣기로는 분명 401호 스위트룸에 묵었습니다. 현재 손님이 사용하고 있는 스위트룸과 층만 다를 뿐 모퉁이에 위치한 방입니다. 바로 한 층 위의 방이죠."

"당신은 숀이 401호실에 묵었다는 걸 어떻게 알게 되었죠?"

"어젯밤 프런트데스크에서 가스파르 씨가 부인과 똑같은 질문을 했고, 로렌이 대답해주는 말을 들었어요."

매들린은 도저히 믿을 수가 없었다.

빌어먹을! 가스파르가 프런트데스크의 그 도도한 아가씨의 입을 여는 데 성공했다니 대단한걸!

스말토 재킷에 코커스패니얼 같은 눈매, 라벤더 향이 나는 향수를 뿌린 가스파르가 아름다운 아가씨 앞에서 원하는 정보를 얻어내기 위해 신사처럼 점잔을 떠는 모습이 눈에 선했다.

아마도 가스파르는 사람 좋은 중년신사와 입담 좋은 사기꾼의 중간쯤 되는 인물을 연기했겠지?

"가스파르가 혹시 다른 질문도 하던가요?"

"그 분은 401호를 둘러보고 싶어 했는데, 로렌이 단칼에 거절했어요."

매들린은 그 말을 듣자 그나마 기분이 통쾌했다.

그럼 그렇지. 가스파르의 매력으로는 어림도 없지.

"당신은 이름이 뭐죠?"

"카일입니다."

벨 맨이 대답했다.

"이 호텔에서 일한 지 얼마나 되었죠?"

"일 년 반 정도 되었는데 주말이나 휴가철에만 일해요."

"그 나머지 시간에는 학교에 다녀요?"

"네, NYU에 다니는 학생입니다."

에메랄드 빛 눈동자로 상대를 꿰뚫어보는 카일의 얼굴에는 호의보다는 악마 루시퍼의 미소가 어려 있었다.

"작년 여름에 5층 일부에 물이 넘쳤어요."

카일은 얼핏 보면 한없이 어려 보이는 애송이에 불과해 보였지만 매들린은 왠지 그가 제법 간단치 않게 다가왔다. 그의 에메랄드 빛 눈동자에서 남다른 총기가 번득였고, 그와 동시에 상대를 은근히 압박하며 호기심을 부추기는 고단수의 사기꾼 기질이 엿보였다.

"알고 보니 객실의 시스템 에어컨이 말썽이었어요. 시스템 에어컨에서 물을 빼내는 파이프가 막히는 바람에 역류현상이 빚어진 거예요. 결국 5층 객실의 천장을 모두 뜯어내고 파이프를 교체하는 작업을 하게 되었는데 401호실도 수리했죠."

"당신은 왜 그 이야기를 나에게 해주는 거죠?"

"무려 3주 동안이나 파이프 교체 공사를 했어요. 작업을 하던 인부들이 401호 천장에서 가죽 가방 하나를 발견했는데 마침 저도 그 방에 있다가 그 광경을 목도하게 되었어요. 저는 그 가방을 프런트데스크에 가져다주겠다고 자청했죠."

"당신은 그 가방을 프런트데스크에 가져다주지 않았군요?"

매들린이 추측했다.

"네."

정신 차려야 해. 이제 막 사건의 2막이 시작된 거야.

매들린은 순진해 보이는 카일의 매력적인 미소 뒤에 뭔가 다른 목적이 숨겨져 있음을 간파했다. 철저하게 계산적인 청년의 얼굴에 영악한 욕망이 묻어났다.

"나름 아주 멋진 가방이었어요. 비록 물감자국이 덕지덕지 묻어 있고, 가죽이 너덜너덜해질 정도로 낡긴 했지만 명품의 자취가 그대로 남아 있었죠. 요즘은 돈 많은 사람들이 그런 빈티지를 좋아하잖아요. 부인도 잘 아시겠지만 요즘은 새 제품을 좋아하는 사람은 그다지 많지 않아요. 미래란 결국 과거라는 생각이 들 정도로 다들 지난날의 명품을 구하기 위해 혈안이 되어 있죠."

카일은 자기가 던진 밑밥이 제대로 효과를 나타내기를 기다리며 잠시 뜸을 들였다.

"가방을 이베이에 내놓았는데 역시 인기 만점이었죠. 단숨에 9백 달러를 벌었어요. 그 가방 임자가 누군지도 알고 있었죠. 가방 안쪽에 주인 이름이 수놓아져 있었으니까요. 아마도 선물로 받은 가방이었던 것 같아요."

"그 가방을 열어 보았나요?"

"숀 로렌츠라는 이름을 들어보긴 했지만 그 사람이 그린 그림에 대해서는 전혀 몰랐어요. 문득 호기심이 일어 그의 작품들을 보려고 피트니 미술관에 갔죠. 막상 그가 그린 그림을 대하니 정말 놀랍더군요. 그 그림들은 사람의 심리를 불안정한 상태로 몰아가는 느낌이 들었어요. 왜냐하면……."

"위키피디아에서 읽은 내용을 내 앞에서 앵무새처럼 읊어댈 필요는 없어요. 어서 가방에 뭐가 들어있었는지 말해 봐요."

카일은 기분이 상한 듯했지만 내색하지 않았다. 그가 짐짓 천진한 목소리로 대답했다.

"이상한 서류들이 들어 있었어요. 서류를 대충 훑어보았는데 죄다 우울한 내용들이더군요. 언젠가 서류에 대해 관심을 갖는 사람이 나타날 거라는 생각이 들었죠. 마침 어제 가스파르 씨가 하는 이야기를 듣는 순간 그 서류에 대한 기억이 떠올라 부랴부랴 집에 가서 가져왔죠."

카일은 바바리 맨이나 짝퉁 손목시계를 파는 사람처럼 입고 있던 바버 패딩 재킷을 열어젖히더니 가장자리가 너덜너덜 해진 두꺼운 봉투를 살짝 보여주었다.

"그 봉투를 나에게 줘요."

"주는 건 어렵지 않지만 일천 달러를 내세요. 혹시 부인께서 거절한다면 가스파르 씨에게 팔아도 되니까 마음대로 하세요."

"이봐, 난 형사야."

카일은 그 말을 듣고 피식 웃기까지 했다.

"우리 아빠도 형사거든요."

그에게 겁을 주려면 좀 더 강력한 위협이 필요할 듯했다.

매들린은 잠시 녀석의 멱살을 잡고 완력으로 서류를 빼앗을지 말지를 고민했다. 물론 승산 있는 시도일 테지만 호텔에서 소란을 떨어봐야 좋을 게 없었다.

악마는 유독 특정한 사람에게 잘 깃든단다.

어렸을 때 할머니가 자주 해주었던 말이었다. 카일이 바로 악마가 자주 깃드는 특별한 사람일 듯했다. 녀석을 상대로 벌이는 모든 시도는 결국 부메랑이 되어 돌아올 가능성이 컸다.

"난 수중에 그만한 현금이 없어."

"여기서 30미터만 걸어가면 현금인출기가 있죠."

카일이 싱긋 웃고 나서 두에인 리드(24시간 영업하는 드러그스토어 체인 : 옮긴이) 간판을 가리키며 말했다.

매들린은 새 담배에 불을 붙이고는 재빨리 머릿속을 정리했다.

이 녀석은 절대로 가볍게 볼 상대가 아냐. 마치 악마 루시퍼의 화신 같은 녀석이니까.

"좋아, 그럼 내가 돈을 찾아올 때까지 여기서 기다려."

매들린은 그리니치 가를 가로질러 현금인출기가 설치되어 있는 드러그스토어까지 걸어갔다. 그녀는 자신의 지갑에 들어 있는 카드로 그처럼 큰 액수의 돈을 인출할 수 있을지 미심쩍었다. 다행히 기계는 일천달러를 거부하지 않고 토해냈다.

매들린은 일이 의외로 너무 쉽게 풀린다는 생각이 들었다. 호텔 입구가 보이는 곳에 다다른 그녀는 하늘이 갑자기 선물을 툭 던져주지는 않으리라는 결론에 도달했다. 길을 건너려 할 때 휴대폰이 울렸다.

베르나르였다.

《파리지앵》지 기사를 링크한 문자메시지였다.

아이폰 화면에 어느새 기사의 앞부분이 떴다.

1990년대 톱모델이자 화가 숀 로렌츠의 뮤즈였던 페넬로페

쿠르코브스키의 비극적인 죽음.

빌어먹을!

머릿속에서 여러 가지 생각들이 와글와글 충돌을 일으키고 있는 사이 카일이 그녀를 재촉했다.

"돈을 가져왔어요?"

카일은 그 사이에 근무를 마친 듯 자전거에 올라 앉아 있었다. 녀석은 돈을 받아 주머니에 갈무리해 넣더니 서류봉투를 내밀었다. 이내 녀석이 페달을 밟아 어둠 속으로 자취를 감추었다.

그 순간 매들린은 녀석이 자기를 속였을지도 모른다는 생각에 머리끝이 쭈뼛 섰다.

설마 내가 애송이 녀석에게 당한 건 아니겠지?

매들린은 서류봉투를 열고 그 안에 들어있던 문서들을 읽어나가기 시작했다. 그녀는 그 문서들에서 오리나무대왕을 만났다.

17. 마왕

아버지, 아버지, 그가 나를 붙잡아요! 마왕이 나를 아프게 해요.
—요한 볼프강 폰 괴테

1

매들린은 다시 브리지클럽호텔의 살롱으로 돌아와 소파에 털썩 주저앉았다. 마치 경동맥이 뛰는 소리가 귀에까지 들려오는 듯했다. 앞에 놓인 테이블에는 지난 한 시간 동안 열에 들떠 읽은 암울한 서류들이 놓여 있었다. 아드리아노 소토마요르가 모아둔 서류로 추측되었다. 그 서류 뭉치는 수십 건의 언론 기사들과 관련 인물들의 진술서, 부검결과서, 연쇄살인범들을 다룬 책에서 뽑아낸 프로파일러의 소견 등으로 이루어져 있었다.

그 서류들은 2012년 초부터 2014년 여름까지 뉴욕 주, 코네티컷 주, 매사추세츠 주 등지에서 일어난 네 건의 아동 납치살해사건에 대해 다루고 있었다. 하나같이 엽기적인 사건들이었고, 당혹스러울 만큼 유사한 방법이 동원되었다는 공통점을 지니고 있었다.

2012년 2월, 두 살짜리 남자 아이인 메이슨 멜빌이 페어필드 시의 쉘턴공원에서 납치된 사건이 시초였다. 사건 발생 12주 후, 메이슨의 사체는 코네티컷 주 워터베리의 연못에서 발견되었다.

2012년 11월, 그 당시 네 살이던 칼렙 코핀이 매사추세츠 주 월탐에 있는 집의 마당에서 놀던 중 실종되었다. 칼렙의 사체는 그로부터 세 달 후 화이트마운틴 습지에서 트레킹 중이던 사람들에 의해 발견되었다.

2013년 7월, 토마스 스텀이 한밤중에 롱아일랜드의 집에서 납치되는 사건이 빚어졌다. 그 사건이 터지면서 경찰을 비난하는 여론이 들끓어 오르는 전기가 마련되었다. 토마스의 아버지 마티아스 스텀은 독일 출신 건축가로 ZDF방송의 스타 진행자와 결혼하면서 매스컴의 총아가 된 인물이었다. 독일에서는 마티아스가 토마스를 납치한 유력한 용의자로 지목되었다. 그 이유는 그 무렵 마티아스 스텀 부부가 별거 중이었고, 이혼 절차가 순조롭게 진행되지 않았기 때문이다. 《빌트》지를 포함한 독일의 타블로이드 판 신문들은 일제히 토마스 납치살해사건을 심층 보도했다. 마티아스의 사생활과 관련해 지저분한 내막이 낱낱이 드러났다. 마티아스는 한때 교도소에 수감된 적 있는 사람이었다.

초가을 무렵 토마스의 사체가 뉴욕 주 세네카 호수 인근에서 발견되며 마티아스는 혐의를 벗었다. 그 무렵 《슈피겔》지는 이 수수께끼 같은 사건의 범인에게 괴테의 시에서 따온 〈마왕〉이라는 별명을 붙여주었다.

2014년 3월, 다니엘 러셀이 매사추세츠 주 시코피공원에서 베이비시터가 잠시 한눈을 파는 사이에 납치되었다. 몇 주 후, 다니엘의 사체는 코네티컷 주에 있는 해변 휴양지 올드 세이브룩 염전에서 발견되었다.

그 이후, 아동 납치살해사건은 더 이상 발생하지 않았다.

2014년 여름부터 마왕은 경찰의 레이더에서 완전히 자취를 감춰버렸다.

2

매들린은 보이차를 한 모금 마셨다. 연잎 향을 가미한 보이차로 잠이 깨면서부터 줄곧 입에서 떼지 않았다.

새벽 6시, 브리지클럽호텔 살롱은 사람들로 북적대기 시작했다. 아무래도 살롱에 설치된 대형 벽난로가 마치 자석처럼 사람들을 끌어당기기 때문인 듯했다. 새벽잠이 없는 아침 형 인간들이 춤추듯 너울거리는 불길 앞 테이블을 차지하고 앉아 커피를 마셨다.

매들린은 관자놀이 근처를 마사지하며 지난 기억을 되살려보려고 애쓰는 중이었다. 뉴욕에서 지내는 몇 년 동안 그녀는 언론 매체들을 통해 마왕에 대한 기사를 접한 적이 있었지만 아주 희미한 기억밖에 남아 있지 않았다. 마왕은 무려 2년 동안 미 전역을 공포로 몰아넣었다. 다수의 아동 납치살해사건이 연이어 발생했지만 마왕과의 분명한 연관성은 끝내 밝혀지지 않았다.

매들린의 머리에 확실하게 각인되어 있는 한 가지 의문이 있었다. 네 아이들의 사체에는 납치범으로부터 잔혹 행위를 당한 흔적이 전혀 남아 있지 않았다. 대개 아동 납치살해사건의 경우 추악한 성추행이나 학대를 당한 흔적이 남아 있기 마련이었다.

현재 눈앞에 놓여 있는 부검 결과도 아이들이 감금되어 있는 동안 범인으로부터 그 어떤 성추행이나 폭행을 당하지 않았다는 사실을 확인시켜주었다. 아이들의 사체는 비누향기가 날 만큼 청결했고, 베이비크림을 지속적으로 바른 상태였다. 머리카락도 단정하게 빗겨져 있었고, 입고 있던 옷도 청결하게 세탁되어 있었다. 약물 과다 복용이 직접적인 사인으로 밝혀진 걸 보면 아이들의 살해과정이 크게 고통스럽거나 잔혹하지는 않았을 것이라 추측되었다. 물론 아이들의 사체에 고문이나 성폭행을 당한 흔적이 남아있지 않다고 해서 살인 행위의 잔혹성이 경감되는 건 아니었다. 다만 범인이 무슨 의도로 아이들을 납치살해했는지 밝혀내는데 많은 어려움이 따랐다.

FBI는 전문성을 가진 범죄학자, 정신과의사, 프로파일러들을 투입해 희대의 사이코패스를 체포하기 위해 갖은 노력을 다했지만 결국 범인 검거에 실패했다. 마왕은 지난 2년 동안 범죄 행위를 저지르지 않았다.

매들린은 계속되는 복통을 가라앉히기 위해 보이차를 한 모금 들이켜고 나서 의자에 앉아 이리저리 몸을 뒤척였다.

연쇄살인범이 충동을 억누르고 지낸다면 어떤 이유가 있을까?

이미 죽었거나 다른 범죄를 저지르고 수감되었을 가능성이 가장 컸다.

마왕이란 작자도 둘 중 한 가지에 해당되려나?

한 가지 의문이 계속 머릿속을 오갔다.

마왕 사건과 줄리안 로렌츠 납치살해사건 사이에는 어떤 함수 관계가 있을까? 아드리아노가 이 서류를 작성하고 자료를 수집해두고 있었다면 줄리안을 납치한 범인이 마왕이라고 추정했기 때문이 아닐까?

물론 이 서류들 가운데 마왕이 범인이라는 가설을 성립시켜주는 자료는 없었다. 아드리아노가 스크랩해둔 자료에 줄리안의 이름이 등장하는 기사도 없었다. 다만 날짜만 놓고 보자면 두 사건의 연관성이 있다고 볼 개연성이 있었다. 아드리아노는 무슨 근거로 줄리안이 연쇄살인범의 다섯 번째 희생자였다는 결론을 도출하게 되었을까? 게다가 왜 유독 줄리안의 사체만 발견되지 않았을까?

풀리지 않는 의문이 계속 쌓여가고 있었지만 그 어디에서도 문제를 풀어줄 실마리를 찾을 수 없었다. 마치 머릿속이 다양한 부엽식물들이 자라는 늪지대, 혹은 출구를 찾기 힘든 지하 터널, 길이 복잡하게 얽혀 있는 미로 속 같았다.

어차피 아드리아노가 남긴 자료만으로 줄리안 납치사건을 이해하려 드는 건 무리가 따를 수밖에 없었다. 그 당시 숀 로렌츠는 이미 제정신이 아니었다. 아드리아노 역시 경위에서 승진이 멈춘 걸 보면 뛰어난 수사관이었다고 보기에는 무리가 따랐다.

어린 시절 친구의 부탁을 받은 아드리아노가 마왕 사건과 줄리안 납치살해사건을 억지로 꿰어 맞추느라 자료를 수집했을 수도 있겠지. 그저 머릿속으로 허황된 추리를 거듭하다가 결국 두 사건의 연결고리를 찾아내지 못한 거야.

매들린은 도무지 실타래를 풀어줄 고리를 찾을 수 없었기에 계속 머릿속으로 온갖 가설을 쌓아올렸다.

혹시 베아트리스가 마왕이었을까? 허무맹랑한 가설은 아닐지도 몰라.

경찰이 줄리안이 살해되었다고 결론 내린 날짜와 베아트리스의 동선을 따져보면 어느 정도 해답을 얻을 수 있을 텐데 자료가 아무것도 없어 사실 확인 자체가 불가능했다.

매들린은 생각 끝에 가스파르가 제시했던 추론 가운데 하나를 떠올려보았다.

만일 아드리아노가 연쇄살인범에게 살해되었다면?

현재로서는 미지수가 너무 많은 방정식이었지만 매들린은 그 가설을 좀 더 깊이 파고들어가 보기로 마음먹었다.

3

매들린은 아이폰으로 연쇄살인범에게 가장 먼저 마왕이라는 별칭을 붙여주었다는 《슈피겔》지 기사의 원문을 찾아보았다. 그는 구글 번역기와 고등학교 시절에 배운 초보적인 독일어 실력으로 어렵사리 기사를 읽어보았다. 독일연방경찰(BPol) 소속 전직 형사인 카를 되플러와의 짤막한 인터뷰기사였다. 그는 여러 언론매체에서 범죄 관련 자문역할을 맡고 있는 수사전문가였다.

매들린은 다른 사이트들을 둘러보다가 제법 흥미로운 기사를 발견했다. 《디 벨트》지에 실린 기사로 카를 되플러와 독일문화를 강의하는 교수를 교차 인터뷰한 내용이었다. 두 사람은 미국에서 연쇄적으로 발생한 아동 납치살해사건과 독일 민화에 등장하는 마왕을 평행선상에 올려두고 수준 높은 의견 교환을 나누었다.

마왕이라는 명칭을 처음으로 사용한 사람은 괴테가 아니었다. 다만 18세기 말에 발표한 괴테의 장시 〈마왕〉이 그 명칭을 대중적으로 널리 알린 건 의심할 여지없는 사실이었다. 두 사람의 대담 기사에는 괴테가 쓴 〈마왕〉의 몇 구절, 가령 아버지와 어린 아들이 말에 올라 울창하고 음울한 숲을 달리는 장면을 묘사한 부분을 발췌해 소개하고 있었다. 괴테의 시에서 숲은 불안감을 조성하는 곳이자 위험한 창조물의 영향력 아래에 놓인 매우 위협적인 공간으로 묘사되어 있었다.

괴테의 시 〈마왕〉은 두 대화를 엮어놓은 형태로 이루어져 있었다. 그중 하나는 마왕 때문에 겁에 질린 어린 아들과 안심시키려고 달래보지만 목적을 달성하지 못하는 아버지의 대화였다. 다른 하나는 어린 아들을 자신의 그물망으로 끌어들이기 위해 아이에게 말을 거는 마왕의 시도로 이루어졌다. 두 번째 대화가 첫 번째보다 훨씬 더 혼돈스러운 양상을 드러내고 있었다. 애초부터 어린 아들을 유혹하기 위한 노림수를 바닥에 깔고 있던 마왕의 감언이설은 차츰 거친 위협과 폭력적인 언사로 변모해갔다.

나는 너를 사랑한다, 너의 예쁜 얼굴이 나를 매혹시키는구나.
네가 만일 원하지 않는다면 나는 완력을 사용해 널 데려갈 거야.

아버지는 어린 아들이 공포에 떠는 모습을 보면서 아이를 위험에 빠뜨리고 있는 숲을 빠져나가기 위해 전속력으로 말을 달린다.

아버지의 필사적인 탈출 시도는 결국 불발에 그친 듯 시의 마지막 부분은 아이가 맞게 된 비통한 운명을 이야기한다.

아버지는 품에서 신음하는 아이를 안고 있네
그가 가까스로 목적지에 도착했을 때
아이는 그의 품에서 죽어있었다네.

괴테의 시 〈마왕〉은 이후 많은 예술가들에게 영감을 주었다. 슈베르트는 그 유명한 〈리트〉를 작곡했다. 괴테의 시는 폭력과 납치라는 무거운 주제와 더불어 20세기에 심리학과 정신분석학이 꽃을 피울 수 있는 토대를 제공했다.

비평가들 중에는 괴테의 시를 강간에 대한 은유라고 주장하는 사람도 있었고, 부성애가 지니고 있는 양면성, 즉 보호자로서의 역할과 폭력을 가하는 자로서의 역할을 동시에 내포하고 있는 시라고 주장하는 부류도 있었다.

두 사람은 마왕에 의해 희생된 아이들이 예외 없이 물가 근처, 다시 말해 오리나무 농장 인근에서 발견되었다는 사실을 상기시켰다.

오리나무는 늪지대나 습지, 물가, 해가 들지 않는 숲 속처럼 축축한 땅에서 자라는 나무로 유명하다. 습기에 강한 재질이라 필로티, 갑판, 가구, 악기 제조용으로 특화된 나무이기도 했다.

오리나무는 여러 나라의 신화에도 자주 등장했다. 그리스에서는 사후 세계에서의 삶을 상징하는 나무, 켈트 문화권에서는 부활을 상징하는 나무로 알려졌다. 스칸디나비아 반도에서는 마술봉을 제작하는 재료로 사용되었고, 나무를 태우는 연기가 마법의 실현을 돕는다고 인식되었다. 그밖의 다른 문화권에서도 오리나무는 벌목이 금지될 만큼 신성한 나무 대접을 받았다. 아마도 오리나무의 붉은 수액이 피를 연상시키기 때문이었을지도 모른다.

매들린은 인문학, 생물학, 문화인류학이 결합된 두 사람의 대담에서 무엇을 취해야 할지 알 수 없었다. 풍부한 비유와 상징이 결합된 흥미로운 대담이 분명했지만 연쇄살인범의 살인 동기와 어떻게 결부시킬 수 있을지 난감했다.

매들린은 온갖 비유와 상징이 난무하는 두 사람의 대담을 읽고 나서 위험한 숲에서 겨우 하나의 관문을 통과했다는 느낌을 받았다. 마왕의 영토는 쉽사리 외부인들의 출입을 허용하지 않으니까.

18. 성에로 뒤덮인 도시

나는 내 삶이 불안정한 바다를 항해하는 끝없는 여행의 연속이 되리라는 걸 잘 알고 있다.
―니콜라 드 스탈

1

매들린은 아침 7시부터 갠즈보트 가와 그리니치 가가 교차하는 지점에 자리 잡은 렌터카 회사 앞에서 진을 쳐야 했다. 미국에서는 복잡한 절차 없이 쉽게 차를 빌릴 수 있을 거라 짐작했는데 막상 겪어보니 착각이었다. 인터넷으로 미리 예약을 하지 않은 탓에 여러 장의 서류를 작성해야 하는 등 절차가 복잡하고 번거로웠다.

매들린은 얼음장처럼 냉랭한 대기실에서 고객을 돕기보다는 휴대폰 채팅에 훨씬 관심이 높은 렌터카 회사 직원을 원망스런 눈길로 쳐다보며 꾸역꾸역 필요한 절차를 밟아나갈 수밖에 없었다. 뉴욕에서도 고객을 왕으로 모시는 시대는 예전에 저물어버린 듯했다.

빌릴 수 있는 차종도 지극히 한정적이어서 소형 스파크, 스바루 SUV, 쉐보레 실버, 픽업트럭 따위가 전부였다.

"스파크로 할게요."

"손님, 죄송합니다만 확인해본 결과 스파크는 이미 다 나갔고, 현재 남아 있는 차종은 픽업트럭밖에 없네요."

렌터카회사 직원이 컴퓨터화면을 들여다보며 심드렁하게 말했다.

"방금 전까지 그런 말을 해주지 않았잖아요?"

"네, 좀 전까지만 해도 차가 남아 있었는데 방금 다 나갔나 봐요. 인터넷에서 계약이 이루어지기 때문에 남아 있던 차가 금세 다 빠지기도 하죠."

직원이 볼펜을 질겅질겅 씹으며 대꾸했다.

매들린은 하는 수 없이 신용카드를 내밀었다. 어차피 차종을 가리지 않고 차를 빌릴 수밖에 없는 상황이니까.

매들린은 픽업트럭 열쇠를 받아들고 몇 블록을 천천히 달리며 시운전을 해보고 나서 고속도로로 접어들었다. 맨해튼과 뉴저지를 이어주는 도로였다. 12월 24일, 크리스마스이브이자 토요일이라는 점을 감안하자면 교통흐름이 비교적 원활한 편이었다. 그녀는 미처 15분도 안 되어 반대편 강변으로 진입해 페리선 선착장 입구 주차장에 차를 세웠다.

매들린은 이제껏 한 번도 호보컨에 와본 적이 없었다. 주차장을 벗어나자 허드슨 강변 너머로 맨해튼의 화려한 풍경이 눈앞에 펼쳐졌다. 고층건물에서 반사되는 햇빛을 받아 맨해튼의 마천루들이 온통 찬란한 금빛 물결을 이루고 있었고, 복잡하게 얽히고설킨 스카이라인이 보기 드문 장관을 연출했다. 마치 현실을 황금빛 반사광 속에 담아낸 리처드 에스테스의 극사실주의 회화작품을 보는 듯했다.

매들린은 녹지대를 끼고 있는 목재 산책로를 걸었다. 길이 하이라인과 그리니치빌리지 쪽을 마주보며 걷도록 되어 있었다. 남쪽으로 고개를 돌리기만 하면 미국현대사가 이루어놓은 장엄한 도시 풍경이 눈앞에서 펼쳐지는 길이었다. 자유의 여신상과 대대로 수많은 사람들이 거쳐가는 리버티 섬이 눈앞에 나타났다. 평소 자전거를 타거나 달리기를 하는 사람들로 붐비는 장소였지만 크리스마스를 하루 앞두고 있는데다 맹렬한 한파가 밀어닥친 탓에 인적이 드물었다.

매들린은 강변 산책로를 따라 놓인 벤치에 앉아 파카에 달린 모자를 단단히 여몄다. 허드슨 강에서 불어오는 찬바람으로부터 조금이나마 몸을 보호하자면 어쩔 수 없었다. 추위가 어찌나 매서운지 눈이 저절로 따끔거릴 정도였다.

마왕에 대한 수사를 시작하기로 결심하면서 몸 안에서 아드레날린이 솟기 시작했고, 오래도록 내면에서 잠들어 있던 강력계형사의 기질이 강렬한 스파크와 함께 불꽃을 일으켰다. 그녀는 새삼 자신이 천생 강력계 형사라는 사실을 인정하지 않을 수 없었다. 사람은 본성을 저버릴 수 없다는 사실도 깨달았다.

가령, 가스파르는 괴팍해 보이는 겉모습과 달리 대단히 섬세한 감정의 소유자로 밝혀졌다. 그는 현대문명과 인류를 혐오한다고 부르짖으며 몬태나 숲 속으로 들어가 칩거해왔지만 알고 보니 무척이나 여린 감성의 소유자였다. 그는 아들의 죽음 앞에 완전히 무너져버린 아버지에게 감정이입이 되어 글쓰기까지 접어가며 뉴욕까지 날아왔다.

매들린은 감상주의자는 아니었다. 오히려 집요하게 먹잇감을 노리는 사냥꾼에 가까웠다. 그녀의 혈관에서는 검은 피가 흘렀고, 머릿속에서는 펄펄 끓는 용암이 격랑쳤다. 그녀는 절대로 제풀에 식어버리거나 어딘가로 흘러가는 마그마가 아니었다. 사건을 해결하기 전에는 절대로 물러서지 않는 악바리, 한 번 물면 놓지 않는 프로사냥꾼이었다. 악착같이 살인마들을 추적하다보면 그녀의 삶 역시 피폐해졌다. 괴물을 상대하려면 스스로 괴물이 되어야만 하니까. 일단 사냥에 착수하면 그녀는 괴물들과 조금도 다르지 않은 존재가 되었다.

살인마를 체포해 감방에 보내는 순간 느끼는 환희는 사실 아주 잠깐밖에 지속되지 않았다. 암세포를 도려낸 자리에서 다시 종양이 자라듯 아무리 살인마를 체포해도 살인사건은 끊이지 않고 발생했다. 매들린은 그럴 때마다 격렬한 사랑을 나눈 끝에 느끼는 허탈감과 비슷한 감정을 느꼈다.

매들린은 마음을 가라앉히기 위해 찬 공기를 흠뻑 들이마셨다.

이쯤에서 그만두는 게 어때? 넌 현실적인 사람이 되어야만 해. 너 혼자서는 미국의 프로파일러들을 탈진시킨 마왕 사건을 해결할 수 없어.

아니, 난 절대로 물러서지 않아.

매들린은 다시는 만나지 못할 일생일대의 사건을 해결해야 할 임무가 주어졌다고 생각했다. 강력계 형사라면 누구나 맡고 싶어 하는 사건이었다. 마왕 같은 납치살인마가 존재하는 한 젖병과 기저귀 사이를 오가는 평화로운 삶을 기대할 수는 없으니까. 이제는 괴물이 되어야 할 시간이었다. 사냥의 환희를 맛보아야 할 시간.

"안녕, 매들린."

누군가 그녀의 어깨에 손을 올려놓았다. 그녀는 그제야 혼자만의 상념에서 빠져 나왔다. 도미니크 우였다.

2

가스파르는 휴대폰소리를 듣고 잠에서 깨어났다. 벨소리로 저장해둔 삼바 리듬 때문에 그는 카니발이 한창인 리우 한복판에서 잠이 깬 기분이었다. 휴대폰을 잡으려는 순간 거짓말처럼 벨소리가 멎었다.

가스파르는 커튼을 젖히고, 자동 저장된 번호로 전화를 걸었다. 아드리아노의 사촌누이 이사벨라가 전화를 받았다.

"출근해야 하는 시간인데 좀 늦었어요."

이사벨라가 말했다.

전화기 너머로 자동차 소리, 경찰차의 사이렌소리, 흥분해서 떠드는 소리 등이 들려왔다. 메이드 인 뉴욕다운 소음이었다.

"크리스마스에도 출근해야 하는 거예요?"

"크리스마스는 내일이잖아요."

"어디서 일하는데요?"

"블리커 가에 있는 베이커리에서 컵케이크를 만들고 있어요. 오늘이 연중 가장 바쁜 날이죠."

이사벨라는 남편에게 숀 로렌츠가 방문했을 때 특별히 기억나는 게 있는지 물어보겠다고 했던 약속을 지켰다.

"앙드레가 두어 가지 이야기해줄 게 있대요. 남편을 만나려면 오전 10시 전까지 우리 집에 와야 해요. 남편이 아이들을 외할머니 댁에 데려다주기로 했거든요. 지각하게 만들지 않으려면 시간을 지켜서 와야 해요."

이사벨라는 말을 마치기 무섭게 전화를 끊었다.

그는 통화를 마치면서 휴대폰 화면에서 매들린이 보낸 문자메시지를 발견했다.

지난날 동료를 만나기 위해 밖에 나왔어요. 정오에 호텔에서 만나요. M.

가스파르는 그녀가 호텔에 없어 마음이 조금 상했지만 그녀가 본격적으로 사건에 뛰어들었다는 사실이 무엇보다 반가웠다. 앙드레를 만나보려면 서둘러야 했다. 그는 손목시계를 확인하고 나서 간단하게 샤워를 마친 다음 머리를 빗고 손 로렌츠가 즐겨 쓰던 향수를 뿌렸다.

가스파르는 거리로 나와 프랭클린 가까지 걸어가 지하철 표를 구매한 다음 1번 선을 타고 센트럴파크 남서쪽 콜럼버스 서클 역까지 갔다. 그 역에서 지하철을 갈아타고 할렘에서 가장 큰 125번가 역으로 갔다. 1990년대에 〈불꽃 제조자들〉이 수십 대의 지하철 전동차에 그래피티 작품을 남겼던 역이었다. 베아트리스가 스스로 목숨을 끊은 역이기도 했다. 역에서 빌베리 가까지 15분이 걸렸다. 빌베리 가의 거리와 길이 정말 마음에 들었다. 빌베리 가는 시간을 초월해 뉴욕의 향기를 오롯이 간직하고 있었다.

정원사가 이사벨라의 집 앞 길에서 마로니에나무의 가지를 치는 중이었다. 그가 전기톱을 댈 때마다 나뭇가지들이 몸을 떨며 인도로 떨어졌다.

"어서 오세요."

앙드레가 문을 열며 반갑게 맞아주었다.

가스파르는 전날 식탁에 둘러앉아 있던 세 아이들과 재회했다. 아이들 앞에 아침식사용 음식으로 그래놀라, 크림치즈, 빅토리아 파인애플, 골드 키위가 푸짐하게 놓여있다는 점이 달랐다. 아이들의 밝은 웃음소리와 재잘대는 소리는 덤이었다. 아이패드에서 〈호두까기 인형〉에 들어 있는 꽃의 왈츠가 흘러나왔다.

"제가 사무실에 나가 있는 동안 이사벨라와 많은 대화를 나누었다고 하더군요."

앙드레는 머리카락이 한 올도 남지 않은 민머리, 보디빌더처럼 탄탄한 근육질 몸매, 거무스름하게 그을린 피부, 가지런한 치아를 가진 남자로 보자마자 호감을 불러 일으켰다. 그는 대통령 선거 당시 테드 코플랜드 지지자들이 입었던 티셔츠에 트레이닝복 하의 차림이었다.

가스파르는 전날 이사벨라에게 했던 말을 반복했다. 숀 로렌츠의 전기를 집필하는 작가이며 줄리안의 사망과 관련해 궁금한 점이 많아 찾아왔다는 취지의 말이었다.

앙드레는 그의 말을 들으면서 오렌지 껍질을 까기 시작했다. 아직 유아용 의자 신세를 면치 못한 막내에게 주기 위해서였다.

"아시다시피 저는 숀 로렌츠를 딱 한 번 만났습니다. 이사벨라가 결혼 전 숀과 잠깐 사귀었다는 사실을 알고 있었기 때문에 그가 찾아왔을 때 저도 모르게 약간 경계심을 품기도 했죠."

"막상 그를 보니 어떤 생각이 들던가요?"

"숀이 아들 이야기를 하는 모습을 보자니 너무나 애처로워 보였어요. 그는 극심한 절망 상태에 빠져 정신이 나가 보였고, 눈에는 광기가 감돌더군요. 그는 이미 여자를 유혹하는 돈 주앙이 아니라 거리를 배회하는 노숙자 같은 처지였죠."

앙드레가 오렌지 조각을 막내아들에게 주고 나서 제법 자란 큰 아이들에게 지금부터 해야 할 일을 이야기했다.

"일단 양치질을 깨끗이 하고 나서 아빠랑 외가에 갈 때 들고 갈 도시락을 싸자, 알았지?"

앙드레가 미소를 짓고 나서 다시 이야기를 이어갔다.

"숀 로렌츠가 아드리아노와 오갔던 이야기에 대해 들려주면서 집을 조사해보겠다기에 그러라고 했어요."

앙드레가 아이들이 식사를 마친 아침식사 테이블을 치우기 시작했다. 가스파르는 얼떨결에 빈 접시를 개수대로 가져다주었다.

"제 입장으로는 굳이 반대할 이유가 없었죠. 어차피 이사벨라가 상속받은 집이었으니까요. 이사벨라에게 아이들을 데리고 잠깐 밖에 나가있으라고 하고 저만 집에 남아 숀 로렌츠가 집 안 구석구석을 뒤지는 모습을 지켜봤습니다."

"숀이 서류들을 찾아내 가져갔다던데요?"

"네, 숀이 서류가 들어있는 봉투를 찾아내 가져갔지만 무슨 내용인지 확인하지는 못했습니다."

가스파르는 좀 더 많은 정보를 얻을 수 있길 바랐지만 앙드레로부터 더는 얻어낼 게 없겠다는 생각이 들었다.

앙드레가 쓰레기통에서 오물이 가득 들어있는 비닐봉투를 꺼내 묶더니 현관문을 열고 집밖에 있는 컨테이너를 향해 던졌다.

"숀이 가져간 게 서류만은 아니었어요."

앙드레는 집 앞 계단을 내려가며 덧붙였다.

가스파르도 그를 뒤따라 내려갔다.

"숀이 아드리아노가 타고 다니던 차를 한 번 봐도 되는지 묻더군요. 닷지였는데, 일 년 넘게 골목길에 방치되어 둔 상태였죠."

앙드레는 턱짓으로 길가 도로와 직각을 이루고 있는 막다른 길을 가리켰다.

"아드리아노가 타고 다니던 차는 작년 여름에 팔았습니다. 제법 괜찮은 차였는데 아드리아노가 죽고 나서 길가에 방치해둔 탓인지 숀이 왔던 날 시동을 걸어보았더니 배터리가 방전된 상태였어요. 그가 차 안을 꼼꼼하게 살피더니 갑자기 뭔가 중요한 생각이 떠오른 듯 드러그스토어에 다녀오겠다고 하더군요. 5분 후, 그가 대형 비닐봉투를 사들고 나타났어요. 그는 트럭 짐칸의 바닥에 깔린 깔개를 벗겨내 비닐

봉투에 담더니 어디론가 떠났죠."

"아빠, 시드니가 나를 때렸어요!"

둘째 아들이 집밖으로 뛰어나오더니 앙드레의 품에 안기며 말했다.

"넌 형이잖아. 동생과 싸우지 말고 잘 보살펴야지."

앙드레가 둘째아들을 위로했다.

"숀이 무슨 의도로 깔개를 가져가려 하는지 묻지 않았나요?"

"숀의 얼굴은 마치 무슨 의식이라도 치르듯 매우 진지해보였어요. 얼굴에 견디기 힘든 고통이 어려 있었고, 무척이나 절박해보이기도 했죠. 마음 같아서는 그를 도울 수만 있다면 무슨 일이든 하고 싶었지만 좋은 생각이 떠오르지 않아 답답했어요."

둘째아들 녀석은 어느새 울음을 그치고 형에게 가지 못해 안달했다.

앙드레가 녀석의 머리를 장난스럽게 헝클어뜨렸다.

"직접 겪어보지는 않았지만 아들을 잃은 아빠 마음이 어떨지에 대해서는 능히 짐작하고도 남음이 있었죠."

앙드레가 혼잣말 하듯 중얼거렸다.

3

도미니크 우는 왕가위 감독 영화에 아주 잘 어울릴 것 같은 인물이었다. 클래식한 정장 차림에 니트 넥타이를 매고 있었고, 재킷 윗주머니에 실크 손수건이 꽂혀 있었다. 선글라스를 쓰고 있어 눈빛을 확인할 수는 없었지만 블루 캐시미어 트렌치를 입은 그의 자취는 맨해튼의 고층 빌딩들을 마주하고 있는 주변 풍경과 더할 나위 없이 잘 어울려보였다.

"나와줘서 고마워."

"시간이 많지 않아. 한스가 딸들과 함께 차에서 기다리고 있어."

도미니크는 적당한 간격을 두고 매들린의 옆자리에 앉았다. 그가 검정색 가죽장갑을 낀 손으로 외투 안주머니에서 두 번 접은 메모지를 꺼냈다.

"아드리아노 사건과 관련된 수사기록 문서를 들여다봤는데 이상하거나 의심이 가는 부분은 없었어."

"아드리아노는 어쩌다가 살해된 거야?"

"그는 무기도 소지하지 않고 마약딜러들의 싸움에 끼어들었다가 목에 칼을 맞았어."

"마약딜러는 누구였는데?"

"네스토 멘도사라는 놈이었는데 나이는 스물두 살이고, 엘 바리오의 수하 조직원이었어. 고약한 다혈질 성격 탓에 감방에서 3년 썩고 나오자마자 몹쓸 짓을 저지른 거야."

"FBI는 왜 아직까지 네스토 멘도사를 체포하지 못한 거야?"

도미니크가 어깨를 으쓱했다.

"놈이 쥐도 새도 모르게 증발해버렸어. 네스토 멘도사의 가족들이 샌안토니오에 사는데, 거기서도 놈의 흔적을 찾아내지 못했지."

"형사를 살해한 경우 훨씬 더 집요하게 수사를 펼치는 게 정상이잖아?"

"놈을 체포하기 위해 열 배는 더 신경썼지만 결국 실패했어. 신원이 확인되었으니 살아있다면 언젠가는 체포되거나 리틀 하바나 골목 어디에선가 사체로 발견되겠지. 당신이 아드리아노의 죽음에 대해 깊은 관심을 보이는 이유가 뭐지?"

도미니크는 약삭빠른 요원이었다. 그가 정보를 흘려주는 이유는 간단했다. 그녀가 사건의 냄새를 맡고 달려들어 수사를 성공적으로 마무리할 경우 그에게도 나름의 혜택이 돌아가기 때문이었다. 현직 형사인 아드리아노가 살해된 사건은 FBI나 NYPD 양측 모두에게 매우 예민했다.

"내가 보기에 아드리아노의 죽음은 다른 사건과 연루되어 있다는 생각이 들어."

"가령 어떤 사건?"

"당신이 그 사건에 대해 나보다 더 잘 알고 있지 않아?"

매들린이 그의 답변을 유도했다.

"혹시 아드리아노의 동생을 염두에 두고 하는 말이야?"

아드리아노의 동생?

매들린은 갑자기 아드레날린이 솟는 느낌이 들었다.

"당신이 알고 있는 정보를 허심탄회하게 털어놔 봐."

도미니크가 은테안경을 바로 잡았다. 마치 그의 동작 하나하나가 여러 번 연습해둔 안무 동작처럼 보였다.

"아드리아노가 살해되고 나서 주변사람들을 상대로 탐문수사를 벌이다가 이상한 점을 발견했어. 그에게 나이가 조금 어린 동생이 있었다는 사실을 알게 되었지. 이름이 뢰벤인데 플로리다대학교 역사학 교수였어."

"뢰벤이 아드리아노의 친동생이라는 뜻이야?"

"친동생인지 여부는 잘 모르겠지만 뢰벤은 2011년에 공원에서 사체로 발견되었어. 그는 그 공원에서 단 하루도 거르지 않고 달리기를 하는 습관이 있었나 봐."

"사인이 뭐였지?"

"야구방망이로 사정없이 두들겨 맞았어."

도미니크가 손에 들고 있던 종이를 펼쳤다.

"FBI는 뢰벤 살해사건이 벌어진 직후 그 공원에서 가끔 잠을 자던 노숙자 한 명을 체포했어. 야니스라는 사람이었는데, 그는 자기 자신을 변호하는데 무척이나 소극적이었지. 몇 년 동안 정신병원이나 노숙자 쉼터를 전전하며 살아왔으니까 그럴 수도 있었겠지. 야니스는 범행에 대해 순순히 자백했고, 30년 형을 선고받고 수감되었어. 도심 공원에서 벌어진 매우 중대한 사건인데 FBI가 졸속으로 결론을 내려버린 셈이지. 작년에 〈투명성 프로젝트Transparency Project〉에서 그 사건을 다시 파헤치기 시작했어."

"사법오류를 바로잡기 위해 활동하는 사회단체 말이지?"

"그들이 FBI수사가 졸속으로 진행되었다며 영장전담판사에게 재심을 신청했어."

"그들이 그렇게 주장한 근거가 뭐야?"

"FBI가 노숙자를 협박해 강제자백을 받아냈고, DNA검사도 엉터리로 진행했다는 주장이었지. DNA검사를 재실시해 오류를 바로 잡아야 한다는 거야. DNA검사 방법이 획기적으로 발전했으니 과거에 확인이 불가했던 증거물들을 재조사해볼 경우 보다 정확한 결과물을 얻어낼 수 있을 거라고 주장했지."

매들린은 고개를 갸우뚱거렸다.

"불과 4년 사이에 DNA검사 방법이 얼마나 발전했는데 그래?"

"얼마 전부터 DNA증폭이라는 신기술이 유전자검사에 쓰이기 시작했어. DNA증폭 기술을 활용할 경우 과거에는 분석이 불가능했던 증거자료에 대해 정확한 결과를 얻어내는 게 가능해졌어. 아무튼 DNA검사를 다시 실시한 결과 노숙자는 억울한 누명을 벗게 되었지."

눈치를 보아하니 도미니크는 효과를 극대화하기 위해 손에 쥔 패를 한꺼번에 다 보여주지 않고 뜸을 들이는 듯했다.

"사건 현장에서 발견된 DNA가 이미 FBI의 유전자정보 파일에 올라있었다는 거야?"

"바로 그거야. 게다가 형사의 DNA였어. 아드리아노 소토마요르 경위의 DNA."

매들린은 어찌나 놀랐던지 몇 초가 지난 다음에야 겨우 냉정을 되찾았다.

"아드리아노가 동생인 뢰벤을 죽였다는 거야?"

"DNA검사 결과 아드리아노의 혈흔이 현장에서 발견되었다고 하더라도 그가 뢰벤을 죽인 범인이라고 단정할 수는 없지. 현장에 다른 누군가가 더 있었을 수도 있으니까."

"아드리아노와 뢰벤은 평소 자주 교류하던 사이였대?"

"나도 몰라. 아드리아노는 이미 살해되어 묻혔으니 재수사 자체가 불가능했지."

"그럼 그 이야기는 거기서 마무리된 거야?"

"안타깝지만 내가 해줄 수 있는 이야기는 여기까지야. 자, 이번에는 당신이 내게 떡밥을 줄 차례야. 당신은 지금 어떤 사건을 파고 있는지 솔직하게 말해봐."

매들린은 고개를 가로저었다.

아직은 숀 로렌츠에 대해 말할 단계가 아니야. 마왕에 대해서는 더욱 아니지.

"지금은 이야기할 단계가 아니니까 조금만 더 기다려줘. 그 대신 내가 사건을 해결하는 즉시 당신에게 가장 먼저 모든 사실을 털어놓을게."

도미니크가 한숨을 푹 내쉬며 실망감을 감추지 못하다가 체념한 듯 자리에서 일어섰다.

"당신은 너무 아쉬워하지 말고 아드리아노 살해사건을 좀 더 깊이 캐 들어가 보는 게 좋을 거야."

매들린이 넌지시 충고했다.

도미니크가 트렌치코트를 여미더니 이내 미소를 지었다. 그의 몸짓에서 왠지 의도적으로 뭔가 연출하고 있는 느낌이 묻어났다. 그가 손을 흔들어 작별인사를 하고 나서 트렌치코트를 휘날리며 가족들이 타고 있는 차를 향해 걸어갔다.

매들린은 그가 방금 전 〈화양연화〉에서 양조위가 주제가가 울려 퍼지는 장면에서 선보인 연기를 따라했다는 사실을 알아내고 코웃음을 쳤다.

19. 지옥의 언저리에서

사람들은 저마다 자신만이 홀로 지옥에 있다고 여기는데, 바로 그런 생각이야말로 지옥이다.
─르네 지라르

1

식당 안에서 구수한 옥수수 빵 냄새가 솔솔 풍겼다. 가스파르는 추위로부터 몸을 보호하기 위해 할렘에서 소울 푸드의 전당으로 불리는 블루 피코크로 들어섰다. 주중에는 점심시간에만 문을 열지만 주말에는 10시부터 닭튀김, 매콤하게 조리한 고구마, 카라멜 소스를 곁들인 프렌치토스트 등으로 푸짐한 브런치를 즐길 수 있는 식당으로 유명했다.

가스파르는 카운터 가까이에 있는 말편자 모양 의자에 앉았다. 식당 안에는 손님들이 많았고, 따스한 온기와 더불어 활기가 느껴졌다. 세계 도처에서 온 관광객들, 가족 단위로 몰려온 보보스 족, 로맨틱한 이름이 붙은 칵테일을 홀짝거리는 젊은 아가씨들, 로버트 존슨이나 셀로니어스 멍크처럼 차려입은 흑인들이 저마다 즐거운 얼굴로 음식을 먹거나 이야기를 나누고 있었다.

가스파르는 바텐더의 주의를 끌기 위해 손을 번쩍 들었다. 그는 스카치위스키를 한 잔 마시고 싶은 마음이 굴뚝같았지만 유기농 루이보스 차와 쿠킹 바나나를 듬뿍 넣은 도넛을 시켰다.

가스파르는 음식을 먹으며 앙드레와 나누었던 대화를 떠올려보았다.

숀 로렌츠는 왜 픽업트럭의 짐칸 깔개를 비닐봉지에 담아 가져갔을까? 그는 짐칸 깔개에서 무얼 찾아내려고 했을까?

그 질문에 대해서는 복잡한 답이 나올 게 없었다. 상식적으로 생각하자면 유전자분석에 필요한 혈흔이나 타액 따위를 찾아내기 위해 깔개의 섬유조직을 분석해보려고 했을 가능성이 컸다.

가스파르는 가느다랗게 실눈을 뜨고 생각을 이어갔다. 머릿속에서 새로운 그림이 그려지고 있었다. 그가 지금껏 생각해온 방향과는 정반대 그림이었다.

숀 로렌츠는 아드리아노에게 도움을 요청하지 않았다. 심지어 그는 아드리아노가 줄리안을 납치하는데 가담했을 공산이 크다고 생각했다.

그렇다면 아드리아노는 베아트리스의 공범이었을까? 그런 시나리오가 가능하지 않은 이유가 있을까?

가스파르의 머릿속에서 소리를 제거한 영상이 부지런히 돌아갔다.

줄리안을 뒷좌석 혹은 짐칸에 태운 베아트리스의 트럭이 도로를 질주하고 있다. 손가락 하나가 잘려나간 줄리안의 손은 피투성이이다. 뉴 타운 크리크 어귀 강둑에 도착한 트럭은 먼저 와 대기하고 있던 닷지 옆에 멈춰 선다. 차에서 내린 아드리아노가 줄리안을 자신의 차 짐칸에 옮겨 싣는 베아트리스를 돕는다. 피 묻은 줄리안의 인형이 도로에 떨어진다.

가스파르는 눈을 깜빡였고, 소리 없는 영상이 이내 눈앞에서 사라졌다. 혼자 영화를 찍기에 앞서 증거를 확보하는 게 우선이었다. 그는 사건을 다른 각도에서 분석해보기 시작했다.

숀 로렌츠 역시 형사가 아니라 민간인 신분이었다. 짐칸 깔개의 섬유 조직을 분석하려면 가장 먼저 민간연구소를 물색해볼 필요가 있었다.

가스파르는 두 손으로 머리를 감싸고 이제까지 조사한 내용을 꿰어 맞추기 위해 정신을 집중했다.

숀 로렌츠는 12월 22일에 이사벨라의 집을 방문했다. 그날은 그가 죽기 바로 전날이었다. 그렇다면 그는 사망 당일에 민간연구소를 찾아갔을 가능성이 컸다.

그때 가스파르의 머릿속에서 벼락 치듯 한 가지 이미지가 떠올랐다. 12월 23일에 스톡하우젠 박사와 만날 약속시간을 적어두었던 숀의 수첩이 머릿속에서 아른거렸다.

가스파르는 휴대폰을 꺼내들고 구글 검색엔진에 여러 키워드 조합을 입력했다.

맨해튼, 민간연구소, DNA, 스톡하우젠 박사.

가스파르는 불과 몇 초 만에 원하던 해답을 찾아냈다.

〈펠티에 앤 스톡하우젠 법의학 혈액 연구소〉

가스파르는 어퍼 이스트사이드에 위치한 연구소의 홈페이지에 접속했다. 유전자분석 전문 민간연구소였다. FBI, 법원, 미국 법무부로부터 신임장을 얻은 민간기관으로 형사사건 수사나 사법 분쟁의 범위 안에서 유전자분석을 의뢰받아 실행해주고 있었다. 범죄 현장에서 발견된 지문, 혈흔, 각종 증거를 분석해 해당 인물을 찾아달라는 요청이 꾸준히 쇄도하고 있었다. 연구소를 이용하는 고객 중에는 개인들도 많았는데 친자 확인을 위한 경우가 대부분이었다.

연구소를 설립한 공동 창업자의 이력이 나와 있었다.

엘리안 펠티에 : 몬트리올 생뤽 병원 수석약사.

드와이트 스톡하우젠 : 존스홉킨스대학 생물학 박사.

가스파르는 즉각 연구소에 전화해 스톡하우젠 박사를 연결해달라고 했다.

스톡하우젠 박사의 여비서가 말했다.

"저는 숀 로렌츠의 전기를 집필 중인 작가인데 숀과 관련해 스톡하우젠 박사와 이야기를 나눌 게 있어서 전화했습니다."

가스파르는 이제 입만 열면 거짓말을 늘어놓는 사람이 되어 있었다.

"스톡하우젠 박사님을 만나려면 전화통화로는 곤란하고 방문목적을 명시한 이메일을 보내주셔야만 합니다."

"시간이 촉박해 이메일을 보내고 답변을 기다릴 시간이 없습니다. 제 휴대폰번호를 남겨둘 테니까 스톡하우젠 박사에게 한시바삐 만나길 원한다는 사정을 이야기해주세요."

"일단 박사님께 이야기해보겠습니다."

"네, 감사합니다."

가스파르는 여비서에게 휴대폰번호를 알려주고 전화를 끊었다.

그때 마침 매들린이 보낸 문자메시지가 도착했다. 아드리아노의 사촌 누이인 이사벨라의 연락처를 알려달라는 내용이었다.

가스파르는 새롭게 정한 방침에 충실하는 한편 더 많은 단서를 찾아내기 전까지 매들린과의 통화를 자제하기로 했다. 그는 이사벨라의 전화번호를 문자메시지로 찍어 보냈다.

차가 다 식어버려 다시 주문하려던 그의 눈이 왕방울 만하게 커졌다. 그의 시선은 바텐더 뒤쪽 벽을 도배하다시피 채우고 있는 수백 개의 술병에 고정되었다. 럼, 코냑, 진, 베네딕틴, 샤르트뢰즈 등 각종 술들이 다이아몬드처럼 반짝거리며 그를 유혹했다. 마치 최면이라도 걸린 듯 그는 술이 발산하는 오묘하고 신비스런 색채에 빠져들었다. 아르마냑, 칼바도스, 압생트, 퀴라소, 베르무트, 쿠앵트로 등등.

가스파르는 술을 딱 한 잔만 마시면 생각이 술술 풀리지 않을까 생각했다. 단기적으로 보자면 분명 그럴 가능성이 크지만 만일 다시 술을 입에 댄다면 조사를 시작하면서 엄격하게 지켜온 순수성이 훼손될 수밖에 없었다. 그의 조사는 사리사욕과는 무관했기에 스스로도 고결한 작업이라고 믿어왔다.

그럼에도, 황금빛으로 넘실거리는 위스키의 잔영이 머릿속에서 사라지지 않았다. 그의 정신은 이제 거의 무너져가고 있었다. 하필이면 가장 중요한 순간에 금단현상 때문에 곤란을 겪게 될 줄 몰랐다. 극심한 압박감이 가슴을 짓누르고, 관자놀이 부근에서 진땀이 흐르고, 귀가 윙윙거렸다.

가스파르는 각각의 술이 지니고 있는 맛을 소상하게 기억하고 있었다.

일본 술은 목 넘김이 부드럽고 살짝 크림 맛이 나고, 스코틀랜드 싱글몰트는 숲 향기가 나고, 아일랜드 위스키는 톡 쏘는 맛이 일품이고, 버번위스키는 한 모금만 마셔도 꿀맛이 입 안 가득 퍼지고, 시바스는 오렌지와 복숭아 향이 섞여 있지.

가스파르는 침을 꿀꺽 삼키며 몸 떨림을 억제하기 위해 연신 어깨와 목을 문질렀다. 아무리 고개를 저어 피하고 싶어도 이번 소나기는 쉽사리 지나갈 기세가 아니었고, 이미 통제권을 벗어난 상태였다. 그가 비로소 항복을 선언하고 술을 주문하려는 순간 휴대폰이 울렸다.

"네, 가스파르 쿠탕스입니다."

"저는 드와이트 스톡하우젠입니다. 점심식사 전에 잠깐 만나뵐 수 있을까요?"

2

매들린은 차창에 비치는 반사광으로부터 눈을 보호하기 위해 차양을 내렸다. 사방에서 내리꽂히는 햇빛이 어찌나 강렬한지 마치 시야 전체를 난도질당하는 기분이었다. 그녀는 벌써 두 시간째 픽업 운전대를 잡고 롱아일랜드를 향해 달려가는 중이었다. 변화무쌍한 풍경이 파노라마처럼 이어졌다. 황폐한 풍경이 절망감을 안겨주는가 하면 곧 정반대의 매혹적인 광경이 나타났다. 백만장자들의 호사스러운 대저택들이 1950년대식 해변 마을과 인접해 있었고, 그 지점을 지나면 이내 하얀 모래밭이 끝없이 펼쳐진 망망대해가 나타나는 식이었다.

매들린은 대서양을 따라 형성된 사우스햄프턴과 브리지햄프턴을 가로지르는 중이었다. 모래가 지천으로 날리는 도로에 다다르자 갑자기 내비게이션마저 먹통이 되었다. 꼼짝없이 길을 잃었다고 생각하며 차를 돌리려는 순간 마침내 양로원이 눈에 들어왔다. 해변에서 50미터쯤 떨어져 있는 낡은 건물이었고, 소나무와 자작나무 껍질로 감싼 외벽이 인상적으로 보였다.

매들린은 픽업에서 내리면서 쾅 소리가 나게 문을 닫았다. 모래바람이 거침없이 몰아치며 요드와 알칼리를 대기 중에 잔뜩 풀어놓았다. 그녀는 건물 입구로 이어지는 계단을 올라갔다. 초인종도 자동문도 없었다. 찢어진 방충망에 덧댄 문이 끼익 소리를 내며 열렸다. 인적이라고는 없는 양로원 로비에서 곰팡이 냄새가 물씬 풍겼다.

"계십니까?"

붉은 머리 남자가 계단 위쪽에서 모습을 드러냈다. 부스스한 얼굴에 간호사들이 즐겨 입는 가운을 걸친 남자는 손에 닥터 페퍼 캔을 들고 있었다.

"안녕하세요. 여기가 엘레녹 하우스 양로원 맞습니까?"

"네, 맞습니다."

"양로원 입주자가 아무도 없나요? 왜 이리 조용하죠?"

남자의 얼굴에 칼자국이며 여드름 자국이 나 있어 처음에는 매우 험상궂어 보였는데 막상 가까이에서 보니 파란 눈동자가 무척이나 선해 보였다.

"저는 호레이스라고 합니다."

남자가 고무줄로 머리를 가지런히 묶으며 이름을 말했다.

"매들린 그린입니다."

호레이스는 들고 있던 닥터 페퍼를 테이블에 내려놓았다.

"현재 양로원 입주자 대다수가 떠났습니다. 내년 2월 말에 양로원 문을 닫기로 결정되었거든요."

"아, 그래요?"

"양로원 건물을 허문 자리에 고급호텔이 들어설 예정입니다."

"정말이지 유감이네요."

호레이스가 인상을 찌푸렸다.

"월 스트리트 사람들이 이 지역 땅 전체를 마구잡이로 쓸어 담고 있죠. 하긴 그들은 이 지역뿐만 아니라 나라 전체를 다 사들이고 있으니까요! 테드 코플랜드가 대통령에 당선되었다고 해서 그들이 하루아침에 만행을 멈출 리 없죠."

매들린은 정치적인 사안에 대해서는 함구하기로 했다.

"저는 이 양로원 입주자인 안토넬라 보닌세냐 부인을 만나러 왔어요. 지금 여기에 계신가요?"

"네, 물론입니다. 제 생각이지만 아마도 넬라가 이 양로원에 가장 마지막까지 남아 있을 분 같네요."

호레이스가 손목시계에 힐끗 눈길을 주었다.

"넬라에게 점심을 가져다줄 시간입니다. 아마도 지금쯤 넬라는 베란다에 나와 있을 겁니다."

호레이스가 로비 끝을 가리켰다.

"식당을 가로질러 끝까지 가면 베란다가 나올 겁니다. 마실 거라도 한 잔 가져다줄까요?"

"콜라를 한 잔 마시고 싶어요."

"제로 칼로리?"

"이왕이면 오리지널 콜라로 한 잔 주세요. 제가 비만을 걱정할 정도는 아니잖아요."

호레이스가 빙긋 웃고 나서 주방 쪽으로 사라졌다.

양로원의 휑뎅그렁한 공동 거실을 보니 집안 대대로 전해 내려오는 오래된 저택이 떠올랐다. 가령 베노데, 휘츠테이블 같은 해안지역에 가면 '바닷가 전망 최고, 하루 2식 제공' 같은 팻말을 붙여둔 저택들을 자주 발견할 수 있다.

밖으로 드러나 있는 대들보, 조개껍질 무늬 천이 씌워진 일인용 테이블들을 보자니 1990년대에 발행된 《아르 에 데코라시옹》지에 질리도록 등장했던 인테리어가 떠올랐다. 원형 등, 유리관 안에 들어있는 먼지 쌓인 범선, 황동 나침반, 황새치 박제, 모비 딕 시절의 낚시 장면을 세밀하게 재현한 동판화 등도 공동 거실을 꾸미고 있는 인테리어 소품들이었다.

매들린은 바람이 그대로 들이치는 복도로 들어서자 마치 폭풍우 속에 갇힌 돛대 범선에 오른 것 같은 기분이 들었다. 금이 간 벽면과 물이 새는 지붕 때문에 건물 전체가 금방이라도 바다 속으로 좌초할 것만 같았다.

복도 끝 테라스에 나와 앉아 있는 넬라 보닌세냐는 생쥐 같은 얼굴에 눈만 유난히 큰 노인이었다. 큰 눈망울이 두터운 안경알 너머에서 초롱초롱 반짝였다. 스텐 칼라 원피스 차림의 노부인은 스코틀랜드 체크무늬 모직 담요로 무릎을 감싸고 앉아 아서 코스텔로의 소설《잠들지 않는 도시》를 읽고 있는 중이었다.

"안녕하세요."

"안녕하세요."

노부인이 읽고 있던 책에서 눈을 들어 올리며 인사에 응했다.

"그 소설, 재미있어요?"

"내가 제일 좋아하는 소설이죠. 벌써 몇 번째 읽는 거예요. 아서 코스텔로가 더는 글을 쓸 수 없게 되어서 유감이죠."

"아서 코스텔로가 사망했나요?"

"아직 살아있지만 글을 쓸 수 없을 정도로 심신이 피폐해졌대요. 자식 둘을 모두 자동차사고로 잃었다더군요. 처음 보는 얼굴인데 주사를 놔주러 온 분인가요?"

"아닙니다, 저는 매들린 그린이고, 형사입니다."

"영국인이죠?"

"어떻게 아셨죠?"

"악센트를 들으면 알 수 있어요. 아마 맨체스터 출신일걸요?"

매들린은 환하게 웃으며 고개를 끄덕였다.

"남편이 영국인이었어요. 프레스트위치 출신이죠."

"축구를 좋아하셨겠네요."

"맨체스터 유나이티드의 열혈 팬이었죠."

"라이언 긱스와 에릭 칸토나가 활약하던 시절인가요?"

노부인의 얼굴에 미소가 번졌다.

"보비 찰튼과 조지 베스트가 뛰던 시절이죠!"

매들린은 다시 진지해졌다.

"저는 지금 숀 로렌츠 관련 사건을 수사하고 있습니다. 혹시 숀 로렌츠가 누군지 아십니까? 청년시절에는 그래피티 작가로 활동했던 사람이죠."

"잭슨 폴록이 누군지는 알아도 숀 로렌츠는 잘 모르겠네요. 잭슨은 여기서 10킬로미터쯤 떨어진 스프링스에서 자동차사고로 사망했죠. 애인과 올스모빌을 타고 가다가 교통사고가 났어요. 잭슨이 만취상태로 운전을 했다더군요."

"1950년대에 벌어진 일이었죠. 숀 로렌츠는 잭슨 폴록보다는 한참 젊은 화가입니다."

"이봐요, 혹시 내 기억력이 희미해졌다고 생각해요?"

"그럴 리가요? 숀 로렌츠는 부인께서 예전에 가르친 제자들 가운데 하나인 아드리아노 소토마요르의 친구였어요. 혹시 아드리아노가 누군지 기억하세요?"

"아드리아노? 아, 그 녀석?"

넬라의 얼굴 표정이 갑자기 어둡게 변했다.

"부인께서 시청 사회복지국에 에르네스토 소토마요르의 폭력 행위를 고발했다던데 사실인가요?"

"네, 분명한 사실이죠. 아마 1970년대 중반 무렵이었을 거예요."

"에르네스토가 정말로 아들을 자주 때렸습니까?"

"때린 정도가 아니었죠. 에르네스토는 차라리 인간이 아니라 괴물이었어요. 잔인한 고문기술자이기도 했고요."

넬라의 목소리가 착 가라앉았다.

"변기 물속에 머리 처박기, 가죽벨트를 휘둘러 사정없이 때리기, 주먹으로 면상치기, 담뱃불로 지지기 따위가 그 빌어먹을 작자의 특기였죠. 하루는 아들에게 몇 시간 동안이나 팔을 들고 있게 하더니, 어느 날엔가는 맨발로 유리조각 위를 걷게 하더군요. 더 이상 말하지 않아도 그가 어떤 인간인지 짐작이 갈 거예요."

"그는 왜 아들에게 그런 짓을 했을까요?"

"세상에는 도저히 이해가 되지 않는 인간들이 있기 마련이죠. 옛날부터 줄곧 그래왔으니까요."

"아드리아노는 어땠습니까?"

"그 아이를 처음 봤을 때 인상이 무척이나 침울해보였고 말이 없었어요. 눈빛에서는 늘 동요하는 기색이 엿보였고, 집중력이 무척이나 떨어져보였어요. 알고 보니 가정에 심각한 문제가 있더군요. 한참 나중에야 그 아이의 온몸에서 참혹한 학대의 흔적을 발견하게 되었죠."

"혹시 아드리아노가 아버지의 폭력 문제에 대한 이야기를 털어 놓던가요?"

"가끔 에르네스토가 저지른 폭력 행위에 대해 자세하게 이야기해주었어요. 에르네스토는 매일같이 아이를 때리거나 벌주는 게 취미이다시피 했으니까요. 대부분 그의 트롤선에서 폭력을 자행했죠."

"아드리아노의 엄마는 그 사실을 알고도 묵인했나요?"

전직 여교사는 두 눈을 가느다랗게 떴다.

"아드리아노의 엄마라? 뭐 그렇게 말할 수도 있겠죠. 이름이 뭐였더라? 맞아, 비앙카였어요."

"그 여자는 아드리아노가 어릴 때 집을 나갔다던데, 사실인가요?"

넬라는 주머니에서 손수건을 꺼내더니 브로우라인 안경의 렌즈를 닦았다. 하얗게 센 머리카락에 안경이 더해지자 언뜻 KFC 할아버지로 유명한 샌더스 대령의 자취가 보였다.

"내 짐작이지만 비앙카도 폭력의 대상이었나 봐요."

"음식이 뜨거우니까 조심해서 드세요!"

호레이스가 테이블 위에 콜라 캔과 찻주전자, 연어와 양파, 케이퍼, 크림치즈 베이글 샌드위치가 담긴 쟁반을 내려놓으며 말했다.

넬라는 매들린에게 음식을 같이 먹자고 제안했다.

"러스 앤 도터스 베이글은 아니지만 제법 맛이 괜찮아요."

넬라가 샌드위치를 한 입 베어 물고 우물우물 씹으며 말했다.

매들린도 샌드위치에 콜라를 곁들여 먹으며 질문을 계속했다.

"아드리아노에게 동생이 있었죠?"

넬라가 미간을 찌푸렸다.

"내가 알기로 동생은 없었는데요."

"이름은 뢰벤이고, 나이 차가 일곱 살 나는 동생이라던데요."

넬라가 잠시 생각에 잠겼다.

"비앙카가 집을 나갔을 당시 에르네스토의 아이를 임신하고 있었다는 소문이 나돌긴 했어요. 유언비어에 가까운 그렇고 그런 소문들 있잖아요."

"부인은 그 소문을 믿지 않으셨군요?"

"그 당시 비앙카가 임신을 하고 있었다면 당연히 에르네스토의 아이였겠죠. 비앙카의 미모가 돋보이긴 했지만 티버튼의 그 어떤 남자도 에르네스토와 적대관계가 되는 위험을 감수하려 들지 않았을 테니까요."

매들린은 여전히 뭔가에 부딪쳐 한 발자국도 앞으로 나아가지 못했다.

"비앙카는 왜 아드리아노를 버려두고 떠났을까요?"

넬라가 그 마음을 어찌 알겠느냐는 표정을 지으며 어깨를 으쓱했다.

베이글을 한 입 베어 물었던 그녀가 잊고 있었다는 듯 갑자기 물었다.

"당신은 이 모든 이야기를 어떻게 알았죠? 게다가 내가 이 양로원에 머문다는 건 어떻게 알게 되었나요?"

"이사벨라 덕분이죠."

매들린이 담담하게 대답했다.

넬라가 아드리아노의 사촌누이를 기억해내기까지 잠시 시간이 필요했다.

"아, 이사벨라라면 나도 잘 알아요. 그 아이가 가끔 나를 보러온 적이 있으니까. 당신처럼 인상이 정말 좋은 아이죠."

"저는 겉모습과는 달리 그다지 착하지는 않아요."

매들린이 빙긋 웃으며 농담을 건넸다.

넬라도 빙그레 미소 지었다.

"그 후, 아드리아노를 다시 만난 적 있나요?"

"아드리아노가 티버튼을 떠난 이후로는 단 한 번도 만난 적이 없어요. 자주 그 아이가 생각나더군요. 어디서든 잘 지냈으면 좋겠어요. 혹시 그 아이 소식을 알고 계세요?"

매들린은 어떻게 대답해야 할지 몰라 잠시 주저했다. 그녀는 참담한 소식을 전하는 악역을 맡고 싶지 않았다.

"네, 부인이 걱정하지 않아도 될 만큼 잘 지내고 있어요."

"당신은 좋은 여자가 분명한데 거짓말도 제법 잘 하는군요."

넬라가 눈치를 챈 듯 매들린을 가볍게 질책했다.

"부인께서는 아드리아노를 지도한 선생님이었으니 진실을 알 권리가 있겠네요. 아드리아노는 2년 전에 죽었습니다."

"아드리아노가 당신의 수사와 관련이 있겠군요. 그 일이 아니면 당신이 나를 만나러올 리 없을 테니까요."

"아직 수사가 지지부진한 형편이라 저도 아직은 별로 아는 게 없습니다."

매들린은 아드리아노의 사망소식 때문에 분위기가 무거워지지 않도록 화제를 바꾸었다.

"에르네스토가 말년에 인후암을 앓아 고생이 막심했나 봐요. 그러자 아드리아노가 그를 집에 데려가 병수발을 들었다고 하더군요. 그런 일이 어떻게 가능했을까요?"

넬라의 커다란 눈이 두 배는 더 휘둥그레졌다.

"아드리아노가 그를 용서하고 선행을 베풀었다면 정말이지 깜짝 놀랄 만한 일이죠."

"무슨 뜻이죠?"

매들린은 노인이 차를 마실 수 있도록 도우며 물었다.

"잔혹한 폭력이나 고문은 겪어보지 않은 사람은 상상조차 할 수 없을 만큼 고통스럽습니다. 아드리아노는 어린 시절 내내 끔찍한 폭력을 당했고, 그 참담한 고통을 고려해볼 때 트라우마가 없었다면 말이 안 되겠죠."

"시간이 지나면서 차츰 어린 시절의 악몽이 희미해지지는 않았을까요?"

"폭력 행위에 장기간 노출되어 있던 사람의 트라우마는 시간이 흐른다고 해서 저절로 해소되기는 어렵습니다. 당한 만큼 자기 자신 혹은 다른 사람에게 되돌려주게 되죠."

매들린은 넬라가 무슨 말을 하고 싶은지 종잡을 수가 없었다.

"혹시 〈마왕〉에 대해 생각나는 게 있나요?"

"아뇨, '마왕'이라면 혹시 정원용 상표인가요?"

매들린은 자리에서 일어나 넬라에게 작별인사를 건넸다.

"만나 뵙게 되어 반가웠어요, 넬라. 이제 돌아가 봐야겠어요."

매들린은 노부인이 마음에 들었다.

나에게도 이런 할머니가 계시면 얼마나 좋을까?

매들린은 양로원에 도착한 이후 내내 머릿속에서 맴돌던 불안한 생각을 털어놓았다.

"간호사 말인데요."

"호레이스 말인가요?"

"네, 그가 잘 대해주나요? 얼굴에 칼자국도 있고, 어쩐지 좀 걱정이 되어서요."

"사람을 겉모습으로 판단해서는 안 되죠. 호레이스를 평가할 때 꼭 필요한 말입니다. 아주 좋은 사람이니까 안심해도 괜찮아요. 호레이스 역시 녹록하지 않은 인생을 살아왔죠."

넬라의 말에 마침표라도 찍듯 강한 바람이 지나가면서 벽이 갈라져 있던 베란다에서 불안한 소리가 울려 퍼졌다. 몹시 당황한 매들린은 베란다 쪽으로 고개를 들어올렸다. 마치 마음에 금이 간 것처럼 불안했다.

"양로원이 곧 문을 닫는다면서요?"

"석 달 후에 문을 닫게 되었어요."

"그 이후에는 어디에서 머물지 대책을 마련해 놓으셨어요?"

"내 걱정은 하지 말아요. 난 남편이 있는 곳으로 가면 그만이니까."

"돌아가셨다고 들었는데요."

"1996년에 죽었어요."

매들린은 대화가 우울한 방향으로 흘러가는 게 싫었다.

"부인은 아직 돌아가실 때가 되지 않았어요. 여전히 건강하시잖아요."

노부인이 손사래를 쳤다.

매들린이 공동으로 사용하는 살롱 근처까지 갔을 때 넬라가 그녀를 불렀다.

"난 당신이 뭘 찾고 있는지 모르겠지만 내 생각에 끝내 원하는 걸 찾지 못할 것 같군요."

"남다른 예지력이 있는 영매처럼 말씀하시네요?"

넬라가 빙그레 웃으며 머리를 매만졌다.

"그 대신 다른 걸 찾게 될 거예요."

넬라가 장담하듯 말했다.

매들린은 손을 흔들어 보이고 나서 픽업을 향해 걸어갔다. 차에 오르기 전, 그녀는 자연경관이 고스란히 보존되어 있어 마치 시간이 정지한 듯 보이는 해변까지 걸어갔다.

몇 달 후면 포크레인이 이 일대를 모두 밀어버리고 호텔, 사우나, 경비행기 이착륙장 등을 짓겠지? 어리석고, 사악하고, 미련한 짓이야.

빌어먹을!

매들린은 자기도 모르게 가스파르의 생각에 동조하고 있었다. 그녀는 픽업으로 돌아와 흰 모래가 깔린 해변과 양로원을 사진에 담았다.

넬라의 말이 맞을지도 몰라. 어쩌면 난 벌써 여기에서 뭔가를 발견했을 수도 있어. 아직 그게 뭔지 잘 모른다는 게 문제일 뿐이지.

매들린은 시동을 걸고 국도 쪽으로 방향을 잡았다. 몇 킬로미터쯤 달리던 그녀는 생각을 차분하게 정리했다. 한 시간쯤 달렸을 때 휴대폰이 울렸다. 화면에 이름이 떴다.

도미니크 우.

3

그 지역에 자주 와본 사람들은 그 건물을 루빅의 육면체라고 불렀다. 택시가 가스파르를 어퍼 이스트사이드 북쪽, 102번 가와 매디슨대로가 교차하는 지점에 내려준 다음 횡하니 사라졌다.

펠티에 앤 스톡하우젠 연구소는 여러 가지 색깔의 유리를 사용해 지은 육면체 건물이었다. 알록달록한 원색 유리를 사용한 덕분에 온통 회색과 갈색 일색인 주변건물들 가운데에서 단연 눈에 띄었다.

누가 미국사람들은 일이 바빠 휴가를 떠나지 않는다는 망언을 퍼뜨렸을까?

오전 시간이었지만 연구소는 빈자리가 많았다. 가스파르는 살이 너무 없어 얼굴 윤곽이 도드라져 보이는 여직원에게로 다가갔다. 그녀는 창백할 정도로 하얀 피부, 어둡고 우울해 보이는 눈빛 탓에 마치 베르나르 뷔페가 그린 그림에 등장하는 여인들을 연상시켰다. 그녀가 마운트 시나이 병원이 마주보이는 7층 사무실로 가스파르를 데려갔다.

"어서 오십시오!"

드와이트 스톡하우젠은 여행 준비를 하고 있었던 듯 소파 옆에 두 개의 캐리어와 모피 부츠 한 켤레가 놓여 있었다.

"아스펜의 제롬호텔에서 크리스마스를 보내려고요. 혹시 거기에 가본 적 있습니까?"

스톡하우젠 박사의 목소리에서 왠지 거드름을 피우는 느낌이 묻어났다.

"최근에는 가보지 않았습니다만 오래전에 방문한 적이 있습니다."

스톡하우젠 박사가 손짓으로 소파를 가리키며 앉으라고 권했지만 정작 그 자신은 잠시 그대로 서 있었다. 그는 휴대폰 화면에 두 눈을 고정시키고 마치 피아노 치듯 화면을 두드렸다. 유난히 통통한 그의 손안에 든 휴대폰이 소인국에서 사용하는 기기처럼 작아보였다.

"잠깐만 앉아 계세요. 공항에 제출할 망할 놈의 서류를 작성하고 있었거든요."

가스파르는 소파에 앉아 스톡하우젠 박사를 조심스럽게 관찰했다. 그가 어렸을 때 엄마는 가끔 파리 16구나 비콘힐에 사는 남자들과 어울렸다. 그 남자들과 스톡하우젠 박사가 왠지 닮은꼴로 보였다. 그가 입고 있는 글렌 체크 모직바지와 트위드 재킷이 태슬 로퍼 안에 신은 감마렐리 양말과 기가 막히게 잘 어울렸다.

드디어 이중 턱에 루이16세를 빼닮은 그가 맞은편 소파에 와서 앉았다.

"숀 로렌츠에 대해 알아볼게 있다고 하셨죠?"

"그가 일 년 전, 그러니까 2015년 12월 23일에 여기에 왔었죠? 그가 사망한 날이기도 하고요."

"네, 그날 그가 여기에 왔었죠. 그가 유명 화가라던데 맞습니까?"

스톡하우젠 박사가 손을 들더니 사무실 벽면을 가리켰다.

"보시다시피 저도 미술품을 수집하고 있죠."

한껏 거드름을 피우는 태도였다.

이미 수많은 가정의 거실과 수백만 대의 컴퓨터 바탕화면을 장식하고 있는 반스키의 〈빨간 풍선을 든 소녀〉가 눈에 들어왔다. 데미안 허스트가 계속 변화된 작품을 선보이는 〈다이아몬드 해골〉이며, 깨진 바이올린을 형상화한 아르망의 대형 조각품도 보였다.

요컨대 그가 혐오하는 작품들뿐이었다.

"자, 그럼 숀 로렌츠 이야기를 해볼까요?"

가스파르가 말했다.

스톡하우젠 박사는 미꾸라지처럼 요리조리 빠져나가며 좀처럼 원하는 답변을 해주지 않았다.

"당신은 어떤 경로로 숀 로렌츠 사건을 알게 되었죠?"

스톡하우젠 박사가 물었다.

가스파르는 그에게 말려들 생각이 없었다. 스톡하우젠 박사가 그를 만나준 건 그의 명성과 연구소의 신뢰를 위해 뭔가 필요한 부분이 있었기 때문일 테니까.

"스톡하우젠 박사님, 곧 여행을 떠나신다니 거두절미하고, 숀 로렌츠가 이 연구소를 찾아와 무엇을 요청했는지 말씀해주세요."

"짐작하시겠지만 고객의 방문 사유는 비밀에 부쳐야 합니다."

"단언컨대 그 비밀을 그리 오래 유지하지는 못할 겁니다. 형사들이 아스펜으로 박사님을 찾아가 수갑을 채우면 모든 비밀이 저절로 풀릴 테니까요. 아마도 제롬호텔이 떠들썩해지겠군요."

스톡하우젠 박사가 불쾌감을 감추지 않았다.

"형사들이 도대체 무슨 이유로 나를 체포한단 말입니까?"

"아동 살해 공범 혐의로요."

스톡하우젠 박사의 안색이 하얗게 질렸다.

"여기서 당장 나가요! 난 내 변호사와 이야기를 나눌 테니까."

가스파르는 밖으로 나가기는커녕 오히려 소파 안쪽으로 엉덩이를 깊숙이 들이밀었다.

"물론 극단적인 상황을 만들지 않도록 사전에 원만한 해결방법을 찾아봐야겠죠."

"당신이 원하는 게 뭡니까?"

"이미 말씀드렸잖아요."

스톡하우젠 박사의 이중 턱이 벌벌 떨렸다. 그가 재킷 주머니에서 손수건을 꺼내더니 연신 땀을 닦았다.

"그날, 그러니까 12월 23일에 숀 로렌츠는 대단히 흥분한 상태로 여기에 왔습니다. 마치 정신이 나간 사람처럼 보였죠. 그가 유명 화가가 아니었다면 아예 상대하지 않았을 겁니다."

"혹시 그가 커다란 비닐봉투를 가져오지 않았던가요?"

스톡하우젠 박사가 입을 비죽 내밀었다.

"비닐봉투 안에 트럭의 짐칸 깔개가 들어있더군요."

가스파르는 다 안다는 듯 고개를 끄덕였다.

"닷지트럭의 짐칸 바닥에 깔려있었죠."

"숀 로렌츠는 그 깔개에 아들의 DNA가 남아있는지 알고 싶어 했어요."

"기술적으로 가능한 일인가요?"

스톡하우젠 박사가 어깨를 으쓱했다.

"당연하죠. 눈앞에 있는 숀 로렌츠의 타액을 채취하면 해결되는 일이니까요. 그가 요청한 DNA감식은 친자 확인 테스트보다 아주 조금 정교한 작업을 요할 뿐이죠. 물론 시간은 좀 더 많이 걸립니다."

"숀 로렌츠는 한시바삐 결과를 얻고 싶어 했겠군요."

스톡하우젠 박사가 고개를 끄덕였다.

"연말연시만 되면 자리를 비우는 직원들이 많아 일이 많이 밀리게 되죠. 아무리 난해한 문제라고 하더라도 대가를 지불할 수표책만 있으면 해결방안이 생기게 마련입니다."

"숀 로렌츠는 유전자검사 비용으로 얼마를 지불했습니까?"

스톡하우젠 박사가 대답 대신 자리에서 일어나더니 반스키의 그림이 걸려 있는 벽면을 향해 걸어갔다. 그림 뒤쪽 벽에 디지털 금고가 숨겨져 있었다. 그가 금고를 열더니 목재 액자를 꺼냈다. 그 액자에 뉴욕의 마천루와 스카이라인을 그린 숀 로렌츠의 그림이 들어있었다.

가스파르는 그제야 일이 어떻게 진행되었는지 대강 짐작이 되었다.

스톡하우젠 박사가 간단한 유전자감식을 해주는 대가로 그림을 갈취한 게 분명했다. 그는 그 행위가 얼마나 파렴치했는지 전혀 깨닫지 못한 눈치였다.

"아마 이 그림이 숀 로렌츠의 마지막 작품이 아닐까 생각합니다. 이 그림을 그려준 날 사망했으니까요."

그가 자기가 한 말에 흡족해하면서 껄껄 웃었다.

가스파르는 그 그림을 갈가리 찢어 바닥에 뿌려버리고 싶은 마음이 간절했지만 가까스로 억눌러 참았다. 그렇게 하면 기분이야 풀리겠지만 반드시 필요한 정보를 얻어낼 수 없을 테니까.

가스파르는 애써 평정심을 유지하며 대화를 이어갔다.

"숀 로렌츠는 유전자감식 일정을 줄일 목적으로 그 그림을 그려주었겠군요."

"난 그에게 12월 26일 아침에 검사 결과를 알려주겠다고 약속했어요."

"그러니까 숀 로렌츠는 사흘 후 다시 여기에 올 예정이었겠네요?"

"약속한 날짜에 결과를 얻어냈지만 그는 오지 않았습니다. 그가 죽었으니까 당연한 일이죠. 유전자감식 결과는 연구소 컴퓨터에 그대로 저장되어 있습니다. 사법기관의 제출 명령도 없었고, 찾으러 오는 사람도 없었으니까요."

"숀 로렌츠의 사망소식을 모든 신문이 대서특필했는데 박사님은 왜 아무런 조치를 취하지 않았죠?"

"그는 심장마비로 길 한가운데에서 쓰러져 죽었습니다. 그의 사인은 우리 일과는 전혀 상관이 없었죠."

스톡하우젠 박사의 주장이 거짓은 아니었지만 가스파르는 기분이 몹시 언짢았다.

"숀 로렌츠가 의뢰한 유전자감식 결과는 어땠나요?"

가스파르는 조바심치며 물었다.

"우리는 깔개에 묻어 있던 혈흔의 주인공이 누군지 알아냈습니다."

"누구의 혈흔이었죠?"

"숀 로렌츠의 아들이 남긴 혈흔이었습니다."

"왜 경찰에 신고하지 않았나요?"

"저는 사실 지난 9월에야 유전자감식 결과를 알게 되었습니다. 유전자감식은 제가 직접하는 게 아니니까요. 의뢰자인 숀 로렌츠가 이미 사망했기 때문에 제가 감식결과를 알고 있어야 할 필요성을 느끼지 못했습니다. 지난 가을에 컴퓨터 자료 정리를 하다가 우연히 결과를 알게 되었죠. 게다가 그의 아들 역시 살해되었다고 하더군요. 그런 마당에 경찰에 신고한들 무슨 의미가 있겠습니까?"

"하긴 그러네요."

가스파르도 마지못해 동의했다.

가스파르가 자리에서 일어서자 스톡하우젠 박사가 엘리베이터까지 배웅하겠다며 따라나섰다.

"혈흔이 발견된 트럭은 누구 소유였습니까? 혹시 살해범인 베아트리스의 트럭은 아니었죠?"

가스파르는 그제야 스톡하우젠 박사가 뭔가를 숨기고 있다는 느낌을 받았다.

"빌어먹을! 박사님은 아직 저에게 털어놓지 않은 게 있군요."

엘리베이터의 문이 열렸지만 가스파르는 스톡하우젠 박사의 얼굴에서 눈을 떼지 않았다. 그가 방금 전까지 달리기를 한 사람처럼 가쁜 숨을 몰아쉬었다.

"그 깔개에는 다른 사람의 혈흔과 타액도 묻어 있었습니다."

"혹시 다른 아이들의 혈흔과 타액이었나요?"

"섣불리 단정하지 마세요."

"그럼 박사님이 직접 말씀해보세요."

"깔개에 다른 사람의 혈흔이나 타액이 묻어 있었다는 것만 확인했을 뿐 누구 건지는 모릅니다."

"FBI의 유전자파일에 넣어 조사해보면 금세 알 수 있겠네요?"

스톡하우젠 박사는 이제 숨을 헉헉거리는 수준이었다.

"아마도 그렇겠죠."

4

매들린은 차의 속도를 늦추며 전화를 받았다.

"도미니크, 무슨 일이야?"

"아드리아노 사건을 다시 들춰보다가 이상한 점을 발견했어."

"뜸들이지 말고 어서 말해 봐."

"뢰벤이 죽기 몇 주일 전 게인스빌경찰서에 그의 어머니가 실종되었다는 신고가 접수되었더군."

"뢰벤의 어머니라면 비앙카 소토마요르를 말하는 거야?"

"그래, 비앙카는 1946년 생이니까 그 당시에는 65세였지. 그녀는 은퇴하기 전까지 매사추세츠에서 시작해 토론토, 미시간, 올랜도 등지의 병원에서 일한 경력이 있더군."

"비앙카에게 재혼한 남편이나 남자친구가 있었어?"

"캐나다 출신 의사와 잠깐 동안 함께 살았고, 올랜도에서 자동차 딜러와도 동거한 적이 있어. 자동차딜러는 2010년에 사망했어. 실종신고가 접수될 무렵에는 스파를 운영하는 마흔네 살짜리 남자와 동거중이었나 봐."

"경찰은 실종신고가 접수되고 나서 곧바로 수사를 시작했대?"

"당연히 수사를 시작했겠지만 관련 자료가 전혀 남아 있지 않아. 실종 전후에 어떤 일이 있었는지에 대한 기록도 전혀 없어. 비앙카는 그야말로 조용히 증발해버린 거야."

"판사는 사망판결을 내렸어?"

"2015년 11월에 최종적으로 사망판결을 내렸더군."

아드리아노의 상속이 늦어진 이유가 비앙카 때문이었어.

매들린은 마음속으로 짐작했다.

"이제 내 몫은 다했어. 당신이 왜 이 사건에 관심을 보이는지 말해 줘야 할 차례야."

"내가 나중에 다시 전화할게."

매들린은 상대가 불만을 토로할 틈을 주지 않고 곧바로 전화를 끊었다. 그녀는 이사벨라에게 전화했지만 곧장 음성메시지로 넘어갔다.

그제야 매들린은 가스파르에게 전화를 걸었다.

"지금 어디예요?"

"맨해튼이 아니면 내가 어디에 있겠어요. 파페에테나 보라보라에서 감언이설을 늘어놓는 중일 거라고 생각한 건 아니죠? 방금 전에 스톡 하우젠 연구소에 다녀왔어요."

"지금 맨해튼으로 가는 중이니까 그 이야기는 나중에 들을게요. 차를 렌트했는데 스테이트 국도 헴스테드 근처에 있어요. 햄프턴에 다녀오는 길인데 만나서 이야기해요."

"나도 들려줄 이야기가 많아요."

"한 시간 정도면 도착할 수 있을 거예요. 그동안 당신이 급히 해줄 일이 있어요."

가스파르는 그녀가 전날과 달리 목소리가 매우 활기차다는 사실을 느낌으로 알 수 있었다.

"뭔지 말해 봐요."

"호텔에서 두 블록 떨어진 토마스 가에 호가트 하드웨어라고 하는 공구상이 있어요."

"공구상에 가서 뭘 사와야 하는데요?"

"손전등 두 개, 형광 튜브, 장도리, 쇠지레를 사와요."

"어디에 쓰려고요?"

"차차 알게 될 거예요."

20. 총애 받던 아들

검정은 그 자체로 하나의 색이다. 그 색은 다른 모든 색을 요약하고 소진시켜버린다.
-앙리 마티스

1

가스파르와 매들린은 이른 오후에 뉴욕을 떠나 차량이 밀리기 시작하는 동쪽 길로 접어들었다. 뉴헤이븐까지 가는 1백 킬로미터는 그야말로 악몽의 길이었다. 고속도로가 주차장을 방불케 할 만큼 차들이 빼곡한데다 구간 안에 지나쳐야 할 교차로가 너무 많았다.

그들은 고속도로에 갇혀 오도 가도 못하는 신세가 된 틈을 이용해 각자 조사한 퍼즐 조각들을 맞춰나갔다. 아드리아노의 학대 받은 어린 시절 이야기, 한 가정의 폭력과 불행이 몇 년이 흐르고 나서 시한폭탄처럼 광적인 살해를 야기했을 수도 있다는 이야기, 부모가 괴물로 만들어버린 소년의 이야기가 끝도 없이 이어졌다.

어느새 땅거미가 내려앉았고, 매들린은 히터를 틀어 차의 실내온도를 높였다. 미처 느낄 새도 없이 하루가 훌쩍 지나버렸다. 이제 완강하게 닫혀 있던 비밀의 문이 절반쯤 열렸다고 봐도 무방했다.

수사 과정에서 가장 흥분되는 순간이었다. 수면 아래에 깊숙이 숨겨져 있던 비밀들이 엄청난 파괴력과 함께 순식간에 수면 위로 부상했다. 진실이 반격을 가해오는 순간이었다.

매들린의 머릿속에서 답답하던 안개가 걷히기 시작했다. 그녀는 안개가 말끔히 사라졌을 때 만나게 될 진실이 두려웠다.

비극의 뿌리를 파헤치기, 한 사람의 삶이 기우뚱한 순간을 포착하기란 언제나 지난한 일이었다. 비극은 1976년 여름 매사추세츠 주의 작은 항구 티버튼에서 시작되었고, 그들은 지금 현장으로 가는 중이었다.

그해 여름, 보건소에서 일하던 간호사 비앙카는 둘째 아이를 임신했다는 사실을 알게 되었다. 임신진단키트로 임신 사실을 최종적으로 확인한 그녀는 중대결심을 했다. 매일이다시피 계속되는 에르네스토의 욕설과 폭력을 감당할 수 없었던 그녀는 집을 떠나 캐나다로 도망쳐 새로운 삶을 시작하기로 결심했다.

그 무렵, 아드리아노의 나이는 여섯 살이었다. 엄마가 도망치고 나서 폭력적인 아버지와 단둘이 살게 된 아드리아노는 매일이다시피 매질을 당했다. 아이는 아버지가 때리면 맞고, 모욕을 주면 아무런 저항도 하지 못하고 감당했다. 상상조차 하기 힘든 고통을 견디던 아이는 2년이라는 시간이 흐르고 나서야 담임선생님인 넬라 보닌세냐에게 아버지의 학대 사실을 털어놓았다.

그 후, 아이의 삶은 비로소 제대로 된 궤도를 찾아가는 듯했다. 아버지로부터 멀리 떠나 호의적인 입양가정에서 살 수 있게 되었고, 그 덕분에 사촌누이 이사벨라와도 다시 연결이 되었다.

아드리아노는 할렘에서 청소년기를 보내면서 그래피티 천재인 숀 로렌츠, 칠레 이민자의 딸 베아트리스 등과 함께 활동하며 우정을 나누었다. 베아트리스는 외모 때문에 주변 사람들로부터 수시로 경멸과 모욕을 당하다보니 차츰 성격이 포악해졌다.

세 젊은이는 〈불꽃 제조자들〉이라는 그래피티 그룹을 결성하고 지하철 전동차와 맨해튼의 벽을 온통 그들만의 색채로 뒤덮었다. 공부에 흥미가 없었던 아드리아노는 일찌감치 학교를 떠나 질풍노도 같은 청소년기를 보내다가 마음을 잡고 경찰이 되었고, 그 후 별 탈 없이 커리어를 쌓아가기 시작했다. 겉보기에는 안정되고 균형 잡힌 삶을 꾸려가기 시작한 셈이었다. 그의 머릿속에서 무슨 일이 일어나고 있는지에 대해서는 아무도 짐작할 수 없었다.

그때부터 두 사람의 퍼즐 맞추기는 확신보다는 가설 쪽으로 기울기 시작했다. 가설로 점철되긴 했어도 그들이 더불어 맞춰가는 전체적인 퍼즐은 놀라울 정도로 일관성을 보였다.

매들린은 아드리아노가 겪은 암울한 어린 시절의 기억이 완전히 사라져버린 게 아니라고 확신했다. 그 시절의 암울한 기억은 2010년대 초, 다시 말해 아드리아노가 게인스빌대학교에서 학생들을 가르치는 동생 뢰벤의 존재를 알게 되면서부터 다시금 수면으로 떠오르게 되었다.

두 형제는 오래전부터 서로의 존재를 알고 있었을까? 만나서 대화를 나눈 적이 있었을까?

매들린은 아직 그 질문에 대해 확답을 내릴 수 있는 단계에까지 이르지 못했다. 그 무렵, 아드리아노의 머릿속에서는 증오와 복수심이 활활 타오르고 있었고, 광적인 살인충동에 휩싸여 있었다. 그 무렵 아드리아노는 그를 혼자 남겨두고 사라진 엄마가 플로리다에 살고 있다는 사실을 알아냈다. 처음에는 엄마를 살해할 생각이었지만 그는 곧 마음을 바꾸게 되었다. 지난날, 엄마 때문에 당해야했던 끔찍한 고통을 생각하자면 죽음 따위는 너무 달콤한 응징일 뿐이라는 생각이 들었기 때문이다.

매들린은 정신과의사나 정신분석학자는 아니었지만 아드리아노가 저지른 행위를 설명해줄 열쇠를 찾아냈다.

"아드리아노는 아버지보다 엄마가 더 원망스러웠을 거예요. 아버지는 애초부터 적이었지만 엄마는 한때 같은 편이었기 때문이죠. 아드리아노의 입장에서 보자면 자신을 절망의 구렁텅이에 홀로 남겨두고 도망쳐버린 엄마가 더 미울 수밖에 없었을 거예요. 전에는 그토록 자신을 사랑해주던 엄마가 함께 싸우던 아들을 전쟁터에 홀로 남겨두고 도망쳤으니 그의 사고체계에서 고려해보자면 용서할 수 없는 배신 행위였겠죠. 그는 그토록 마음 깊이 따랐던 엄마가 뱃속에 든 태아만 데리고 훌쩍 떠나버린 행위를 도저히 용납할 수 없었을 거예요. 아드리아노의 증오심은 엄마를 중심으로 고착화되어갔어요. 그가 느꼈을 상실감과 배신감, 당혹감이 어떨지 상상이 가요. 물론 태생적으로 좁아터진 그의 사고체계가 가진 한계일 수밖에 없었겠지만 적어도 그는 자신이 품고 있는 증오심과 복수심에 대해 스스로 정당성을 부여하고 있었을 공산이 커요. 에르네스토 소토마요르는 폭력적인 성향을 가지고 있는 아버지였기 때문에 그에게는 엄마의 자애로운 보호가 절실히 필요했을 테니까요. 그럼에도 비앙카는 그를 버리고 훌쩍 떠나버렸죠. 뱃속에 들어 있는 아이를 보호하기 위해 그를 팽개쳐버린 거예요. 그는 엄마에게 반드시 응분의 대가를 치르도록 해야 한다고 작심했겠죠."

황당하게 보일 수도 있는 시나리오였지만 매들린이 나름 분석한 결과로 따지자면 아드리아노가 살아온 암울한 삶과 다수의 아이들을 살해하고 홀연히 종적을 감춘 마왕의 행적을 교집합으로 묶을 수 있는 이유가 충분했다.

아드리아노는 비앙카를 납치해 어딘가에 감금하고, 뢰벤을 어떻게 죽일지 상세하게 이야기하며 정신적인 고통을 가했다. 비앙카가 애지중지하는 아들을 야구방망이로 때려죽일 거라고 이야기하며 악마적인 희열을 느꼈다. 그는 한때 엄마에게 가하던 정신적인 고문을 중단했다가 결국 뢰벤을 야구방망이로 무차별 구타해 죽음에 이르게 했다.

비앙카에 대한 고문은 그 정도에서 그치지 않았다. 아드리아노는 죽기 직전까지 엄마에게 정신적 고문을 가하는 범죄를 끊임없이 자행했다. 동생을 잔혹하게 살해한 것으로도 모자라 머릿속으로 오래도록 구상해온 정신적 형벌을 엄마에게 지속적으로 부과했다.

2012년 2월, 아드리아노는 쉘튼의 한 유치원에서 메이슨 멜빌을 납치해 엄마를 감금해둔 지하실로 데려갔다. 비앙카는 최선을 다해 아이를 보살필 수밖에 없었다. 별안간 부모와 떨어져 낯모르는 여자와 어두컴컴한 지하실에 갇히게 된 두 살짜리 아기가 느꼈을 충격을 덜어주기 위해 애정을 쏟아 부었다. 봄이 한창일 무렵 아드리아노는 엄마가 보는 앞에서 아이를 죽이고 사체를 연못에 던져버렸다. 2년 동안 똑같은 상황이 반복되었다. 그 사이 아드리아노는 칼렙 코핀, 토마스 스팀, 다니엘 러셀을 납치 살해하는 범죄를 저질렀다.

매들린은 이제 마왕의 정체에 대해 한 점의 의문도 없었다. 아드리아노에게 납치살해된 아이들의 운명이 비극적인 건 분명하지만 세상 사람들의 일치된 견해와 달리 가장 견디기 힘든 고통을 맛본 희생자는 아이들이 아니라 비앙카였다. 아이들은 어쩌다 한 남자가 집요하게 자행한 복수극의 유탄을 맞게 되었다. 아무런 내막을 알지도 못하고 납치살해된 아이들은 그가 영원한 복수의 대상으로 여긴 상대, 즉 엄마에게 지옥의 고통을 맛보게 하기 위한 과정에서 억울한 희생양이 되어 죽어간 셈이었다.

2

미스틱 부근에 다다라서야 교통 정체가 풀렸다. 픽업은 해안을 따라 달리다가 로드아일랜드로 들어서면서 프로비던스 쪽으로 방향을 잡았다. 라디오에서 캐럴이 흘러나오고 있어 몇 시간 뒤면 크리스마스이브 만찬이 시작될 시간이라는 사실을 각인시켜주고 있었다. 딘 마틴에서부터 시작해 냇 킹 콜에 이르기까지 모든 가수들이 크리스마스이브의 밤을 그냥 흘려보낼 수 없다는 듯 축복의 노래를 불렀다. 루이 암스트롱이 〈화이트 크리스마스〉를 마치기 무섭게 프랭크 시내트라가 〈징글벨〉을 부르기 시작했다.

가스파르의 생각도 매들린의 추측과 거의 비슷했다. 그는 제우스신으로부터 불을 빼돌려 인간에게 전해주었다는 이유로 끔찍한 형벌을 받게 된 프로메테우스가 연상되었다. 프로메테우스는 산꼭대기에 매달린 신세가 되어 매일이다시피 독수리에게 간을 뜯기는 형벌을 받았다. 간은 밤이 되면 다시 만들어지기 때문에 다음날 날이 밝기 무섭게 다시 고통이 시작되었다. 죽지도 못하고 영원히 이어지는 고통이었다. 아드리아노가 엄마인 비앙카에게 가한 복수도 크게 다르지 않았다.

가스파르는 아드리아노가 마음 깊숙한 곳에 차곡차곡 쌓아두었을 증오심과 인생의 길목에서 우연히 그를 만나게 되어 억울한 고통을 겪은 모든 사람들에 대해서도 생각했다.

2014년 12월, 광적인 살해 행위에 몰두해 있던 아드리아노는 어린 시절 〈불꽃 제조자들〉을 결성해 함께 그래피티를 그렸던 두 친구와 재회할 기회를 맞게 되었다. 1990년대를 풍미했던 선명한 원색들은 피와 암흑의 빛깔에게 자리를 내주었다.

아드리아노와 드문드문 연락하고 지냈던 베아트리스 또한 나름의 악마에게 시달렸다. 베아트리스는 어떤 의미에서는 아드리아노와 고통을 공유하는 여동생 역할을 수행했다고 볼 수도 있었다. 두 사람의 마음속에는 똑같이 깊이 사랑했던 사람에 대한 복수를 꿈꾸는 증오심이 도사리고 있었다. 다만 두 사람에게는 무시할 수 없는 큰 차이가 있었다. 베아트리스는 증오심과 끝까지 동행할 수 없었다. 그녀는 페넬로페를 고문했지만 차마 줄리안의 목숨까지 빼앗을 수는 없었다.

베아트리스는 줄리안을 숀 로렌츠에게 돌려보내기로 결심하고 평소 정의로운 경찰로 알고 있었던 아드리아노에게 중간 다리 역할을 부탁하기 위해 뉴타운 크리크에서 만나기로 약속했다. 그녀는 아드리아노를 만난 자리에서 숀에게 아이를 데려다주라고 부탁하고 역사로 들어가 기차 아래로 뛰어들어 생을 마치게 되었다.

아드리아노는 줄리안을 닷지 짐칸에 실었다. 아이를 납치해야 하는 수고를 덜게 된 그는 엄마를 감금해둔 지하실로 줄리안을 데려가 고착화된 의식으로 자리 잡은 절차에 따라 아이를 맡겼다.

아드리아노는 엄격하게 준수해온 매뉴얼에 따라 2월 말에서 3월 초에 줄리안을 죽일 계획을 세웠다. 2015년 2월 14일에 그는 어처구니없게도 집 앞에서 마약딜러들의 싸움에 끼어들었다가 칼에 찔려 살해당하는 운명을 맞게 되었다.

지금까지 한 이야기가 가스파르와 매들린이 합작으로 퍼즐을 맞춰본 얼개였다. 많은 가설로 빈자리를 채워가며 퍼즐 조각을 맞춰 나갔기 때문에 추후 오류가 발생할 수도 있었다. 여전히 풀지 못한 두 가지 의문이 남아 있었다.

아드리아노는 어디에 비앙카와 줄리안을 숨겨두었을까? 줄리안이 2년이라는 세월이 흐른 지금까지 살아있을까?

두 번째 의문에 대해 굳이 답을 내리자면 줄리안은 살아있을 가능성이 희박했다. 구금 장소에 대해서라면 대략 위치를 파악해두었다.

몇 시간 전, 뉴욕에서 가스파르는 이사벨라의 남편 앙드레에게 전화를 걸었다. 그는 아드리아노의 상속 문제가 비앙카의 실종으로부터 비롯된 여러 문제들 때문에 오래 걸리게 되었다고 확인해주었다. 본격적인 상속 절차는 담당 판사가 비앙카에게 사망 판결을 내린 후에야 개시된 셈이었다.

"앙드레, 상속 재산 가운데 혹시 부동산은 없었나요? 토지나 샬레, 오두막집 같은 부동산 말입니다."

"티버튼에 아드리아노가 물려받은 집이 한 채 있습니다. 소토마요르 집안이 대대로 후손들에게 물려준 집이죠."

"최근에 그 집에 가본 적이 있습니까?"

"아뇨, 한 번도 가본 적이 없습니다. 이사벨라가 그 동네라면 질색으로 여기는데다가 그 집이 너무 오래되고 낡아 으스스한 느낌이 든다며 무서워했어요. 저도 사진으로 그 집을 본 적이 있는데 아닌 게 아니라 마사 스튜어트의 와인 야드가 아니라 아미티빌 흉가 분위기를 물씬 풍기더군요."

"현재 그 집에는 누가 살고 있나요?"

"당연히 아무도 살고 있지 않습니다. 일 년 전에 집을 팔려고 내놨지만 보러오는 사람이 없다 보니 부동산중계소 사람들도 그다지 관심을 갖지 않고 있더군요."

가스파르는 집주소를 받아 적었다. 매들린에게 집 이야기를 들려주었더니 그녀는 에르네스토가 암에 걸려 뉴욕에 있는 아드리아노의 집에서 살게 되었을 때 흉가를 처분하지 않은 이유를 알 수 없다고 지적했다.

아드리아노가 은신처로 사용한 집이 소토마요르 집안 대대로 내려온 흉가일 거라는 가설이 신빙성을 얻게 되었다. 물론 NYPD에서 일하는 사람이 그 먼 곳까지 가서 포로들에게 먹일 식량을 공급해주자면 대단히 번거로울뿐더러 사전에 시간 계획을 철저히 세워두어야 했겠지만 전혀 불가능한 일은 아니었다.

가스파르는 심장 박동이 빨라지며 관자놀이로 피가 몰렸다.

"아직 축배를 들기에는 일러요. 어쩌면 우린 형체를 알아 볼 수 없을 만큼 변질된 두 구의 사체를 발견하게 될지도 모르죠."

매들린이 운전대를 잡으며 대못을 박았다.

3

두 사람은 네 시간 넘게 차를 달린 끝에 보스턴을 우회하는 도로로 접어들었다. 버링턴을 지날 무렵 매들린은 연료를 충분히 채워두기 위해 주유소로 들어갔다.

"내가 주유를 하는 동안 당신은 휴게소에 들어가 커피나 한 잔 뽑아와요!"

가스파르는 커피를 사기 위해 휴게소로 들어갔다. 그는 자판기에 동전을 집어넣고 에스프레소 두 잔을 뽑았다. 어느새 저녁 여덟 시가 다 되어가고 있었다. 대개의 가정에서 크리스마스이브 만찬을 시작할 시간이었다. 주유소 확성기에서 로저 밀러의 히트곡 〈올드 토이 트레

인스〉가 흘러나왔다. 아버지가 어느 해 크리스마스에 기타를 치며 그
래엄 올라잇이 지금 귓전에 들려오는 노래를 프랑스어 버전으로 불러
유명해진 〈프티 갸르송〉을 불러주었던 기억이 났다. 어른이 된 지금도
크리스마스에 얽힌 추억은 비교적 선명하게 남아있었다. 지금 생각해
봐도 아버지의 방 두 개짜리 아파트에서 보낸 크리스마스가 가장 기
억에 남았다. 에브리의 폴 라파르그 공원 앞에 있는 아파트였다.

12월 24일 저녁에 아버지는 크리스마스트리 옆에 따끈한 과자와 차
를 놓아두었다. 그날 아버지에게 선물로 받은 빅 짐 인형, 철로 위를
달리는 기차, 마술나무, 먹보 하마 등도 기억에 새로웠다. 그는 지난
추억을 떠올려볼 때면 저절로 눈물이 나기 때문에 가급적 과거로 돌
아가길 꺼려하는 편이었는데 오늘 저녁에는 왠지 마음이 담담했다.
추억이란 지난날 경험했던 아름다운 일들을 감사하는 마음으로 되새
겨보는 시간이라는 생각이 들 뿐이었다.

"날씨가 정말 춥네요."

매들린이 바 카운터의 등받이 없는 의자에 앉으며 말했다. 그녀는
커피를 단숨에 들이켰다가 너무 뜨거워 엉겁결에 다시 뱉어냈다.

"커피가 너무 뜨겁다고 미리 알려주었어야죠."

"미안해요, 다시 한 잔 뽑아줄게요."

가스파르가 다시 커피를 뽑으러 간 동안 매들린은 휴대폰으로 메일
을 확인했다. 도미니크가 보낸 메일이 들어와 있었다.

당신이 홀로 크리스마스이브를 보내게 될까봐 염려되어서 선물을 준비했어. 첨부파일을
열어봐. 메리 크리스마스.

매들린은 첨부파일을 열었다. 도미니크가 지인에게 부탁해 확보한 아드리아노의 은행거래내역이었다.

"표정을 보니 뭔가 좋은 일이 있나 봐요?"

가스파르가 커피를 내밀며 물었다.

매들린이 PDF파일로 된 은행거래내역을 가스파르의 메일로 전송했다.

"아드리아노의 은행거래내역을 확보했어요. 당신 메일에도 전송해두었으니까 일단 파일을 보고 나서 이야기를 나누도록 해요. 반복적인 거래가 이루어진 부분을 주목해서 살펴볼 필요가 있어요."

매들린은 커피를 테이블 위에 내려놓고 30분가량 자료를 검토했다. 10여 페이지에 달하는 은행거래내역을 넘겨가며 이따금 종이에 메모를 했다. 가스파르도 라스베이거스의 카지노에서 도박에 심취해 있는 중독자 같은 자세로 앉아 파일을 들여다보았다.

은행거래내역에는 지난 3년간 아드리아노가 돈을 송금하거나 받은 내용, 어딘가에 쓴 내용이 고스란히 나와 있었다. 아드리아노가 자주 초밥을 먹으러 가는 식당, 애용하는 주차장, 뻔질나게 드나드는 고속도로 톨게이트, 정기적으로 찾는 병원, 에드워드 그린에서 구입한 1천 4백 달러짜리 앵클부츠, 6백 달러를 주고 산 버버리 캐시미어 스카프 등에 이르기까지 그의 사생활을 거의 완벽하게 들여다볼 수 있는 거울이었다.

가스파르가 먼저 고개를 들었다.

"아드리아노와 티버튼을 연결해주는 고리를 발견하지 못했어요. 티버튼에 갈 때 이용하는 길의 통행료, 그 집의 수도세나 전기세가 빠져나간 내역도 없어요. 그 지역 인근에서 돈을 사용한 흔적도 아예 없고요."

"아드리아노는 형사니까 계좌추적을 받게 될 경우에 대비해 그 지역에서 자금을 사용한 흔적을 남겨두지 않았을 수도 있어요. 현금을 사용할 경우 계좌추적이 불가능하니까요. 그가 규칙적으로 돈을 지출한 부분이 어딘지 찾아봤어요."

네 개의 상점이 자주 등장했다. 홈 디포, 로우스 홈 임프루브먼트는 토목이나 건축 재료와 각종 공구를 파는 매장이었다. 두 곳에서 사용한 지출액이 많은 걸 보면 제법 큰 공사를 했다는 사실을 미루어 짐작해볼 수 있었다. 가령 방음장치 설비나 환기시스템 개조는 누군가를 장기간 감금해야 할 경우 반드시 필요한 공사들이었다.

세 번째로 자주 등장하는 회사는 널리 알려진 업체가 아니라서 인터넷검색을 통해 주로 취급하는 상품이 뭔지 알아냈다. 리오 푸드는 온라인으로 동결 건조식품을 전문으로 판매하는 업체였다. 그 회사에서 취급하는 온갖 종류의 전투식량이나 비상식량이 눈길을 끌었다. 정어리 통조림, 에너지 바, 육포, 냉동식품 등으로 구성된 패키지 상품도 눈에 띄었다. 장기간 트레킹 여행을 하는 사람들이나 선원들, 테러나 재난에 대비해 장기간 식량을 비축해두려는 시민들에게 필요한 물품이었다.

네 번째 회사는 월그린스 닷컴이었다. 미국에서 손꼽히는 약국 체인 중 하나였다. 월그린스에 가면 거의 모든 약을 구입할 수 있었고, 특히 어린 아이들을 위한 목욕용품들이 잘 갖춰져 있는 업체였다.

매들린은 커피를 마저 마시고 나서 가스파르 쪽으로 몸을 돌렸다. 그도 비슷한 생각을 하고 있다는 걸 알 수 있었다. 두 사람의 머릿속에서 방음장치가 잘 구비된 지하실에 감금되어 있는 비앙카의 자취가 떠올랐다. 아드리아노는 이미 2년 전부터 발길을 끊었다. 지금쯤 그녀

는 아드리아노가 죽었거나 국외로 도피했다고 믿고 있을 공산이 컸
다. 그녀는 2년 넘게 먹을거리와 물을 구할 수 없어 심각한 고통을 받
고 있을 게 뻔했다. 그녀는 누군가 찾아와 탈출시켜 주길 애타게 기다
리며 아이와 함께 힘든 나날을 보내고 있을지도 몰랐다.

"가스파르, 서둘러 닻을 올려야겠어요."

4

티버튼까지 불과 몇 킬로밖에 남지 않았지만 무척이나 길게 느껴졌
다. 살렘 근처에서 잠깐 올라탔던 US1 고속도로 구간을 제외하면 나
머지는 죄다 숲길에 가까웠다.

매들린은 내비게이션 상에서 블랙시디 우즈라고 되어 있는 숲을 우
회해 해안으로 내려갔다. 가스파르는 운전 중인 매들린을 가끔씩 곁
눈질했다. 그녀는 이전과 인상이 완전히 달라져 있었다. 두 눈이 날카
롭게 빛났고, 가끔 눈썹을 파르르 떠는가 하면, 표정에서 단호한 결의
가 느껴졌다. 《뉴욕타임스 매거진》에 게재되어 있던 그녀의 오래전 사
진과 흡사했다. 그녀는 사건을 한시바삐 마무리 짓고 싶어 조바심이
나는 듯 오로지 전방만 주시하며 운전에 열중했다.

두 사람은 다섯 시간을 달린 끝에 비로소 티버튼에 도착했다. 얼핏
보아도 조명과 크리스마스 장식에는 최대한 예산을 절약하는 동네로
보였다. 도로변에 가로등이 없어 온통 암흑천지였고, 관공서 건물들
도 눈에 띄지 않았다. 심지어 항구조차 칠흑 같은 어둠 속에 잠겨 있었
다. 온라인 관광가이드에서 본 소개 글과는 달리 점점 피폐해져가는
마을로 보였다. 티버튼은 주민이 수천 명이나 되는 제법 큰 마을로 한
때는 바다낚시의 성지로 각광을 받았지만 세월이 흐르면서 인근의 글

루체스터에 명성을 빼앗겼다. '붉은 살 참치의 메카'로 이름을 떨치게 된 글루체스터와 달리 티버튼은 시간이 갈수록 낙후되어 가고 있었다. 티버튼은 어업과 관광이 주요산업이었는데 두 분야 모두 확실하게 자리매김하지 못하고 어정쩡한 상태를 유지해가는 마을이었다.

그들은 내비게이션이 알려주는 대로 해안을 벗어나 커브가 유난히 많은 내륙 길로 접어들었다. 키 작은 관목들로 둘러싸인 좁은 길로 들어서 1킬로미터쯤 더 달리자 헤드라이트 불빛 속에 '집을 팝니다.'라는 팻말이 나타났다. 팻말에는 '집을 구입하려는 사람은 하버 사우스 부동산으로 연락주세요.'라는 문구와 함께 지역번호가 첨부된 전화번호가 적혀 있었다.

매들린과 가스파르는 차에서 재빨리 뛰어내렸다. 무기를 지니고 있지 않았지만 차 트렁크에는 뉴욕에서 구입한 손전등과 쇠지렛대, 장도리 따위가 들어있었다. 대서양쪽에서 불어오는 강풍이 두 사람의 얼굴을 세차게 때렸다. 소금기를 머금고 있는 대기에서조차 구린내가 묻어났다.

두 사람은 나란히 서서 어둠 속에 갇혀 있는 집을 향해 다가갔다. 아드리아노의 고향집은 중간에 자리 잡은 굴뚝이 인상적인 식민지 양식의 이층 건물이었다. 집을 처음 지었을 당시에는 제법 근사했겠지만 지금은 당장 귀신이 나올 듯 을씨년스러운 느낌을 물씬 풍겼다. 가시덤불과 웃자란 풀들이 집 주변을 에워싸고 있었고, 문이 달려있는 두 개의 기둥은 이미 조금 기울어져 보였다. 가시덤불을 헤치고 통로를 확보해가며 집으로 접근하자니 여간 어려운 게 아니었다.

출입문은 장도리나 지렛대를 사용할 필요도 없이 오래전에 이미 부서진 듯 반쯤 열려 있었다. 두 사람은 손전등을 비추며 집 안으로 들어갔다. 주방에 남아 있는 살림살이가 전혀 없었다. 조리대는 사라졌고, 수납장의 문짝들도 다 떨어져나간 상태였다. 거실에는 옆구리가 터진 소파와 상판이 부서진 테이블 하나가 달랑 놓여 있었다. 거실 바닥에는 빈 맥주병, 콘돔, 주사기 따위가 여기저기 나뒹굴고 있었다. 원형으로 생긴 돌과 식어버린 재를 보아하니 누군가 거실 한가운데에서 모닥불을 피운 적이 있다는 걸 알 수 있었다. 아마도 무단 침입자들이 모닥불을 피우고 섹스를 하거나 술을 마시거나 주사기로 마약을 투약한 사실이 확연했지만 집 안 어디엔가 감금된 포로들이 있다는 걸 암시하는 단서는 그 어디에도 없었다.

거실 옆에 있는 방들도 사정은 비슷했다. 마룻바닥은 먼지, 곰팡이, 습기를 머금어 엉망으로 망가진 상태였다. 베란다에는 작은 테라스가 딸려 있었고, 곰팡이가 덕지덕지 핀 아디론닥 의자 두 개가 놓여 있었다.

"빌어먹을!"

매들린은 텅 빈 차고와 배를 보관하는 창고를 바라보며 욕설을 퍼부었다. 그녀는 가스파르와 정원을 가로질러 배 보관 창고로 가보았지만 역시 텅 비어있었다.

두 사람은 다시 집으로 돌아와 계단 아래쪽에 반쯤 숨듯 달려있는 문을 열었다. 지하로 연결된 계단이 나왔다. 계단을 내려가자 지하 저장실이라고 하기에는 그다지 어울리지 않는 제법 큰 공간이 나타났다. 지하실에 비치되어 있는 가구라고는 거미줄을 잔뜩 뒤집어 쓴 탁구대가 유일했다.

가스파르가 구석에 달린 문을 어깨로 두어 번 밀치자 맥없이 열렸다. 이미 여러 해 전부터 사람의 발길이 끊긴 공간이 분명했다. 그들은 2층으로 올라갔다. 이전에는 침실과 욕실이 있던 곳으로 보였지만 지금은 흔적만이 남아있었다. 아드리아노가 여덟 살까지 산 것으로 추측되는 방만이 예외였다.

가스파르는 손전등으로 그 방을 여기저기 비춰보았다. 과거의 유산들이 바닥 여기저기에서 뒹굴고 있는 모습이 눈에 들어왔다. 침대 매트리스, 책꽂이, 코팅한 영화포스터들이 흐르는 세월과 더불어 파괴되거나 바래가고 있었다.

가스파르도 어린 시절 한때 벽면에 압핀을 박아 고정시켜두었던 영화포스터들이 떠올랐다. 〈죠스〉, 〈로키〉, 〈스타워즈〉 등의 영화포스터였다.

가스파르와 아드리아노가 각자 구축한 신전을 군이 비교하자면 한 가지 차이점이 있었다. 가스파르는 AS 낭시−로렌 팀에서 활약하던 미셸 플라티니 사진을 붙여두고 숭배한 반면 아드리아노는 아르헨티나 출신 권투선수 카를로스 몬존을 영웅으로 떠받든 듯했다.

가스파르가 손전등으로 문 뒤쪽과 벽 사이 공간을 비추자 키를 잴 때마다 연필로 표시해둔 자국이 고스란히 드러났다. 어린 시절, 키 재기는 누구에게나 관심 깊었던 일이었다.

가스파르는 갑자기 감전이라도 된 듯 전기가 찌르르 흘렀다. 아무리 생각해도 뭔가 앞뒤가 맞지 않았다.

양육권을 빼앗긴 에르네스토는 어째서 아드리아노의 방을 예전 그대로 보존했을까?

가스파르는 바닥을 향해 몸을 굽혔다. 바닥에서 나뒹구는 여러 개의 사진틀에도 먼지가 수북했다. 그는 환기를 시키기 위해 창문을 열었다. 1980년대쯤 유행했던 빛바랜 칼라사진들이었다. 요즘 아이들이었다면 필시 인스타그램에 올려두었을 사진. 무뚝뚝한 표정에 자존심

강해 보이는 에르네스토, 라틴 여자답게 몸매의 각선미가 빼어난 비앙카, 촛불 다섯 개를 꽂은 생일케이크를 앞에 두고 웃음 짓는 아드리아노의 표정이 눈에 들어왔다. 사진사의 마음에 들기 위해 억지미소를 짓고 있는 아드리아노의 눈빛에는 이미 넬라가 말해주었던 동요하는 기색이 잔뜩 어려 있었다.

가스파르는 다른 사진틀의 유리에 낀 먼지를 걷어냈다. 그는 눈에 들어온 사진을 보는 순간 할 말을 잃었다. 어른이 된 아드리아노가 에르네스토와 함께 찍은 사진이었다. 아드리아노가 NYPD에 들어간 기념으로 찍은 사진인 듯했다. 에르네스토가 자랑스럽다는 듯 팔로 아들의 목을 두르고 있었다.

아드리아노는 열여덟 살이나 스무 살 무렵, 다시 말해 에르네스토가 중병이 들기 훨씬 이전부터 다시 만나고 있었다는 의미였다. 문득 쉽게 이해가 되지 않는 대목이었다. 대단히 사악한 논리에 따른 귀결이라는 생각이 들었다.

에르네스토가 아들에게 함부로 주먹을 사용할 수 없게 된 순간부터 더는 위협적인 존재가 될 수 없었던 것일까? 아드리아노는 아버지가 더는 폭력을 사용할 수 없게 되자 가까이에서 돌보기로 마음먹은 걸까?

그렇다면 아드리아노의 증오심은 오로지 비앙카에게만 집중되었다는 의미였다.

가스파르와 매들린은 도저히 납득하기 어려운 심리였다. 대단히 부당하고 일관성이 없는 증오심이 분명했다. 잔인하고 야만적인 복수를 저지른 아드리아노에게 일관되고 합리적인 사고를 기대한다는 것 자체가 무리인 듯했다.

비앙카

나는 비앙카 소토마요르이다.

나이는 일흔 살, 5년째 지옥에 감금돼 있다.

지금부터 내가 겪은 일을 고백하겠다. 지옥의 속성은 고통에 있지 않다. 사실 인간의 삶에서 고통이란 개념은 진부하다. 인간은 태어날 때부터 언제 어디를 가든지 이런 일 저런 일, 때로는 별것 아닌 일로 괴로워하게 마련이다. 지옥의 속성은 고통을 마음대로 끝낼 수 없다는 점에 있다.

나는 스스로 목숨을 끊을 권리조차 없다. 아드리아노는 조용하고 온순하고 상냥한 아이인데, 부모를 잘못 만나 불우하고 힘든 시절을 보냈다고 기억하는 사람들이 많다. 그들의 기억은 부분적이고 편파적일 뿐이지만 세상 사람들은 흔히 그런 이야기에 쉽게 귀를 기울이게 마련이다.

이제부터 내가 하는 말은 적어도 나에게는 진실이다. 나는 진심으로 아드리아노를 사랑하기 위해 노력했지만 뜻대로 되지 않았다. 엄마가 되어본 사람은 알겠지만 아이의 특성은 아주 어렸을 때부터 드러난다. 아드리아노가 네 살 혹은 다섯 살이 되었을 때부터 나는 그 아이가 무서웠다. 아드리아노가 부산스럽고 통제 불가능하고 화를 잘 내기 때문만은 아니었다. 그 아이가 무슨 생각을 하는지 종잡을 수 없고, 속을 잘 드러내 보이지 않기 때문에 두려웠다. 어느 누구도 어린 아드리아노를 통제할 수 없었다. 내가 사랑으로 감싸고, 남편이 폭력을 사용해가며 다그쳐도 소용없었다.

아드리아노는 부모의 애정을 갈구했을 뿐만 아니라 자기 말에 무조건 복종하길 원했다. 부모가 바라는 건 절대로 하지 않았고, 뭐든 제뜻대로 해야 직성이 풀리는 아이였다. 아드리아노는 나를 노예로 삼으려 들었고, 나의 애정 섞인 꾸지람이나 남편의 매질도 아이의 뒤틀린 생각을 단념시키지 못했다.

남편은 계속 아드리아노의 생각을 변화시키기 위해 매질을 가했고, 나는 실패작을 낳은 엄마라는 자책감 때문에 괴로웠다. 아드리아노가 심한 매를 맞으며 고통스러워 할 때조차도 아이의 눈을 보면 섬뜩한 생각이 들며 온몸이 얼어붙다시피 했다. 아이의 눈에 잔인하고 악마적인 분노가 이글거리는 게 보였기 때문이다.

내가 직접 눈으로 보고 겪은 일들이 내 머릿속에서 꾸며낸 편파적인 주장이라고 반박할 사람이 많을 줄 안다. 어쩌면 내가 틀리고, 여러분의 판단이 옳을 수도 있다. 다만 나는 내가 보고 겪은 진실을 견딜 수 없었다. 나는 가족을 떠나기로 결심했고, 기회가 찾아오자마자 집을 나왔다.

내 인생의 한 페이지가 종언을 고한 셈이었다. 한 번뿐인 인생을 고통의 수렁에 빠져 허우적거리며 살고 싶지 않았다. 남편이나 아드리아노와 함께 산다는 건 정말이지 지옥이었다.

구역질나는 의무로만 채워진 삶이 무슨 의미가 있단 말인가?

매일이다시피 생선 썩는 냄새가 진동하는 지저분한 거리를 배회하고, 밤마다 얻어맞고, 좋아하지 않는 남자의 페니스를 빨아대야 하고, 무서운 아들의 노예로 살아야 하는 삶은 내게 오롯이 지옥이었다.

나는 그저 다른 지역으로 도망친 게 아니라 진정한 의미에서 새로운 삶을 시작했다. 새로운 남편과 아이, 새로운 나라와 친구들, 새로운 회사에서 발을 잘못 들여놓았던 인생을 깡그리 불태워버렸다. 아예 예전 기억이 밖으로 새나오지 못하도록 마음속 깊이 꾹꾹 눌러 가두었다. 심지어 집을 나온 이후 새롭게 낳아 키우게 된 아이에게 아드리아노에 대한 이야기를 한마디도 하지 않았다. 내 삶을 완벽하게 바꾸고 싶었고, 내 결심에 대해 아무런 미련이나 후회는 없었다.

나도 여러분에게 수많은 책에서 이야기하는 대로 본능적인 모성애나 회한에 대해 이야기해줄 수도 있을지 모른다. 여러분에게 아드리아노의 생일이 돌아올 때마다 가슴이 먹먹해진다고 이야기하며 눈물 짓는 시늉을 하는 게 그리 어려운 일은 아니라는 걸 알지만 결코 진실이 아니다.

나는 아드리아노가 어떻게 살아가고 있는지 단 한 번도 알려고 하지 않았다. 구글 검색에 아드리아노 소토마요르라고 쓰고, 검색된 자료를 읽어나가는 행위를 하지 않았다. 그 아이의 소식을 전해줄 수 있을 만한 사람들과의 연결고리를 아예 끊어버렸다. 나는 아드리아노의 삶에서 빠져나왔고, 그 아이도 마찬가지였다.

1월의 어느 토요일, 하루가 저물어 갈 무렵 누군가가 내 집 문을 두드렸다. 석양빛을 등지고 서있는 파란 제복 차림의 경찰이 눈에 들어왔다.

"안녕하세요, 엄마."

경찰은 내가 문을 열자마자마자 웃으며 인사했다.

30년이 지나도록 한 번도 본 적 없는 얼굴이었지만 아드리아노는 언뜻 보기에 조금도 달라지지 않은 모습이었다. 여전히 그 아이의 눈빛 속에는 오래전처럼 불길하고 음산한 불길이 타오르고 있었다. 어릴 때만 해도 그나마 작은 불꽃에 불과했는데 어른이 되어서는 아예 용광로처럼 활활 타오르는 불꽃이 되어 있었다.

그 순간, 나는 아드리아노가 나를 죽이려고 찾아왔다고 생각했다. 그때만 해도 죽음보다 훨씬 끔찍한 고문이 기다리고 있으리라고는 상상조차 하지 못했다.

21. 주행거리 제로

사실 지옥에서 빠져나오겠다는 일념으로 글을 쓰고, 그림을 그리고, 조각을 하고, 건축을 하고 발명을 하지는 않는다.
-앙토냉 아르토

1

매들린은 너무 곤혹스러워 무너지지 않기 위해 부단히 마음을 다잡아야 했다. 허공을 향해 있는 가스파르의 눈빛은 녹아웃 당한 권투선수의 시선만큼이나 공허했다.

그들은 폐허가 된 집을 이 잡듯이 뒤져봤지만 결국 원하는 결과를 얻어내지 못했다. 허탈감에 더해 지독한 피로감이 밀려와 기진맥진한 상태로 티버튼으로 돌아와 항구에 차를 주차했다. 몸을 꽁꽁 얼어붙게 만드는 추위 때문에 부둣가에서 바람이나 쐬려던 계획을 접고, 크리스마스이브 11시에도 문을 닫지 않은 식당으로 들어갔다. 티버튼 사람들이 즐겨 찾는 펍인 올드 피셔맨에는 척 보기에도 단골로 보이는 손님들이 피시 앤 칩스와 흑맥주를 곁들인 조개 수프를 먹고 있었다.

"이제 우리가 무얼 더 해볼 수 있을까요?"

가스파르가 물었다.

매들린도 이제부터 무얼 해야 할지 알 수 없긴 마찬가지였다. 그들은 주문한 조개 수프에는 손도 대지 않고, 다시 한 번 아드리아노의 은행거래내역을 분석했다. 15분 동안 고개를 숙이고 숫자들을 노려보던 그녀는 마침내 더는 새로운 사실을 찾아낼 게 없다고 판단했다. 그녀의 머리가 회전을 멈춘 게 아니라 더 이상 그 안에 집어넣을 소스가 없었다. 이제 더는 매달려 볼 단서도 없었고, 파헤쳐볼 밭고랑도 없었다. 고작 한 시간도 못 되어 모든 희망이 물거품처럼 사라졌다.

매들린은 망연자실한 얼굴로 지금껏 저지른 실수를 곱씹어보았다. 그녀는 진작 이 사건에 관심을 갖지 않았던 자신이 원망스러웠다.

"숀 로렌츠가 나를 만나러 뉴욕에 왔을 때 내가 그 자리에 있었더라면 사정은 크게 달라졌을 거예요. 적어도 일 년이라는 시간을 벌었겠죠."

가스파르는 굴이 담긴 접시를 앞에 두고 갑자기 죄책감이 들어 그녀를 위로했다.

"만약 일 년 전이었다고 해도 결과가 크게 다르지는 않았을 겁니다."

"아니, 분명 달랐을 거예요."

매들린은 옆에서 보기에 딱해 보일 정도로 허탈감에 빠져 있었다.

가스파르가 결심한 듯 고백했다.

"일 년 전, 숀 로렌츠는 당신을 만나러 뉴욕에 간 적이 없어요."

매들린은 무슨 소리냐는 표정으로 그를 물끄러미 바라보았다.

"숀 로렌츠는 사실 당신이라는 사람의 존재 자체를 몰랐으니까요."

매들린은 뭐가 뭔지 종잡을 수가 없어 미간을 잔뜩 찌푸렸다.

"당신이 그가 서랍에 보관해둔 기사를 나에게 보여주었잖아요?"

가스파르는 팔짱을 끼더니 담담하게 말했다.

"그 기사는 사실 내가 인터넷에서 다운로드 받은 겁니다. 주석도 내가 달았죠."

매들린은 기억을 더듬어보다가 중얼거렸다.

"당신은 내 전화번호가 숀 로렌츠의 통화 내역서에 여러 번 등장한다고도 했잖아요?"

"사실은 통화 내역서도 내가 카렌과 짜고 만든 거짓 자료였어요."

매들린은 그의 말을 쉽게 수긍하려 들지 않았다.

"숀 로렌츠는 103번가에서 죽었어요. 내가 예전에 일하던 사무실에서 아주 가까운 곳이죠. 전 세계의 수많은 언론이 그 사실을 대서특필했어요. 그러니까 숀 로렌츠는 나를 만나기 위해 103번가에 갔던 거예요."

"숀 로렌츠가 103번가에 갔던 건 분명한 사실이죠. 다만 그가 거기에 간 이유는 펠티에 & 스톡하우젠 연구소가 가까이에 있었기 때문입니다. 그는 당신을 보러 간 게 아니라 사실은 스톡하우젠 박사를 만나러 갔어요."

매들린은 그제야 무슨 말인지 납득이 되었지만 가스파르의 뻔뻔한 행동에 분노해 자리를 박차고 일어섰다.

"나를 감쪽같이 속였군요."

"당신이 나와 함께 수사에 동참해주길 바라는 마음이 간절했기 때문이죠."

"내가 왜 반드시 수사에 동참해야 한다고 생각한 건데요?"

가스파르도 잔뜩 흥분해 자리에서 벌떡 일어섰다.

"난 줄리안에게 무슨 일이 있었는지 반드시 알아내고 싶었는데, 당신은 도무지 관심을 보이지 않더군요."

주변에서 대화소리가 멈추고, 별안간 묵직한 침묵이 내려앉았다.

"내가 왜 관심을 갖지 않는지 이유를 설명했잖아요."

가스파르가 둘째손가락으로 그녀의 얼굴을 향해 삿대질을 하다가 마침내 폭발했다.

"당신의 설명만으로는 납득이 되지 않았어요. 당신은 줄곧 줄리안이 죽었다고 단정했죠? 단 한 번도 그 아이가 아직 살아있고, 우리가 함께 힘을 합하면 혹시 구할 수도 있다는 생각을 하지 않았어요."

매들린은 그가 주도한 막후공작의 의미를 확실하게 깨닫는 순간 분노의 불길이 걷잡을 수 없이 온몸을 휘감아왔다.

"당신은 미쳤어요! 당신은 미치광이이자 파렴치한 거짓말쟁이가 분명해요."

매들린은 분노로 귀가 먹먹해질 지경이었고, 급기야 그에게로 달려들어 멱살을 움켜쥐었다. 그녀가 그의 갈비뼈를 팔꿈치로 가격하고 나서 주먹으로 두 차례나 더 때렸다. 다음 순간, 멱살을 풀기 위해 몸부림을 치고 있는 그의 코를 향해 주먹이 날아들었고, 그 다음에는 간이 위치한 복부에 강력한 훅이 꽂혔다.

가스파르는 방어할 겨를도 없이 날아드는 주먹을 고스란히 받아냈다. 복부를 강하게 맞아 몸이 반으로 접히다시피 한 그가 이제 겨우 소나기가 지나갔다고 생각하는 순간, 그녀의 강력한 니킥을 맞고 속절없이 쓰러졌다.

매들린은 회오리바람을 일으키며 휑하니 펍을 나갔다. 식당 안은 그제야 다시 떠들썩해지기 시작했다.

가스파르는 고통스런 몸을 추스르며 힘겹게 몸을 일으켰다. 어느새 입술이 퉁퉁 부어올라 있었고, 오른쪽 눈에서는 찌릿한 통증이 느껴졌다. 다친 손가락을 받쳐주던 지지대도 위치가 틀어진 상태였고, 코에서는 코피가 흘러내렸다.

가스파르는 절름거리는 걸음걸이로 식당을 나와 매들린을 따라잡기 위해 걸음을 재촉했다. 그가 방파제 근처에 도착했을 때 그녀는 벌써 픽업의 시동을 걸어놓은 상태였다. 차가 갑자기 그를 향해 달려왔다. 그는 그저 겁을 주려한다고 생각했으나 차는 방향을 바꾸지 않고 그대로 돌진했다. 마지막 순간, 그는 겨우 옆으로 몸을 날려 픽업에 깔려 납작 콩이 되는 신세를 모면했다.

픽업은 요란한 타이어 마찰음과 함께 50미터쯤 달려가다 급히 멈춰섰다. 이윽고 문이 열리더니 그녀가 그의 가방, 스프링 달린 노트, 심지어 줄리안의 인형까지 밖으로 내동댕이쳤다.

"차라리 바닷물에 뛰어들어 죽어버려요!"

매들린은 차문을 쾅 소리가 나도록 닫고 나서 힘껏 가속페달을 밟았다. 차바퀴들이 잠시 헛바퀴를 돌다가 요란한 마찰음을 내며 전속력으로 항구를 떠났다.

2

"얼굴을 아예 피투성이로 만들어버렸구려. 주먹질을 그렇게 잘하는 여자는 난생 처음 봤어요."

가스파르는 피가 번질거리는 얼굴로 항구의 충혼탑 앞 벤치에 주저앉았다. 지난 3세기 동안 바다에 나갔다가 목숨을 잃은 어부들을 기리기 위해 제작한 트롤선 형태의 탑이었다.

치아가 절반가량 빠진 어부가 안됐다는 듯 휴지를 내밀었다. 펍에서 봤던 주정뱅이로 수염을 덥수룩하게 기른 얼굴에 틱 장애를 가진 어부였다. 그는 갓난아기가 젖을 빨 듯 막대사탕을 맛나게 빨아대며 연신 히죽거렸다.

"여자한테 얻어터진 기분이 어때요?"

"이제 그만 하시죠!"

가스파르는 역정을 내며 휴대폰을 꺼내들었다.

"난 빅 샘이라고 하오."

"여기에서 택시를 부르려면 어디에 전화를 해야 하죠?"

빅 샘이 고개를 저었다.

"이 시간에 여기에 올 택시는 없어요. 그나저나 댁은 여길 떠나기 전에 펍에서 시킨 음식 값부터 계산해야 할 거요!"

가스파르는 그제야 음식 값을 지불하지 않고 식당을 나온 사실을 깨달았다.

"음식 값이야 당연히 지불해야죠."

"나에게 술을 한 잔만 사주겠소?"

빅 샘이 눈빛을 빛내며 물었다.

3

매들린은 소리를 내가며 엉엉 울었다. 사진 속 남자아이가 그녀가 우는 모습을 물끄러미 지켜보았다. 어찌나 울었는지 주변 풍경이 온통 흐릿하게 보일 지경이었다.

항구를 출발해 10분쯤 달렸을 때 커브를 돌다가 갑자기 미끄러지면서 반대 방향에서 오던 차와 정면으로 마주보게 되었다. 상대 차의 헤드라이트 불빛이 얼굴을 향해 쏟아지면서 마치 영사기를 가까이 들이댄 듯 눈이 부셨다. 오싹한 기분을 느끼며 급히 핸들을 오른쪽으로 꺾는 순간 요란한 경적소리가 고막을 찢어버릴 듯 울려 퍼졌다. 가까스로 충돌을 모면했지만 상대 차의 사이드미러가 차체 어딘가에 부딪치는 소리가 들려왔다. 픽업이 중심을 잡지 못하고 기우뚱거리다가 길 가장자리에서 겨우 멈춰 섰다. 하마터면 벼랑 아래로 굴러 떨어질 뻔했던 절체절명의 순간이었다.

빌어먹을!

반대편 차는 시비를 걸기가 귀찮다는 듯 어둠 속으로 사라졌다. 매들린은 주먹으로 핸들을 내리치다가 서럽게 울기 시작했다.

남자아이가 내내 우는 그녀를 지켜보았다. 그녀도 아이를 마주보았다. 가스파르가 찾아낸 아드리아노의 어린 시절 사진이었다. 그의 다섯 살 생일날에 찍은 사진으로 여름날 저녁이었고, 노란 조끼에 줄무늬 반바지를 입은 아이는 다섯 개의 촛불 뒤에서 의미를 알 수 없는 미소를 짓고 있었다.

매들린은 소매로 눈물을 닦고 나서 실내등을 켰다.

불빛 아래에서 그 사진을 자세히 들여다보고 있자니 왠지 기분이 으스스했다. 아드리아노는 이미 다섯 살 때부터 괴물이었다. 아이의 몸과 마음속에 괴물이 자라고 있다고 생각하자 기분이 꺼림칙했다. 일부 학자들은 인간의 두뇌가 세 살 이전에 모두 결정된다고 주장해왔지만 그녀는 그 의견에 늘 반대해왔다.

만약 이제 겨우 다섯 살밖에 안된 아드리아노의 머릿속에 악마가 들어있다면?

매들린은 터무니없는 생각이라 치부하며 고개를 가로저었다. 다섯 살짜리 아이의 몸과 마음속에 악마가 들어 있다는 건 그야말로 괴이한 주장에 불과하다는 생각이 들었다. 그녀는 범인을 잡고 줄리안을 악마의 은신처에서 구해내고 싶었지만 아드리아노는 이미 죽었다. 이제는 더 이상 잡을 악마가 없었다. 아이에 대한 몽상만이 가끔 머릿속에서 자취를 드러낼 뿐이었다.

아케이드에서 장난감 비행기를 가지고 놀던 조나단 랑프뢰르의 아이, 그녀가 낳고 싶어 하는 아이, 줄리안 같은 아이.

매들린은 '살인자의 머릿속에 들어가는 방법'을 배우기 위해 정신분석학 교육을 받았고, 관련 서적도 여러 권 읽어보았다. 범인의 심리를 제대로 파악하고 있을 경우 수사에 얼마나 큰 도움이 되는지도 알고 있었다.

다섯 살 아이의 머릿속에 무엇이 들어있는지 알아내기란 그리 쉬운 일이 아니야.

매들린은 아이의 사진을 뚫어질 듯 들여다보며 마음속으로 침묵의 대화를 시작했다.

넌 아드리아노 소토마요르라는 아이야. 현재 나이 다섯 살이고, 난 네 머릿속에 무엇이 들어있는지 모르겠어. 넌 다섯 번째 생일에 촛불을 끄며 무슨 생각을 했을까? 넌 무얼 느끼며 살아가고 있을까? 넌 삶에서 어떤 의미를 찾고 있을까? 넌 아빠의 매질을 어떻게 감당해내고 있을까?

대답 없는 질문이 계속 이어졌다.

넌 어떤 희망을 품고 살아가니? 잠자리에 들기 전에 무슨 생각을 하니? 넌 그날 오후에 무슨 짓을 저질렀니?

난 사실 네 아버지 에르네스토 소토마요르의 머릿속에도 무엇이 들어있는지 모르겠어. 그가 살아온 내력을 모르니까. 난 그가 왜 널 때리는지도 몰라. 어쩌다가 아들을 무자비하게 때리는 아버지가 되었을까? 그가 분명 네 아버지인데 아무도 보지 않는 트롤선에서 매일이다시피 잔혹한 매질이 벌어지고 있어. 에르네스토는 벨트를 채찍처럼 휘둘러 너의 맨살을 때리고, 담뱃불로 팔뚝을 지지고, 변기 물에 머리를 처박았어. 왜 그런 끔찍한 짓이 필요했을까? 네 아버지 에르네스토 소토마요르가 매질을 가한 상대는 혹시 네가 아니라 다른 사람일지도 몰라.

가령 에르네스토는 자기 자신에게 벌을 가한 게 아닐까? 그는 혹시 자기 아버지나 대출을 거절한 은행직원을 때리고 싶었던 게 아닐까? 이 사회에 그를 적대시하는 모든 사람에 대한 분노의 표출이 아니었을까? 난 에르네스토가 왜 악마의 포로가 되었으며, 너 역시 왜 악마를 추종하게 되었는지 그 이유를 정말 모르겠어.

매들린은 사진을 얼굴 가까이 가져갔다.

어린 남자 아이는 계속 그녀를 물끄러미 바라보았다.

대여섯 살 아이가 악마가 될 수는 없어. 다만 모든 걸 잃을 수는 있을 거야. 이 아이는 인간에 대한 신뢰, 자신감, 자존감, 꿈을 잃어버린 거야.

아드리아노, 넌 어디로 가니? 혼자 조용히 생각에 잠기고 싶을 때면 어디를 찾아가니? 혼자 조용히 눈물을 흘리고 싶을 때는 어디에 가니? 아드리아노가 즐겨 찾을 만한 곳이란 과연 어디일까?

매들린은 방금 전까지만 해도 진실이 손을 뻗으면 닿을 거리에 있다고 믿었는데 어느새 멀찌감치 달아나버렸다.

진실을 찾으려면 명상이 필요해. 결정적인 기억을 떠올리려면 고요가 필요하지.

매들린은 이 사건이 과거 이야기를 퍼즐 맞추듯 다시 복원하는 정도로 해결되리라고는 믿지 않았다. 이 사건을 해결하려면 일반적인 상상을 초월하는 마법이 필요했다. 마법은 흔히 일어나지 않는다는 게 문제였다. 어느 순간 칠흑 같은 어둠의 동굴 속으로 갑자기 한 줄기 서광이 비쳐들 리 없었다. 사진 속의 아드리아노가 별안간 다시 살아나 모든 비밀을 귀에 대고 속삭여줄 리 없었다.

그렇더라도 가스파르가 했던 질문은 여전히 유효했다.

이제 우리가 무얼 더 해볼 수 있을까요?

그 말은 경찰이 수사를 할 때 가장 마지막으로 던지는 질문이었다. 그녀는 가스파르가 제시할 대답을 놓치고 싶지 않았다.

매들린은 시동을 걸고 방향지시등을 켜고 나서 다시 달리기 시작했다. 그녀는 뉴욕으로 돌아가는 대신 티버튼 쪽으로 방향을 틀었다. 아직 가스파르와 함께 끝내야 하는 일이 남아있었다.

4

가스파르는 펍으로 돌아가기 위해 빅 샘과 함께 방파제를 거슬러 올라갔다. 펍에 들어서는 순간 손님들의 비웃음과 야유가 쏟아졌지만 개의치 않았다. 한 사람이 한바탕 키득거리며 웃고 나더니 술을 한 잔 권했다. 처음에는 거절할까 생각했지만 결국 경계를 풀었다. 이제 수사도 끝난 마당에 술을 마다할 이유가 없었다.

가스파르는 위스키를 천천히 음미하듯 마시고 나서 손님들에게 차례로 한 잔씩 돌렸다. 네 번째 잔을 들이켠 그는 50달러짜리 지폐 두 장을 카운터에 내려놓고 위스키를 병째 주문했다. 알코올이 효과를 내기 시작하자 머릿속에 자욱하게 끼어있던 안개가 걷히며 이내 기분이 좋아졌다.

머릿속이 맑아지면서 술꾼들과 함께 있는 자리가 불편해지기 시작했다. 그들이 목청껏 떠들어대는 바람에 너무 시끄러웠고, 저마다 마초 기질을 뽐내며 질펀한 섹스 이야기를 해댔고, 소수성애자들을 노골적으로 질시하고 혐오하는 이야기들을 조금도 거리낌 없이 펑펑 쏟아내고 있었다.

가스파르는 원래부터 혼자 술을 마시는 스타일이었다. 그에게 있어서 술에 취하는 건 어디까지나 다른 사람의 눈에 띄지 않는 은밀한 행위였다. 그는 술병을 들고 옆방으로 피신했다. 벽을 빨간 빌로드로 도배한 방으로 어부들이 고기를 잡을 때 쓰는 작살, 음탕한 장면을 담고 있는 판화, 대어를 낚은 어부들이 배 앞에서 포즈를 취하고 있는 사진들로 장식되어 있었다.

이를테면 툴루즈–로트렉의 눈에 비친 '노인과 바다'라고나 할까?

가스파르는 의자에 소지품들을 내려놓았다. 그는 위스키를 채운 잔을 앞에 두고 앉아 수사 내용을 빠짐없이 기록해놓은 스프링노트를 차분하게 훑어 내려갔다. 노트에 적힌 내용은 결국 실패의 기록이었다. 비록 숀 로렌츠의 옷을 입고, 그의 향수를 뿌렸을지언정 그가 될 수는 없었다. 숀 로렌츠의 안타까운 아빠 마음을 이어받아 줄리안을 반드시 찾아내고 싶었지만 역부족이라는 사실을 인정하지 않을 수 없었다.

매들린의 말이 옳았어. 수사는 아무나 하는 게 아니었나 봐.

가스파르는 마음속으로 간절히 원한다면 줄리안을 반드시 찾아낼 수 있을 거라고 믿었다. 줄리안을 구하는 일이 곧 자기 자신을 구제하는 일이라 믿었다. 줄리안을 찾아내는 일은 그에게 이제껏 살아오면서 저지른 모든 실수를 한꺼번에 털어버릴 수 있는 절호의 기회라고 여겼다. 이제와 생각해보니 평생 저지른 실수를 단 한 번에 털어버리려고 했던 의도 자체가 불순해보였다.

가스파르는 다시 술을 한 모금 삼키고 나서 눈을 감았다. 어딘지는 모르지만 음습하고 어두운 지하창고에서 몸을 웅크리고 있을 줄리안의 자취가 뇌리를 떠나지 않았다.

줄리안이 살아 있을 가능성이 있을까? 아이가 기적적으로 목숨을 부지하고 있다한들 무려 2년 동안이나 갇혀 있었으니 과연 어떤 상태일까? 아이의 미래는 어떻게 될까?

숀 로렌츠는 아들을 구하려고 백방으로 뛰어다니다 죽었고, 페넬로페는 전동차 안에서 스스로 목숨을 끊었다.

가스파르는 스프링노트를 넘기다가 〈불꽃 제조자들〉의 사진을 발견하고 동작을 멈추었다. 베르나르 베르딕이 쓴 책에서 오려둔 사진이었다. 그 사진은 한 시대의 증거물이었다. 그 사진에는 1980년대 뉴욕 언더그라운드의 모습이 그대로 담겨있었다.

가스파르가 그 사진을 좋아하는 이유 중 하나는 세 명의 악동들이 짓고 있는 행복한 표정 때문이었다.

스무 살을 갓 넘긴 숀 로렌츠, 아드리아노 소토마요르, 베아트리스 무뇨스는 각자의 운명이 어떻게 펼쳐질지 알고 있었을까?

그들은 깊은 나락으로 떨어지거나 높이 비상하기에 앞서 마지막으로 카메라를 향해 웃음 짓고 있었다. '레이디버드'라는 예명으로 활동한 베아트리스 무뇨스는 120킬로그램의 몸무게와 역도선수 같은 체격 때문에 놀림의 대상이었고, 높이 비상하지 못했다. 그녀는 군인들이 즐겨 입는 망토 차림에 펑퍼짐한 몸매를 감추고 오른쪽에 있는 'Lorz74'를 향해 미소 짓고 있었다. Lorz74는 그때까지만 해도 사람들의 마음을 격동시켰던 천재화가 숀 로렌츠가 아니었다.

Lorz74는 그 무렵 자신을 기다리고 있던 운명을 예감했을까?

Lorz74는 사진 속에서 친구들과 물감을 뿌려대며 짓궂은 장난을 칠 생각에 개구쟁이 같은 미소를 짓고 있었다. 그의 옆에 있는 청년이 바로 '나이트시프트'라는 예명으로 활동한 아드리아노 소토마요르였다.

가스파르는 주의 깊게 아드리아노의 얼굴을 살폈다. 그가 알아낸 모든 정보들을 대입해 아드리아노의 얼굴을 들여다본 결과 첫인상을 수정해야 할 필요성을 느꼈다. 사흘 전, 처음으로 〈불꽃 제조자들〉의 사진을 대했을 당시만 해도 히스패닉 계통의 젊은 남자가 셔츠 앞섶을 풀어헤치고 있는 모습을 보고, 괜한 허세를 부린다고 생각했지만 착시였다. 그가 허세로 여겼던 아드리아노의 감정은 이제 보니 무관심이었다. 허공을 향한 그의 시선에 담긴 감정 역시 무관심이었다.

가스파르는 훗날 마왕이 된 남자의 얼굴에 시선을 고정했다. 그가 진정 누구였고 평생 무엇을 추구하고 기피했는지 분명하게 밝혀줄 수 있는 단서가 어딘가에 존재할 거라는 생각이 들었다. 그는 문득 청소년 시절에 읽은 에드거 앨런 포의 〈도둑맞은 편지〉가 떠올랐다.

무언가를 감추고자 할 때 가장 좋은 방법은 상대의 의표를 찔러 밖으로 꺼내놓는 거야.

그 소설을 읽으며 느꼈던 교훈과 사진 속에 들어 있는 어떤 알 수 없는 느낌이 그의 마음을 조바심치게 만들었다.

가스파르는 만년필을 꺼내 메모를 적어나가기 시작했다. 그는 자신이 적은 메모를 읽어보았다. 두 세 개의 날짜, 〈불꽃 제조자들〉의 예명, 그들의 본명 따위였다. 메모를 읽으면서 오류를 바로잡았다. 바닷가에 있기 때문인지 그는 나이트시프트(NightShift 야간순찰) 대신 나이트십(NightShip 야간운행선박)이라고 적어놓은 사실을 깨달았다.

가스파르는 스프링노트를 닫고 남은 위스키를 단숨에 비웠다. 그는 주섬주섬 짐을 챙기고 나서 머리가 묵직한 상태로 카운터를 향해 걸어갔다. 조금 전보다 손님이 대폭 줄어든 탓인지 시끄러운 목소리도 한결 잦아들어 있었다.

가스파르는 펍의 주인에게 하룻밤 묵을 만한 집이 있는지 물었다. 주인은 몇 군데 전화를 해보고 나서 알려주겠다고 했다.

가스파르는 감사를 표하고 나서 등받이 없는 의자에 반쯤 엉덩이를 걸치고 앉았다. 그에게 슬며시 다가온 빅 샘이 거머리처럼 옆에 찰싹 달라붙어 앉았다.

"나에게 위스키를 한 잔 더 주겠소?"

가스파르는 잔이 넘치도록 위스키를 따라주었다. 그는 술을 더 마시지 않았음에도 술기운이 핑 돌며 갑자기 정신이 혼미해졌다. 방금 전, 굉장히 중요한 단서가 머릿속을 스쳐지나갔는데 뭔지 알 수 없었기 때문이다.

"혹시 소토마요르 집안에 대대로 전해 내려온 집을 아세요?"

가스파르가 빅 샘에게 물었다.

"당연히 알고 있소. 아마도 이 동네 사람이라면 다 알고 있을 거요. 아마 당신도 에르네스토 선장의 부인을 봤다면 한눈에 반했겠지. 정말 예쁜 여자였소. 이름이 뭐였더라?"

"비앙카?"

"그래, 맞아요. 비앙카 같은 여자라면 누구나 기꺼이 안아주고 싶은 마음이 생기게 마련이지."

"에르네스토를 선장이라고 불렀나요?"

"다들 그렇게 불렀소."

"선장이라고 부른 이유가 뭐죠?"

"진짜 선장이었으니까 그렇게 불렀지 다른 이유가 뭐가 있겠소. 그는 원양어업 허가까지 받은 실력 있는 선장이었소."

"어떤 배를 가지고 있었죠?"

"트롤선을 한 척 가지고 있었소."

"혹시 배 이름이 기억나세요?"

"나도 오래되어서 기억이 가물가물하구려. 위스키를 한 잔 더 마시면 생각날지도 모르겠소."

가스파르는 위스키를 따라주는 대신 빅 샘의 멱살을 잡고 얼굴을 바짝 끌어당겼다.

"어서 배 이름이 뭔지 말해!"

빅 샘이 가까스로 몸을 빼냈다. 그가 술병을 손에 쥐더니 병째 입에 대고 들이켰다. 위스키로 목을 축인 그가 반쯤 치아가 빠진 입을 닦고 의자에서 내려섰다.

"나를 따라오면 배 이름을 알 수 있게 해주겠소."

가스파르를 옆방으로 데려간 빅 샘이 벽에 걸린 액자를 가리켰다. 에르네스토가 100킬로그램이 넘어 보이는 참치 뒤에서 포즈를 취하고 있는 사진이었다. 그의 뒤로 다른 어부들의 모습이 보였다. 1980년대 중반쯤에 찍은 사진이었지만 해상도가 비교적 좋은 편이었다. 어부들 뒤쪽으로 트롤선이 보였다.

가스파르는 배의 이름을 읽기 위해 가느다랗게 실눈을 떴다.

나이트시프트.

그는 움찔 몸을 떨었고, 벅찬 감정이 밀려왔다.

"에르네스토가 은퇴하면서 배를 어떻게 했죠? 그대로 항구에 세워두었나요?"

"그레이브 야드로 견인되었을 거요. 항구에 그대로 세워두면 자릿세를 내야 하니까."

"그레이브 야드라면?"

"스태튼 섬에 있는 배들의 묘지 말이오."

"뉴욕의 스태튼 섬?"

"그렇다니까."

가스파르는 어느새 뒤도 돌아보지 않고 밖으로 달려 나갔다. 가방을 집어든 그는 펍을 빠져나가 항구로 나섰다. 찬 공기를 쐬자 더할 나위 없이 기분이 상쾌했다. 마치 바닷바람 속에 술이 깨는 약이라도 들어 있는 듯했다.

휴대폰을 꺼내드는 순간, 어둠을 헤치고 그를 향해 달려오는 헤드라이트 불빛이 보였다.

매들린이 운전하는 픽업트럭이었다.

12월 25일 일요일

22. 나이트시프트 호

하느님께서 빛을 '낮'이라 부르고, 어둠을 '밤'이라고 부르셨다.
저녁이 있었고, 아침이 있었다. 첫째 날.
—창세기, 1장 5절

1

은빛 눈송이들이 곤충들이 무리지어 만들어낸 구름처럼 하늘을 가득 채웠다. 가스파르와 매들린이 스태튼 섬 해변에 도착한 시간은 아침 7시 무렵이었다. 두 사람은 밤새도록 차를 달렸다. 매들린은 졸지 않고 운전대를 잡기 위해 줄담배를 피웠고, 가스파르는 커피가 가득 담긴 보온병을 다 비웠다. 갑자기 퍼붓기 시작한 눈발이 마지막 몇 킬로미터를 남겨두고 발목을 잡았다. 도로에 눈이 쌓이면서 주행속도가 현저하게 떨어졌다. 그들이 그레이브 야드로 들어서기까지 그야말로 무수한 우여곡절이 뒤따랐다.

뚜렷한 목적 없이 섬을 배회하면 위험하다는 경고판이 세워져 있었다. 섬이 비교적 광대해 몰래 들어오겠다고 마음먹은 사람의 출입을 통제하기란 애초부터 불가능해 보였다. 그나마 섬에서 나는 무시무시한 악취가 사람들의 출입을 막아주는 방패막이 역할을 대신 해주고 있는 듯했다.

상한 생선 냄새, 해초 썩는 냄새, 시궁창 냄새 따위가 어찌나 심한지 구역질이 절로 날 지경이었고, 심지어 머릿속이 아득해지는 현기증을 불러일으켰다. 몇 분 동안 악취를 견디고 나면 역설적인 장관이 시야에 들어왔다. 마치 하늘을 배경으로 세상 끝에 다다라 있는 느낌이었다. 수천 척의 난파선과 그 잔해들에 자리를 내준 갯벌, 나날이 부식되어가는 어선들, 수십 년째 흙구덩이에 처박혀 있는 거룻배, 녹슨 화물선, 배에서 부서져 나간 돛대들이 서로 부딪치며 을씨년스러운 소리를 내는 범선, 미시시피 강에서 건져 올린 외륜선에 이르기까지 쓸모를 다한 각종 배들이 셀 수도 없이 모여 있는 서글픈 현장이었다.

시뻘건 녹으로 뒤덮인 선박의 잔해 위를 날아다니는 갈매기들의 울음소리만 들려올 뿐 사람들은 전혀 눈에 띄지 않았다. 눈으로 직접 바라보고 있었지만 바로 이 지역이 맨해튼에서 불과 몇 킬로미터밖에 안 떨어진 곳이라는 게 도저히 믿기지 않았다.

가스파르와 매들린은 한 시간 전부터 결사적으로 나이트시프트 호를 찾아 헤매는 중이었다. 너무 광대한 영역이라 건초더미에서 바늘을 찾는 격으로 지난한 작업이었다. 점점 더 거세지는 눈발 때문에 배들의 형태를 구분하기조차 힘들었다. 쏟아지는 눈에 가려 하늘과 바다 사이의 경계가 불분명해진 가운데 유령처럼 윤곽을 흐릿하게 지워가는 배들의 모습이 기괴한 느낌을 자아냈다.

매들린은 모래밭을 지나다가 오솔길 양 옆으로 심어져 있는 열 그루 남짓한 나무들을 주목했다.

도대체 누가 이토록 황폐한 곳에 나무를 심었을까?

매들린이 나무를 향해 발차기를 날리자 작은 가지 하나가 부러졌다.

가스파르가 부러진 나뭇가지를 주워들고 요모조모 살폈다.

"마치 나무가 피를 흘리는 것 같지 않아요?"

그가 붉은 빛이 감도는 나무진을 가리키며 말했다.

"빌어먹을! 오리나무예요."

매들린의 입에서 푸념이 새어 나왔다.

피눈물을 흘린다는 나무, 겨울의 대학살 이후 봄의 부활을 알리는 나무, 사후세계를 상징하는 나무.

2

오리나무를 안내표지판 삼아 목재 널이 깔린 길을 1백여 미터쯤 걸어가자 비로소 그들이 눈이 빠지도록 찾아 헤맨 배가 모습을 드러냈다. 몇 번이나 거듭 확인한 결과 나이트시프트 호가 분명했다.

매들린은 조금도 망설이지 않고 길이가 20미터쯤 되는 트롤선의 갑판 위로 훌쩍 뛰어 내렸다. 그녀는 얼굴 정면을 향해 들이치는 바람을 맞으며 성큼성큼 선교를 향해 걸어갔다.

가스파르는 묵묵히 그녀를 뒤따랐다. 눈이 얼어붙은 바닥이 마치 스케이트장처럼 미끄러웠다. 갑판에는 밧줄과 도르래, 전선, 찢어진 그물, 터진 타이어들이 제멋대로 흩어져 있었다.

그들은 접이식 계단을 통해 조타실로 내려갔다. 바닥에 큰 구멍이 뚫려있어 물이 차들어 오는 중이었다. 습기를 머금은 벽에서는 결로 현상이 보였다. 진흙이 덕지덕지 쌓여 있는 조타실에는 남아있는 설비가 아무것도 없었다.

바닥에서 나뒹굴고 있는 서류가 매들린의 눈에 들어왔다. 배의 평면도로 화재가 발생했을 경우 대처 요령과 안전수칙이 적혀 있었다. 두 사람은 조타실을 나와 선원실로 갔다. 요리용 화덕이 있던 방을 지나자 두 개의 선원실을 터서 작업장으로 쓴 공간이 나타났다. 한구석에 세워진 PVC천막 아래로 시멘트포대, 삽, 흙손 따위 장비들이 쌓여 있었다. 깨진 유리병 조각들과 죽은 쥐들 사이에 놓여 있는 침대에는 수십 개의 빈 상자들이 물에 잠긴 가운데 썩어가고 있었다.

매들린이 빈 상자에 붙은 상표를 떼어내 가스파르에게 보여주었다.

Lyo φ Foods.

아드리아노의 은행거래내역에서 확인했던 비상식량 판매 전문 업체 상표였다. 이제 점점 진실에 근접해가고 있다는 느낌이 들었다. 그들은 배의 평면도를 살피며 한때 기계실이었지만 지금은 쥐들의 천국이 되어버린 공간으로 들어섰다. 인기척이 느껴지자 쥐들이 파이프들 사이로 몸을 숨기느라 여념이 없었다. 방 한구석에 벌겋게 녹이 슨 철문이 있었다.

매들린은 굳게 닫힌 철문 앞에 서서 가스파르에게 불을 비춰달라고 부탁했다. 그가 불을 비추는 동안 문을 따볼 심산이었다. 그녀는 쇠지렛대와 노루발장도리를 사용해 철문을 열어보려고 했지만 꿈쩍도 하지 않았다.

그들은 평면도를 살피며 배의 밑에서 내부로 진입하는 문이 있다는 사실을 알아냈지만 출입구가 막혀 있었다. 그들은 갑판 구석구석을 이 잡듯이 뒤졌다. 윙윙 거리는 바람소리 때문에 고함을 질러야 겨우 대화를 이어갈 수 있었다. 광풍이 불어 닥치는 바람에 두 사람은 몸의 균형을 잃고 휘청거렸다. 그럭저럭 두 발을 빗자루 삼아 눈을 치우던 두 사람은 아예 대화를 포기하고 몸짓으로 소통하는 쪽을 선택했다.

트롤망을 감아올리는 롤러의 양 측면에 폭이 제법 넓은 두 개의 유리관이 나 있었다. 영국식 안뜰과 비슷한 원리로 자연광이 지하 공간까지 스며들도록 하기 위해 고안된 양식이었다. 조금 떨어진 곳에 동일한 원칙에 따라 설비해둔 철관도 있었다. 지하 공간의 환기를 위한 설비였다.

매들린은 선원실에서 삽을 챙겨들고 돌아왔다. 그녀는 유리관을 쉽게 부술 수 있으리라 생각했지만 두께가 만만찮았다. 그녀는 젖 먹던 힘을 다해 유리관을 반복적으로 내리쳤다. 15분이나 계속 내리친 끝에 겨우 유리관이 깨졌다.

매들린은 일단 구멍이 뚫리자 쇠지렛대를 사용해 유리관을 전부 박살내버렸다. 지하공간으로 연결된 유리관이 깨지자마자 눈송이들이 걷잡을 수 없이 안으로 빨려 들어갔다.

매들린은 허리벨트에 끼워두었던 형광봉을 꺼내 지하 공간을 향해 던졌다. 형광봉 불빛이 퍼지면서 제법 넓은 공간이 드러났다.

"선교에 줄사다리가 있어요."

매들린이 줄사다리를 가지러 간 사이 가스파르는 드러난 지하 공간을 들여다보았다. 그는 마치 무엇에 홀리기라도 한 듯 얼빠진 표정을 짓고 있다가 생선 썩는 냄새, 똥오줌 냄새를 맡고 나서야 제정신으로 돌아왔다.

누군가 이 안에 감금되어 있어.

가스파르는 방금 전 사람의 목소리가 들려왔다고 확신했다. 그는 조바심이 나 매들린이 돌아올 때까지 기다릴 수 없어 아래로 훌쩍 뛰어내렸다.

3

가스파르는 쿵 소리를 내며 먼지구덩이 속으로 나동그라졌다. 그는 무엇보다 지독한 악취 때문에 코를 감싸 쥐었다. 바닥에 떨어져있는 형광봉을 집어든 그는 어둠을 헤치고 앞으로 나아갔다.

"누구 있어요?"

모든 천창과 현창은 완벽하게 폐쇄되어 있었다. 악취가 견디기 힘들 만큼 심한 대신 배 안의 다른 곳에 비해 습기는 덜한 편이었다. 눈이 어둠에 익숙해지자 현재 자신이 있는 공간이 배의 화물창이 아니라 어부들이 잡은 고기들을 분류하고 내장을 손질하던 작업실이었다는 사실을 알게 되었다. 컨베이어벨트 앞을 지나자 대형 스테인리스 통, 작업용 갈고리, 경사진 철제계단이 차례로 나타났다.

가스파르는 갑자기 걸음을 멈추었다. 비앙카 소토마요르의 사체가 작업실 바닥 한가운데에 비스듬히 기울어진 자세로 앉아 있었다. 그는 손전등을 시신 가까이 가져갔다. 비앙카의 유해에 수많은 물집이 뒤덮여 있었다. 피부는 잔뜩 부풀어 오른 상태였고, 손에서 손톱이 분리되어 나가있었다. 강추위에도 썩는 냄새가 심하게 나는 걸 보면 목숨이 끊어진 지 그리 오래되지 않았다는 뜻이었다.

가스파르는 어두컴컴한 통로를 따라 계속 앞으로 나아갔다. 이제 두려움이나 추위는 아무런 문제도 되지 않았다. 그는 뭐든 할 수 있는 마음의 준비가 되어 있었다. 그가 지난 20년 동안 기다려온 절호의 기회였다. 그의 몸 안에서 공존해온 빛의 세계와 어둠의 세계 사이에서 벌어진 전투의 결과가 곧 내려지게 되는 순간이었다.

최근 며칠은 예측할 수 없을 만큼 놀라운 경험의 연속이었다. 닷새 전, 파리에 도착했을 때만 해도 그는 희곡을 쓰는 대신 탐험가의 길을 걷게 되리라고는 상상하지 못했다. 완전히 꺼졌다고 믿었던 삶의 불길이 다시 활활 타오르게 되리라고는 예상하지 못했다.

가스파르는 남아있는 힘과 지략을 한곳에 모았다. 그는 몇 번이나 넘어질 뻔했지만 개의치 않았다. 적어도 지난한 수사의 마지막 단계까지 오게 되었다.

"누구 있어요?"

가스파르는 계속 어둠 속으로 나아갔다. 형광봉은 칠흑 같은 어둠 속에서 제 구실을 하지 못했다. 갑자기 바닥의 요철이 심해지며 길이 부쩍 좁아졌다. 그는 여러 개의 통조림 깡통들, 두 개의 트럭 짐칸 깔개, 담요 뭉치들을 어렴풋한 빛 속에서 확인했다. 빈 상자들과 통발들이 쌓여있는 곳을 통과하고 나자 더는 앞으로 나아갈 수 없었다. 격자형 디딤판들을 쌓아올려 세운 벽이 앞을 가로막고 있었기 때문이다. 벽 너머에는 각종 관들이 복잡하게 뒤얽혀 있었다. 하필이면 바로 그 순간에 형광봉이 수명을 다했다.

가스파르는 뒤로 몇 걸음 물러났다가 손으로 더듬어가며 아주 작은 소리가 흘러나온 곳으로 발걸음을 옮겼다. 몸을 굽혀 소리가 들려온 도관을 들여다보던 그는 안으로 들어가기에는 자신의 몸집이 너무 크다는 생각이 들었지만 포기할 수 없었다. 그는 마치 괴물의 내장 속으로 들어가듯 도관 안으로 몸을 집어넣었다.

가스파르는 칠흑 같은 어둠 속에서 계속 앞으로 전진해갔다. 지하 공간으로 뛰어내린 후 줄곧 그는 아이와 함께 돌아갈 수 없다면 자신도 결코 밖으로 나가지 않겠다고 결심했다. 그는 자신의 삶을 줄리안에게 걸기로 했다. 그가 여기까지 올 수 있었던 건 줄리안을 반드시 구하겠다는 일념 때문이었다. 그는 포커 꾼이 일생일대의 승부를 위해 가진 칩 모두를 테이블 위에 올려놓듯 마지막 승부수를 던지기로 했다. 줄리안은 지금껏 그를 둘러싸고 있던 어둠을 물리쳐줄 유일한 빛이었다. 숀 로렌츠의 모습에서 아들을 구하기 위해 목숨을 거는 아버지를 보았다. 그 모습이 자연스럽게 그가 어린 시절에 잃어버린 아버지를 떠올리게 했다. 그런 의미에서 줄리안은 그 자신의 분신이나 다름없었다.

가스파르는 어둠 속에서 납작 엎드린 자세로 묵묵히 앞으로 나아갔다. 가슴에 가해지는 압박이 심했고, 귓속에서 끊임없이 윙윙거리는 소리가 들려왔다. 서서히 도관을 벗어나고 있다는 느낌이 들었다. 배들끼리 부딪치며 부서지는 소리도 들려오지 않았다. 기름 냄새, 페인트 냄새, 젖은 나무 냄새도 나지 않았다. 그저 그를 집어삼키는 짙은 어둠만이 목전에 있을 뿐이었다. 대기 중에는 매캐한 흙냄새만이 부유했다. 마침내 도관의 끝이 보였다.

가스파르는 그 순간 아이를 보았다.

4

가스파르는 퍼붓듯 내리는 눈 속을 질주했다. 찬 공기가 쉴 새 없이 흡입되자 허파가 불에 덴 듯 달아오르고 두 눈이 심하게 따끔거렸다. 눈송이들이 얼굴에 수북이 쌓였다가 이내 물이 되어 흘러내렸다. 추위가 살갗을 파고들었지만 그는 이제 통증 따위에는 면역이 된 상태였다.

가스파르는 입고 있던 재킷으로 줄리안을 둘둘 만 다음 품에 끌어안고 달렸다. 매들린은 차의 시동을 걸어 두기 위해 먼저 출발했다. 잿빛 갈매기들이 그들의 머리 위를 선회했다.

가스파르는 아이의 창백한 얼굴에 닿을 정도로 고개를 깊이 숙여 자신이 온기를 아이에게 전달해주기 위해 애썼다. 줄리안은 너무나 큰 충격을 받은 데다 오랫동안 어둠 속에 갇혀 살아서 눈을 제대로 뜨지 못하는 형편이었다. 그나마 다행스러운 점은 비앙카가 의심할 여지없이 마지막 숨을 거두기 전까지 아이를 알뜰하게 보살핀 게 틀림없었다. 아이는 어느 모로 보나 죽어가는 몰골이 아니었다.

"이제 다 잘 될 거야."

가스파르가 아이를 안심시켰다.

아이의 아래윗니가 부딪치는 소리가 들려왔다.

가스파르는 재킷 주머니에서 비죽 고개를 내밀고 있는 강아지 인형을 꺼내 아이의 목 언저리에 대주었다.

"이제 다 잘 될 거야. 내가 네 친구도 데려왔단다. 녀석이 너를 따뜻하게 해줄 거야."

가스파르는 계속 달렸다.

픽업트럭의 타이어가 눈 쌓인 길에서 요란한 마찰음을 냈다. 매들린이 눈보라 속에서 차를 최대한 가까이까지 가져다 대기 위해 애쓰는 중이었다. 그가 부교의 끝에 다다랐을 때 줄리안이 무슨 말인가 중얼거렸다.

가스파르는 무슨 뜻인지 못 알아들은 탓에 아이에게 방금 전에 한 말을 다시 한 번 해달라고 부탁했다.

"아빠야? 아빠가 온 거야?"

가스파르는 아이가 오해한 이유를 짐작했다. 지금 그가 입고 있는 셔츠, 조끼, 재킷에 숀 로렌츠의 향수 냄새가 짙게 배어있었다. 심지어 강아지 인형에서도 숀 로렌츠의 향수 냄새가 났다.

가스파르는 오해를 바로잡기 위해 아이 쪽으로 몸을 숙였지만 그의 입에서 흘러나온 말은 달랐다.

"그래, 아빠야."

5

픽업은 사륜 구동차라 큰 어려움 없이 눈길을 헤쳐 나갔다. 바깥은 눈보라가 몰아치는 엄동설한이었지만 차 안은 히터의 온도를 최대한 높인 결과 따스했다.

라디오에서는 15분마다 교통 상황 리포트가 흘러나왔다. 그들은 무려 30분 동안 한마디도 하지 않았다.

가스파르는 그의 품에서 잠든 줄리안을 내내 안고 있었다. 외투로 몸을 꽁꽁 싸매고 잠든 탓에 아이의 뒤엉킨 머리카락만 보였다. 잠든 사이에도 아이는 가스파르의 손을 꼭 잡고 놓지 않았다.

매들린은 내비게이션에 맨해튼 벨뷰병원 주소를 입력했다. 현재 그들이 있는 곳은 뉴저지 주 세코커스 부근이었다. 휴일이라 도로에는 차들이 별로 없었지만 악천후 때문에 통행이 원활하지 않았다.

링컨 터널을 1백여 미터 앞둔 지점에서부터 차량의 흐름이 한층 더 늦어지더니 결국 한 개의 차선에서만 통행이 허용되었다. 와이퍼가 부지런히 움직이며 눈송이를 치우는 동안 가스파르는 도로에 염화칼슘을 살포 중인 차들을 힐끔 쳐다보았다. 유일하게 열린 차선에서 범퍼를 맞댈 정도로 다닥다닥 붙은 차들이 가다 서다를 반복하다가 결국 완전히 멈춰 섰다.

이제 어쩌지?

가스파르는 머릿속으로 헤밍웨이가 했던 말을 되새겨보았다.

인생에서 가장 중요한 교차로에는 신호등이 없다.

대작가의 말과는 달리 아주 잘 보이는 신호등이 그의 머릿속에서 깜빡거렸다. 그는 지금이 다시는 찾아오기 힘든 순간이라고 생각했다. 다시 한 번 패를 모두 꺼내 테이블에 올려놓아야 하는 순간. 지난 20년 동안 온갖 종류의 희곡을 써왔지만 따지고 보면 실제로 타인과 제대로 소통해본 적이 없었다.

"터널까지 남은 거리가 일백 미터쯤 되겠네요. 남은 거리를 주파하는 동안 우리의 미래는 열려 있겠지만 그 후에는 너무 늦게 될지도 모르겠어요."

매들린은 라디오를 끄더니 무슨 소리인지 모르겠다는 듯 그를 물끄러미 쳐다보았다.

"당신이 맨해튼 방향으로 우회전을 한다면 내가 첫 번째 이야기를 쓰게 될 테고, 북쪽으로 방향을 잡는다면 전혀 다른 새 이야기를 쓰게 될 겁니다."

매들린은 도대체 무슨 말인지 알아들을 수 없다는 듯 물었다.

"첫 번째 이야기는 어떻게 진행되는데요?"

가스파르가 말한 바에 따르자면 첫 번째 이야기는 절대로 평탄하지 않은 운명을 가진 세 사람, 그러니까 술주정뱅이 작가, 자주 자살충동에 휩싸이는 여형사, 졸지에 고아가 된 아이의 인생 여정을 다루는 이야기라고 했다.

그 이야기 속에서 작가와 여형사는 링컨 터널을 통과해 아이를 벨뷰병원 응급실로 데려간다. 이른바 '기레기'라고 하는 가십 전문 기자들, 남의 사생활을 엿보길 좋아하는 변태들에게 좋은 먹잇감을 던져주는 격이다. 한 가정이 겪은 비극이 아무런 조심성이나 배려 없이 까발려지고 난도질당할 수도 있다. 사람들은 그 이야기를 SNS상에서 조회 수를 올리기 위한 미끼로 사용할 테고, 뉴스채널들은 마치 일일

연속극처럼 하루가 멀다 하고 보도할 테니까.

작가는 산속으로 돌아가 이전보다 더 폐쇄적인 인물이 된다. 허구한 날 술을 퍼마시고, 인류를 혐오하는 글을 쓰며 은둔자로 살아간다. 오늘이 어제보다, 내일이 오늘보다 힘든 그는 조금이라도 종말을 앞당기기 위해 날마다 주량을 늘려간다.

한편 여형사는 마드리드의 임신클리닉으로 돌아간다. 아니, 어쩌면 돌아가지 않을 수도 있다. 그녀는 엄마가 되고 싶어 하지만 자기에게 어깨를 내줄 누군가를 필요로 할 수도 있다. 본인이 약하다는 사실을 잘 알고 있기 때문이다. 청소년기부터 줄곧 자기 안에 깃든 정체모를 불만이 멍에처럼 그녀를 짓누른다. 물론, 이따금씩 그녀는 자신의 삶을 그럴 듯하게 포장하기도 한다. 남들에게, 심지어 자기 자신에게도 그녀는 낙천적이고 지적이며 균형 잡힌 여자라는 인상을 심어주기도 하지만 실제로는 혼돈과 혼란 자체인 삶을 살아가고 있다. 늘 고열에 시달리고 피 냄새에 진저리를 치는 삶이다.

첫 번째 이야기의 등장인물 가운데 아이는 미지수 그 자체다. 불운한 천재화가 아빠와 무절제의 여왕인 엄마를 잃고 고아가 된 아이는 2년 동안 연쇄살인범을 아들로 둔 노부인의 보살핌을 받으며 배 밑창에 갇혀 살았다.

아이의 삶은 과연 어떻게 전개될까? 관례적으로 보자면 고아원과 위탁가정을 전전할 수밖에 없다. 수시로 심리상담을 받아야 하고, 사람들의 동정어린 시선, 비뚤어진 호기심, 불쌍한 아이라는 낙인이 주홍글씨처럼 새겨진 삶이 이어진다. 아이는 현실에서 도망치려 하고, 배의 지하 공간에서 보낸 어두운 기억 속에서 고통스러워하며 허공만 멍하니 바라보는 암울한 삶 속으로 내팽개쳐진다.

그때 갑자기 두 번째 차선이 열렸다. 노란 조끼 차림의 도로공사 직원이 앞으로 진행하라는 수신호를 보냈다. 멈춰 섰던 차량들이 비로소 움찔거리기 시작했다.

매들린은 곤혹스러운 표정으로 가스파르의 얼굴을 뚫어지게 바라보았다. 뒤에 서 있는 차들이 신경질적으로 경적을 눌러댔다. 그녀가 가속페달을 밟자 픽업은 링컨 터널을 향해 돌진했다.

가스파르는 단두대가 점점 가까워지는 모습을 마냥 지켜볼 수밖에 없었다. 50미터, 30미터, 10미터 마침내 그는 패를 다 털었다. 이제 공은 매들린에게로 넘어갔다.

매들린은 맨해튼으로 가는 차선을 선택했다. 물론 다른 이야기도 가능할 수 있겠지만 위험부담이 너무 컸다. 긴박한 상황에서 즉흥적으로 선택할 수 있는 문제가 아니었다.

자, 이제 다 끝났어.

가스파르는 혼자 그렇게 생각했다.

"두 번째 이야기는 어떻게 되죠?"

매들린이 물었다.

"두 번째는 한 가족의 이야기입니다."

가스파르가 대답했다.

매들린은 그의 눈빛이 말하는 의미를 금세 알아차렸다.

'난 이 세상 어느 누구보다도 우리가 이 아이를 더 잘 키울 수 있을 거라고 확신합니다.'

그 순간, 매들린은 소맷부리로 눈꺼풀을 문지르며 길게 숨을 들이마시고 나서 급히 핸들을 꺾어 차선을 변경했다. 픽업은 플라스틱 방책과 작업용 칸막이를 와장창 쓰러뜨리며 차선 여러 개를 한꺼번에 넘어갔다.

매들린은 맨해튼으로 향하는 긴 차량 행렬에서 빠져나와 북쪽을 향해 달리기 시작했다.

6

두 번째 이야기는 이렇게 시작되었어, 줄리안.

우리 가족의 이야기.

5년 후

줄리안, 내가 방금 전에 스프링노트에 적은 이야기가 진실이야.
너의 이야기이고, 우리 이야기이기도 하지.

그날 우리는 너를 벨뷰병원 응급실로 데려가지 않고 계속 북쪽을
향해 달렸어. 라치몬트 어린이센터가 우리의 목적지였단다. 디안 라
파엘이 숀 로렌츠의 작품을 판매한 돈으로 설립한 병원이야.

너는 한 달 동안 그 병원에 입원했고, 차츰 기력을 회복했어. 심하게
망가졌던 시력도 거의 되찾았고, 네가 겪었던 어두운 일들을 아주 희
미하게 기억할 뿐이었어. 넌 시간 개념도 없었고, 이전의 삶에 대한 아
무런 기억도 남아있지 않았지. 끔찍한 납치의 기억도 잊었고, 계속 나
를 아빠라고 불렀어.

우리 세 사람은 삶을 새롭게 꾸미기 시작했어. 네 엄마는 증인보호
프로그램에서 일한 경험이 있어 허위 출생신고서를 만들어줄 적임자
를 알고 있었고, 덕분에 우리 가족의 행정적인 서류를 깔끔하게 정리
할 수 있었지. 그 결과, 넌 가스파르 쿠탕스와 매들린 그린을 부모로
두고 2011년 10월 12일에 파리에서 출생한 줄리안 쿠탕스가 되었던
거야.

미국을 떠나기에 앞서 네 엄마와 나는 휘발유통을 들고 나이트시프
트 호를 다시 찾아가 배를 불살라버렸어. 우리는 미국을 떠나 그리스
의 시프노스 섬에 정착했지. 오래전부터 내 요트를 정박시켜둔 곳이

야. 넌 키클라데스 제도 위에 내리쬐는 태양과 은빛 파도, 황무지를 스치는 바람 소리를 들으며 어린 시절을 보냈어. 네가 어두운 기억을 잊는 데에는 금방이라도 반으로 쪼개지며 파란 물을 뚝뚝 흘릴 것 같은 쪽빛 하늘, 시원한 바람이 솔솔 불어오는 올리브나무 그늘, 박하 잎을 듬뿍 넣은 차지키 소스, 타임과 재스민 향기보다 더 나은 건 없을 거야.

글을 쓰던 나는 스프링노트에서 고개를 들어 올리고 집 아래 해안을 걸어 다니는 네 모습을 보고 있단다. 넌 눈빛이 별처럼 초롱초롱 빛나고, 건강하기 그지없는 아이가 되었어. 여전히 어둠을 무서워하지만 시간이 좀 더 지나면 극복할 수 있을 거라 생각해.

"엄마, 나, 비행기를 날릴 수 있어!"

네가 비행기를 든 두 팔을 활짝 벌리고 달리기 시작하면 네 엄마는 크게 감격해 사랑스러운 미소를 드리운 눈길로 너를 바라보지.

2016년 12월 아침 이후 5년이란 시간이 흘렀단다. 우리에게는 그야말로 찬란한 5년이었어. 매들린에게도 나에게도, 그리고 너에게도 전혀 새로운 삶이 시작되었지.

넌 오래전에 우리가 망각하고 지낸 소중한 가치들을 다시 찾게 해주었어. 우린 너로 인해 다시 사랑, 소망, 평화, 신뢰 같은 가치들이 얼마나 중요한지 새삼 깨닫게 되었단다. 네가 이 글을 읽을 나이가 되면 알게 될 테지만 사실 네 엄마나 나는 그리 평온한 삶을 살아오지는 않았어.

우리가 함께 가정을 이루고 사는 삶이 내게 절실히 깨닫게 해준 중요한 사실이 한 가지 있단다. 아이와 함께 하면 그 이전에 겪었던 모든 불행을 잊을 수 있다는 사실이지.

너도 훗날 아이와 함께 가정을 이루게 되면 어느 날 갑자기 너를 지켜주는 별들이 하늘에서 줄을 서는 모습을 보게 될 거야. 너의 실수, 방황, 과오가 아이라는 한줄기 빛과 함께 모두 용서가 되지.

　그 날 이후, 난 단 하루도 12월의 그 아침을 생각하지 않은 날이 없단다. 내가 처음으로 너를 품에 안은 날, 그날 아침 뉴욕에서는 눈보라가 기승을 부렸고, 맹렬한 추위가 온몸을 파고들었지.

　그날 아침, 너를 어둠에서 꺼내준 건 나였지만 실제로 나를 구해준 건 바로 너였어.

키클라데스 군도의 시프노스 섬에서, 2021년 10월 12일

스물두 번째 페넬로페

뉴욕에서 개최되는 숀 로렌츠의 작품 특별 경매

2019년 10월 9일 / AFP

뉴욕 크리스티는 오늘 저녁 록펠러 플라자에서 미국 출신 화가로 2015년에 사망한 숀 로렌츠의 기념비적인 작품 한 점을 경매에 붙인다. 〈스물두 번째 페넬로페〉라는 제목으로 소개되는 이 그림은 화가의 부인이자 뮤즈였던 페넬로페 쿠르코브스키를 감각적으로 표현한 그래피티 화로 파리 지하철 전동차에 그린 작품이다. 1992년, 뉴욕 출신 화가인 숀 로렌츠는 파리에 도착하자마자 불법적으로 이 작품을 그렸고, 최근 페넬로페가 비극적으로 세상을 뜬 현장에서 극적으로 발견되었다. 페넬로페는 2016년 12월, 이 전동차 안에서 스스로 목숨을 끊었다.

그 후, 파리교통공사와 숀 로렌츠의 유언 집행인이자 상속인인 베르나르 베네딕 사이에서 이 작품의 소유주를 가리기 위해 치열한 법정 공방이 빚어졌다. 최근 양측이 극적으로 합의를 이끌어내 경매가 성사되었다.

크리스티 측에서는 이 작품이 이제까지의 경매 기록을 갱신하게 된다고 하더라도 그리 놀랄 일은 아니라고 장담하고 있다. 숀 로렌츠의 그림은 생전에도 매우 높은 가격을 형성해 왔고, 그가 사망한 이후에는 몇 배 더 가치가 상승했다.

한편, 베르나르 베네딕은 아직 한 번도 일반에게 공개되지 않은 이 작품의 예외적인 특성에 주목해야 한다고 강조했다.

'페넬로페를 묘사한 스물한 점의 작품은 2015년 화재로 모두 불타 버렸습니다. 이번에 경매에 나오게 된 이 전동차의 그래피티는 숀 로렌츠와 페넬로페가 결합하는 계기를 만들어주었던 작품이자 두 사람의 상상을 초월할 만큼 열정적이었던 사랑을 증언해주는 유일한 증거물이라고 할 수 있습니다.'

이 작품이 지니는 다소 음울한 배경에 대한 우려를 불식시키려는 듯 베르나르 베네딕은 '이 작품은 사랑과 아름다움의 결정체입니다.' 라고 말하며 마치 철학자 같은 태도로 '기술과 경제력이 지배하는 시대가 우리에게 가하는 야만성을 극복할 무기는 예술, 아름다움, 사랑 밖에는 없습니다.' 라고 주장했다.

팩트와 픽션

미술관이나 현대미술을 전문적으로 다루는 화랑에서 숀 로렌츠를 찾지 마시라. 그는 내가 좋아하는, 그리고 다행스럽게도 그처럼 비극적인 운명을 맞이하지 않은 여러 명의 화가들을 한데 버무려 응축한 결정체이니까.

장 미셸 파이욜의 물감 가게에 들러보겠다고 센 강의 볼테르 기슭을 찾아 나설 필요도 없다. 그 인물은 게오르그 크레머가 창설한 크레머 피그멘테 사에 관해서 읽은 기사들, 다른 한편으로는 케임브리지의 슈트라우스 센터 퍼 콘서베이션 앤 테크니컬 스터디즈(Straus Center for Conservation and Technical Studies)가 소장하고 있는 염료 컬렉션에 대해 다룬 온라인 자료들로부터 영감을 얻어 만들어낸 허구적 인물이기 때문이다.

마지막으로, 독자들 가운데 더러는 이 소설을 읽으면서 이따금씩 나의 이전 작품들에 등장했던 인물들이나 장소에 대한 언급을 놓치지 않았을 것이다. 나는 이 소소한 개입이 여러분들을 슬며시 미소 짓게 만들었기를 바란다. 어찌되었든, 사랑하는 독자들이여, 그건 여러분들이 보여주는 변함없는 애정에 대해 내가 보내는 감사의 표시라는 점을 기억해주시기를…….

〈끝〉

옮긴이의 말

사랑의 이름으로

어느덧 내가 번역한 기욤 뮈소의 작품만도 다섯 권이나 꼽을 수 있게 되었다. 해마다 봄이 되면 꽃소식 전하듯 신간 소식을 전하는 성실한 작가이니 번역한 작품 다섯 권은 곧 함께한 세월(물론 그 전에 역자 아닌 독자로서 그와 더불어 보낸 시간은 빼고!)이 5년이라는 말과 다르지 않다. 그 5년 동안 그는 새록새록 다양한 이야깃거리를 찾아내어 빈틈없이 엮어내는 감탄스러운 이야기꾼의 진면목을 보여주었고, 그때마다 그의 작품을 사랑하는 전세계 독자들은 그가 들려주는 때로는 스릴러적이고 때로는 감상적이고 때로는 판타지적인 이야기에 기꺼이 빠져들어가며 밤샘도 마다하지 않았다.

그런데, 중고 노트북 속의 시간과 실제 시간 사이의 차이를 이용해서 죽은 사람과 사랑을 나누는 《내일》, 치매에 걸려 기억이 오락가락하는 혼자만의 세계에 갇힌 채 시간 여행을 이어나가는 여형사의 활약상을 그린 《센트럴파크》, 금지된 방에 기어이 들어가 남들과는 다른 시간 속에서 살아가야 하는 작가의 우여곡절을 다룬 《지금 이 순간》, 어린 시절에 겪은 끔찍한 사건 때문에 신분을 속이고 살아야 했던 여자의 기구한 사연을 숨 가쁘게 늘어놓은 《브루클린의 소녀》, 또, 심장마비로 갑작스럽게 사망한 화가의 자취를 거슬러 올라가는 《파리의 아파트》 등에서 보듯이, 글감과 줄거리, 등장인물은 제각기 달라도 책을 다 읽고 나면 항상 '이번에도 역시' 라는 느낌, 다시 말해서 지난번 작품에서도 느꼈던 '기욤 뮈소적인 무언가' 가 있음을 인정하지 않을 수 없다. 그리고 흔히 그 무언가는 사랑(혹은 사랑의 부재)이라고들 말한다.

아버지의 무게

알다시피 사랑에도 사람 수만큼이나 많은 종류가 있으니, 기욤 뮈소가 작품에서 다루는 사랑은 처음엔 주로 젊은 남녀 주인공 사이의 사랑이었으나 요즘 들어 눈에 띄게 부모 자식 사이의 사랑, 특히 부성애라고 하는 것으로 무게 중심이 이동하고 있는 듯하다. 《센트럴파크》만 보더라도 범인 추적 중 치매 여형사가 뱃속의 아이를 잃는 일화가 등장하지만, 딸을 아끼는 아버지 에피소드도 비중 있게 다뤄지며 《지금 이 순간》에서는 할아버지-아버지-아들 삼대에 걸친 끈끈한 인연이 작품의 중심축을 이루고, 《브루클린의 소녀》에서는 부인과 헤어져서 혼자 어린 아들을 키우는 싱글 대디와 살인범의 손에 딸을 잃은 형사가 합심하여 사건을 풀어나간다. 신작 《파리의 아파트》에서는 아예 대놓고 부자 관계를 전면에 드러내어 집중 조명함과 아울러 여러 부류의 아버지와 아들을 등장시켜 특별히 부성애의 외연을 본격적으로 확장시키는 양상마저 보인다.

이같은 성향은 뮈소가 실제로 아빠가 된 이후(그는 현재 네 살박이 아들의 아빠다) 한층 두드러지게 나타나는데, 사실 어떻게 보면 지극히 자연스러운 현상일 수밖에 없다. '안정된 가정' 이야말로 그로 하여금 머리가 내내 픽션의 세계 속에 머물러 있는 동안에도 두 발만큼은 단단히 땅 위에 내려놓고 살아가도록 지켜주는 힘이라고 고백하는 작가일 경우라면 더더욱 그러하다.

그러면서도 한편으로는 뮈소 역시 요즘 부쩍 문제시 되고 있는 부성의 위기, '아버지는 그저 집으로 월급 가져오는 사람에 불과하다.'는 식의 인식에 함몰되어가는 세태에 깊이 공감하고 이에 경종을 울리려는 취지에서 온몸으로 육아에 동참하는 아빠들의 활약상을 부각시키는 건 아닌지 궁금해지기도 한다.

아무려나 프랑스에서 가장 많이 팔리며 사랑받는 밀리언셀러 작가 기욤 뮈소는 지난 9월 데뷔 이후 줄곧 함께 해왔던 출판사 XO를 떠나 오랜 역사를 자랑하는 유서 깊은 출판사 칼망레비로 둥지를 옮겼다. 새는 알을 깨고 나온다고 했던가? 프랑스 출판계에 9월의 태풍만큼이나 큰 충격을 일으킨 이 소식이 어쩐지 이제껏 울타리가 되어주던 아버지의 품을 떠나 보다 큰 세상으로 나아가려는 아들의 결연한 독립 선언처럼 들린다면, 내가 괜히 '오버' 하는 걸까? 아버지와 아들의 관계는 깨어지기 위해 존재하는 걸까? 새로운 둥지에서 그가 쓰게 될 작품이 벌써부터 기다려진다.

양영란